教育部人文社科重点研究基地

Father & Son:

The Memoir of a Chinese in Cuba and the Trajectory of His Family Letters

鸿雁飞越加勒比

—— 古巴华侨家书纪事

黄卓才 著

暨南大学出版社
JINAN UNIVERSITY PRESS
中国·广州

图书在版编目（CIP）数据

鸿雁飞越加勒比：古巴华侨家书纪事/黄卓才著. —广州：暨南大学出版社，2011.7（2012.3 重印）

ISBN 978－7－81135－823－0

Ⅰ. ①鸿…　Ⅱ. ①黄…　Ⅲ. ①纪实文学—中国—当代　Ⅳ. ①I25

中国版本图书馆 CIP 数据核字（2011）第 072066 号

出版发行：暨南大学出版社

地　址：中国广州暨南大学
电　话：总编室（8620）85221601
营销部（8620）85225284　85228291　85228292（邮购）
传　真：（8620）85221583（办公室）　85223774（营销部）
邮　编：510630
网　址：http：//www.jnupress.com　http：//press.jnu.edu.cn

排　版：暨南大学出版社照排中心
印　刷：佛山市浩文彩色印刷有限公司

开　本：787mm×960mm　1/16
印　张：23.5
字　数：380 千
彩　插：4
版　次：2011 年 7 月第 1 版
印　次：2012 年 3 月第 2 次

定　价：42.00 元

谨以此书

纪念我的父亲和古巴华侨华人先辈

第二届“中山杯”

华侨华人文学奖

The Award of the 2nd Zhongshan Cup

Overseas Chinese Literature

本书获暨南大学
“211工程”三期重点建设项目
“华侨华人与中外关系”项目赞助

黄宝世（Huang Baoshi）

家书作者，古巴（Cuba）华侨，西班牙文名字Fernando Wong（菲那度·黄）。1898年7月25日出生于广东省台山市，1925年旅居古巴比亚克拉拉省（La Provincia de Villa Clara，华侨译为“生省”）大萨瓜市（Sagua la Grande，华侨译为“大沙华”）。先打工，后经营杂货店，为该市中华会馆终身主席。1975年6月2日终老于侨居地。

本照片于1952年3月1日摄于大萨瓜市。

古巴被誉为加勒比海的明珠。蓝天、碧海、阳光、沙滩，温和的气候，丰富的物产，田园牧歌般悠闲的生活，恰如人间的“伊甸园”。古巴盛产蔗糖，是世界上“最甜的国家”。朗姆酒和雪茄闻名世界。古巴文化具有激情奔放的热带色彩和浪漫欢快的拉丁情调，融合了印第安、西班牙和非洲黑人风格的古巴音乐、民间舞蹈令人着迷。古巴人富于革命精神，英雄辈出，马蒂、马塞奥的业绩千古流芳，格瓦拉的故事传遍世界。半个多世纪前，古巴人民推翻了独裁统治，但一直遭到美国的经济封锁，人民生活比较困难。20 世纪 90 年代以来，通过改革开放，情况有所好转，旅游业发展尤其迅速。历史上，华侨先辈为古巴作出过伟大贡献；现在，华侨出现了断层，但数十万华裔已经融合到古巴民族中去。

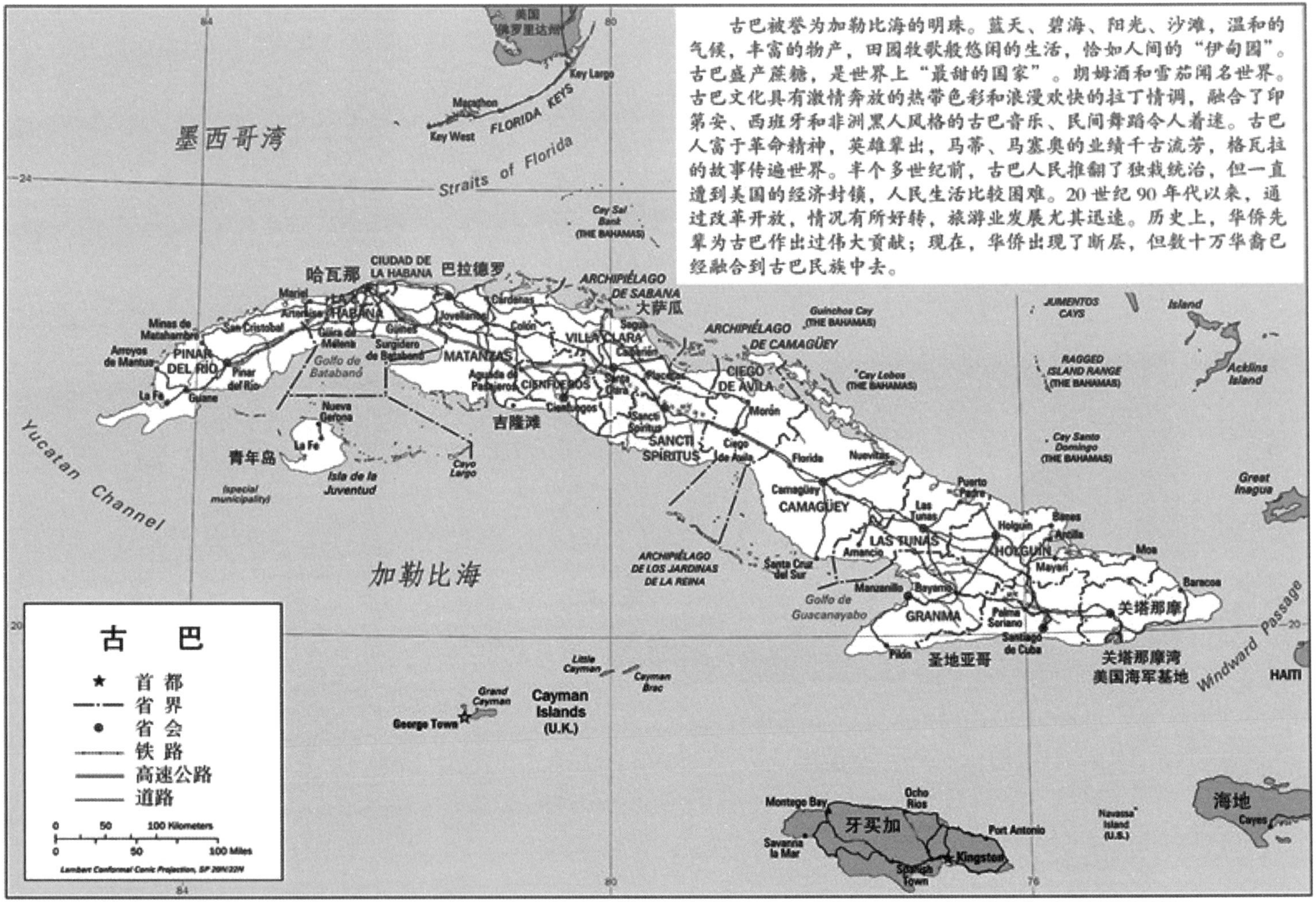

黄宝世家族分布在中国、加拿大和美国三个国家的第二、三代，2010年在广州庆祝新世纪首次大团聚。

黄宝世先生家书（部分）

2011年初夏，古巴华裔将军阿曼多·蔡到广州寻根，著者黄卓才在白天鹅宾馆拜访将军，并向他赠送了《古巴华侨家书故事》。

2011年6月27日，《我们的历史没有终结》一书的作者、美国女作家玛丽-爱丽丝·沃特斯在广州举行“中国人在古巴革命中的作用和贡献”学术讲座，著者应邀参加交流，并出席古巴驻广州总领事馆的招待宴会。由右至左：张国雄（五邑大学教授、广东华侨华人研究会副会长）、雷百安、徐云、黄卓才、林琳（广东侨办副主任、广东华侨华人研究会会长）、沃特斯、菲利普斯（古巴驻广州总领事）、王明惠（广东华侨博物馆馆长）。

《古巴华侨家书故事》问世后，中国国际广播电台、南方电视台和中山市电视台等先后做了专题节目。图为台山市电视台获奖的长篇聊天式访谈。

在第四届海外华人研究和文献收藏机构国际会议上，《古巴华侨家书故事》引起众多专家学者的兴趣。

著者与到会部分专家合影。由右至左：古巴吕美枝女士、澳大利亚白碧教授、美国罗凯娣教授。

广东省华侨博物馆长期展出黄宝世家书，作者和夫人侯素梅在现场留影。

国家华侨博物馆派王玲丽、王晓靖从北京前来广州向著者征集家书。

ECONOMIC DAILY

飞越加勒比海的父子情

爱，贯穿家书始终

教书育人趣事多

朴素话语影响大

北京、广州、中山、台山、香港等十多家报刊发表报道和评论，推介黄宝世家书。

自　序

本书的基础是《古巴华侨家书故事》。

之所以推出新版，首先是因为《古巴华侨家书故事》问世后的几年里陆续发现了不少新的很有价值的文物史料，而这些文物和史料中有相当一部分又是国内外的热心读者和华侨研究专家帮助发掘出来的。同时，无论是古巴华侨社会或者是书中描述到的广州、中山、台山侨乡，都发生了许多变化，如果不把这些新材料补充进去，不更新必须更新的内容，那将会是很遗憾的事。

《古巴华侨家书故事》付梓之前，虽然责任编辑和多位专家、作家朋友都给予了大力肯定，但我仍然有点儿忐忑不安，担心读者对这样一批私人的家书及其背后的一个普通华侨家庭的故事是否有兴趣。书，终于战战兢兢地出来了，社会反响的强烈，大大出乎我的意料之外。北京、广州、中山、台山四家电台、电视台做了专题访谈节目，十多家报刊发了消息和评论。网络推介、对外广播和第四届“海外华人研究与文献收藏机构国际会议”更让它插上翅膀，飞出国门……

很多读者是把它作为一本纪实文学作品来读的。他们年龄层次不同，从十多岁的青少年，到六七十岁的老人，都说读着读着就流了泪。贵州省一位优秀班主任、高三语文老师告诉我，她选择了一些父子情深的人性光辉片段在课堂上朗读，学生听得非常入迷。她说，这是由于内容非常真实的缘故，尤其是艰苦年代那些细节，更加让人揪心。

而另一部分读者，是把它当作史学著作来阅读和收藏的。他们认为这本书以背景故事阐释家书内涵的创新表达方式，真实记录了20世纪古巴华侨的人生沧桑，尤其是50—70年代特定历史阶段那个蒙着神秘面纱的加勒比社会主义岛国华侨的情状，是别人没有破解过的，因而“填补了古巴当代华侨史的空白”。

我出书20余种，其中有的印数达三五十万册，但还没有哪一本像此书一样，与读者产生如此密切的、饶有情趣的、卓有成效的互动。

一群中青年读者（70—90后）在网上给力推介，热议心得体会，还有的读者来信或致电向我叙说读后感想和收获。一位叫做“加勒比游客”的读者（后来知道是古巴华人）在网上谈论本书，他写道：“看这本书的时候，我在火车上，我几乎要当着别人面，莫名奇妙地流下眼泪。以前算命的人说我要到41岁才开始成熟，如果年轻时，我会翻几页就去看别的书了，体会不到字里行间流露出来的那种震撼人心的情感，现在经历过的地方和事情多了，开始有所感悟……这不是小说，是一个普通华侨从1952年开始，直到1975年客死异乡，给家人的40多封平常书信，人性中所有的优点都在字里行间以巨大的震撼力显现了出来，太平常了！太不平凡了！实在是难以吞咽这种感觉。我觉得这本书很值得推荐给成长中的人们看看。这是一本人性教育的好书，如果父母没有时间、精力和孩子交流，如果孩子还在怨恨父母，如果有人在感叹命运和现实的不公，请看看此书。”读者的激情和感受反过来又教育和感染了我，使我更深刻地认识到华侨先辈的优秀品德，认识到平凡的父亲把深挚的亲情、爱情、乡情和国家民族之情化

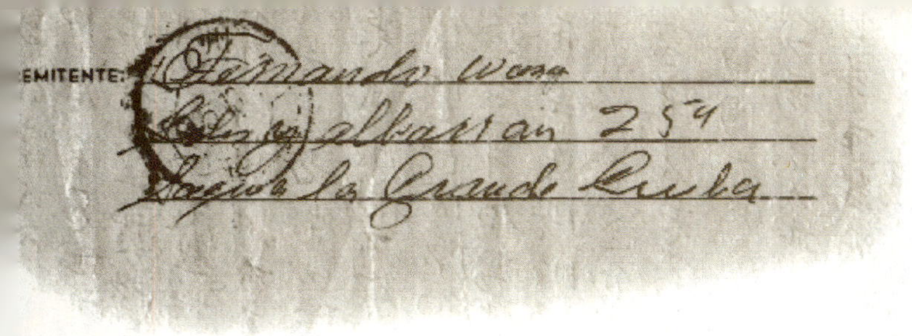

为一种终生不渝的责任，把无私奉献视为自己永恒的义务，这是多么高尚和伟大！于是，我觉得自己的精神境界也得到了净化和提升。

特别令我感佩的，是刘博智教授和谭艳萍小姐。2009年夏天，刘教授是国际著名的美籍华人摄影家，时任美国堪萨斯大学设计学院摄影系主任；谭艳萍小姐是当时在北京工作的曾留学古巴的海归。他们受本书的感动，相约专程到古巴去寻访老侨，到我父亲的侨居地去追踪湮没的先辈的足迹。他们冒着酷暑，忍受物质的匮乏和交通的不便，深入古巴中部小城大萨瓜（大沙华）访问、拍摄。其中刘教授春季已经去过一趟，两次历时共计40多天，耗资不菲，人更瘦了一圈。当我从照片上看到他们两位历尽艰辛，终于在我父亲生前古巴友人的家族墓地找到坟茔，并给先父献上一束鲜花时，我不禁潸然泪下！

还有朱霖先生、袁艳博士和吕美枝（LUIS Mitzi Espinosa）女士。朱霖是北京人，有个搞怪的网名叫做“三环路上的幽灵”，生活中却是个非常开朗、乐于助人的小伙子。他也曾留学古巴进修西班牙文，毕业后留下来当过汉语教师，对古巴有相当深入的了解。他读了《古巴华侨家书故事》后，热情地在网上推介，并两次从北京飞来广州跟我交流探讨。这次修订，他又提供了丰富的资料和图片。袁艳博士是天津南开大学历史学院的学生。她为做博士论文到北京国家图书馆查找资料。在翻阅40多年前的古巴华文报纸《光华报》时，竟然慧眼发现了一篇我父亲纪念抗日战争20周年讲话的报道。原来，她读了我的家书故事后就深深记住了我父亲的名字。吕女士是古巴华裔学者，热心华侨华人研究，2008年来广州暨南大学参加国际学术会议，我们有幸认识。她不懂中文，我只能靠蹩脚的英文或借助别人翻译西

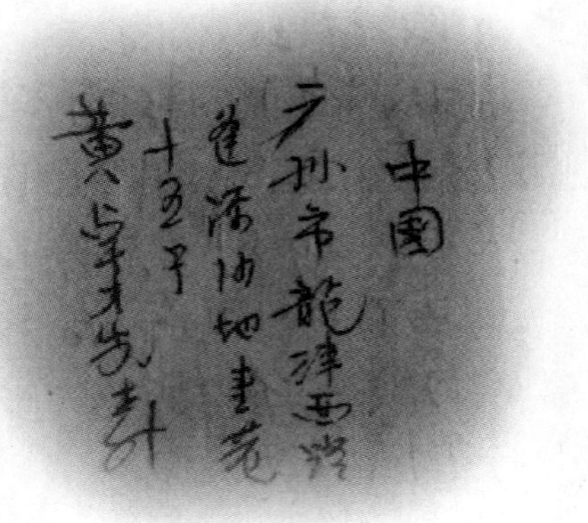

班牙文与她交流，但她却能与中国亲人共读我的书，说“很有趣”。她在古巴中华总会馆周卓明总书记的助力下，发掘了不少相关史实，找到了我父亲的好些人脉线索。

像这样的热心读者、专家还有不少。他们的鼓励和帮助各适其式，但都出于一片挚诚，同为推动我深入研究的动力。正是他们的推动，使我感到必须出一个修订新版，而且要在保持原有风格的同时，让它从内容到形式都焕然一新，以报答读者和专家的厚爱。

期盼大家继续多多赐教。我希望，即使是读过《古巴华侨家书故事》的读者，也不会觉得这个新版是一个重复。或许，还能从中获得新东西，有新感受。

黄卓才

2011年春于暨南园

旧话重提
——《古巴华侨家书故事》前言

“烽火连三月，家书抵万金！”这何止是唐代诗人杜甫感时恨别的咏唱呢？这是世世代代背井离乡者发自内心的感叹！而在电子通讯发达的今天，人们已经很少执笔写信。家书，不经意间，竟成了需要抢救的文化遗产！2005年4月，40多位名学者、名教授呼吁，国家博物馆等单位出面，组织了一个“抢救民间家书委员会”，在北京设立了办公室，就是做这件事情的。华侨中文家书在重点抢救之列。

从中学时代起，我就开始珍存父亲的家信。相隔几十年之后，回过头来点数一下，还留下40多封，时间的跨度达20多年（1952—1975）。虽经六次搬家、十年浩劫，这些信件有点儿残缺、有点儿发黄，但毕竟保存下来了，实属万幸。

我父亲是一个古巴华侨，1925年从家乡台山出国谋生，直到1975年在古巴逝世，他在那个遥远的国度生活了50年，其间只回国探亲一次。在那漫长的50年里，他由苦工变成小商，以其艰辛的劳动，克勤克俭地赚取低微的收入养家糊口。他一生没有什么辉煌成就，但的确是老一代华侨中的优秀分子。凭着出国前只读过三年小学的文化基础、经常阅读书报的习惯以及聪明好学，他很好地掌握了中文和西班牙文。他见多识广、为人厚道、广交友朋、乐于助人，在华人社区威望很高，长期连选连任侨居地中华会馆主席，服务侨胞，死而后已。

这些家书发自同一个地点：古巴大萨瓜市——我父亲的侨居地。

40多封家书是40多只翻飞的鸿雁。在20世纪50—70年代没有民用越洋电话、没有e-mail、没有别的通讯渠道的情况下，只有它，从古巴凌云振翅，越过浩瀚的加勒比海，或越过太平洋，或辗转欧亚各地，历经大半个月甚至一两个月，然后来到中国，把天各一方的夫妻、父子和其他亲人联系在一起。

当我从传家宝樟木箱箱底翻出这些发黄的家书时，眼眶充满了泪水。当年，这些信我都是认真读过的，但那时候还年轻，好些事情未必能够深刻理解；而以后，工作忙碌，岁月匆匆，我竟顾不上多读两遍。现在，退休了，才有时间把它再次整理出来，重新阅读，细心品味。这些家书，父亲当年是一笔一画十分用心地写下来的，内容丰富，文字简朴，书法秀美。每一个字、每一句话都是生活的真实记录，发自心底的肺腑之言。它信手写来，无拘无束，即使东拉西扯，也有一个主题贯穿全部家书的始终，那就是“回国”和“侨汇”，如果再加以浓缩，那就是一个字：爱！爱祖国、爱家乡、爱亲人，也爱古巴。落叶归根是老一代华侨萦绕终身的心愿。父亲身处特殊环境的古巴，这种愿望更为强烈。晚年，他朝思暮想、东奔西走，为的就是回国团聚；寄钱养家，以侨汇和捐助为兴业、强国添砖加瓦，是老一辈华侨自觉承担的义务。他竭尽所能，倾囊奉献，为的就是妻儿老小的幸福、祖国的富强。父亲家书的字里行间充分表现了老一辈华侨的崇高理念和可贵品质，为后辈树立了榜样。这是一份可以从中反映出一个家庭、一个时代的真实记录，一份可以交子传孙的宝贵的精神财富！

如今无论是中国还是古巴，都已经发生了可喜的变化，改革开放成为两国共同的潮流。我们这个华侨家族由19世纪末第一代旅美先侨算起，历经百余年，逐渐发展、壮大，足迹分布更广。后来者居上，20世纪八九十年代出国的一代，即我的儿女一代，不但改变了祖辈从苦力起步的状况，以高学历直接进入侨居国社会的中上层，而且在事业上迅速崛起。这样，为家族、为祖国、为世界人类作出更大贡献也就成为可能。在第三、四代中间，已经涌现出三名博士，还有教授、作家、科学家、记者、企业总裁等职衔。尤其可喜的是，正处于青年成长期的加拿大华人科学家黄雅凡博士，以其在国际上领先的作物抗旱保收方面的理论和技术突破，应邀于2006年4月4日登上了美国科学院的演讲台。“谁言寸草心，报得三春晖。”先侨当年背井离乡的苦泪没有白流，他们的付出得到了很好的回报。这对于读者认识人生奋斗的价值也会有所启发。

家书本来是私密的东西。但古巴老华侨越来越少，数十万古巴华裔的中文程度有待提高，新移民多借助电子通讯，来自这个遥远国度的中文家书变得稀缺。在历史上，20世纪50—70年代是一个冷战、动荡的年代，而在中国和古巴的社会舞台上也演出了许多精彩绝伦的活剧。我想，如果把它稍加整理，可能就是一份有价值的华侨史料。如果再多花点儿工夫，说明背景，演绎有关的人物故事，则或许还会引起读者回忆往事的兴趣。中国读者可以随我神游古巴，海外华侨华人读者则可从中了解中国侨乡。

正因此，考虑再三，我决定把它编撰成书，公之于众，与读者分享。

黄卓才

2006年秋

目 录

古巴大沙華中華會館
CASINO CHUNG WAH
Céspede No. 157
Apartado 145
Sagua la Grande, Las Villas
Sagua la Grande
5 PM
1966
CUBA

此以前的信说到……一如……
張中立院五九號馬君翁对付立院都六百文到此查
此理息因此欲罢，我的手表
咸案的时候更不知如何做，请看早报章可为佳，因时要
好像果像翻知的集如孩子触主出这样的不良印象好
定于婷母亲寿多一个，他已得过四岁层村去我孩信无
来的回是何種的章程青信解释有何为要
後以後話青年考試甚詳，考立自然是莫大的幸福，此語我
以能大的欺騙做挺天。
讓他才有希樣的黄多會的國一万文向我面松这是不要
家的我更好不得已去到去化大不正人此種不是长久之計
她的人也不難的活依挑報章所載大陸情形糧食缺乏
經濟完全靠着接業者如經少精日常生活其條件惡劣
能生活下去又因是有青年或家中青又不一方面的痛傷
請他方便的人個不難生活是多么的但有一方面人士
活青家的事九……至已黄党了见时我想这致和的通信

四十多封珍藏几十年的华侨家书，描述着家国事、世界事，成为一个时代中、古两个国家历史进程的真实佐证。

四十多只飞越加勒比海的鸿雁，传递了爱国心、慈父情，道出了一个华侨家庭几代人开拓奋斗的生动历程。

时代风舒云卷之猛烈，亲情与人性之美，尽在咫尺之间……

——题记

萨瓜大铁桥

1. 读书人本色

“如进入每一间学校读书，是必（须）知道读书人的立场，求深造求上进，是为读书人的本色。对于金钱的用途，还须时时谨慎。”

故事的开头，并不是1952年。在此之前的十多年间，父亲给母亲和我写过很多信，可惜未能保存下来。

这封信是2006年我回台山永隆村老家时发现的。信笺、信封齐全。信封是中式的，它没有邮戳，是一封托人随汇款带交的银信。当时还没有直接通汇的银行，没有国营侨批，侨汇大多是通过商业银行寄送到香港的私人银号（钱庄），然后由银号派人带入侨乡，直接交给收款人。这一次，父亲是在古巴通过香港的黄姓兄弟世赞先生转来的。这封信放在老家箱底50多年，信封上留下了虫蛀的痕迹，信封、信笺字迹溶化过，显然经过水渍。这种种情况使它显得非常珍贵。我的《古巴华侨家书故事》出版后，适逢中国侨联筹建中国

明信片中的古巴街景

黄雅凡寄自古巴首都哈瓦那。黄雅凡，国际著名基因科学家，黄宝世先生的长孙，旅居加拿大。

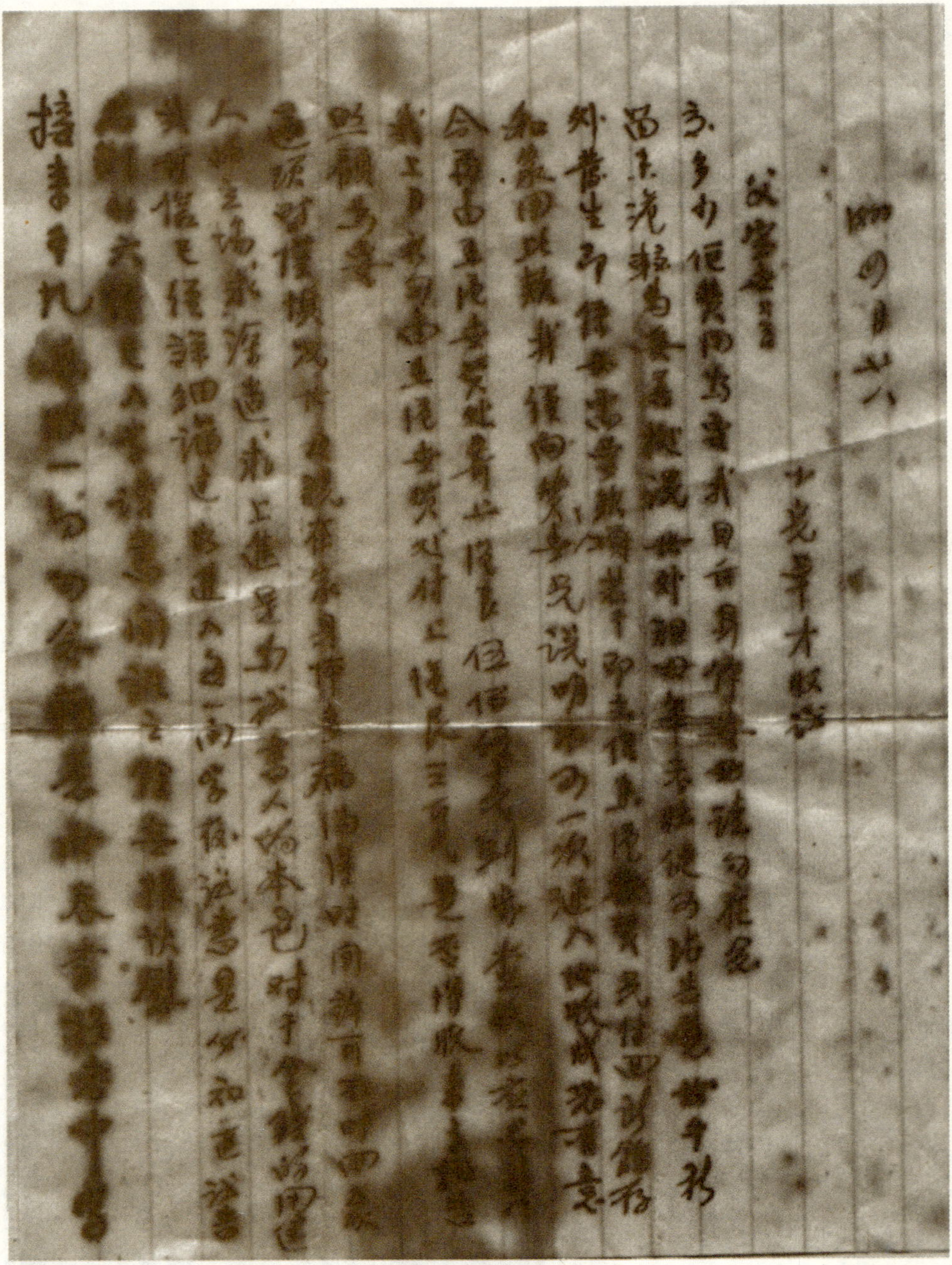

1952年4月的银信，寄广东省台山县五十区永隆村。黄宝世托“走水客”带交550港元。信封背面有“除汇费士担（stamp）费20元”字样。这封银信连同信封由北京中国华侨博物馆收藏。

原件尺寸：信180mm×210mm，封740mm×165mm。

接来手札，妥收一切，勿念。藉悉汝春季投考中学，名列廿六，经已入学读书，闻讯之余，无限快慰。我前信已经详细讲过，如进入每一间学校读书，是必（须）知道读书人的立场，求深造求上进，是为读书人的本色。对于金钱的用途，还须时时谨慎。况汝母亲在家身体多病，倘得时间许可，不时回家照顾为要。

我上月初旬由香港世赞处付上港银三百元，是否得收，来字报告。今再由香港世赞处寄上港银五百五十元，到步查收，以应学费和家用。此款我经向世赞说明，不可一次汇入汝收，成（诚）恐有意外发生，即系汝需要款项若干，即去信香港世赞兄付回，所余存留香港，较为妥善。据说汝外祖母年老壮健，可堪告慰。汝千祈交多少佢（她）（做）费用为要。我目前身体安好，请勿在念。
小儿卓才收读。

父 宝世 上言
一九五二　四月廿八

华侨博物馆，筹建处闻讯，派人前来广州找我。我即以本信及其他三封信的原件捐赠。

我父亲黄宝世，古巴华侨。

古巴是一个怎样的地方，古巴人是什么样子，小时候，我总觉得是一个谜。父亲为什么去古巴，而不去美国、红毛（加拿大）、南洋，也是一个谜。实际上，直到现在，许多人对古巴还知之甚少，知道得越少就越觉得神秘……

为了深入解读父亲的信，了解古巴，我阅读和观看了所有能找到的相关书籍、报刊

永隆村（黄泥头）（2011）

黄泥头是个宁静的小村庄。它离台城八公里，离北峰山旅游风景区更近。图为2011年1月的村貌。

文章和影碟，访问了知情人。谜底露出了尖尖角，但没有全部揭开。正因为如此，我怀着极大的兴趣，在父亲家书的导引下，穿过历史的隧道，走进中、古两国几十年前那个特殊的年代，走进一个老华侨的生活领地和内心世界……

我父亲黄宝世，1898年生于广东省新宁县（后改台山县，现为市），名叫锡旋，“宝世”是他的字，也写作“保世”——按照我们黄姓江夏堂“道、德、尊、朝、廷、世、传、礼、义、重……”的辈分排列，他属于“世”字辈，在兄弟中他排行老二。我们那个村子叫永隆村。现属四九镇上朗乡，曾以盛产优质番石榴闻名。永隆村到处都有，倒是土名“黄泥头”既贴切，又独一无二。村中现时只有18户人家，有几户是侨眷，而全家侨居美国、加拿大、菲律宾等国的则有七八户，是个典型的侨村。

我没有见过祖父，只是从母亲的口中知道他属“廷”字辈，叫超廷，是一位教馆先生，当时村里最有文化的人。所谓“馆”，即指“书馆”，也就是私塾。“教馆先生”就是乡村教师。他有三个儿子、两个女儿。我三叔名

永隆楼　黄鹄摄（2005）

大榕树下和祠堂是村人聚集玩乐的地方。祠堂门口书“星丽黄公祠”。“星丽”是本村开基老祖宗的名字，他于1600年左右（明朝万历或天启年间）由新会洞口陈山村迁来。经过400多年的子孙繁衍，到我孙子杰森一代，是第十三代。祠堂曾于1989年重建，更名永隆楼。乡亲公推我撰写了碑记，这篇百字碑记被刻石置于门首。

新宁铁路线路图

清光绪年间，新宁县曾经建设了一条纵贯县境以达新会县、江门北街的铁路——新宁铁路。这是我国铁路史上仅次于1906年建成的潮汕铁路的第二条商办铁路。这条铁路的创办人陈宜禧，是旅美华侨。他把毕生精力奉献给故乡的交通事业，深得后人景仰。

右上人像为陈宜禧先生。右下图为陈宜禧先生纪念铜像。

新宁铁路五十车站　历史图片

这个车站就在我们村边。父亲1925年出洋，应该就是在此上车的。台山是中国著名侨乡，父亲的岳父又是美国归侨，这无疑都会对他产生深刻影响。结婚后不久，他以多年打工的积蓄，再向外家借了一点儿盘缠，与村人黄舜传（Fermin Wong）同赴古巴谋生。其时父亲27岁。

平安，旅居南洋，但一去不复返，也无书信联系。如今在台山老家唯一可以纪念祖父的，是一个便于肩挑的轻巧原木小书柜。据说这就是他用来装书簿、挑着到别村去教馆的行头。

由于家里穷，父亲只读过三年书，十多岁就出来做小买卖谋生。后来到五十墟①的一家药材店做伙计，一干就是八年。他勤奋好学，通过读医药书籍、看医生处方、拣中药，不但认识了许多字，而且写得一手好书法。他精通业务，待客如宾，很快被提升为掌柜。

父亲长得白净帅气，在乡间被称为靓仔。人又斯文老实，聪明好学，所以特别讨人喜欢。25岁结婚。我母亲伍美意（别名美凤、金凤），时年20岁，出身于邻近村庄盘龙村（土名“炒米沙”）一个华侨人家。

1920年，由美国华侨陈宜禧发起集资兴建的民办新宁铁路建成通车。铁路贴着我们村边经过，附近还有一个车站——五十车站。来来往往的火车，每天运载着许多来自海内外的旅客和货物，带来许多新的信息。西风东渐，洋气入怀，这里的乡下人不再闭塞，他们时刻思考着怎样寻找“出路”，于是就有了越来越多出洋谋生的华侨。

父亲选择古巴也许不是没有道理的。据古巴驻华使馆旅游办事处提供的数据，“20世纪初，在古巴华侨华人有二三十万人”②。当时

① 五十墟的“墟”字也写作“圩”，义同，本是农村定期集市的俗称，但侨乡的繁荣使它的规模不亚于“镇”。此墟逢五逢十集市，故名。

② 古巴驻华使馆旅游代表处，中国旅游出版社. 古巴旅游指南. 北京：中国旅游出版社，2000. 148

20世纪50年代哈瓦那的酒吧闻名世界

哈瓦那位于古巴岛的西北海岸，是古巴共和国的首都，也是古巴的政治、经济、文化和旅游中心，人口超过220万。这座海港城市极具特色和韵味，古典与现代、新大陆与旧大陆、白色与黑色、阳春白雪与下里巴人，一切都在这个阳光明媚、生机勃勃的热带港口和谐地统一起来。如今，哈瓦那的美丽和古巴社会主义的独特、神秘，更让游客趋之若鹜。

古巴科学院

古巴的西班牙建筑和美、英、法式建筑随处可见。古巴科学院雄伟美丽，因很像华盛顿的白宫而被称为“小白宫”，革命前是总统府。

之所以有这么多中国人（其中九成是广东人）去古巴，一方面是因为美国、加拿大正在排华，而古巴早已结束了“契约华工”的历史，并与当时的中国政府（清政府）签订了条约，对移入的华侨给予最惠国待遇；中国则允许古巴在华招募自由移民。另一方面，20世纪的两次世界大战，古巴都没有受到战火的破坏，国际糖价上涨，糖产量居全球首位的古巴得益，城乡繁荣持续半个世纪。当时古巴正处于美国控制下，美资投入逐渐增多，经济发展迅速，就业机会多，古巴成为世界闻名的商业乐土、旅游天堂，也成为美洲华侨华人聚集的中心。因此，它对中国人，特别是正在寻找

"出路"的台山人有很大的吸引力。随着中国侨民日增，古巴政府借机提高移民费，征收标准据说相当于中国的70银元，等于父亲在五十墟两三年的工钱。虽然如此，台山赴古巴谋生的人还是很多，四邑[①]地区甚至出现好些"古巴村"。比如，台山广海镇的夹水村、新会沙堆镇的独联村等。夹水村30户人家中，11户有人去古巴，其中一刘姓人家三代都是古巴华侨；独联村的古巴华侨曾多达700人。[②]

父亲选择古巴，可能还有一个原因，就是侄子黄舜传的带引。黄舜传辈分低，年龄则比我父亲大，1920年就去了古巴。

父亲到达古巴初期，曾经在种植园做工，当过理发匠、西班牙老板的私人管家，然后做杂货店小生意。他所起的西班牙文名字"Fernando Wong"是按照古巴人姓名的习惯，把名字放在姓氏的前面。我译作"菲那度·黄"，如果按普通话，可以译为"费尔南多·黄"。

古巴华侨、华人、华裔与其他国家炎黄子孙的不同之处，就是他们有一个当地语言（西班牙文）的名字。这显示他们在保持中华民族传统的同时，与古巴民族的融合特别深。

写这封信的时候，父亲已经背井离乡27个年头了。

1952年，无论是古巴还是中国大陆，都有重大的政治风暴发生。在古巴，是巴蒂斯塔政变；在广东家乡，则是轰轰烈烈的土地改革。

1952年6月1日，古巴举行新的大选。当时古巴革命党（真正党）等三大政党分别提出了自己的总统候选人。民意测验表明，古巴人民党的阿格拉蒙特将有可能赢得胜利，而联合行动党的巴蒂斯塔没有希望。在这种形势下，三四十年代曾经掌权的独裁者巴蒂斯塔倚仗美国的支持于同年3月10日策动军事政变。政变上台后，公然再次实行独裁统治。巴蒂斯塔政权的倒行逆施激起了古巴人民的强烈反抗。1953年7月26日，卡斯特罗等一批热血青年在东部城市圣地亚哥发动了攻打蒙卡达兵营的武装起义，试图推翻独裁政权。

而在中国大陆，此时广东的土地改革也正如火如荼。在我们乡下，农民很快被发动起来，划出了一批华侨地主。台山人多地少，历

① 邑，县。广东新会、台山、开平、恩平四县合称四邑。后加入鹤山，称为五邑。

② 台山华侨志、新会独联侨刊。

与专家学者同访母校

2010年6月，著者与北美华侨华人历史学会的专家学者同访台山一中。这些学者来自美国、澳大利亚、中国香港和北京、广州、江门等地。赵毅雄副校长（前排中）热情接待。

史上是缺粮县，大约三分之一的粮食要从东南亚进口，大部分华侨地主拥有的土地并不多。他们大多的情况是，经过1942—1943年大饥荒的教训，台山人认识到粮食的重要性。抗日战争胜利后华侨纷纷汇款回家，或趁回国探亲的机会，买田置地自耕或出租，以求得粮食的保障。没想到事隔几年，就当上了“华侨地主”，因为当时是以侨汇收入划定阶级成分的。据统计史料记载，全县被划为地主或富农、受到斗争和清算“剥削账”的侨眷有6453户，还错杀、错斗了一些侨属。这是一些外来土改领导干部不理解华侨的实际、执行政策过“左”造成的。[①]多年后，虽然努力落实华侨政策，给华侨地主、富农摘了帽，但这么大的打击，在华侨心中留下的伤痕实在难以抚平，这无疑挫伤了华侨、侨眷建设侨乡的积极性。

---

① 黄仁夫. 台山古今五百年. 澳门：澳门出版社，2000. 317；梅伟强等. 五邑华侨华人史. 广州：广东高等教育出版社，2001. 437

我家的“阶级成分”被定为“华侨工人”。这个家庭成分，在20世纪的数十年里对我有过非常直接而微妙的影响。

父亲信中说到的“投考中学”，是指1952年2月我考入台山第一中学初中部。台山一中原名台山县立中学，1920年由旅加拿大华侨捐款加币24.9万元开始兴建。1936年，旅美华侨又捐建了高中课室、宿舍和图书馆，使校舍更具规模。由于良师会聚、管理严格、教学质量好，成了远近闻名的侨乡学府。放榜那天一大早，我就从家乡锦朗乡永隆村步行八公里到学校去。高、初中400多人的录取名单用毛笔字端正地写在红纸上，张贴在公布栏上。我到达的时候，已经围了好几层人。我钻过人墙，习惯地从榜首看起。看到第二十六名，“黄卓才”三个大字赫然入目。再细看几次确定无疑后，我抑制不住强烈的心跳，高高地跳起来，冲出人墙，向操场飞奔……初中部1500多人考试，我能排列第二十六名，自然觉得相当满意。报考那天，我已经参观过校园，现在，我要为自己庆祝。于是快步走出校园，来到城东路一家早已看中的单车出租店，租了一辆单车，骑回学校去。飞快的自行车绕着大操场兜风，一圈又一圈……突然，车子撞上了沙包，我从车上摔了下来，车把手在小腿上划出了一道血痕，给我留下了一个过度兴奋的教训。

回到家，我把喜讯告诉了母亲。很快，消息在全村传开——黄泥头村出了第一个考入台山一中的“秀才”，这是一件大事啊！在这之前，还没有任何人能到县城去读书，更不用说是全县最高学府的台山一中了。村里的老人说：“风水佬应验了！”据说老祖宗山坟前面有一个水潭，名叫“猫儿洗面”，风水师说是我家的风水好，要出人才。但我心里明白，祖宗的福荫固然重要，后辈的努力更不可少。我暗暗为自己加油。

台山一中给我留下了美好的记忆。2009年台山一中百年校庆，我满怀激情写了纪念文章。

在煤油灯下，我写信向父亲报告了被录取的喜讯。

父亲在回信中给了我三点教导：

首先，“求深造求上进”，是父亲所赞赏的“读书人本色”，它成了我的座右铭。经历过前几年的战乱和大饥荒，我知道父母的辛劳，看到家乡的贫穷落后，也感受到国家的积弱，自小就有许多美好

的梦想。果园里的番石榴卖不出去，掉落地上，本来香喷喷的味道变成了“臭猫屎”，我于是想当科学家，把它榨成果汁，制成

链接

少年梦寻纱帽山

——为母校台山一中百年校庆作

青春年少，正值多梦时节。

多梦，是因为要寻梦。也许就是为了寻梦吧，1952年初春，我考入了台山一中，一间童话般美丽的学校！

草木葱茏的纱帽山下，宏伟壮丽的校舍依山而立，错落有致。办公楼、南北院和男生宿舍一溜儿排开，前面是开阔的大操场和清波涟涟的大水塘，气势恢弘，视野开阔……这里鸟语花香，书声朗朗；这里精英云集，人才辈出。严格的校规、严谨的校风，处处体现出大校的气派、名校的风范。如此优美、如此大器的校园，让我陶醉，令我自豪！尤其是，这里流淌着华侨自强不息爱国爱乡的血脉，传扬着海外游子勇于探索勇于开拓的精神，让每一个学子从小树立起胸怀世界的理想。那时还没有“地球村”这个概念，但台山一中校友早已弘扬先辈不畏险途、漂洋过海、四海为家的传统，像蒲公英种子一样飘散到地球的每一个角落。而在当时，具有如此强烈向外发展意识的中学，走遍五湖四海，恐怕很难找得出第二间。在我心目中，这就是中国第一侨乡最高学府的特色！

若问在台山一中读书的1000多个日夜，我最大的得益是什么，我一定回答：母校不只给了我知识，更重要的是给了我外出闯荡的勇气、信心和力量。当年礼堂楼上有一个纪念建校功臣的纪念堂。我曾在那里流连，仔细阅读为台山一中慷慨解囊的加拿大华侨的事迹。他们多半是洗脚上田的农家子弟，擦去一脚牛屎，远漂到北美洲的异国他乡去谋生。不少先辈在加拿大淘金场和太平洋铁路冰天雪地的工地倒下去了，永远不能回到中国来，但他们这一代华工依然勇敢前行，前赴后继。有了他们，才使简陋的“新宁学宫”变成巍峨瑰丽的台山中学，才有今天如此辉煌的台山一中。

直到现在，我的相册里仍然珍藏着一张照片：我和一位同班好友站在纱帽山上，手指前方，照片下面的文字是：“到广州去！”

这张照片，是我毕业离开母校前夕的留影，是我人生征途上里程碑式的经典记录。我们的手影机和拍摄技术均非上乘，但照片中那种山野苍茫、那种青春意气、那种少年豪情，以及那余音缭绕的内心呼喊，却让所有看过这张照片的亲人

和朋友都被深深震撼和感染了！

记得拍照那一天，我们三五知己从图书馆出来，一起登上纱帽山麓。大家畅谈抱负，展望前程，相约未来。一个共同的心愿，就是要走出去：广州、香港、美国……几个毛头小子，虽无“指点江山”的野心，却有“激扬文字”的骁勇。我们还很稚嫩，但母校和老师已经为我们的继续深造打好了基础。语文老师别具一格的板书字体，生物老师手把手教我们用月光花嫁接甘薯，音乐老师吹奏的西洋乐器“沙士风”，还有那十分难得的英文课（升上高中后就被无用武之地的俄文课取代），如此等等，都为我们打开了知识宝库的大门和理想阳光的窗口。在这里，我们已经上过了最好的学校，受过了最好的教育，以后无论到哪里，都可以有足够的胆色和力量参与竞争，在任何困难面前都不会胆怯。

而后来，我们果真分散到海内外了，也果真实现了当年的心愿。每个人的能力有大小，各人的成就有不同，但我们都勇敢地闯荡过、开拓过、创造过，都为社会、为人类作出了一定贡献。也许就是这个缘故，每当回到母校台山一中，我总要登上纱帽山，寻找自己青春的足印，回首少年时代的浪漫与激情，重温照片中的意境。拍照处离图书馆不远。山腰上那座图书馆，现在看来不太起眼的西洋小筑，当年却是我尽情驰骋的知识海洋，一个最令我陶醉的乐园。记得我入学后从那里借出的第一本书是《少年维特之烦恼》，而毕业前最后交还的，则是《青春之歌》。怀着对未知天地的好奇心，出于追求知识的本能，各类书籍我都喜欢涉猎，甚至连世界地图中那些遥远的山脉、河流和城市，天空中那些朦胧的星宿，还有数学、物理、化学的古怪符号，我都想把它记熟。但当我在被窝里借着手电筒微弱的光线读完《青春之歌》的时候，我似乎已经隐约看清了奋斗的路向。那一晚，我做的是记者梦、作家梦。

“少年不识愁滋味。”我这个初出茅庐的乡下穷孩子，没有公子哥儿维特那样的官场经历，也未曾尝过男女情爱的滋味，混沌未开，自然也不会有维特那样的懊恼。所以，剩下的都是单纯，都是快乐，都是阳光。当时，楼顶被日本飞机炸穿了一个大洞的女生宿舍楼尚未修复，土改、抗美援朝等政治运动还在轰烈进行，入境骚扰的敌机还会偶尔掠过校园上空。饭堂规定，要先吃完半斤马铃薯才可以盛米饭——据说是要节约大米支援前线……即便如此，我从没见过谁会愁眉不展，谁会叫苦连天。相反，排球场上，每天响彻咚咚的扣杀声；大水塘中心的木棚亭子里，不时传出洪亮的歌声；礼堂内，气势磅礴的铜管乐队合奏还是那么扣人心弦！而南院和北院课室外伸手可及的玉兰花、鸡蛋花，永远飘散着淡雅的清香。晚饭后，我和同学最喜欢到校外散步聊天，石花山麓任人采撷的橄榄树林，石花路边只交一毛钱就任摘任吃的木瓜园，还有校门前热气腾腾的牛腩萝卜和油炸香蕉小贩档口，自然是最有诱惑力的去处……

直到如今，萦回在我心间的，还是如诗似画、激越澎湃的记忆。

罐头，远销各地；家乡景色美如画，童年故事很有趣，我于是想当作家……每天晚上，村里的小朋友欢蹦乱跳，在塘基和巷头屋尾嘻嘻哈哈，我却躲在房子里做功课、看课外书；每天早上，我总是天蒙蒙亮就上学，为的不仅是拿到一张盖有四方大校印、洋溢着红印油芳香的奖券，而且希望能够在早读课上把课文多读几遍。

父亲不是读书人，但深谙读书人本色。他后来在1969年12月22日的信中说："我青年时代住在农村，因经济问题无法求深造，我只读了三年书，我为着生活压迫出了国做工。"这不仅是他的感慨，也是老一代华侨共同的苦衷。台山华侨之所以源源不断地给台山一中捐款扩建校舍、增添设备、延聘名师，就是希望子孙后代"求深造求上进"。我如果不努力读书，不仅对不起父亲，也对不起所有的海外侨胞啊！

其次是"慎用金钱"。当时台山侨乡有一种依赖侨汇过游手好闲的"二世祖"生活的坏风气。我自小不屑于此，养成了节约的习惯，特别是注意金钱用得其所。1951年秋季，我曾以"同等学力"考入台山培英中学。那是一间颇有名气的教会学校，收费较高。考完试之后，我才知道台山最好的学校是一中，因为是公立，收费也比培英低得多。我收到了培英的录取通知书，但毅然决定放弃。我相信自己一定能考取一中，不但可以为家里省钱，将来升学也有更多机会。父亲这一次汇给我港币550元，他交代暂存香港友人处，让我渐次取用。这的确是稳妥的办法。

再次是照顾身体多病的母亲。这是我不容推辞的责任。我是独子，我不照顾母亲谁来照顾？上初中的第二年，我就把母亲接到台城，在环城东路租了一处房子住下来。母亲是个非常节俭、聪慧、坚强的人。抗战胜利后，父亲的侨汇稍微宽裕了一点儿，她精打细算，量入为出，竟然能买下一片屋地来种果树，买下一片薄田增加粮食，目的是避免再遭到1942年那样的饥饿。1950年，同村的叔婆移民菲律宾，把三块小小的水田交给母亲代租。土改时，就有村人想借题发挥，欲加"剥削"的莫须有罪名给她。好在当时土改工作队和农会的干部主持公道，她才避过一劫。其后，又有坏人造谣，说我母亲患传染病，企图不让她打井水。我即刻带她到人民医院取得健康证明，才澄清了事实。总之，母亲这样一个弱女子，一个没有男人在家的侨属妇女，在农村，为几分薄田终年操劳而收获不足以糊口，还常常受到各种莫名其妙的欺负，生存环境十分恶劣。与其在家激气受罪，不如早早离开。我上中学的第二年，熟悉了县城的环境，就在临近学校也临近人民医院的环城东路租了一处清静房子，让母亲迁出来住。母子互相照顾，我安心读书，回家可以吃上比饭堂好吃的饭菜；母亲很快与街坊交上朋友，闲来海阔天空地说笑聊天，开心使她少生病，不再那么消瘦，脸色也变得红润了。

侨汇是父亲家书中的一项重要内容，与回国话题共同铸成一个突出的主题。他上个月才寄来300元港币，现在又寄来550元学费和生活费，在当时可谓数目不菲。父亲鼓励我读书的心意表露无遗。

与校长合影　陈冰玲摄

2010年11月24日，黄卓才应母校之约，为台山一中首届艺术节作题为“散文创作”的学术讲座。这是他回到母校时与李锦桃校长（左二）、赵毅雄副校长（左一）和小师妹谭艳萍（右一）合影留念。

2. 生意没有起色

“港方地少人稠，甚难生活，是事实的。”“我目前粗体安好，生意仍续做去，但没有起色……”

时间一下子跳到1957年12月。中间几年的信没能保存下来，极为可惜。

写这封信的时候，父亲还不到60岁。他感叹“年几（纪）过高，无能为力”，恐怕与生意“没有起色”有关。为什么没有起色？

“近年以来，因为古巴政局不定，糖产对外销路不旺，社会购买力疲软，经济颇不景气，华商自然受到影响。加以大家各自为政，无法合资以做大规模的投资事业，而与其他外商相竞争。前途并不乐观，只要能够守成，已算不错。至于开创扩大，恐怕目前还谈不到。”

这段话引录于1957年台北海外文库出版社出版、宋锡人所著的《古巴华侨史话》第20页。书中17～20页还有古巴华商杂货业的描述：“在1667家之中，全部是零售商人。其中50%在古京夏湾拿，其余散布全国各地，售卖米、面、油、盐、糖、干鱼、罐奶、罐装鱼果火腿、酒、烟、咖啡、肥皂等等。他们都必须向西班牙人控制的批发商批进货色，这是一笔不太小的损失。他们差不多完全靠竭力节省及日夜工作以维持生计。普通商店店主，无论多大资本，自己的月薪只有60美金，最高为90美金。99%都住在店内阁楼中，从不外出，毫无消遣，否则就无法维持。换言之，利润不多，只靠劳力积钱。”

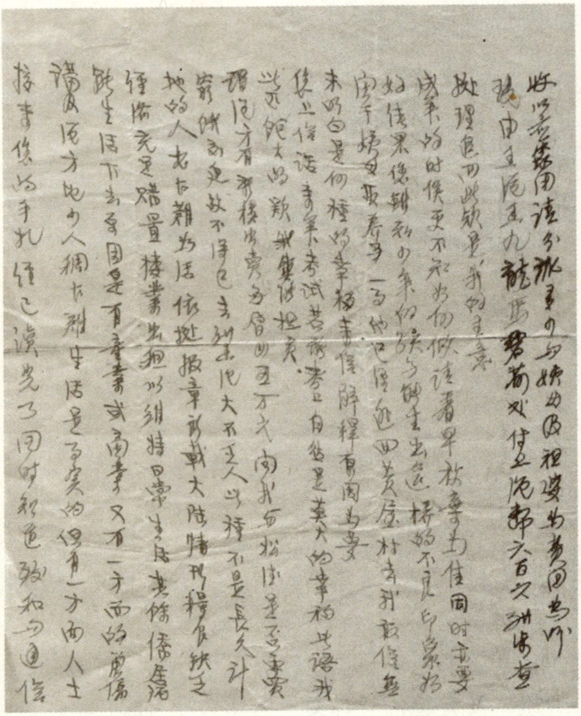

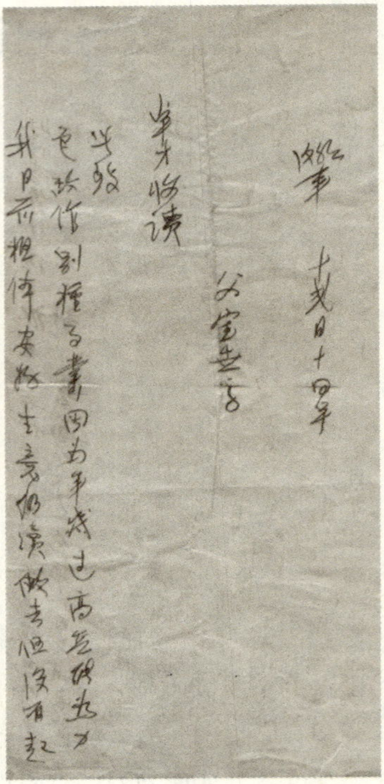

航空信

1957年12月，寄广州市法政路青年里3号。

原件尺寸：170㎜×220㎜，双面书写。

接来您的手札，经已读完了。同时知道致（志）和与（你）通信，讲及港方地少人稠，甚难生活，是事实的。但有一方面人士能生活下去，原因是有产业或商业；又有一方面的华侨，经济充足，购置楼业出租，以维持日常生活。其余侨居港地的人，想甚难为活。依据报章所载大陆情形，粮食缺乏，穷饿交迫，故不得已去到香港，大不乏人。此种不是长久计。谓港方有新楼出卖，每层四五万元，问我与松德是否要买，此四（笔）巨大的款，我无能担负。

您上信话来年考试，若能考上，自然是莫大的幸福。此语我未明白，是何种的幸福，来信解释原因为要。

关于姨母取养子一事，他已经逃回黄屋村去，我敢信无好结果。您虽（须）知少年的孩子，能生出这样的不良印象，如成年的时候更不知如何做。请着（及）早放弃为佳。同时亦要据理追回此款，是我的主意。

现由香港九龙马碧荷处付上港币六百元，到步查收，以应家用。请分派多少与（予）姨母及祖婆为费用为盼。

我日前粗体安好，生意仍续做去，但没有起色，改作别种事业，因为年儿（纪）过高，无能为力。

此致

卓才收读

父 宝世 字

一九五七年十二月十日早

黄宝世和他的商店

杂货店内货物琳琅满目，反映了古巴华侨商业兴盛时期的情景。本照片约拍摄于1936年或1937年。店址：大萨瓜市索里斯路（Solis y Albarran）259号。

1957年，古巴的巴蒂斯塔独裁政权已经岌岌可危。自从1956年11月，卡斯特罗率领81名战友乘“格拉玛号”登陆红滩，开辟了马埃斯特腊山区游击根据地以后，古巴各路革命队伍力量不断壮大，零星的战斗陆续发生。在这种革命过程的动荡局势下，生意虽然“仍续做去”，但难有起色，信中显露了父亲内心的忧虑。但那时我还不知道古巴内情，也不懂得安慰他，这就是所谓的“少不更事”吧。

我倒会为自己发愁。这从父亲的信中看得出来。

当时，我在广州第十七中学读高三。学校在登峰路，与北园酒家相邻。那是一所历史悠久、环境幽静、体育风气特别好的学校；更兼位于五层楼下，有全市最大的越秀山运动场、游泳池，还有附近的中山图书馆、中山纪念堂、麓湖，都可以为我所用，是个读书的好地方。1955年我从台山一中初中毕业后，就决心到广州读书。我如愿以偿地考入这所中学，开始了一段快乐的时光。为了我上学方便，当时母亲和我租住在离学校不远的法政路青年里3号。这封信就是寄到这个地址来的。

毕业在即，面临着前途出路问题，我的思想活动自然较多。

按照我当时的情况，唯一的出路是考试升学。我的家庭出身是华侨工人，虽然不是党员、团员，但年年被选为班长和学生会干部，学习成绩好，在《广州青年报》上发表过文章，又是学校排球队和广州市少年排球代表队的运动员，可以说德智体全面发展。在正常情况下，考上大学应当是没有问题的。

但是，形势好像有点儿不对劲。

秋季开学不久，学校加强了政治思想教育。一方面大力批判资产阶级思想，批判“成名成家”，批判“万般皆下品，惟有读书高”，批判“学好数理化，走遍天下都不怕”；一方面又号召我们毕业后“到农村去”，“到祖国最需要的地方去”。老师带领我们到附近下塘郊区农村去访问一位上届毕业没有考上大学的师姐，看她怎样“乐于回乡务农，安心生产”。然后把我们带到番禺县的万顷沙农场，让一位“自愿下乡”的初中毕业的小师妹向我们讲述她的“先进事迹”——她正是我租住的屋主家的小千金。政治课、语文课补充了好些有关务农的内容。种种迹象表明，学校要我们充分做好考不上大学的思想准备。也许，这不是没有道理的。当年的招生名额极其

20世纪50年代大萨瓜街景

从黄宝世寄回的这组照片，可见萨瓜大铁桥的雄姿，整洁的街道和漂亮的建筑。当年的大萨瓜已经是一个商业繁华、交通便利、公共设施先进、管理有序的城市。

有限，能够考上的人实在太少，连我们心目中最优秀的师兄师姐也一个个名落孙山。

在这种情况下，我觉得，能够考上大学，是莫大的幸福。我把这种希冀告诉父亲，他却不明白为什么。是的，他远隔重洋，不知道儿子正面临如此严峻的形势。

上届师兄师姐落第下乡的前车之鉴，令人警觉。我不能不多长个心眼了。

除了上大学，我还可以做什么……

去香港、出国？这是我首先考虑的，也许是出于一个侨乡人的传统思维模式。

那时候去香港并不难，只要有正当理由，申请一般可获批准。信中提到的马碧荷，是我的同乡姐姐，曾与我们在小北路小石新街租住过同一座房子，她就是不久前申请赴港的。还有我的几位男同学，包括和我一同来广州读书并同租住一室的台山学友，申请手续都办得十分顺利。如果我步他们的后尘，成功的几率相当大。

当时，如果我申请赴港，还有一个有利条件，就是亲戚的关照。我的舅母李美珍和表兄伍致（志）和几年前从台山去香港，如今已在九龙买了房子。舅母和表兄来信说，给我留了一个房间，让我到香港读书居住。

父亲信中提及我与志和表兄通讯的事，指的就是我写信向表哥询问香港的情况。看来，父亲强调的是香港谋生困难的一面，他并不赞成我去。这在当时，与我的想法是吻合的，我其实并不愿意到香港去。实际上，当时的香港不像现在这么发达，环境比广州还差。就读书、居住而论，并非理想之地。正因为如此，1957年暑假，我班上到香港探亲的同学都不愿意留在那里。同时，我对在内地升学满怀信心。“家有老，不远游。”母亲体弱多病，也是我不能离开广州的理由。

到1957年，姨母已经50多岁了。姨母伍惠琼（别名惠平、锦平）的丈夫黄松德，字世显，五十区璋背村人，1920年左右赴南美洲秘鲁首都利马谋生。他1924年左右与姨母结婚后，夫妻曾到广州度过蜜月。姨丈返回秘鲁后，姨母即被外家召回，让她在五十墟居住。1936年在河南街买地建楼，一切由我的归侨外公伍于炳包办，建成后冠名仁德堂。姨丈旅居秘鲁后，一去不复返，丢下姨母一个人在家，几十年守着一栋两层的大楼房，犹如守活寡一般，十分孤单凄苦。像她这样不幸的侨眷妇女，在台山不知有多少！

仁德堂　黄鹄摄（2011）

仁德堂位于五十墟河南街。当年的精心设计、精良的用料，确保了建筑质量。优质青砖、英国水泥、南洋坚木坤甸的屋梁和桁、桷、门窗，使楼宇历久常新，至今仍可反映出中西合璧的台山侨乡建筑特色。

小时候我所见过的一幕，经久难忘。

大约是1948年，秋风习习，凉意袭人，一个微胖的少妇赤裸裸地站在五十墟小河边的沙滩上，飞舞着白色大毛巾，搔首弄姿，又蹦又跳，又哭又笑，口中念念有词……好奇的人们一打听，原来是附近某村“发花癫”的“金山婆”。“金山婆”是对侨属老少妇女的通称；所谓“发花癫”，是指女人想男人而发了狂。听说这个“金山婆”出嫁后没几天，老公就去了美国罗省。她单身独居青砖大屋，孤灯难眠。她思念老公，天天想，日日盼，春去又冬来，一年又一年，本是夫妻恩爱的情景，不知怎么却使她乱了性。这样想呀想，就想傻了。最近五十墟来了一个看相算命的外江佬，在北盛街开了一个小店，专钓“金山婆”。这个傻乎乎的侨妇果然上钓。她第一次去算命，就被骗上了床。第二次，她按照算命佬的摆布，把家里的金银首饰玉器一应带齐，送去“作法”，“求神保佑”。谁知只过了大半夜，拂晓之前，她还在做着美梦，算命佬就卷起她的财宝人间蒸发了……

值得庆幸的是，姨母不是那种女人，她聪慧、坚强、自爱，没有误入歧途。

姨母身材高挑，容貌姣好，又出过省城，见过世面，家里数她读书最多，文墨、见识都不差。年轻时，独守空房，自然有男人追上门来。但她像许多侨眷妇女一样，恪守妇道，把所有求爱者拒之门外。

母亲和家姐的严格管教、封建礼教的束缚，更使她修炼得心如止水。她曾经多次收养儿女，希望聊解孤愁，年老也有个依靠，但均以养不熟而告失败。这一次，她收养的是附近黄屋村一个10岁的农家男孩，花了一笔钱买过来，本以为可以送他入学读书。谁知他不习惯墟镇环境，天天思念村里放牛娃小兄弟和捉鱼摸虾的生活，终于伺机逃回家去。姨丈极少寄钱养家，姨母只在街上摆个档口，卖饼干、糖果赚点小钱，以及收点铺租，维持生计。养子逃走，人财两空，对于她又是一次沉重的打击。姨母无可奈何，常在家自唱“木鱼”解闷。

台山侨乡有不少“金山阿伯”发财的传奇，也有无数华侨、侨属凄凉苦楚的故事。当年流行一首歌谣：“有女莫嫁耕田人，满脚牛屎

五十墟河南街　著者摄（2005）

满头尘。有女要嫁金山客，调转船头百算百。”外汇的诱惑，封建思想观念的钳制，夺去了多少侨眷妇女的青春，埋没了多少留守女人的一生。还有一首民谣，正是姨母一类妇女的写照：

青春守生寡，
千里遥遥难共话，
想来想去乱如麻！
细想他，
虽在天边云脚下，
三更还望佢回家。

无限苦闷中又幻想丈夫回家，这是许多侨眷妇女矛盾心态的写照，也是姨母孤苦伶仃的写照。她和许多侨眷少妇一样，正是在这种矛盾心态下遭受着痛苦折磨，无法自拔，虚度了自己的青春，寂寞变老。父亲同情她，把她视为家中一员，时常惦记着她，所以寄钱时往往叮嘱要分派一些给她。

链接

五十墟

五十墟是台山市一个历史悠久的侨乡墟镇，现隶属于四九镇。

四九镇、五十墟的名字，读者也许觉得很搞笑，其实用墟期命名好记实用。四九镇逢四日、九日为墟期，五十墟逢五逢十为墟期，农民赶集绝对不会忘记或搞错。

五十墟初建于清朝嘉庆四年（1799年），民国时期因有新宁铁路经过而闻名全国。此墟一河两岸，以石桥相连河南、河北，自然风光优美。带骑楼的商住两用洋楼，融合了岭南建筑和西洋建筑的风格，多数是用华侨资金建成。这些建筑虽然如今已经黯然失色，但仍可以见证往昔的辉煌。每一座楼房都有生动的故事，弯曲的街道使小小的墟镇显得奇巧幽深。还有悠然自得的民情风俗，附近古

兜山自然保护区、北峰旅游区等山水风光，以及加拿大前总督伍冰枝等名人的世居之地等，至今依然令人向往。

从河南街（东风街）街景可见冷清中孕育着生机。到过这里的人，无不赞叹它那独特的侨乡墟镇风情。如果有一天，人们挖掘出围绕这个小镇的丰富史料，发掘出华侨文化与侨乡文化的内涵，并把街道稍为整理一番，名不见经传的五十墟就有可能成为中国一个旅游胜地。

3. 古巴新政府成立

“有许多侨胞年老聋（龙）钟，积有三几千元不敢动程，其情可见。”“今又遇到古巴新政府成立，施行国家主义[1]……”

卡斯特罗与格瓦拉宣布革命胜利

1959年4月，与上信相隔一年半，父亲写这封信的时候，古巴政局已经发生了翻天覆地的变化。1958年12月，卡斯特罗等人领导的起义军声势越来越大，攻克了一个又一个城镇。1959年1月1日凌晨，巴蒂斯塔总统仓皇逃往国外；同日中午，格瓦拉率领一个纵队攻克了父亲侨居地的比亚克拉拉省省城圣克拉拉。晚上，卡斯特罗攻克圣地亚哥，并宣布新政府成立，古巴革命胜利了。

古巴革命是一件震撼世界的大事。连西方社会也认为“不仅因为古巴将成为美洲第一个社会主义国家，而且在社会、经济和政治生活各个领域发生的变化以令人惊骇的方式使这个国家的面貌焕然

① 国家主义是近代兴起的政治学说。在治国之道方面，主张以国家主权、国家利益与国家安全为重。

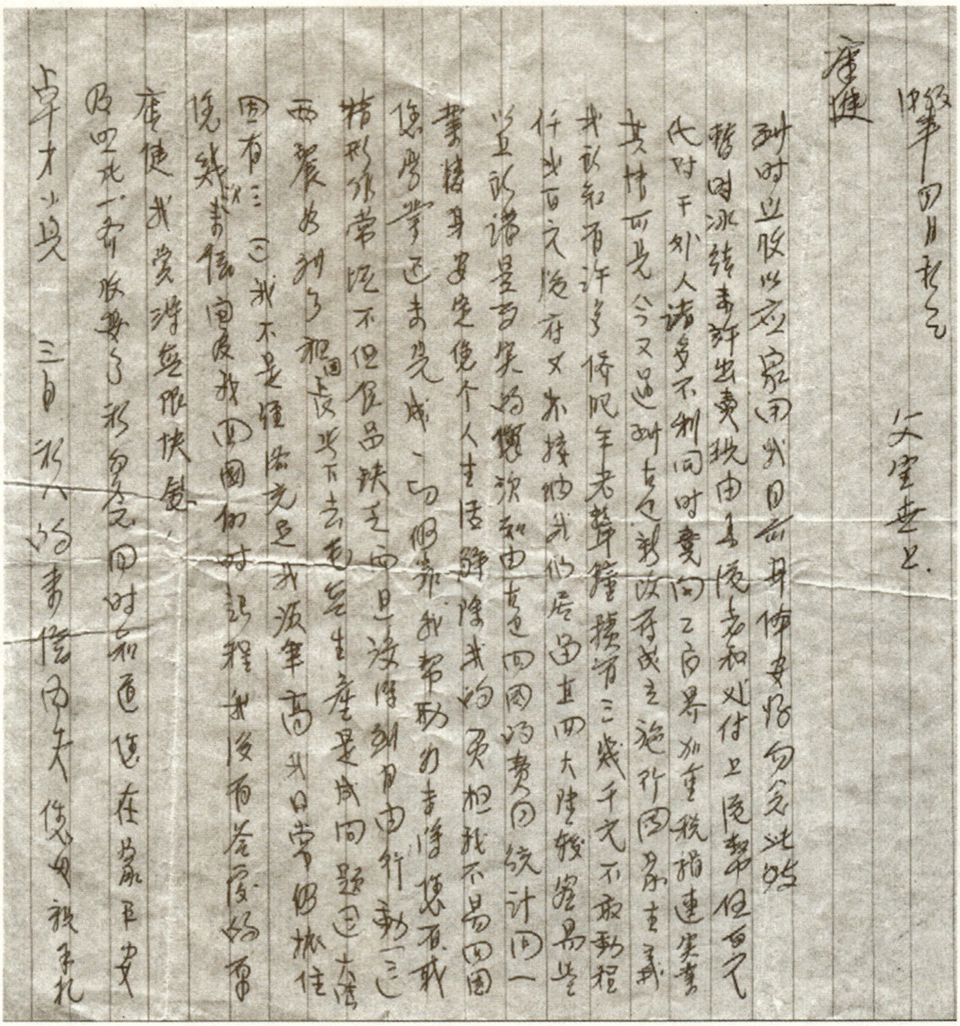
59年四月九日

父室安上.

康健

到时立收以应家用，我日前开俾安好勿念。此次
暂时冰结未许出卖，拟由香港老和处付上港币伍百元
代付于外人，请多不利，同时变向乙方界加重税捐连累实义
其情可见，今又是到古巴新政府成立施行国家主义
我所知有许多侨胞年老整年积有三几千元不敢动程
仟数百元能存又未接收我们尽留在四大陆钱存易坐
以上所说是事实，[illegible]由古巴回国的[illegible]统计回一
业[illegible]安定使个人生活[illegible]除我的负担，我不易回国
你学业还未完成，一向照我帮助的事，待你有成
精形作常[illegible]不但食品缺乏而且没得到自由行动（三）
两[illegible]好到了祖国长此下去恐怕生产是成问题，因大陆
因有三（三）我不是经济充足，我渐年高，我日常仍抓住
你钱以书信通知我回国的时候启程我后有答复的事
康健，我觉得无限快乐，
及四九一齐收妥了，[illegible]回时和通，你在[illegible]正安
卓才小嘱　三月[illegible]的书信[illegible]你母亲手札

航空信

1959年4月，寄广州市龙津西路逢源地一巷15号。

卓才小儿：

三月初八的来信，内夹您母亲手札及照片，一齐收妥了，祈勿念。同时知道您在家平安康健，我觉得无限快慰。

您几次来信问及我回国何时起程，我没有答复的原因有三：（一）我不是经济充足。我须（虽）年高，我日常仍抓住两餐。如到了祖国，长此下去，毫无生产，是成问题。（二）大陆情形非常坏，不但食品缺乏，而且没得到自由行动。[①]（三）您学业还未完成，一切仍靠我帮助。如未得您有职业，栖身安定，您个人生活解除我的负担，我不易回国。以上所讲是事实的。您须知由古巴回国的费用，统计用一千二百元。港府又不接纳我们居留，直回大陆较容易些。我所知有许多侨胞年老聋（龙）钟，积有三几千元不敢动程，其情可见。今又遇到古巴新政府成立，施行国家主义，他（它）对于外人诸多不利。同时竟向工商界加重税捐，连实业暂时冰结，未许出卖。

现由香港志和处付上港币伍百元，到时照收，以应家用。我目前身体安好，勿念。

此致

康健

父 宝世 上

一九五九年四月初三

一新”[②]。然而，父亲只是简略提到“古巴新政府成立，施行国家主义”的消息。我想，不是父亲不懂政治、不关心政治；恰巧相反，父亲每天看报，非常关心时事政治。但是，他与许多老一代华侨一样，不愿加入所在国国籍。不是古巴公民，政治上没有发言权，华侨当然也就“不问政治”。实际上，无论是中国革命或古巴革命，父亲的态度都是明朗的。19世纪古巴的两次独立战争，当地华侨华人都与古巴人民一起，英勇投入战斗。1895年的第二次独立战争，有5000多华人直接参战，所有的华人官兵都表现得异常英勇，不惜流血与牺牲；而未直接参加战斗的华人，则通过出钱出物等种种方式积极支援前线，不求回报。战争胜利后成为古巴共和国总统候选人的胡德中校，就是华人英雄的代表人物；高高矗立在哈瓦那市区的“旅古华侨协助古巴独立记功碑”及其镌刻着“没有一个中国人是逃兵，没有一个中国人

① 中国“大跃进”运动失败，经济失衡，食品供应紧张。其时大陆户籍管理严格，居民未经批准不得迁移。华侨回国探亲要报临时户口，这些措施容易被认为行动不自由。

② [法]奥亚斯等. 百地福旅游指南：古巴. 何德刚译. 北京：当代世界出版社，2001. 49

古巴华人记功碑

镌刻着“没有一个中国人是逃兵，没有一个中国人是叛徒”的记功碑屹立在哈瓦那最繁华的街区。

是叛徒”的名言，就是最准确的评价。20世纪50年代末，卡斯特罗兄弟和切·格瓦拉领导一批游击队，挑战古巴独裁者巴蒂斯塔政权，许多华人参与武装斗争，其中邵黄、蔡、徐三位华裔因战功彪炳，革命成功后晋升为准将，成为政坛明星。

遗憾的是，新政府上台后，实行了激进的国有化措施，直接损害了华侨的利益。华侨失去了赖以生存的职业，大部分人只好忍痛纷纷离开古巴。只有少数人留了下来，父亲就是其中一个。他还继续出任中华会馆主席，与新中国的大使馆交往密切，这也许在一定程度上表明了他对新政府还存有希望。

2009年我的古巴华裔朋友、华侨华人研究专家Mitzi（美枝）传来电子邮件，说我父亲有个义子，叫Idalberto Revuelta Diaz（依达贝尔托·列沃达·迪阿兹），小名Tati（塔蒂），西班牙裔，是一位革命烈士。他有一个弟弟和三个妹妹。塔蒂自小跟随我父亲生活，达16年之久。学生时代课余时间就在父亲那间Solis y Albarran 259号的士多店里帮点忙。1953年7月26日，菲德尔·卡斯特罗带领发动了一场由150多名革命热血青年参加的反对巴蒂斯塔法西斯统治的武装起义，对蒙卡达兵营发起了攻击。起义失败了，但民主革命的思想和行动纲领却获得了人民的支持，并由此揭开了反独裁专制、武装夺取政权的革命序幕。蒙卡达兵营就在圣克拉拉市，比亚克拉拉省的省城，离大萨瓜45公里。热血青年塔蒂受到的影响不言而喻。1956年，他加入了卡斯特罗领导的革命组织“7·26运动”。1958年1月26日，已经看到革命胜利曙光的塔蒂却在与旧警察的枪战中牺牲。当时他只有20岁。

美枝说，塔蒂一家人都是我父亲的好朋友。弟弟Eusebio（尤西比奥）曾继烈士哥哥之后在父亲的商店工作过六年，后来改做建筑，现在病重住在大萨瓜医院。妹妹Luisa（路易莎）住在哈瓦那。不久，刘博智教授和谭艳萍小姐急急赶到大萨瓜，与尤西比奥和他太太见了面，证实了烈士的事迹。

如此看来，父亲对古巴革命是有贡献的，但他从未向我提及。我想，这符合父亲沉着淡定的个性，也符合台山人谨慎稳重的风格。

古巴发生的政权更迭究竟意味着什么，当时全世界大概都还觉得是个谜。连邻近的美国也摸不着头脑，于是就有1959年4月卡斯特罗友好访问美国之举。当时，革命领导人只是说反帝、反独裁，这就是

链接

我见到了古巴蔡将军

黄卓才

一个非常和善的兄长，一条雄风犹在的蛟龙！这是他给我留下的第一印象。

他就是古巴的华裔蔡将军。

我早就知道古巴有三位华裔将军，阿曼多·蔡、莫伊塞斯·邵黄、古斯塔沃·崔，都是卡斯特罗革命中在格瓦拉身边成长起来的英雄人物。

蔡将军第一次来华，到番禺寻根。我很想见到他。

在有关部门帮助下得偿所愿，见面的时间定在5月21日上午9时，地点：广州白天鹅宾馆。

我带去了《古巴华侨家书故事》，签名送给他。还有《我们的历史并未终结》中译本，刊登着他蒙特利尔之行长篇报道的加拿大《七天》报，以及我正在排版的新书《鸿雁飞越加勒比——古巴华侨家书纪事》的片段资料。这些书刊资料里面有我们共同感兴趣的话题。

好像久别重逢的亲人，我们的交谈无拘无束。我告诉将军，我的古巴西人义弟依达贝尔托1956年在大萨瓜参加“7·26”组织，投入革命，可惜1958年初就牺牲了。将军回忆起当年的情景颇为激动。他说其时正当革命高潮，青年踊跃参战，华人也很支持。他当时是上尉，队伍里就有6个华人。他不认识我义弟，但应是战友，曾一起在比亚克拉拉省的西恩富戈斯、大萨瓜地区并肩战斗过。

紧握手，好朋友 贺宇摄

著者与古巴将军的合影。左二为蔡将军，左一是蔡上校，右一为中国对外友协的王宏强先生。

将军问我，邵黄是你的兄弟吗？我灵机一动，说：“我们同姓，同为1938年出生，是远房弟兄。只不过我是台山人，邵黄将军祖籍在增城。”在场的中国对外友协王宏强先生、广东省对外友协贺宇小姐和翻译刘小姐都会意地笑了。将军和他儿子也天真地笑了。

蔡将军问我有没有去过古巴，他表示，我到古巴，一定带我到父亲生活过的大萨瓜去。我说，大萨瓜中华会馆历史悠久，曾经非常鼎盛，但现在人去楼空了。你是中华总会馆副主席，我希望你想办法保护好会馆房产，不要让它变成古巴居民住宅。将军说，你反映的问题很重要，我回去要开会研究……

谈话时，将军的儿子阿曼多·拉萨罗·蔡上校神情投入，但不多说话，只忙着帮助父亲翻阅书籍资料。一个有着华人孝顺基因的儿子。

临别，我们留下了很有意思的合照——四个人的手紧紧握在一起。此刻，我真切感觉到，中华血脉在跳动，在流通！

链接

胡德的故事：从“猪仔”到总统候选人

当古巴独立战争结束后，成立临时参议院，对战功卓著的人，论功行赏，当时公认外国人帮助古巴独立，功绩最大而有资格当选古巴总统的有两人，一是圣多明各（Santo Domingo）太子，一是胡德。古巴人称胡德为“何塞胡”（Josebir）。胡德是广东开平人，原名胡开枝，曾在恩平县城读过四年书，他父亲在县城开油糖店，在他17岁那年的盂兰节前夕，父亲命他送钱回乡“烧衣”（送鬼），路经赤坎，途中被人诱骗入赌场，把手上的钱输光，还欠了赌债，被迫卖身作“猪仔”，至澳门上了西班牙“猪仔”船直往古巴。家中父母日夜盼望，但杳无音讯，数十年后，有一日，家里突然收到他从古巴寄来的两万元，家人喜出望外，以为他在外洋做老板发了大财，谁知该款并非经商盈利，而是由于他在古巴独立战争中立了功勋，国会决议赏给他两万元奖金。胡德到古巴，初期也和其他“猪仔”华工一样，在蔗园当苦工。不久，由于蔗园主看他年轻体壮，相貌端正，便要他到家里当侍役。该蔗园主有糖寮多间，每间糖寮附设杂货店，供应工人伙食用品，又设有杂货总行向各店批发，通过杂货店的剥削，蔗园主又可以把发给奴隶们的微薄工资刮回到自己的腰包里。

后来，那蔗园主觉得胡德为人诚实可靠，又调他管理杂货总行。胡德积了些钱后便和一个土生的华裔女子结了婚。此时，适值清政府钦差大臣陈兰彬到古巴，向西班牙殖民政府交涉“猪仔”华工问题，胡德便乘机摆脱“猪仔”身份，辞去该杂货总行职务，自己在善灰咕（Cienfuegos）开了一间杂货店。这时正是古巴第一次独立战争之后，与西班牙签订了《沙康条约》，这条约是西班牙殖民主义者对古巴人民的欺骗，古巴人民对这条约极为反对，斗争仍在继续，当时昂美将军（Jose Miguel Gomez）等领导了这次反殖民主义的斗争，在汕打加拉省（Santa Clara）山林中展开活动，有华侨数百人参加了那个队伍。斗争非常艰苦，粮食缺乏，战士生活受到严重威胁。当时有个大财主在码头附近开设了一间规模极大的杂货批发行，专门供应各大蔗园的杂货总店。胡德虽然当苦工的时间不长，但他离开蔗园后仍惦记着同伴们的悲惨生活，他知道解救同伴们的最好办法是争取独立，因此他热情地支持独立战争，把自己的资本献作革命军饷，并以大批大批的粮食接济革命队伍，自己的本钱用完了，又用自己店的名义向该大杂货批发行赊销粮食。因为他曾替蔗园主管理过杂货总店，是那大杂货总行的老顾客，所以向该行买货赊货都很便利。初期是半买半赊，其后全部赊数，该行起初以为他生意好，货物畅销，后来发现他的销售速度惊人，便产生怀疑，而报告当局进行侦察，果然发现他在支援独立战争，便将他逮捕。革命军探得他被关在监牢里，就星夜出动，围攻监狱将他救出。胡出狱后，参加了革命队伍，共同对敌斗争，后来也将其妻接去参加了革命。胡德在革命军中十余年，受伤五次，升至上尉，死后被授予上校军衔。

（摘录自黄作湛《古巴见闻录》）

民主革命吧，古巴劳动人民应该是高兴的，社会主义国家也应该是欢迎和支持的吧。我呢，只希望华侨今后在民主政府的治理下，日子过得好一些，希望父亲的生活有所改善。这是一种良好的愿望，但父亲信中已经表露了他的担忧：“施行国家主义，他（它）对于外人诸多不利。同时竟向工商界加重税捐，连实业暂时冰结，未许出卖。”他是有政治敏感的。

骨肉分离30多年，夫妻未得团聚，父子不能享受天伦之乐，我们母子俩迫切希望父亲叶落归根。但父亲信中所讲的三点，都是实际难

依达贝尔托烈士

谭艳萍翻拍于大沙华

革命烈士墓　谭艳萍摄

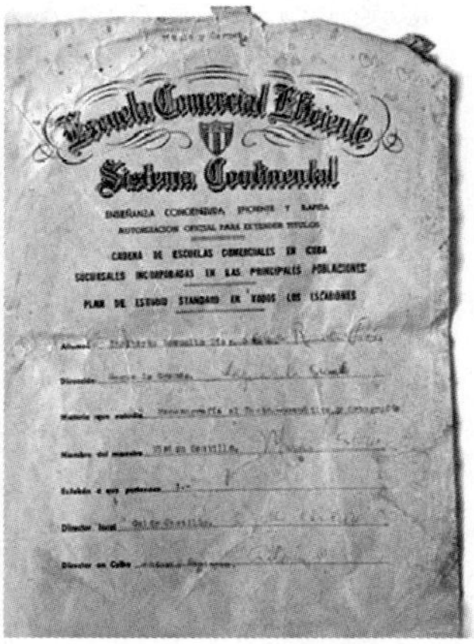

烈士证书

处，不能不认真考虑。

首先，他到古巴虽然时间不短，但早期打工，后来做点杂货店的小生意，都赚不到什么钱；他一向乐于助人，寄钱养家之外，还不时接济失业的同乡和朋友。爱国捐款、慈善捐款也少不了他的份。有的同乡侨胞失业时，就到他的商店来“帮忙”，父亲一律收留。临到年老，他连一间房子也没有，更不用说其他资产了。手头极少积存，年事又渐渐增高，所以必须 “抓住两餐”。看来，父亲孤身在外，危机感是随时存在的。

其次，他说“大陆情形非常坏，不但食品缺乏，而且没得到自由

链接

古巴革命百年史

古巴因盛产蔗糖而被誉为世界上最甜的国家，但历史上也是苦难最多的国家。

15世纪以前，古巴岛是印第安人的天地，岛上居住着瓜纳哈达贝伊人、西伯涅人、泰伊诺人及太平洋土著原始部落。1492年10月27日，哥伦布首航美洲时发现古巴岛，将它误认为是大陆。1508年哥伦布第二次航行美洲时，他的部下迪戈·贝拉斯克斯带领300名士兵绕岛航行一周进行考察，证明它不是大陆，而是一个美丽的大岛。从此，古巴的苦难开始了！古巴岛土地的肥沃和印第安人的善良激起了西班牙殖民者征服和垦殖海岛的欲望。1510年西班牙远征侵略军开始征服古巴并进行殖民统治。西班牙殖民者用血与火镇压了土著人的抵抗，又以非人的虐待和无辜的伤害，使印第安人大批死亡，幸存者纷纷逃往深山老林。于是西班牙殖民者不得不从非洲引进黑人奴隶从事种植园的繁重劳动。

1790年，古巴出现要求独立的运动，即由获得自由的农奴何塞·安东尼奥·阿朋德领导的农奴起义。1867年，宗主国和殖民地之间的矛盾日趋尖锐，古巴人民开展了要求独立的十年战争，即1868年由卡洛斯·马努埃尔·塞斯佩德斯和多米尼加人马克西莫·戈麦斯发起的古巴第一次独立战争。十年战争之后，签订了《圣约瑟条约》，精疲力竭且四分五裂的农民武装放下武器。但《圣约瑟条约》遭到以安东尼奥·马塞奥为首的人民群众的“巴拉瓜抗议”，烽烟再起。战争最终使得古巴统一，奴隶制被废除。

1895年2月24日，古巴的民族英雄、拉美文坛巨星何塞·马蒂领导的民主革命即第二次独立战争打响了第一枪。这场解放战争最终争得了古巴的独立。但美国的扩张野心使革命成果付之东流。美国人自己炸沉缅因号战舰并以此作为借口出面干涉，挑起美、古、西战争，背着古巴人民签订了《巴黎合约》，以西班牙出让古巴、波多黎各、菲律宾和关岛给新兴的帝国主义强国而告终。美国人从1899年起粉墨登场，亲自掌管古巴政府长达四年之久。1901年制定了共和国宪法，美国强占了古巴关塔那摩海军基地。从1902年5月20日起，古巴开始了57年由受外人操纵的傀儡政府领导共和国的历史。

1953年7月26日，菲德尔·卡斯特罗率领的一群青年攻打了蒙卡达兵营，遭到失败。1956年12月，菲德尔·卡斯特罗率领81名突击队员从古巴东海岸登陆，开始了起义军的游击战争和解放战争。直到1959年1月1日才推翻了巴蒂斯塔独裁政府，宣告古巴革命取得胜利。

行动”，这大概是从当地报纸上获得的信息。1959年，中国大陆“大跃进”失败，经济陷入崩溃边缘，粮食、肉类和副食品供应非常紧张，全国性的饥荒开始出现。所幸我们是大学生，得到国家特别保护，饭可以吃饱。但那年初冬，在学校挖湖劳动的时候，我们也尝到了饥饿的滋味。我的散文《明湖之忆》记叙了当时的情景：

> 那阵子，头脑发热的“大跃进”刚刚过去，经济困难已经来临。饭堂里供应的菜式，不是吃怕了的“无缝钢管”（通心菜），就是莫辨其味的“杂锦酱”。鱼呢？肉呢？久违了，取而代之的“营养食品”，是一种叫做“小球藻”的东西。周末，挑灯夜战，干一个“东方红”（通宵），每人发两个烤饼，便是最美的夜餐兼早餐了。烤饼是用番薯、蕉树干之类的杂粮材料做的，硬邦邦的。同学们开玩笑说，这种饼呀，掷在地上，地板烂了，它不烂。[①]

再次，“您学业还未完成，一切仍靠我帮助。如未得您有职业，栖身安定，您个人生活解除我的负担，我不易回国”，这也是非常负责的考虑。父亲无疑是一个爱国华侨，他的爱国首先表现在爱家上。背井离乡几十年，家庭没有给过他多少帮助，而他却数十年如一日地寄钱养家，一直肩负着丈夫、父亲的责任。这是多么可贵的品质啊！我觉得，这就是老一代华侨优秀品德的典型表现，很值得晚辈继承和发扬。

---

① 黄卓才. 水上仙境. 广州：广州出版社，2004. 238

明湖迎客

2010年，贵客从美国来，在暨南大学校园中央的明湖之畔，刘博智教授（右）向黄卓才详细讲述了黄宝世事迹调查情况，以及两次古巴苦旅的收获和感受。

十、结婚是终身问题

"结婚是人生终身的问题，需要侦察其女子是否受过教育，品格端正而知妇道是紧要的，贫富不成问题。"

这封信是写给"贤内助"的，也是父亲家书中唯一保存下来的直接写给妻子的一封。当时我和母亲已经搬迁到广州市龙津西路逢源沙地一巷15号，这是我们用父亲的侨汇买下的房子。

在广州，我们第一次拥有了自己的房子，这是1958年的事。

1955年秋季，我离开台山一中来广州读书时，除了有个担保人之外，没有一个亲人可以依靠，只好与一同从台山出来的同学合租房子。首先租住在中山四路榨粉街，不久迁到小石新街。母亲留在台城，我和父亲都不放心，不久让她也搬出来，然后我和母亲又租住在法政路的青年里。这几处房子都很差。榨粉街那一间，是平房加建的顶层，低矮而闷热，我常要把头伸出屋顶外面去透气。每逢这时，我就会想起冼星海在巴黎租住的房子，想起他把半截身子伸出天窗外面拉小提琴的情景，并引以为自慰自勉。青年里那一间，非常狭窄，190厘米长的标准床板要锯掉20厘米才能放得下，睡觉时脚不能伸直，又是板障房，不隔音。即使这样，每月还要交3元5角租金，这是一个人半个月的伙食费啊！高中毕业前夕，我越发觉得没有自己的房子实在不行了，于是壮着胆子给父亲写信，请他寄钱回来买房，也好为迎接他回国安度晚年做好准备。

父亲果然把一笔钱寄到香港，放在舅母处。那时广州房屋买卖只有房管局一处，它就在豪贤路，与我居住的法政路只相隔一条街。我

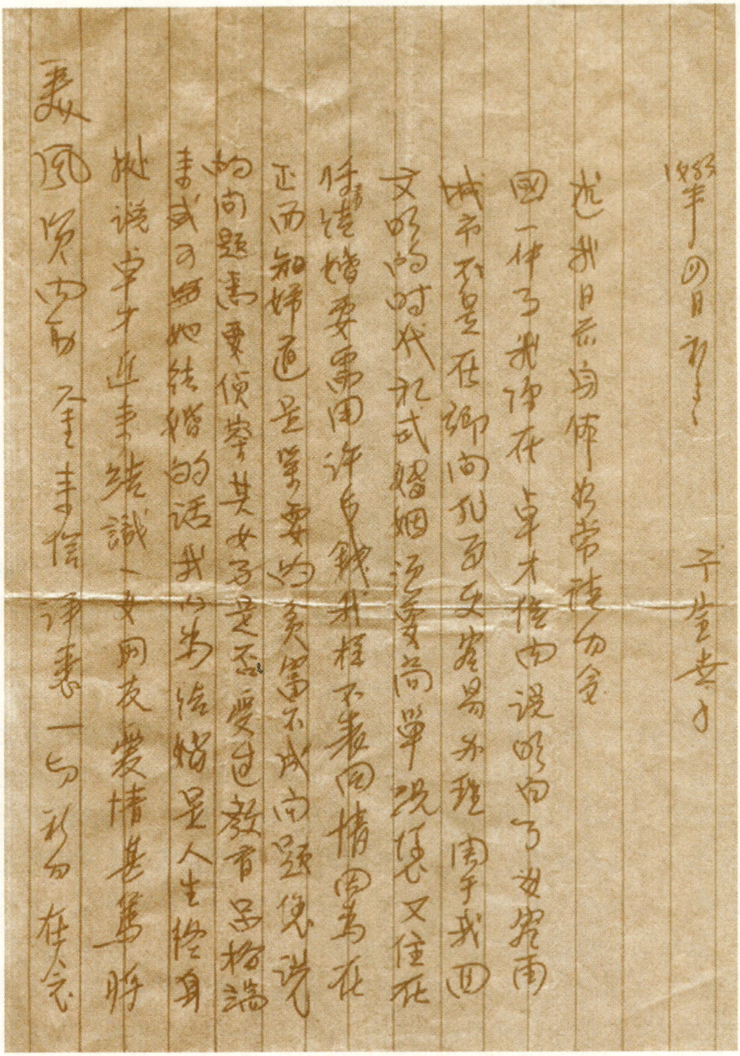

航空信

1959年4月，与上封同寄。

美凤贤内助鉴：

来信详悉一切，祈勿在念。

据说卓才近来结识一女朋友，爱情甚笃，将来或可与她结婚的话。我以为结婚是人生终身的问题，需要侦察其女子是否受过教育，品格端正而知妇道是紧要的，贫富不成问题。

您说将来结婚要需用许多钱，我极不表同情。因为在文明的时代，新式婚姻须要简单，况您又住在城市，不是在乡间，凡事更容易办理。

关于我回国一件事，我经在卓才信内说明白了，毋容再述。

我日前身体如常，请勿念。

予 宝世 字

一九五九年四月初三

西关一角的龙津西

可以挡雨遮阴的骑楼建筑，仍然保持着广州街道的传统特色。

和母亲到房管局看挂牌，然后去看了几处房子，很快就相中了逢源沙地一巷15号这一间价钱便宜的砖木结构两层小楼。成交价 1900 元人民币，连手续费、纳税、登《广州日报》的广告费共花了2100元。

我和母亲为终于在广州有了一个立足之地而高兴。房子很小，每层只有30多平方米，坐向朝北，屋顶低矮，夏天二楼酷热难耐，只好搬到一楼活动，待秋凉才又搬上来，所以我戏称其为“候鸟居”。但它地处西关的荔枝湾，而且就在后来设立的荔湾博物馆同一条街，离著名的荔湾湖公园、泮溪酒家只有一箭之遥。西关是广州一个最古老、最有地方特色的街区，它承载着广州文明，西关大屋、西关小姐、西关美食、西关讲古、粤剧八和会馆、曾经中外商贾云集的十三行……是广州文化的标签，岭南文化的缩影。能在这里拥有一座房子，接受广州文化的熏陶，我非常感谢父亲！虽是陋室，虽是艰苦年代，但母亲在这房子里过上了一生中几年最舒心的日子。她在这儿与朝见口晚见面的街坊成为好朋友，在这儿为儿子成了亲，又在这儿迎接了长孙雅凡的诞生。头一个孙儿是男孙，她高兴得煮了很多红鸡蛋，用最好的致美斋甜醋煮了大煲猪脚姜，穿着新木屐（木板拖鞋），到各家各户去派送……虽是陋室，但“谈笑有鸿儒”，曾有不少名人降临寒舍。如著名作家曾敏之、易征、张振金，文艺理论家饶芃子，著名诗人陈芦荻、秦岭雪，书画家李昶海，父子将军周力夫、周德润，广州市教育局局长张健女士等。在这西关一角的小巷，在当年交通不便的情况下，居然有四位后来升任大学校长或副校长的“大儒”（姚洪庆、饶芃子、周德润、黄旭辉），还有好些情长谊深的同事、同学、学生和工人农民朋友来访，我现在回想起来还十分感动——那年代，友人、师生、学友之间的感情是多么真诚和淳朴！后来，我最先出版的发行量近百万册的三本书——《作文病院》、《全国中学生获奖作者谈作文》、《作文获奖揭秘》和关于游记、散文、随笔、杂文写作的一批论文也是在这个斗室里诞生的。

因为有了房子，更因为父亲步入老年和处境的恶化，与父亲通信中，谈论他回国的问题也多了起来。

从20世纪初到50年代，是古巴华侨的鼎盛期，华侨人数达二三十万之众，在整个拉丁美洲占首位。[①]卡斯特罗政府上台后，华侨汇款被限制，再也不可能寄一笔买房子的钱了。好像是命运的安排，让我们抓住了这个最后的机会，多么值得庆幸啊！

1958年秋季，我高中毕业，并考入暨南大学中文系。这一年，购置房子和考入大学两件大喜事，我一定会向父亲报喜，父亲也一定会有回应的。可惜的是，那些信件都遗失了。

暨南大学礼堂夜景　黄雅凡摄

1958年，广州暨南大学简朴而隆重的开学典礼在礼堂举行。2006年百年校庆时易地重建的新礼堂仿照旧礼堂的风格，“礼堂”二字也用原来字体，为老一辈暨大人留下了思忆的空间。

1958年的高考，可以说是皆大欢喜，一扫往年高中毕业生望大学之门而兴叹的怨气。因为这是“大跃进”的年头，教育也要“大跃进”、“放卫星”。不但各所大学增加了招生人数，而且一下子冒出好几所新的大学，如北京的中国科技大学、广州的暨南大学等。这样一来，很多高中毕业生获得了升学的机会。我所在的广州市第十七中学高三丁班，40多位同学近90%考上了大学，我也是其中之一。那一年，考上大学不算幸运，被录入意想不到的好大学、好专业，才算幸运；而不幸者，是那些学习成绩优秀、各方面表现也很出色却落了榜的同学。他们之所以不被录取，全是因为家庭出身问题。1957年的反右之后，“阶级斗争”观念进一步加强，对知识分子的政策更加

① 古巴驻华使馆旅游代表处，中国旅游出版社．古巴旅游指南．北京：中国旅游出版社，2000．148

广州暨南大学中文系首批学生

复办后首届中文系90名新生中，有1/3来自南洋和港澳。

“左”倾，“阶级路线”进一步极端化。于是，“反动阶级”家庭出身或家庭有“历史问题”的考生被拒于大学门外，其中不乏才华出众者。

一部分人皆大欢喜，一部分人大叹倒霉，几家欢喜几家愁，这就是时代的悲喜剧！

看到那些天真可爱、各方面都很优秀的同学失落的样子，我为他们难过，暗暗为他们掉过眼泪，但不知道该如何安慰他们。

当我收到录取通知书，知道被暨南大学录取时，颇感诧异。我没有报考这所大学，甚至根本不知道有这么一所大学。原来它是复办的华侨性质的大学，以前设在上海，现在则在广州。入学后，我才弄清楚我为什么被录取，据说因为我是侨眷，是班长，新办学校很需要学生骨干……啊，我不知道自己交上了什么运！

无论如何，我是考上大学了。既来之，则安之，我很快就适应了新环境，全身心投入学习中去。第一年，我们的学习基本上是在“社会大课堂”里进行的。到郊区的江村北江边去炼焦，在学校里挖人工湖，外出采集大跃进民歌，小分队到全省各地去采访“岭南春色”，我还创作过电影剧本，发表过采访华侨工人的通讯，应执信女子中学的邀请到该校去给高三的学生讲民歌……劳动辛苦，生活动荡，遭遇饥荒，在大学一年级，我们失去了系统学习专业知识的机会，却获得了许多课堂上学不到的实际知识，锻炼了意志，提高了适应环境的生存能力，获益匪浅。尤其值得一提的是，我们的系主任是著名作家、

我们的系主任肖殷教授

肖殷（右二）与同辈作家杜埃、周钢鸣、陈残云（由左至右）。

文学理论家肖殷。一开学，他就跟我们讲创作，这让我似乎看到了未来走上作家之路的希望。肖主任1938年投奔延安，就读于鲁迅艺术学院，历任《文艺报》主编、《人民文学》编辑部主任、中国作家协会文学讲习所副所长等职，曾获第一届鲁迅文学奖特别奖。他著作很多，其中《鳞爪集》、《给文学青年》给我教益尤多。他性格耿直，创作道路和人生旅途并不平坦，他那句“文学是危险的事业”的肺腑之言，曾令我们学子深为震撼。

塞翁失马，安知非福！这就是我当年入读暨大时聊以自慰的箴言。

收到这封信时，我已经在读大一，并且开始谈恋爱了。

我与素梅认识于1958年，当时我们在同一所中学读书。我是高三丁班班长，她是初二庚班班长。学校任命我为总领队，带领高、初中几个班的同学到解放北街道去宣传爱国卫生，使我有机会跟她在一起。但那时我俩还小，只是互相认识而已；真正谈起恋爱来，则是我上了大学、她读了护校以后的事。

和所有的家长一样，父母对于我恋爱婚姻的关注是十分自然的。“结婚是人生终身的问题”，父亲以传统的观念教育我从交女朋友谈恋爱开始就要严肃对待。信中表达了他选择对象的主张，强调“受过

教育，品格端正而知妇道”，办理婚事的原则是简单节俭。我觉得父亲说得很对。不过，说到结婚，只是母亲因自己身体不好而抱孙心切而已。我自知年纪还小，还没有独立能力，我会控制节奏的。

链接

古巴民族

自1510年起，西班牙殖民者用暴力从非洲海岸和原始森林运来大批黑奴充当劳力。19世纪中叶，中国人到来，其后就有法国人、阿拉伯人、日本人、美国人、苏格兰人、海地人、多米尼加人、牙买加人和尤卡坦印第安人涌入。如此众多的人种，在漫长的几个世纪里，一代又一代地相互通婚、混血，相互同化，涌现出一个拥有各种不同肤色的人群，形成了伟大的古巴民族。 这是世界上独一无二的民族。古巴人具有自己独特的民族性格、宗教、文化和风俗习惯。从人种学而言，这是一个全新的年轻种族：他们拥有上述人种一切最优秀的民族特征，身体素质极佳，身材高大、匀称、健壮，是天生的运动健将，这是古巴民族的骄傲。古巴人民性格乐观、快活、富于激情、豪爽、热情、友好、能歌善舞，好交往，没有种族偏见，没有种族歧视，却有强烈的爱国心和民族自豪感。

古巴人热爱音乐

古巴人热爱音乐，犹如鱼热爱水，音乐对于古巴人不是鉴赏品，而是生活必需品。在哈瓦那的街头有各式各样的车，不同年龄汽车的时间跨度可以超过50年，大多是四五十年代美国生产的“老爷车”和苏联造的“拉达”，整个哈瓦那简直是一个巨大的露天汽车博物馆，擦身而过的一定是老爷车。但老爷车一定开得飞快，而且音乐一响，车上的人和着节奏在开车，路边的人也会和着节奏扭动。尤其是那些很小的孩子，舞动得尤其投入，天生的韵律感，一副令人感动的画面。

有人说：“古巴的节奏来自于炎热，脚丫子踩在地上，热量促使人体不断地运动，以致形成了丰富的节奏。”古巴在革命后被美国的封锁政策封闭了近半个世纪，人们几乎忘了在这之前，不是雪茄，不是朗姆酒，音乐才是古巴最大宗的出口。1996年以后，英国一家唱片公司进入古巴制作古巴音乐专辑《乐满哈瓦

巴拉德罗的歌手　万江欣摄

那》，这才重新把古巴的萨尔萨音乐带出国门，随后著名导演维姆·文德斯以纪录片《乐满哈瓦那》记录下了古巴萨尔萨音乐丰富的生命力，也诉说着古巴人挚爱与勇气的故事。当他们突破美国与古巴断交的禁忌，这群已经等待了几乎一辈子的乐人进入美国卡内基音乐厅演出，他们的血管里流淌着音乐，演奏是呼吸，音乐已经是他们生命的一部分。站在舞台上，乐声响起，经历了人生大半岁月的他们在舞台上从容不迫地流露出心中对音乐的热爱。70岁的伊布拉辛·菲列挥舞着古巴国旗说："我们弹奏演唱的是好音乐！"

在哈瓦那，听到一首旋律动听的歌："亲爱的，别哭，擦干眼泪，忘记烦恼，让我们快乐地跳舞，生活就是一场狂欢节……"生活就是一场狂欢节，所以我们在哈瓦那街头见到的人，无论男女老幼，脸上的表情都是快乐的，他们虽然贫穷，却很快乐。没有空调、没有冰箱、没有彩电，但是他们并不苛求这些，东西不在于多少，够用就可以了。我问过他们中的很多人，他们都很自豪：我们是一个贫穷的小国家，可是我们的生活很快乐，我们对现在的生活很满足，也对目前拥有的一切感到骄傲。

（摘录于香格里拉网站任丘文《桑巴、雪茄、革命的古巴》）

乡村乐队　黄雅凡摄

5. 古巴政府禁绝侨汇

“昨适有侨胞从广州市复回古巴，顺便问及祖（国）的情形。”“古巴政府禁绝外汇，虽用黑市，亦甚难寄出。”

时间一下子跳到1961年5月。

古巴新政府上台后，进行了一系列的民主改革，包括土地改革、对本国和外国企业实行国有化、实行全民享有社会保险、免费医疗、免费教育等。

古巴革命者虽有良好愿望，但怎么个革法，实际上不是事事心中有数。1959年春，卡斯特罗访问美国时仍强调“古巴革命既不是资本主义，也不是共产主义，而是橄榄绿色的人道主义”①。这就是当时他们所设想的第三条道路。新政府决心发明一个“新社会”，建设一个新古巴。它推行的政策颇有惊人之举和浪漫色彩：房租降低50%，农民可以随意进城，免费入住哈瓦那豪华宾馆；以前只有外国人才能享受，长期与本国穷人隔离的海滩向所有人开放……这些狂欢庆典式的改革虽然受到贫苦大众一时的欢迎，但超过了国家经济的承受能力，有的则破坏了经济秩序，打击了贫苦大众的生产积极性。这就为后来的政治安定、经济发展和人民生活带来了麻烦。

---

① 转引自：肖枫，王志先. 古巴社会主义. 北京：人民出版社，2004. 27

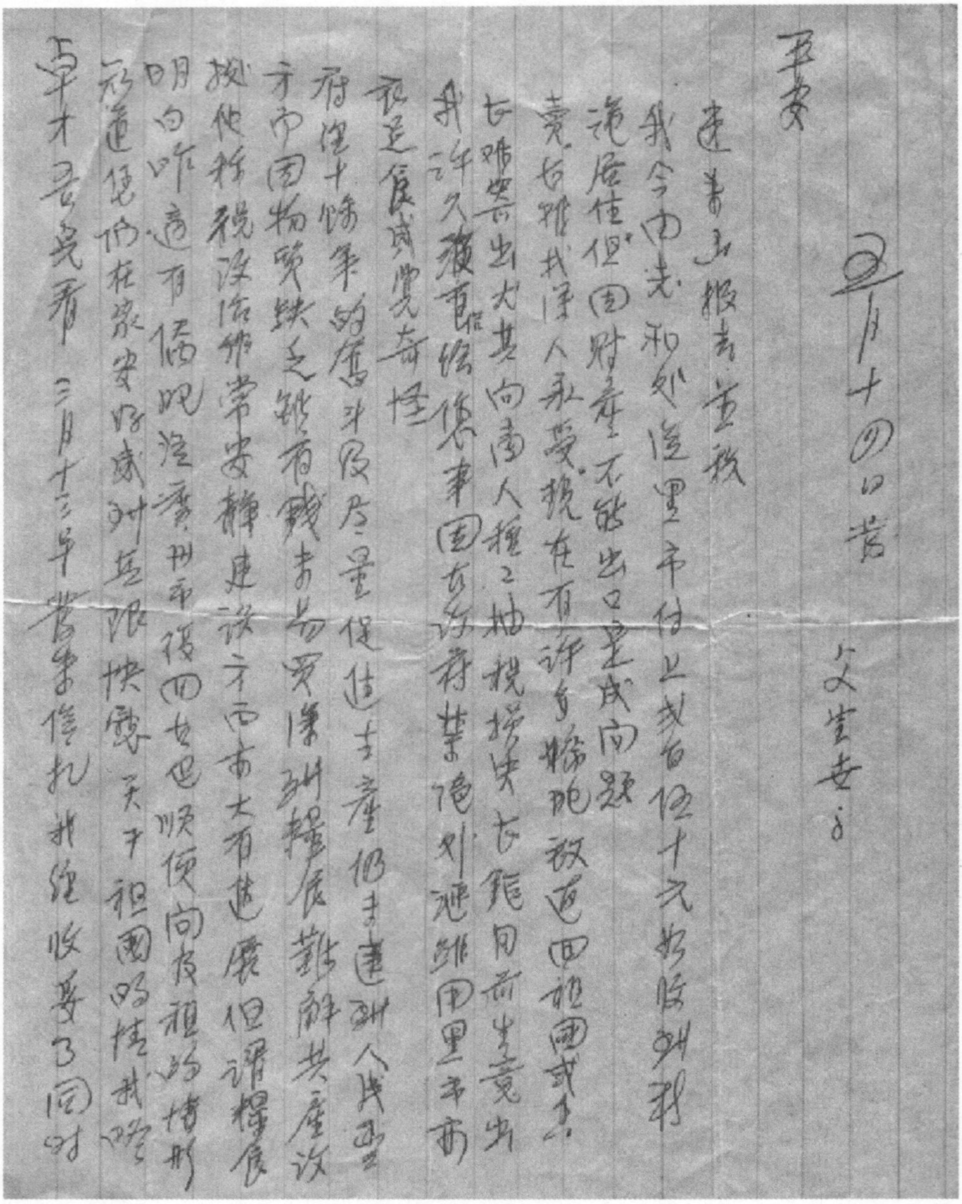

航空信

1961年5月，寄广州市龙津西路逢源沙地一巷15号。

卓才吾儿看：

三月十三号发来信札，我经收妥了。同时知道您们在家安好，感到无限快慰。关于祖国的情形，我略明白。昨适有侨胞从广州市复回古巴，顺便问及祖（国）的情形。据他称说，政治非常安静，建设方面亦大有进展；但谓粮食方面，因物质缺乏，虽有钱未易买得到粮食。难解共产政府经十余年的奋斗，及尽量促进生产，仍未达到人民丰衣足食，感觉奇怪。

我许久没有信给您，事因古巴政府禁绝外汇，虽用黑市，亦甚难寄出。尤其向商人种种抽税，损失甚巨。目前生意出卖，甚难找得人承受。现在有许多侨胞欲返回祖国或香港居住，但因财产不能出口，是成问题。

我今由志和处从黑市付上二百五十元，如收到，祈速来函报告。

并祝

平安

父 宝世 字

（一九六一年）五月十四日发

古巴革命前，美国自20世纪20年代起一直控制着古巴的政权和经济命脉。“在巴蒂斯塔统治末期，美国资本控制了古巴糖生产的40%，铁路的50%，电力的90%，外贸的70%，100%的镍矿和90%的铁矿。银行和金融业也基本上操纵在美国资本手中。”[①]古巴革命的深入触动了美国的利益。所以，这个强大邻国一直以“第二只眼睛”死盯着“后院”岛国的动静。

1960年，古巴与苏联、中国的关系亲密起来，而与美国的关系则迅速恶化。是年2月，苏联答应向古巴提供1亿美元的贷款，并在5年内每年购买100万吨古巴糖。7月，古巴同中国签订贸易协定，同时颁布征用美国人在古巴财产的法律，将价值约15亿美元的400多家美资企业全部收归国有。这些举止，都为后来古巴形势和国际形势的变化埋下了伏线，古巴被卷入大国斗争的旋涡……

同年9月，中古建交。10月，美国宣布对古巴实行禁运。11月，中、古签订经济技术合作协定，规定中国向古巴提供6000万美元无息贷款，中国还向古巴提供军事援助。

---

① 转引自：肖枫，王志先. 古巴社会主义. 北京：人民出版社，2004. 33

激情·浪漫　刘博智供稿

当年古巴的起义者，从领导人到战士，都充满激情和浪漫。这是来自大萨瓜华裔家庭的翻拍照片。

1960年11月，古巴领导人格瓦拉率领经济代表团访华，两国签订了第一个经济技术合作协议。12月，中国首任驻古巴大使申健走马上任。

1961年4月16日，卡斯特罗宣布古巴革命是社会主义革命——古巴的社会主义终于被美国的敌视逼出来了。次日，发生重大事件：1400多名雇佣军在美国飞机和军舰的掩护下，在古巴拉斯维亚斯省西南部的吉隆滩（又叫猪湾，现属于马坦萨斯省）登陆，武装入侵古巴，企图颠覆古巴革命政府。

此事引起了全世界的关注，许多国家的人民都反对美国的所为，用各种方式对古巴反击入侵表示支持。我当然站在古巴一边。“要古巴，要古巴，不要美国佬……”我和同学们一起参加了示威游行，高呼口号，放声歌唱，对古巴人民给予了热情声援。

好在这场政治风波很快过去，卡斯特罗总理亲自出马指挥战斗，经过72小时的激战，入侵者被全部歼灭。这就是历史上著名的吉隆滩之战，或称猪湾事件。

美国从此更加敌视古巴，长期实行封锁禁运政策，千方百计想搞垮古巴；而古巴人民的反美斗争也从未放松过。

自1992年以来，联合国大会每年都通过要求美国结束对古巴经济封锁的有关决议，但美国置之不理。直至2009年3月，美国参议院才通过一项关于部分解除美国对古巴制裁的议案，允许美籍古巴人每年回古巴探亲一次，并放松向古巴出口食品和药品的限制。2011年1月，奥巴马政府又决定取消对古巴汇款的所有限制，增加美国直飞古巴的机场数目，并扩大获准直飞古巴的旅客范围。这些都被认为是美国逐步改变对古巴政策的积极信号。

古巴沉浸在反入侵的胜利气氛中，但政治上、军事上的胜利不等于经济上的好转。实际上，由于经济政策的不当，加之美国的禁运，古巴国内困难重重。父亲这时已经感到了生存环境的不利。

首先是侨汇难寄。“事因古巴政府禁绝外汇，虽用黑市，亦甚难寄出。”

根据报纸的信息，此时的中古关系是不错的。1961年9月，古巴总统访华，双方非常友好。中国自己虽然日子也不好过，但仍然慷慨

链接

美国古巴开放探亲　华人悲喜参半

据美国《世界日报》报道，古巴华人罗耀麟从没想过，在他1971年离开古巴那晚，是他看到自己妻子和两个儿子的最后一眼。隔开美国与古巴的，虽仅有一湾碧水，但罗耀麟却苦苦等了38年，才等到美国政府同意开放古巴裔美国人返乡探亲。初闻这一消息，兴奋到眼眶泛红的他，略带激动地说：“现在终于可以回去，看看妻子，看看儿子，不用只是通电话了。”

语毕，只见现年79岁已满头鹤发的他沉默半刻，接着才幽幽地说：“我想，我应该会回去吧。”令他迟疑的，其实是他的近乡情怯。分离多年，离开时才牙牙学语的儿子，现在都已经当了父亲，而妻子想必也早已变了容颜。

40多年前从古巴移居美国的老华侨容国文

4月13日，奥巴马总统取消美国自1961年来设立的禁令，让150万古裔美国人得以无限制返回古巴探亲，其实这些人当中，有为数不少像罗耀麟般的华人。据2000年首度让民众圈选族裔的人口普查结果，全美有高达25万至30万的拉丁美洲华人。

报道指出，古巴是拉丁美洲有最久远华人移民历史的国家之一。从1847年起，华人就已在古巴的土地上生活着，纯华人血统者最盛时一度多达20万人，居拉美各国之首，古巴更先后出了三名华裔将军，目前在古巴领导人拉乌·卡斯特罗（Raul Castro）①的身边，仍有一名华裔将军。

时过境迁，虽然今日不谙华语的混血华裔在古巴仍有10多万人，但纯华人已不到千人。主因是从20世纪60年代起，古巴全面实施国有化，善于经商的华人，无论是巨商还是小贩，财产全被收归国有，于是为求生存，一波波的华人出走潮就此涌起，直至80年代才歇。

今天在美古巴华人终能自由返乡，不用再受限于过去每三年仅能回乡探亲一次、每三个月只能向古巴汇款300美元的严格规定。

拉美历史最悠久的侨团之一，成立于1893年的古巴“中华总会馆”总书记周卓明在越洋电访中对世界日报记者表示：“在古巴的华侨听到消息时也很高兴，因为这是我们共同的心愿。”他说目前在古巴要赴美，尚需向当局申请，并等待批准，他相信美国解禁，古巴方面的限制“也将很快解决”。“这里的华人也希望能跟亲人团聚，度过晚年。”

不过，不少古巴华人慨叹：一切来得太迟。

古巴仅存的、已有80年历史的中文报纸《光华报》总编辑蒋祖乐在电话中说，当地华人平均年龄已达70岁，想离开古巴是有心无力，现年83岁的他苦笑着说：“像我这样的老人，实在无法旅游了。”

在海岸这一边的美国，部分古巴华人也有同样的感慨。在纽约“古巴华侨留美联谊总会”，来自各地、不同时间来美的古巴华人，40多年来日复一日地聚在一起看报、打牌消磨时间，用广东话缅怀过去。就在等待中，他们的一头黑发全已斑白。

1963年离开古巴，现年78岁的容国文在听到美古关系解冻后，没有兴奋，只有漠然，他淡淡地说：“我在古巴早已没有任何亲戚，50年了，该离开的早已离开，这地方再也没什么值得留恋的了。”

（美国《世界日报》2009-04-19/张经义）

同意购买100万吨古巴糖，并贷款6000万美元用于技术和设备援助。令人难于理解的是，中国给古巴送钱、送援助，但是古巴却“禁绝”华侨汇款，这是怎样一种友谊？

禁而绝之的政策和做法，既无理，又薄情，但“你有张良计，

① 大陆译为劳尔·卡斯特罗。

我有过墙梯”。父亲寄来250元，是从黑市汇出的，他克服了多少困难，冒了多少风险，可以想见——因为在中国大陆，当时也有东躲西藏、绝处求生的黑市。中古两国当时都是计划经济藤上的苦瓜，彼此彼此，都充满苦涩味。

“尤其向商人种种抽税，损失甚巨。目前生意出卖，甚难找得人承受。现在有许多侨胞欲返回祖国或香港居住，但因财产不能出口，是成问题。”古巴华侨的处境十分艰难，父亲正在痛苦的煎熬中。

而大陆家乡，情况也好不到哪里去。回广州探亲的古巴侨胞给他的信息是：“政治非常安静，建设方面亦大有进展”；但“物质缺乏，虽有钱买不到粮食”。父亲“难解共产政府经十余年的奋斗，及尽量促进生产，仍未达到人民丰衣足食”，他“感觉奇怪”。

1959—1961年间，自然灾害较多，“总路线”、“大跃进”和“人民公社”运动遭到重挫，形成三年大饥荒，大陆物质匮乏已经到了十分严重的地步，“虽有钱买不到粮食”的情况的确存在。华侨有外汇，可以到华侨大厦吃顿饭；侨属有侨汇券，可以到华侨商店买点粮油和副食品，普通老百姓就毫无办法，到饭店吃饭要排几个钟头的队，买一斤所谓“高级饼干”要花14元（比大学生一个月的伙食费还要多）。我记得当时的广州市民，为了买一只鸡、几个鸡蛋、一点儿什么别的副食品，要远远地跑到黄岐等郊区去。黄岐虽则属于南海县地头，但它就在珠江大桥南脚，离市区（特别是西关一带）本来并不远，但那时没有公共汽车相通，所以有人步行，有人骑自行车，一去就是大半天。暨南大学饭堂供应的是加水发大的“双蒸饭”、“无缝钢管”（通心菜）和用代用品沤成的“杂锦酱”。我们的老师、同学因为营养不良，纷纷患上肝炎、水肿、肺病。老师上完课，要平躺在床，把肿得像小水桶似的脚腿放在叠高的棉被上，让“水”倒流。有的同学因病读不下去，只好退

1961年的黄宝世

在父亲当年填写的古巴中华总会馆会员登记表上，贴的是这张照片。

学或停学。大学师生的粮食定量比较高，一般一个月有30市斤（15千克），平均每天有一斤。后来响应“节约”的号召，减了几斤，也还有20多斤，一般市民就要少一些。因为油水不足，肉类缺乏，常常吃不饱。饿死人的小道消息时有所闻。

这是我继台山1943年大饥荒之后所经历的第二次大饥荒。据一般说法（不可能有官方数字），全国被饿死的人至少有3000万。但我当时所处的环境是大学，条件比农村好得多。特别是暨大，学校领导梁奇达采取了种种保护师生健康的措施；后勤部门专为华侨、侨眷学生开设了“南洋馆”小饭店，让他们可以凭侨汇证加加菜，吃顿有鱼有肉的好饭。遗憾的是，这样的好领导后来被打成“右倾”，免了职。

饥荒如何造成，官方的解释是“苏修逼债，加上三年自然灾害”。实际上大家心知肚明：灾害是有的，但主要是决策和政策的失误，即刘少奇所说的“三分天灾，七分人祸”。“总路线、大跃进、人民公社”，“三面红旗”超越现实，违反自然规律和经济规律，冒险蛮干，盲目冒进，生产和自然环境遭到破坏，这是造成饥荒的主要原因。父亲远在他乡，隔岸观火，他怎么可以理解呢？

链接

票证年代

说起早起排队买东西，50岁以上的人都记忆犹新。

那时什么东西都缺，几乎买什么都得凭本凭票，还定点定量，副食店一有动静，好像《地雷战》里扳倒了消息树，街道上胡同里就忙活开了，人们奔走相告：“张大妈，合作社刚来豆腐，快拿盆儿买去!”“李大婶，供销社来芝麻酱啦，晚了就没有啦！”“赵大爷，告诉街坊们，发粮票了啊!”大有“剑外忽传收蓟北，初闻涕泪满衣裳”的意思。

那时粮票可比钱票还重要。亲朋好友一碰面，准是一句标准的问候：“您吃了吗？”透着亲热。打从1960年“困难时期”开始，您不掏粮票甭打算在北京的各类饭馆吃上饭；上班路过早点铺，光有六分钱没二两粮票，那大火烧就只有干看着的份儿。据说当年国家领袖和普通市民一样，粮食定量，也领粮票布票。居家过日子没票寸步难行，像粮票、米票、面票、油票、肉票、点心票、糖票、鸡蛋票、布票、棉花票、工业券……北京市1961年度凭票供应物品达69种，再加上副食本、购粮本……后来还有煤气本、电视机票、大衣柜票……网上还看到农村有粪票之类，真想不出来多少不要票的东西。总之，当年的票证比今天的各种“卡”可多多了。

（焦尚意《60年，我的北京》书摘，转引自月刊《中年读者》2011年第3期）

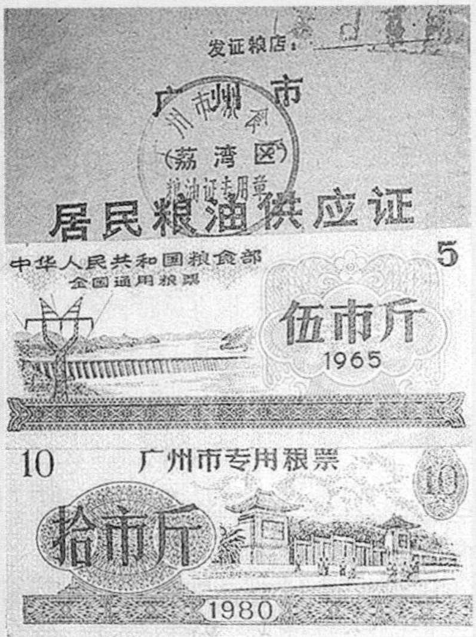

侨汇券

“侨汇券”于1959年发行，到1994年退出流通领域，历时整整35年。它是全面反映我国特定历史时期社会、政治、经济情况的缩影。这是盖着“台山中国人民银行侨汇证明章”、1965年11月至1966年10月有效的侨汇券。10元面额券，可买粮食6斤4两，豆面1斤6两，食油是4两，食糖半斤，肉类3两，还有购物券3张（可买饼食、香烟、工业品等）。1966年7月至1967年6月有效的10元面额，可以买粮食7斤，豆面1斤，肉类3两，棉布2尺，侨汇购物券2张。可见，当年政府对华侨、侨眷是十分关照的。

6. 回国手续如何办理

“我四月份往湾京一行，便中访候许多旧友和兄弟。”“您按址前往拜候，同时请他指示关于回国手续如何办理较为善后和迅速……”

这封信残缺，只剩断片。落款没有年份，但信中所说的往事，我还历历在目。

1962年，我读大学四年级的时候，接到父亲这封信，我即按址到广州市观绿路去拜访黄传丁先生。

传丁先生是一位和蔼的长者，他热情接待了我，告诉了我许多关于古巴华侨的情况。虽然他原侨居湾京，即哈瓦那[1]，与我父亲不同一地，但他是中华会馆干事，对我父亲非常了解。传丁先生告诉我，虽然要排队轮候，但你父亲要回来并不难，因为他是当地中华会馆主席，条件很有利。只是他风格高，总是说自己身体好，可以再等等，先让别人回去。

黄雅凡首次来到哈瓦那华人街　万江欣摄（2005）

① 台山华侨称古巴为阿湾是从“哈瓦那”的译音而来。也写作“亚湾”，台山话阿、亚同音。

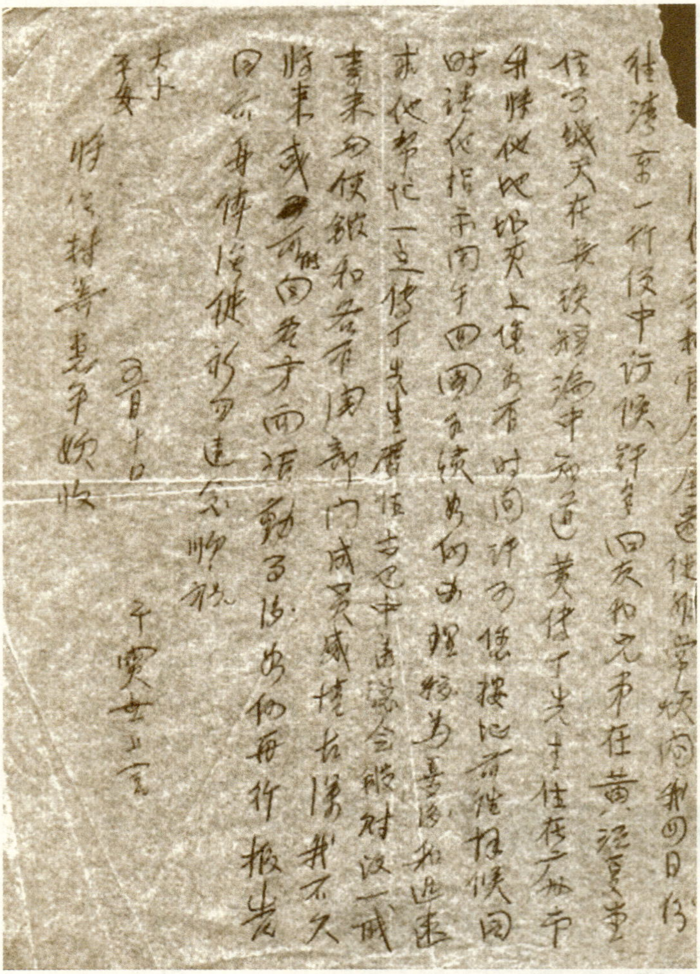

航空信（断片）

1962年5月，寄广州市龙津西路逢源沙地一巷15号。

……房屋迁徙非常烦闷。我四月份往湾京一行，便中访候许多旧友和兄弟。在黄江夏堂住了几天，在长谈短论中知道黄传丁先生住在广州市。我将他地址夹上，您如有时间许可，您按址前往拜候，同时请他指示关于回国手续如何办理较为善后和迅速，求他帮忙一点。传丁先生历任古巴中华总会馆财政一职，素来与使馆和各有关部门成员感情甚深。

我不久将来或可能向各方面活动，事后如何，再行报告。

目前身体强健，祈勿远念。

顺祝

大小平安

予 宝世 上言

（一九六二年）五月十日

将信封寄惠平姨收

链接

哈瓦那华人街

哈瓦那华人街位于哈瓦那老城的中心，主要由桑哈街等四条街道组成。华人街内挤满了中国店铺，周围陈旧的老房子里居住着在古巴的大部分华人、华侨和他们的子孙。这里的唐人街尽管不如其他国家的唐人街那么宽阔，却也一应俱全，包括百货店、糖果店、书店及博物馆、电影院、武馆等。哈瓦那华人街的历史很长。1858年起，摆脱契约的华工开始在此做小买卖。到1860年，已经形成了华人街，华工在那里经营各种店铺，以杂货店、小餐馆为主。后来华侨、华人越来越多，20世纪高峰时期，这里聚居着上万华人，中国的文化和饮食习惯也慢慢地影响了古巴人。

哈瓦那中华总会馆　刘博智摄

会馆大楼四层，现在二三楼已经变成古巴居民住宅。

清朝古巴中华总会馆牌匾　刘博智摄

像这样的古巴华侨文物，在哈瓦那和古巴各地都很多。古巴老侨越来越少，又没有多少新移民接班，如何保护、收藏这些文物，急待研究和采取抢救措施。

信中提到的黄江夏堂，是古巴华侨社会的一个姓氏团体会馆。华侨身在异乡，需要团体组织形成一种集体力量，以便守望相助。血缘姓氏团体就是其中一类。

黄姓开始于轩辕黄帝，历史悠久。黄氏

链接

古巴中华会馆

古巴中华会馆是古巴华侨全国性最高组织，1893年创立，其宗旨是维护侨胞利益，为侨胞服务。总会馆设在哈瓦那华人街，当年集资4.6万余美元购置馆址并修建两幢楼房，作为总会馆产业和会员活动场所。在古巴各省设有分会馆。其总理（后改称主席）、书记等均由各侨团、各商号代表选举。早期曾由中国国民党和中国洪门民治党驻古巴支部管理，1959年古巴革命后改由华侨组成的新领导机构管理。中国抗日战争期间，改由全体华侨普选，选举事宜由中国国民党政府驻哈瓦那总领事操办。

古巴中华会馆致力于华侨慈善、福利、文化和教育事业。1915年以3.35万余美元创建颐侨院，专门收容60岁以上贫苦无依的老华侨入院颐养天年，收容人数达170名。又开辟中华义山，作为华侨坟场。1931年“九一八”事变后，该会立即派代表回国向政府请命，要求政府派军事教官和拨运枪支在国内设立训练场所，以便组织华侨青年回国接受训练和参加抗日战争。主席李元亨发起创立旅古华侨抗日后援总会，积极募款支援中国抗日斗争。1935年创办中华学校，使华侨子弟得以学习中华文化。1937年“七七”事变后，旅古华侨抗日后援总会又恢复抗日募捐活动，直到1945年8月中国抗日战争胜利结束，古巴华侨共捐献230万美元，为抗日战争胜利作出了贡献。

1959年古巴革命胜利后,选出新的领导机构，从此，会务发展迅速，活动更为活跃。每逢古中两国重大节日，会馆均举行庆祝活动；平时负责处理侨务，领导中华药店、中华书店、《光华报》，管理中华义山、举办汉语班、办理华侨回国及各种福利事务等。历任主席先后有吕戈子、苏子伦、李巨元、段克诚、关绍坚、周一飞和李生等。现任主席为伍迎创，总书记周卓明。

祖先的发展历史，具有可贵的开拓精神。据专家研究，传说中，当初黄氏人由华北燕山地区一个崇拜黄鹂鸟的狩猎小氏族向东南远徙，后来异军突起，成为地位很高、势力很大的黄鸟氏族，并建立了黄国。黄国被楚灭亡后，又南征北战，演变成秦汉时期著名的江夏黄氏。公元951年，邵武大始祖黄峭山分家，送子出征。这位伟大的黄姓先祖说：“池内之鱼，远逊云间之鹤。好男儿不必恋此一方故土，而应志在四方，放眼天下！”这是非常有远见的开放观念。他还写下《别子诗》：“策马登程出异疆，任从随处立纲常”，“勒马奔程自主张，男儿随处可开疆”，“年深外境犹吾境，日久他乡即故乡”。其言辞慷慨激昂，豪迈雄壮！这也许就是后来向海外发展并且“落地生根”的海外华侨华人的思想基因。他还告诫儿子们：“漫云富贵由天定，三七男儿当自强。”指出了开拓者应有自立发展的素质。正是这种开拓精神，使黄峭山的子孙从邵武走向闽粤，散布中华大地，也正是这种开拓精神，鼓舞着无数炎黄子孙从东南沿海地区走向海外，将黄氏族姓的种子撒播于全世界。我们永隆村一个小村子，20户人家中就有12户是侨户，华侨分布于加拿大、美国、菲律宾等好几个国家。而我一家，就分布于美国、加拿大、古巴等几个国家，可算典型。

正因为如此，世界的每一个角落，有华人聚居的地方，大抵都可以找到黄江夏堂，包括古巴在内。

由于中华会馆事务工作或个人的需要，父亲不时会到哈瓦那去，入住中华总会馆或黄江夏堂，探访旧友和同乡兄弟，或者拜候中国驻古巴大使馆的官员、中华总会馆的会长干事。在异国他乡，能与三几老友长谈短论，浅斟满酌，也是人生一乐了。

哈瓦那黄江夏堂　朱霖摄

链接

古巴的侨团

古巴大型侨团除了中华总会馆外，还有古巴洪门民治党（又称古巴致公堂），它是中国洪门民治党驻古巴总支部，也是古巴第二大侨团。古巴洪门民治党总部设在哈瓦那，另在圣地亚哥、关塔那摩和谢戈德阿维拉市设有分部。古巴洪门民治党重视兴办公益福利事业，并致力于团结古巴华侨、华人，维护他们的合法权益，以及促进古巴与中国的友好关系。“民治党”开设有老人食堂，每天为困难者免费提供早午两餐，已坚持数年。

古巴华侨社会主义同盟是古巴第三大侨团。社盟注重文化事业，办有一小型中文图书室，大部分为我驻古使馆赠书，也自行收集各类中文书刊报纸。

其余社团有黄江夏堂、李陇西公所、九江公会、龙岗公所、余风彩堂、安定堂、朔源堂、至德堂、陈颖川堂和中山自治所等，各有自己的楼宇为办公地址。其中龙岗公所也办有老人食堂，免费为困难老人提供午餐，已有十几年。除总会馆和九江公会外，其余侨团都经营中餐馆，作为社团发展的经济来源。

参观母校校史展览

广州第十七中学八十周年校庆，侯素梅在母校校史展览室见到自己当广州市划船队队长时身穿赛衣的照片，非常开心。

1962年的暨大冠军——中文系排球队

中文系排球队的成员：陈兆锦、朱新盛、李英和著者（后排右一）等，都是清一色的台山人。

我把排球队友的照片以及素梅划船的照片寄给了父亲。

我和素梅都是体育爱好者。1962年，是她运动生涯的辉煌时期。她是中国第一代皮艇运动员，担任广州市划船队队长已经多年，比赛成绩斐然。可惜由于当时的环境所限，没有参加国际大赛的机会。值得欣慰的是，经过几代人半个世纪的努力，中国划船运动员在奥运会等世界性大赛中屡获殊荣，拓荒者的汗水没有白流。

我的排球竞技状态也不错，我们中文系男子排球队荣获全校系际比赛冠军。

受古巴情结和排球风气的影响，我从小就与排球结缘。此项运动19世纪末诞生于美国。古巴作为美国邻国，大量涌入的美国人让小小岛国得风气之先。1914年左右，这项运动也由旅美华侨带回家乡台山，并因受群众喜爱而蓬勃发展，每个墟镇、乡村都有排球场。到我读小学、中学时，台山出身的排球运动员、教练员已经被聘请到全国各地担任主力，形成“全国排球半台山”的强势。台山因此被誉为“排球之乡”。

我的排球缘分起始于高小阶段。当时学校有一个排球场，而一出校门就是墟镇的排球场，四乡的排球赛就在这里举行。每逢比赛，总是人山人海，人声鼎沸。排球落地的咚咚响声和运动员“喊打喊杀”的欢叫声震天动地。这时，我在课室里再也坐不住了，就跑出去看球。一次，一个虎背熊腰的青年农民主攻手一锤重扣，皮球落地开花，满场掌声、喝彩声、欢呼声如狂风暴雨。“一个新波（球）被阿强打爆了！”他的英雄形象在我的脑海里刻上了永远的印记。于是，在体育课上，在课余假日，我也学起打排球来。

1955年，我15岁，成了广州第十七中学排球队队员，征战全市各兄弟学校；1957年，我被广州市体委选入广州少年队，备战将在北京举行的全国少年排球赛。岂料几个超龄队员纷纷跑回乡下写证明改小年龄，我和几位符合年龄要求的队友名额反被挤占。上京美梦破灭了，我第一次尝到了挫折的苦涩。

1958年，我加入暨南大学校队。整个大学阶段，排球都是我的运动主项目。

参加工作以后，我虽然退出了赛场，但仍然是排球迷。随着古巴女排和中国女排的崛起，我更成了追星一族。我特别喜欢古巴女排，她们除了技术、战术、意志、团队精神，还有矫健的身材、高翘的“古巴屁股”，以及海曼、路易斯等名将的弹跳和朗笑，无不令人叫绝。而古巴情结，恐怕也是重要因素。

链接

古巴人

1492年哥伦布来到古巴前，这里已生活着土著印第安人。据史学家考证，其中泰伊诺人是南美印第安人、阿劳科人的后代，来自委内瑞拉西北岸，从奥里诺科河流域进入加勒比地区的小安德列斯群岛。后因泰伊诺人性格温和，不堪忍受好斗的加勒比人的欺凌，才迁到古巴岛上生活。他们具有较高的文明，已经掌握制陶术和农耕，属新石器文化时期。瓜纳哈达贝伊人不建房，过着穴居的生活，以捕鱼为生，属贝壳文化时期。西博内人属于前泰伊诺文化，已会制作粗糙石器和简陋陶器。

古巴岛被西班牙人征服后，殖民者大量涌入，用血与火镇压了土著人的抵抗。非人的虐待和无辜的伤害，使印第安人大批死亡，幸存者纷纷逃往深山老林。于是西班牙殖民者不得不从非洲引进黑人奴隶从事种植园的繁重劳动。现在古巴1100多万人口中，大多数是欧洲白人、非洲黑人和古巴土著先民的混合体，这就是“梅斯蒂索人”；欧洲白人与黑人女奴生下的孩子，称为“克里奥尔”。

哈瓦那国际狂欢节

哈瓦那每年都举行为期十天的国际狂欢节。激情燃烧，载歌载舞，场面欢乐，尽显古巴人开朗、豪放的性格。

1847年，从第一批中国劳工到达古巴起，百年间二三十万华人移民陆续加入古巴民族的大家庭。华人与古巴女人结合生下的“混血儿”据说有50万（一说100万），成为古巴人口的一个组成部分，华人的优秀品质对古巴民族产生了积极影响。

有人说，在古巴，一切都带有混合物的痕迹——古巴民族的肤色、语言、音乐、舞蹈、宗教、美食、鸡尾酒、艺术……古巴人就是印第安人、西班牙人、非洲人、中国人和欧洲人的混合。热情、开朗、浪漫，是他们的天性。

快乐的古巴学生

古巴人的快乐是天生的。你看，中国汉语教师朱霖（右二）和他的学生们在一起多么开心。

7. 处境与愿望

“未被没收以前，我仍是配粮的主人”，“我唯一理想，就是有机会返回祖国去与我家人团聚”。

航空邮简是邮局印制发行的一种简便的通信载体，邮费比航空信便宜，我和父亲都喜欢采用。

这封信写于1963年4月，距离上封信一年多，其时无论是国事、家事还是个人事，都发生了很大变化。

1962年，美苏在对古巴关系问题上矛盾激化，终于爆发了“加勒比海危机”。

面对美国日益严重的威胁，古巴要求苏联提供武器装备。这一年5月，苏联建议在古巴装备中程导弹，古巴同意。8月起，苏联开始在古巴安装42枚中程导弹，运来伊尔－28中等轰炸机，并派来43000名苏联军人。这些军事行动被美国发现。10月22日，美国总统肯尼迪宣布武装封锁古巴，要求苏联在联合国观察员的监视下，迅速拆除和撤退在古巴的进攻性武器。23日，肯尼迪又宣布从24日起将拦截可能前往古巴的舰船，勒令这些舰船听候美国检查。美国先后出动了83艘军舰封锁古巴海面。一时间，加勒比海乌云密布，危机四伏，战争一触即发。

那一天，我从广播中听到这个消息，彻夜未眠，为父亲的安全，也为古巴的命运担心。

苏联的态度初时十分强硬，但它毕竟理亏，实力上也无法与美国争斗，所以很快就软了下来。10月24日，苏联去古巴的船只开始全部

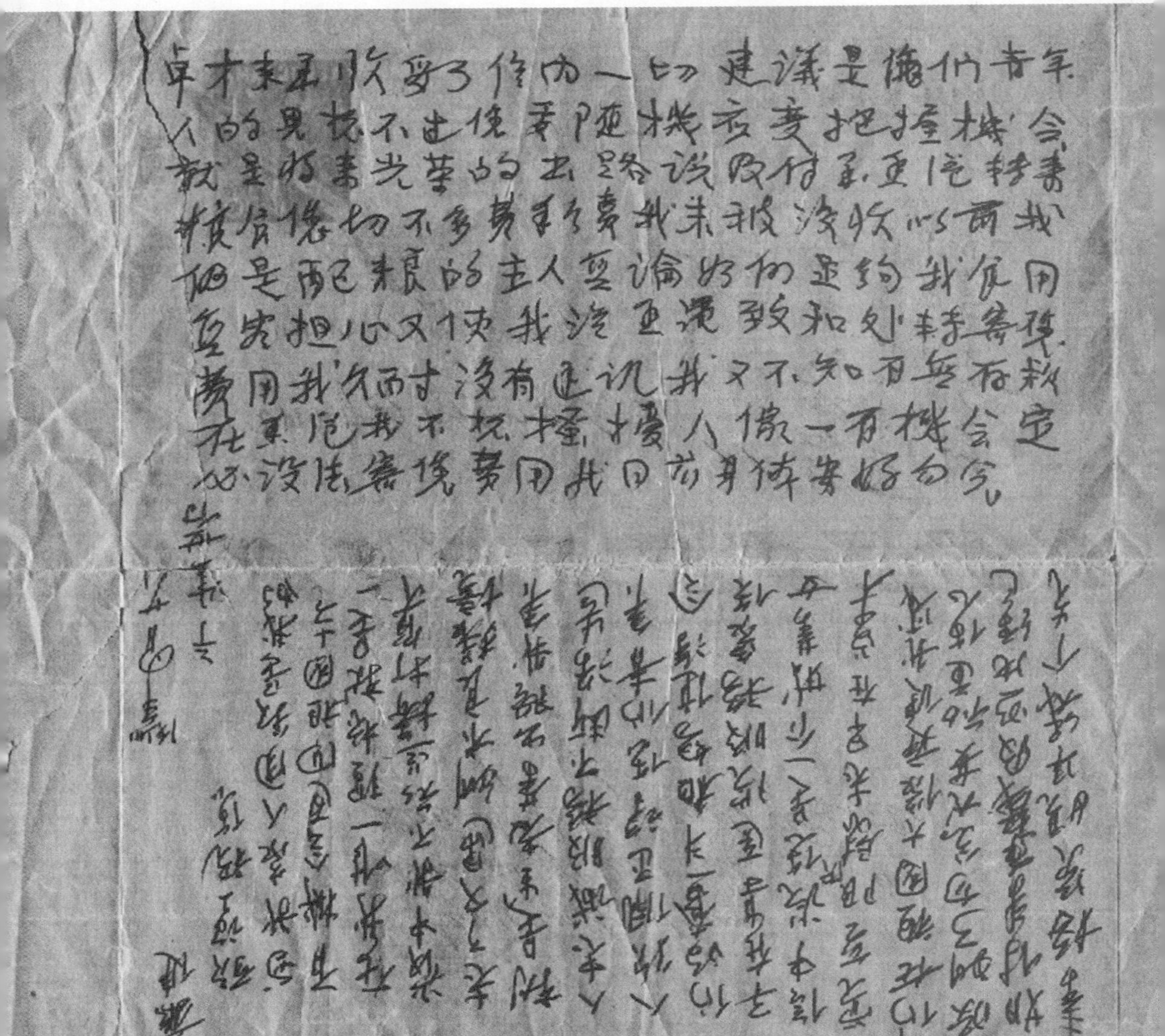

航空邮简内文

航空邮简外封

1963年4月，寄广州市龙津西路逢源沙地一巷15号。

原件尺寸：265mm×185mm。

卓才：

来函收妥了。信内一切建议是您们青年人的思想，不过您要随机应变，把握机会就是将来光荣的出路。

说及付函香港转来粮食，您切不（可）多费手续。我（的商店）未被没收以前，我仍是配粮的主人，无论如何足够我食用，无容担心。又使我从香港致（志）和处转寄您费用，我久耐没有通讯，我又不知有无存款在香港，我不想搔（骚）扰人家。一有机会定必设法寄您费用。我目前身体安好，勿念。

素梅贤媳[1]：

早几个先（星）期付来手笺及照片，经已收到了，勿念。尤其知道您们在祖国大家康健，我感觉无限快慰。老早在卓才信中说您是一介职业女子，在某医院服务。像您们的奋斗和努力，值得令人钦佩。还望您们青年人忠诚服务，不断深造，就是人生光荣出路。我年老了，又遇到不良环境当中，我不知点（怎）样打算，在我唯一理想，就是有机会返回祖国去与我家人团聚，是我的愿望。

祝您

康健

予 宝世 付

一九六三年四月廿八

① 贤媳，贤惠的儿媳妇。台山人称呼儿媳妇为“媳妇”。

掉头返航。28日，苏联最高领导人部长会议主席赫鲁晓夫致函肯尼迪总统，表示已下令撤除在古巴的核武器，并同意联合国派代表到古巴去核实。赫鲁晓夫此举并未征求卡斯特罗的意见，卡斯特罗当然很恼火，他即发表声明，提出五个条件，要求美国保证不入侵古巴，并拒绝联合国代表入境核查。其后，就有11月初的苏联领导人古巴之行，苏方跟卡斯特罗说了些什么，不得而知。11月8日至11日，苏联从古巴撤出全部的42枚导弹，在公海上接受美国军舰“船靠船的观察”，赫鲁晓夫丢尽了面子，卡斯特罗的气也只好往肚子里吞。11月20日，肯尼迪宣布撤除对古巴海面的封锁。

看到报载消息，我也松了一口气。

我又一次领略了大国的政治、军事游戏。他们玩个不亦乐乎，老百姓却吃尽苦头。

事隔几十年后，我在网上看到一幅解密照片，显示了在导弹危机中，大萨瓜也布置了苏联导弹。这在《赫鲁晓夫传》中也有记载。原

链接

古巴导弹危机

1959年古巴独立后，苏联以“保卫古巴”为名，从1962年7月开始，把进攻性导弹秘密运进古巴，以加强对美国的威慑力量。10月中旬，美国根据U-2型飞机侦察，得知古巴正在修建针对美国的中、远程导弹发射场。10月22日，美国总统肯尼迪发表电视演说，宣布武装封锁古巴，要求苏联从古巴撤出进攻性武器，并威胁不惜使用武力，形成战争一触即发之势。25日，美国在联合国展示了在古巴的苏联导弹和发射场的照片。26日，赫鲁晓夫给肯尼迪一封秘密信件，提出愿在联合国监督下从古巴撤出进攻性武器，并表示不再向古巴运送这类武器，交换条件是美国撤销对古巴的封锁，并保证不再入侵古巴。11月8日至11日，苏联从古巴运走了42枚导弹。12月6日，美国国防部宣布苏联轰炸机已撤出古巴。至此，古巴导弹危机遂告结束。

（报刊资料）

来，父亲的侨居地，在这次危机中已经悄悄地被推到了风口浪尖上。

1963年，中国大陆的“经济困难”略有减轻，但真正的转机还没有显现出来。而古巴那边却又遭饥荒。

查看历史，我们知道，由于生产萎缩、经济失调、物质缺乏，古巴从1962年起对居民的基本生活消费品实行定量供应。大米、糖、咖啡、肉类、食油、黑豆、面包、鸡蛋、香皂、牛奶、食盐、卫生纸等，都在限量之列。1963年，古巴继四年前第一次土地改革后，又进行了第二次土地改革，农村土地所有制进一步发生重大变化，全民企业（国营农场）占全国土地面积的70%。这种“改革”的结果是可想而知的。因为我们在中国大陆，已经对国有农场低下的生产效率有所了解，对苏联等社会主义国家的农业国有化对国民经济带来的负面影响亦有所闻。

“说及付函香港转来粮食，您切不（可）多费手续。”肯定是父亲来信中谈到过有关情况，我才为他的生活担心。我刚刚经历过饥饿，知道物质缺乏的滋味，所以想请在香港的舅母和表兄帮忙，寄去粮食、油糖和肥皂等用品。早几年，“经济困难”时期，舅母就曾多次寄东西到广州来给我们，甚至连毛巾也作为包裹包装寄来。暨南大学地处石牌，当年是市郊农村地方，入城区只有两路公共汽车，一个钟头才来一班车，乘车往往要排两三个钟头的队，有的老师同学只好步行进城，苦不堪言。星期六下课后，我都要回西关看望母亲，没有一辆单车实在不行，我就请舅母在香港给我买。她寄过来的，竟是出口的“永久”牌。这种出口货返销的现象现在看起来也许觉得很滑稽，在当时则是见怪不怪。

对于由香港转寄粮食的建议，父亲的回答很决断，叫我“切不（可）多费手续”。他说“我（的商店）未被没收以前，我仍是配粮的主人，无论如何足够我食用，无容担心”。

所谓“配粮的主人”，我的理解就是附近居民粮食的配给是经由他的商店办理的。看了此信，我稍为宽心。

在此期间，我还办了一件大事，所以才有父亲写给“素梅贤媳”的信。

1962年夏季，素梅已经毕业，被分配到广州市一家大医院工作。按照暨大原定的四年学制，我本应同时毕业。但因为我们这一

100年前的大萨瓜　引自《林飞龙》

50年前的大萨瓜　美枝提供

经过艰苦奋斗，乡村市镇大萨瓜变成比亚克拉拉省第二大城市，华侨华人为它付出了无数的血汗。

届在入学初期遇到“大跃进”，劳动时间过多，教学计划无法完成，教育部决定把学制延长一年。这样一来，在这一年秋季，我升上大学五年级。

我已经24周岁了，按照乡俗“落地占岁”的算法，已经25岁，当时算是晚婚。母亲不时催促我结婚，说“望（盼）到眼眉毛都长了”。我本来打算毕业后工作一段时间再说，但母亲身体很差，常闹胃痛，她希望早日为我完婚，让她抱上孙子。怎么办呢？母亲含辛茹苦几十年，在父亲长期离家的情况下，把我抚养成人，我不能逆她的意，否则就是不孝了。况且，我们相恋五年，瓜熟

链接

大萨瓜(Sagua la Grande)

大萨瓜街道卫星图

黄宝世侨居地，华侨译作大沙华。大萨瓜地处古巴中北部，属比亚克拉拉省（La Provincia de Villa Clara）。它位于大萨瓜河畔，离河口24公里，东南距省会圣克拉拉45公里。面积661平方千米，人口5万多。电话区号53-422。大萨瓜港是世界有名的大港口，收入多种国际地理、海事词典。附近三角洲历史上一直是农、畜产品的集散地和加工中心，产品经此港输出。工业有制糖、冶金、化学、酿酒、纺织、罐头食品等。它又是铁路枢纽。海轮也可循大萨瓜河上溯至此。

大萨瓜1812年建城，1842年设县，下设以下几个街区：巴伊雷（Baire）、钦奇拉（Chinchila）、东部（Este）、诺达尔塞将军（General Nodarse）、伊莎贝拉（Isabela de Sagua）、胡马瓜（Jumagua）、马尔帕埃斯（Malp á ez）、西部（Oeste）、小村庄（Sitiecito）。该城建筑古旧、车辆少，环境非常宁静宜人。

大萨瓜的世界级历史名人为画家林飞龙（Wilfredo Lam，威尔弗雷德·拉姆，1902—1982）。

蒂落，也是水到渠成。这时，素梅已参加工作一年。于是，我向班主任和系领导汇报了情况，取得他们的理解，办理了结婚登记。

结婚仪式简单而热闹。就近在泮溪酒家摆了两桌，与亲友吃了一顿饭，就算喜酒。晚上，暨大和护校的20多位同学来到我家，为我们开了一个party，表演了好多精彩节目。我的老师、名记者和名作家曾敏之教授担任主婚人，给婚礼增添了光彩。

1962年底，中国作家代表团访问古巴。这件事之所以引起我的关注，不单是因为父亲在古巴，我想更多了解古巴，还因为代表团中有著名作家秦牧在。我是秦牧的崇拜者，不久之前我和几位爱好文学创作的同学还到过他在广州东山启明二马路2号的住处访问过他。我希望他能带回来更多的古巴消息。果然，他回国后陆续在报刊上发表了《哈瓦那的风格和情调》、《英雄城市圣地亚哥的风物》等好几篇散文（后收入《潮汐和船》散文集）。不久，秦牧还写了古巴题材的长篇小说《愤怒的海》。

想不到，学生时代认识了秦牧，也就结下不解之缘。“文革”期间，我在中山纪念中学曾经被大字报指称为“小秦牧”。时隔20多年之后，我竟然成了《秦牧评传》的作者之一。而其间，他又当了暨南大学中文系的系主任，虽然一直没有到任，但仍算是我名义上的顶头上司。1993年和2006年，我先后应人民文学出版社和广东教育出版社的聘请，两度担任《秦牧全集》编委。在广东省作家协会的秦牧创作研究会，我是常务理事。2004年，我的散文集《水上仙境》出版。大学同窗好友、著名诗人秦岭雪（李大洲）赐序，说我的散文有“秦味”……这些，也许都是缘分。

与散文大师秦牧合影

1989年初，著者与艾治平（左二）、翁光宇（左一）合作的《秦牧评传》在花城出版社出版时，与传主秦牧先生（右二）留影。

8. 要节俭、勤奋

“41元薪金，事实确不能够一家用途。唯一办法，减省一切小费，或可勉强维持下去。”“您现在初期服务，当然要做好工作……”

这是父亲给我的第一封寄到翠亨村的信。

这封信是用航空邮简写的，之所以缺了一块，是因为当时喜欢集邮的同事要我把古巴邮票撕下来送给他。下面还有好几封信，都有这种情况，其中有的缺字，甚至无法填补，留下了永远的遗憾。

广东省中山市翠亨村是孙中山先生的故乡，著名的省重点中学中山纪念中学就在村后的山坡下。

1963年8月，我大学毕业，参加了毕业分配，来这里当教师。

暨大在广州复办，我们是第一届毕业生。第一次下达的分配方案听说不错，班主任老师喜形于色，料想弟子们会皆大欢喜。谁知，形势突然大变，分配方案改了，大多数要到农村去，到外省去，华侨、港澳学生也不例外。听说，那时陶铸校长的指示：“这是我们的第一届毕业生，让他们到基层去，到艰苦的地方去锻炼锻炼。”陶校长其时虽已辞去校长职务，但他是广东省委第一书记、中南局书记，一言九鼎，必须执行。新任校长是著名教育家、前岭南大学校长陈序经教授，但在我们的毕业证书上盖章的还是陶铸。

个人的命运也是一日三变。我最后被分配到中山县。临行前，我们中文系的杜桐副主任在明湖边拍着我的肩膀，说：“卓才，你先下去，三年内我一定把你调回来。”

我说了声谢谢，觉得主任话里有话，但不敢多问。因为按照当时

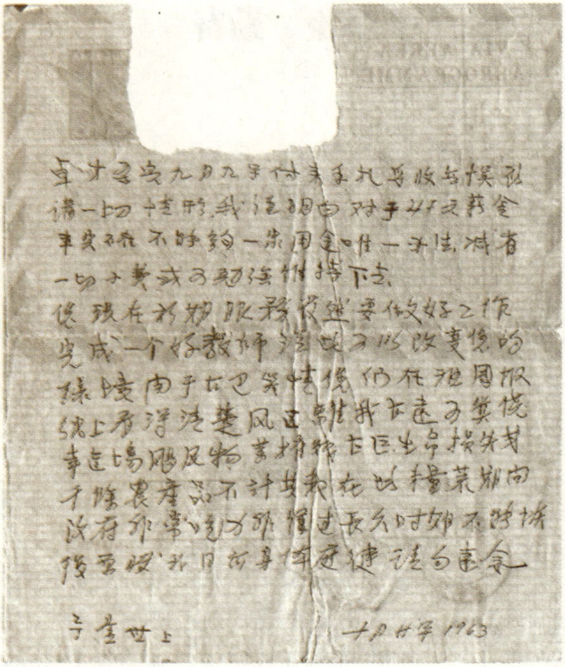

航空邮简

1963年10月，寄中山县翠亨村中山纪念中学。

卓才吾儿：

九月九号付来手札妥收无误，所讲一切情形，我经明白。对于41元薪金，事实确不能够一家用途。唯一办法，减省一切小费，或可勉强维持下去。

您现在初期服务，当然要做好工作，（完）成（为）一个好教师，从此可以改变您的环境。

关于古巴灾情，您们在祖国报纸上看得清楚，风区离我甚远，可算侥幸。这场飓风物业摧残甚巨，生命损失二千余，农产品不计其数。在此粮荒期间，政府非常吃力，非经过长久时期不能恢复原状。

我日前身体康健，请勿远念。

予 宝世 上

十月廿号 1963

大学毕业照

暨南大学中文系1958级入学时90人，分三个小班。经历三年饥荒，1963年毕业时只有61人，系主任肖殷教授也已调走。副主任杜桐（前排左六）、书记张德昌（左七）和师生合影留念。

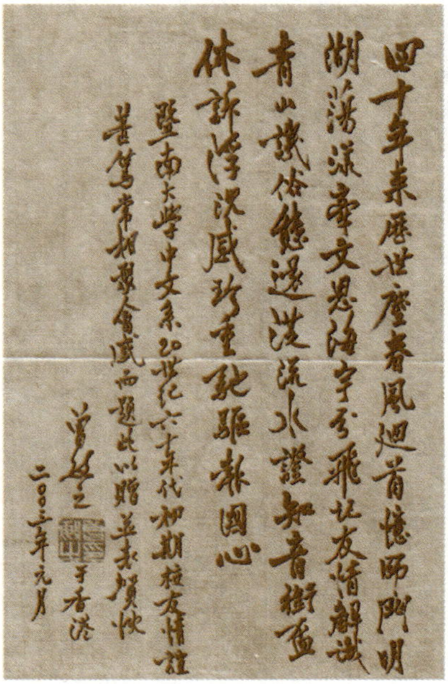

明湖荡漾牵文思

四十年后，曾敏之教授为我们的聚会题诗：“四十年来历世尘，春风回首忆师门。明湖荡漾牵文思，海宇分飞忆友情，解识青山讥俗态，还从流水证知音。衔杯休诉浮沉感，珍重驰骋报国心。”

的观念，服从分配是我们的天职。不久，“文革”来了，杜主任被斗死了，暨大被解散了，连校园也被军医大学占了，我回校任教的事情自然没有下文。几年后我终于知道，我的留校名额是被人占去的。

老师们纷纷安慰我。印象最深的是曾敏之、陈芦荻教授的谆谆教导。他们说中山是孙中山先生的故乡、富饶美丽的鱼米之乡，著名的侨乡，是一个很有文化内涵的地方，鼓励我下去之后坚持创作。作家、诗人特有的热情和

中山市岐江桥和富华酒店

这是著者时常怀念的地方。岐江桥上留下了许多脚印，而富华酒店是跟学生和友人雅聚的乐园。

美丽的石岐　张展摄

今日中山已经成为更加繁荣富裕的一个现代化城市。

乐观感染了我，给了我信心。

不懂得安慰怀孕中的妻子，我背着“糯米鸡”（背包），就勇往直前地出了门，乘船经一夜航行到了中山县城石岐。

石岐真个名不虚传，即使在那个肚子不时会叫的年代，它仍然不失富裕侨乡和鱼米之乡的风范。散发着肉香和当归药材香气的“龙虎凤”炖品、油光闪亮的腊味糯米饭、一尺长两斤重的大只咸肉粽、铺满油炸花生和葱花香菜的肉丸粥、夹着甜肉的绿豆杏仁饼……数不尽的美食满街飘香。但我的心思不在此，竟然错过了第一时间疯狂猎食的机会。

上班时间一到，我就持介绍信到县委组织部报到。接待我的是一位40来岁的干部。他说我是中文系的，不符合他们的需要。他拿出一份报表，十分有力地证明他们要求的毕业生是农、林、水利专业的。这对于我无疑是当头一棒。糟了，怎么会这样呢，我该怎么办……

沉闷的数分钟过后，干部问：“你有什么要求？”我说可不可以让我到文艺、新闻单位去。他笑了笑，说：“文艺单位有两个，一个是中山粤剧团，一个是县文联，那里都是些老伯父、老太婆，他们没有什么文化，你去不合适；新闻单位嘛，原有《中山日报》，但最近停了刊。”

初出茅庐、毫无社会经验的我，脑子里顿时一片空白。

又是沉闷的数分钟过后，干部说：“你先到旅馆住下来，一个星期以内，我们会为你联系单位，然后通知你，你耐心等等吧。”

那一晚，我住在岐江河边的一家旅店，感到从未有过的孤单和无助。一个星期，将是多么的难熬啊……

出乎意料，第二天上午就来了通知，叫我立即到组织部。

还是那位干部，他问我愿不愿意当教师。如果同意，就到教育局去报到。

无可奈何，我到了教育局。中山纪念中学的一位姓张的总务主任早已等在那里。办理了简单的手续之后，他就把我带到离县城老远的翠亨村。我记得，乘了26公里的公共汽车之后，我们来到翠亨站，然后，张主任雇了一辆载客单车，把我载到山边非常清静的教工集体宿舍。

我就这样来到久闻大名的翠亨村，当上了教师。

中山纪念中学的逸仙堂

中山纪念中学果然不同凡响。走进校门，依山势而构成梯阶式层次布局的，就是一个红砖墙、蓝琉璃瓦的民国时代建筑群，中西结合而又富于民族特色的设计风格与广州中山纪念堂非常相近。一打听，果然同是建筑大师吕彦直的作品。六座器宇不凡、庄重实用的楼房，每座都高高挂着一个牌匾，分别写着逸仙堂、寿屏堂、皓东堂、鹤龄堂、庆龄堂和慕贞堂。“逸仙”就是孙中山。“寿屏”是孙中山的胞兄孙眉，字寿屏，他曾大力资助孙中山求学和革命。“皓东”是指陆皓东，孙中山的幼时好友、革命战友，“青天白日旗”的设计者。“鹤龄”是指杨鹤龄，孙中山的同乡和革命战友，曾被清政府与孙中山等并称为“广东四大寇”。“庆龄”就是孙中山的夫人宋庆龄女士。“慕贞”呢，是孙中山的原配，孙科的母亲卢慕贞。

啊，我明白了，我走进了一个活的辛亥革命博物馆了！这里将有丰富的历史知识等待我去学习，将有革命和人生的许多问题让我去思考……

几十年后回望走过的人生之路，我当年被分配到中山，虽然吃过苦，尝过艰辛，但总的来说还真是三生有幸！作为一个书生，我首先

以拥有这样一个文化蕴涵深厚的第二故乡为荣！退休后我每年都要回去几次，探亲访友，参加学生聚会，喜看建设新发展，接受香山文化的熏陶。以郑观应[①]、孙中山、大新、先施等四大公司创办者为代表人物的香山文化博大精深，内容包括方言文化、商业文化、华侨文化、民俗文化、洋务文化、名人文化和思想文化等，是岭南文化的重要组成部分。浸染其中，乐趣无穷！

父亲说："对于41元薪金，事实确不能够一家用途，唯一办法，减省一切小费，或可勉强维持下去。"国家规定，教师有一年的见习试用期，本科毕业生在当地的工资标准是41元，我如实告诉了父亲。他对我的低微收入深表同情，但仍然鼓励我"初期服务，当然要做好工作，完成（为）一个好教师"。

10月，儿子雅凡在广州出生。家庭开支更大了。好在不到半年，学校就因我的突出表现破例提前给我转正，工资升到55.5元。

大学毕业了，参加工作了，我还没有独立生活能力，令父亲牵肠挂肚，我深感惭愧。

同样令我们牵肠挂肚的，是古巴发生了一场严重的风灾。报纸报道语焉不详，更增加了我们对父亲安全的忧虑。

每年6月至11月，尤其是9月、10月，是古巴的飓风季节。

对于飓风，古巴人叫做"乌拉坎"，这是古代印第安人留下来的称呼。

1963年10月的"乌拉坎"来得特别凶猛，当时驻古巴记者庞炳庵先生是这样描述这场名为"弗洛拉"的飓风的：

10月4日，"弗洛拉"席卷加勒比海上空，并且逼近古巴。它经过的海峡，浪高达4米……深夜开始，"弗洛拉"飓风经由海地袭击古巴……"弗洛拉"夹带着特大的暴风雨在古巴东部的奥连特省南海岸登陆。它在这个省转了一个大圈，离开西海岸，7日晚又从邻近的卡马圭省南岸登陆。然后又转回奥连特省，最后改变方向，转向东北方面，终于在8日中午从奥连特省的北海岸离开古巴。"弗洛拉"在

① 郑观应（1842—1922），近代维新思想家，著《盛世危言》，此书对康有为、孙中山、毛泽东有深刻影响。

古巴岛东部（特别是奥连特省）的广大地区整整肆虐了5天。古巴主要河流考托河和其他许多河流决口泛滥，广大地区暴雨成灾，形成一片汪洋……[①]

这场风灾令古巴损失惨重。“物业摧残甚巨，生命损失二千余，农产品不计其数”，“在此粮荒期间，政府非常吃力，非经过长久时期不能恢复原状”。父亲信中所说的，与我后来在新闻报道中看到的相吻合。我当时实在弄不清楚古巴省份的位置，反正古巴很小，在那里发生的一切事情，我都觉得与父亲有关。这样一场风灾，不能不牵动我的心。

① 庞炳庵. 亲历古巴. 北京：新华出版社，2000. 402

9. 古巴蔗糖减产

"今年侨汇比较去年更加审慎……""古巴局势仍未好转，糖产减低百分至（之）三十。"

黄雅凡周岁留影

"我爱北京天安门"是当年最时尚的摄影背景。

儿子雅凡出生后，家庭经济并未感到太大压力。我和妻子虽然收入仍然微薄，但古巴侨汇恢复。有父亲的侨汇支持，母亲也有点儿积蓄，不需要我供养。我全身心投入工作，孩子降生时也未能陪伴妻子身边。好在妻子是学医的，在实习期间也有了接生的经验；还有两位母亲照顾，她们是那样渴望抱孙，一定会尽心尽力照顾，这也让我稍为放心。

孩子一周岁，素梅抱他到广州儿童公园去玩耍，并在附近的儿童摄影店拍照，取相后即寄了一张给爷爷看。有趣的是，摄影店把这张照片

航空邮简

1964年4月，寄中山县翠亨村中山纪念中学。

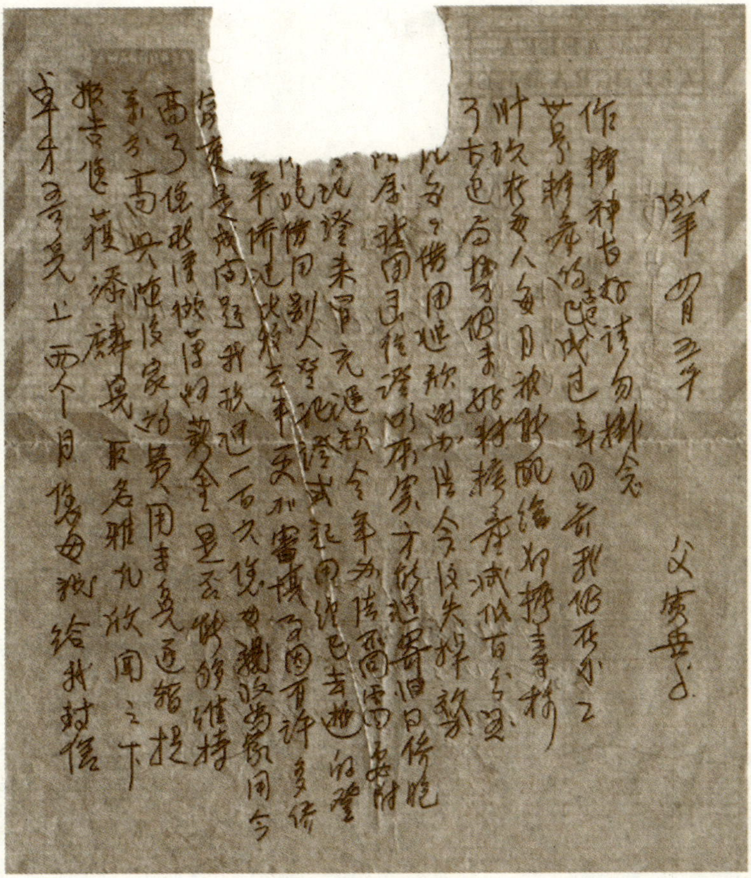

卓才吾儿：

上两个月您母亲给我（一）封信，报告您获添麟儿，取名雅凡。欣闻之下，万分高兴。随后家（庭）的费用未免逐渐提高了，您所得微薄的薪金，是否能够维持家庭，是成问题。

我现汇一百元您母亲收为家用。今年侨汇比较去年更加审慎，事因有许多侨胞借用别人（名义）登记，或起用经已去逝（世）的登记证来冒充汇款。今年办法不同，需要附属社团函信证明属实，方能汇寄。旧日侨胞每每借用汇款的办法，今后失掉效力了。

古巴局势仍未好转，糖产减低百分至（之）三十。现在每人每月只能配给四磅糖。素称世界糖产（国）的古巴已成过去。

目前我仍在处工作，精神甚好，请勿挂念。

父 宝世 字

一九六四年四月五号

逐级放大成八种规格，作为样板在玻璃橱窗展出。当时没有版权意识，我们见到后，只是要求展过之后把照片送给我们，经理答应了。这张照片也就成了家庭摄影集里的经典。

翠亨村是中山一个景色秀丽的小村庄，已有300多年历史。现在的中山市以前与珠海、澳门同属香山县。1911年，出生于翠亨村的孙中山先生发动和领导辛亥革命，推翻满清封建王朝，建立中华民国，被推举为临时大总统。1925年，孙先生逝世后香山县易名为中山县，翠亨村天下闻名。它位于珠江三角洲南部，离中山市城区石岐镇20多公里。这里傍山濒海，林木葱茏，鸟语花香，气候宜人。翠亨村北距广州约100公里，南距澳门约30公里，隔珠江口水域与深圳、香港相望，陆地与珠海市毗邻。特殊的地理环境，便捷的水陆交通，致使不少村民到港澳和海外谋生，山窝里的翠亨村并不闭塞。

翠亨村的确是风水宝地。它坐落在中山市东部的南朗镇，背山面水，田野虽不开阔，但交通便利。它所背靠的五桂山是一个延绵百里的山脉，犁头尖峰高高崛起，站在山顶可以眺望浩浩荡荡的珠江口。村前有条小溪，名叫兰溪，清澈的溪水由石门缓缓流下来，绕过金槟榔山丘，汇入珠江流向南海。地灵必有人杰，这里果然培育出孙中山、孙眉、陆皓东、杨殷①这样的一代英雄人物。

孙中山先生故居是一栋中西合璧的两层楼房，在翠亨村的旧式农村民房群中显得别具一格，十分抢眼。如今翠亨村已是著名旅游区，村里除故居开放供人参观外，还有公园和纪念馆。村中的古民居，村后山坡上的陆皓东烈士墓，中山纪念中学红墙蓝瓦建筑群，以及校内的寿屏公园等，都令中外游客心驰神往。

有机会在翠亨村这样一个世界闻名的人文环境中工作，在中山纪念中学这样一个名校教书育人，而这里又有那么多长辈名师可以请教，有那么多才华横溢、朝气蓬勃的年轻同事和聪颖可爱的学生，我感到非常欣喜。我很快就爱上了这个地方，爱上了自己的工作。我写下了一首诗，登在《纪中校刊》上，记得其中有两句是：

---

① 革命家杨殷于1922年秋加入中国共产党，先后参与发动和领导了震惊中外的“省港大罢工”和“广州起义”，最高任职中央政治局常委。1929年牺牲，时年37岁。

暨大师生参观孙中山故居

1987年冬，著者带领侨干班学生瞻仰孙中山故居。历经百多年风雨的这座两层赭红色楼房，多次修葺后依然完好如初。

日啖盐花两三颗，
亦愿长作翠亨人。

这两句诗，很快传遍了校园。有人拿来表达内心的共鸣，有人拿来做宣传工具，有人把它当作考验我是否真心诚意的锤子……

当时我对工作的确卖力。我担任初三年级一个毕

著者与早期学生同贺中山纪念中学75周年校庆

由左至右为吴远航、黄卓才、陈卓幸、罗南燕、黄向农、欧文占。黄向农（曲辰，私立华联大学教授、校长顾问兼旅游学院院长）特地穿上自己参与设计推广的休闲中山装前来参加庆典。

业班的语文老师，备课十分认真，我的教案一开始就是“免检”的。科组长和教导主任听完我的课，除了点头和讲些赞赏、建议的话，少有批评意见。对比其他教师，我似乎特别幸运。有一次，我们语文科组的一位女教师，教案几次送教导主任审阅都过不了关，还挨了批评，她哭鼻子了，可怜兮兮的。教导主任竟拿我的教案去做示范，这使我很感不安。那位女教师已经有两年教龄了，而我才来了几个月啊！

我获得这种赏识，大概与试教课给领导和同事们留下的“第一印象”有关。

试教课上，教导主任、科组长、老“教头”们都来了，坐了整整半个课室。两节课下来，大家都露出满意的微笑，教导主任拍拍我的肩膀，说：“黄老师，你以前教过书么？”我知道，这就是肯定，就是赞许。

1963—1964学年，我在工作上取得的成绩是比较明显的。有几件事让我出了点小名：

1964年初夏，母校暨南大学中文系64届的师弟师妹在石岐一中实习，抽出一天时间到纪念中学来参观，并指定要听我的课。那一天，带队前来的是张德昌书记，还有好几位教过我的老师。江士骙校长、龙正明教导主任和语文科组的部分老师陪同暨大师生听课。课室里密密匝匝地坐满了人，但我并不紧张，学生也显得特别兴奋。我讲《小石潭记》，朗读讲解，思考练习，有问有答，师生互动，课堂气氛轻松活跃。在课后的座谈会上，校领导给予了充分的肯定，张书记说我为母校争了光。从此，我得了“会讲课”的好名声。

第二件事是我培养了一个升高中考试的语文科状元。

我上语文课，结合班主任的思想教育工作，让学生每天写《新日知录》。我告诉他们，《日知录》是明末清初著名学者顾炎武的代表作品之一，内容丰富，贯通古今。顾炎武先生每天读书思考，“稽古有得，随时札记，久而类次成书”。

我告诉学生，知识需要一天一天地积累，文笔需要逐日逐日地磨炼，我们每天读过什么书，有什么感受，有什么评论；或者遇到什么事物，什么问题，有什么印象，有什么想法，都应记录下来。哪一天觉得没有什么好写，抄一段书也好，反正是天天动眼、天天动脑、天天动笔。我们要像顾炎武先生那样，日日将新知记录下来。内容保密，我不检查；字数不限，长短由人，能否坚持全靠自觉。我还告诉学生，我读大学时，按照曾敏之老师的指导，天天写《生活笔记》，五年下来，写满了七本日记本，有30多万字，很好地培养了我爱读书、勤观察、喜欢写作的习惯，同时也锻炼了意志。希望他们也能这样做。

学生绝大部分都听进去了，果然坚持不懈天天写，有的还主动把自己的“得意之作”送给我看。这样，一年后，我所教的这个班，竟然出了状元——在全县的高中升学考试中，我班一位女生的语文成绩名列第一。

第三件事是我在报纸上发表了一篇散文。

到了中山之后，我一直记住自己是学文学的，记住离校前老师的嘱咐：坚持创作。第二个学期，我就写出了一些散文、诗歌、歌词以及一个话剧剧本。我把其中的一篇散文寄给曾敏之老师，他把题目《红笔妙趣》改成《红笔小传》[①]，交给了《南方日报》文艺副刊主编关振东先生。7月4日，作品见报。第二天，报纸一到，就被张贴在教工俱乐部，消息很快就传遍全校。这个学校大概多年没有发表过文学作品了，于是引起小小轰动。

这件事的直接影响，是学校领导立即把校刊主编的任务交给我。那时候，中山纪念中学校刊还是油印刊物，无所谓注册，无所谓审查，登什么不登什么等一切可以由我做主，又有两位总务处职员协助刻印，所以我不觉得负担太重。在大学时代，我担任过多种形式报刊的主编——中文系系刊《战鼓》的主编，蜡版刻写和印刷，曾由我一手包办；校学生会手写刊物、20米大型黑板报《暨大学生》主编；校学生会铅印杂志《暨南园》副主编……这些经验使我当起一个中学校刊主编来更感驾轻就熟。

第四件事是演话剧。

当时全国热演话剧《年青的一代》，许多老师感兴趣。我是语文教师，又是话剧爱好者，立即回广州，到南方戏院看了演出。我想，是否可以自己排演，让这些山旮旯里看不到戏剧演出的师生开开眼界？我鼓动青年教师，联合提出动议，立即得到校长、主任和工会的

① 后收入著者的散文集《水上仙境》。

支持。艺术院校出身的校长亲自指导排演，教导主任则出马担任导演。我被定为男主角，演肖继业。此剧在学校礼堂上演，一举获得成功。于是再接再厉，排演《南海长城》时，我的角色变成了导演。意犹未尽，学校又举办了文艺比赛。我赶写了话剧《在我们身边》，让我们班的学生排演，在评比中获得创作奖和表演奖。

《年青的一代》剧照

话剧《年青的一代》在20世纪60年代风靡全国。它以积极进取的生活态度激励了一代新人。我们的演出也给师生和学校周边群众留下深刻印象。在剧中，著者扮演男主人公肖继业（左三）。

第五件事是代表学校给宋庆龄写信。

1965年夏天，一场强烈的台风刮过翠亨村，刮过校园，由于预防措施得当，并未造成人员伤亡事故，但台风刮倒许多树木，毁坏了不少房舍。其中尤为严重的，是位于校园中枢的主体建筑"逸仙堂"（礼堂、图书馆），蓝色琉璃瓦的飞檐斗角被打坏，需要修理。学校领导让我赶快以学校名义起草一封信，向时任国家副主席的中山先生夫人宋庆龄报告。其时学校没有专职秘书，我是语文教师，代行一点儿文秘事务，本来是很平常的。但在同事眼中，这却是"领导重用"的表现。

现在看来，大概是这几件事吧，使我在青年教师中迅速冒尖，工会副主席、教工团支部书记等头衔相继而至。据说，教师私下称呼我为"三剑客"之一。我从校门到校门，工作上、生活上缺少经验，政治上非常幼稚，根本不知道光环的后面已经隐伏着危机。这种危机，经过一段时间，在某种气候土壤条件下就会暴露出来，令我吃尽苦头。

"古巴的局势仍未好转"，父亲信中所指的，主要是经济方面。翻开历史可以看到，1963年10月，古巴第二次土地改革后，农村的大庄园制度和富农经济被消灭，国营农业的管理不善和效率低下问题也凸显出来。新政府急于改变古巴单一的经济结构，大幅度削减蔗糖生产，提出了实现农业多样化和短期内实现工业化的目标。1963

年，甘蔗种植面积比革命胜利前的1958年减少25%，蔗糖产量从1961年的677万吨减少到382万吨。父亲说“糖产减低百分至（之）三十”是比较准确的，相信是他勤于读报所得。父亲身在古巴，与我们在大陆一样忧国忧民，在“素称世界糖产（国）的古巴已成过去”的感叹中，表现了他个人及古巴人民群众的忧虑。“每人每月只能配给四磅糖”，对于中国人来说也许不算少，但对于习惯大量用糖的古巴人却远远不够。从1962年起，古巴城市居民的基本消费品就非常缺乏，大米、面包、黑豆、肉类、鸡蛋、鱼、白糖、咖啡、植物油、牛奶、盐、肥皂、香烟、雪茄、卫生纸等实行凭本定量供应，衣服、鞋子则实行限量分配。一个以“蔗糖之国”、“世界糖罐”著称的国度缺糖，一个以雪茄闻名的国家却限量供应雪茄和香烟，诸如此类似乎令人不可思议的事情，却实实在在地发生了。

链接

“古巴糖”和“世界糖罐”

经历过三年大饥荒的中国人，提起拉伊拉克蜜枣和古巴糖，就会引起甜蜜中带着点苦涩的回忆。古巴糖其实就是未经精加工的红砂糖。为了有力支援古巴的经济建设，也为了解决本国的糖需求，中国从1960年开始进口古巴糖。从此，古巴糖走进了亿万中国人的生活。中国至今还在进口古巴糖。蛇口港、天津港、青岛港经常都有运载古巴糖的货轮靠岸。进入中国的古巴糖，由于加工技术不高、纯度不够，经过国内深加工后，才出现在我们的生活中，只是不再叫古巴糖。

古巴全境大部分地区属热带雨林气候，年平均气温为25℃，适宜种植甘蔗。古巴的农业以种植甘蔗为主，甘蔗的种植面积占全国可耕地的55%，其次是水稻、烟草、柑橘等。工业也以制糖业为主，占世界糖产量的7%以上，人均产糖量居世界首位，被誉为“世界糖罐”。蔗糖的年产值约占国民收入的40%。古巴经济长期维持以蔗糖生产为主的单一经济发展模式，但从1990年起糖工业逐渐丧失其主导地位。2002年开始重组糖工业，关闭71家糖厂，制糖业在国民经济中的地位呈下降趋势。2005年产糖131万吨，仅为1990年的16%。2006年产糖140万吨，2007—2008年榨季食糖产量仅为110万吨，已失去世界第一大糖出口国地位，排名居于巴西、澳大利亚等国之后。

2008年胡锦涛总书记出访古巴，与卡斯特罗主席进行了亲切的会谈，据传内容涉及中国进口古巴糖的数量将从目前的每年40万吨增加到每年60万吨。但从古巴2007—2008年榨季110万吨的产量来看，古巴本国年消费量为70万吨，也只能有40万吨的剩余量出口到中国。

古巴雪茄

古巴文化深深地扎根于醉人的烟草香味之中。古巴人每年吸2.5亿支雪茄，其他6500万支“哈瓦那” 雪茄出口国外。大部分雪茄都是手工卷制的，以保持其上乘的质量。许多“老烟枪”都认定“哈瓦那”雪茄是全世界最好的雪茄。古巴现存的雪茄品牌有35种，品种有500多种。一些雪茄厂只做某些特定香味的雪茄，而有些厂则只做某些特定型号的雪茄。2006年10月，一种名为“Behike”、为庆祝Cohiba牌雪茄诞生40周年而生产的4000根雪茄，在西班牙市场每根售价471美元。品尝古巴雪茄，参观雪茄工厂，别有一番情趣。

有人认为只有在欧洲古巴产的烟叶和雪茄才是最好的。于是从1510年开始，古巴成批量地向欧洲出售雪茄。古巴烟厂很多，但著名品牌雪茄烟厂家都在哈瓦那。哈瓦那雪茄代表着古巴雪茄的最高水平，成为古巴雪茄的代名词。雪茄的制作方法有两种：机器卷制和手工卷制。一般来说，手工卷制的雪茄要好于机器卷制的。卷烟工是真正的艺术家。要制作哈瓦那雪茄，必须先选择最佳的烟叶。此外，卷烟工还必须全身心投入，凭灵巧的双手，精巧地切割烟叶，熟练地展示卷烟技术，恰到好处地收尾……每当制作完成一根雪茄后，卷烟工总是自豪地、自我欣赏地凝望着自己的杰作。

要感受吸雪茄烟的舒畅和韵味，要先把雪茄烟送到唇边品尝一下。还有检验雪茄烟的其他标准：烟叶的产地、烟盒和制作程序。尽管雪茄烟价格很高，但好的烟民只需要哈瓦那雪茄烟，索要哈瓦那雪茄烟。能吸上哈瓦那雪茄烟是一种自豪，是一种享受。人们都说，一个哈瓦那雪茄的好烟民，只在嘴里品尝雪茄烟的美味，而不把烟吞到肚子里。嘴里品尝后，再把烟缓缓地吐出，吐出的烟逐渐形成各式各样美丽的图案，心醉神迷地望着吐出的烟雾随风冉冉地或飞快地升起，白色的烟、蓝色的烟、灰色的烟或三色的烟，形成谁也无法遐思的各种形状。

（中古网及新华社）

父亲信中告知寄来100元家用。他说："今年侨汇比较去年更加审慎，事因有许多侨胞借用别人（名义）登记，或起用经已去逝（世）的登记证来冒充汇款。今年办法不同，需要附属社团函信证明属实，方能汇寄。旧日侨胞每每借用汇款的办法，今后失掉效力了。"一方面是古巴政府千方百计地限制华侨侨汇，一方面是侨胞们想方设法多给家属寄点钱，双方有着潜在矛盾。当时，中古关系处于一个较好的时期，中国给予古巴的援助为数不少，按道理，古巴对华侨不应太过苛刻，但因为穷，也就不讲道理了。华侨遇到的种种不公平待遇又何止在古巴呢！他们无论在世界哪个角落，爱国爱家之心总是不改。父亲离家几十年了，儿子成家了，他还是不断地寄钱。父爱无私，崇高似青山，圣洁似玉石，温暖似阳光，宽广似海洋！而我，除了书信传去的问候，精神上的交流沟通，又能给他什么呢？他没有享受到一点儿家庭的温暖，没有得到儿子一点儿的孝敬，但他总是那样持之以恒，矢志不移，如涓如滴，永注不停。这就是父亲和老一辈华侨的了不起之处！

这一年冬天，家里还发生一件大事：母亲去世……

10. 人生终有一别

“接到您手札，报告您亲爱慈母十二月十八日逝世了。”“人生终有一别，您要向着未来前途迈进……”

1964年12月19日，犁头尖山下寒风凛冽，中山纪念中学校园里的树木落叶飘零。我早上抱着教案走向课室，右眼眉突然频频跳动，我预感到有什么不妙的事情发生。果然，还没到下课，学校办公室的职员就来通知，说“刚接到你爱人电话，要你即回广州……”我一下子意识到，母亲不行了……

母亲年轻时历尽辛劳，生我时又是高龄难产，留下不少后患，身体一直瘦弱多病，特别是胃病长期折磨着她。这一次，因胃出血入院，经奋力抢救无效而去世。

我立即写信向父亲报告。父亲得知噩耗，已经是次年农历正月初九。他当即执笔回信，翌日（正月初十，公历2月11日）寄出。

父亲当时精神上受到的刺激是可想而知的：“回想做了几十年妻子，一旦永别，似觉伤心。”看似轻描淡写的一句话，里面包含着多少伤悲！父母结婚42年，在一起生活的时间不过三四年，真的是聚少离多。但父亲是那样悉心照顾家庭，爱护妻儿老小，除了抗战时期因日军封锁太平洋那段时间无法通讯之外，他每年总是那么依时依候写信、寄钱，从精神上和金钱物质上支撑着家庭。而母亲则绝对忠实于丈夫，含辛茹苦地守着这个家，全身心地抚养我、栽培我。万水千山总是情，一日夫妻百日恩，他们一起生活千余日，那就有十多万日的恩爱了，这样算来，如果人生能不老，父母亲的恩爱也许真能维持几百年！

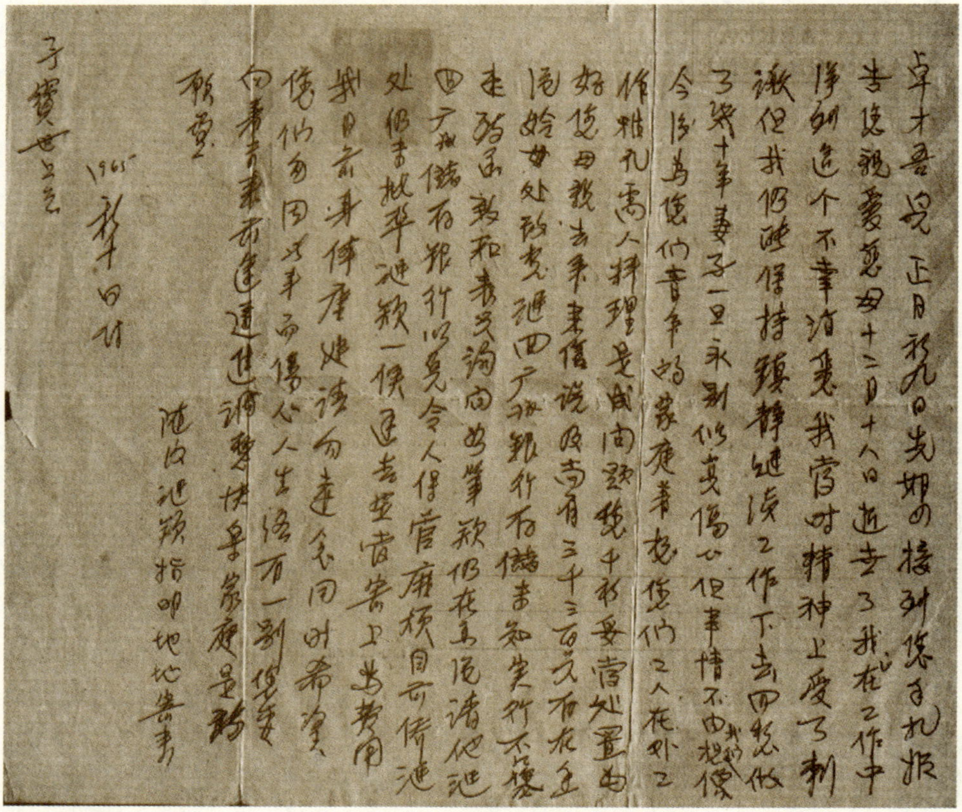

航空邮简

1965年2月，寄广州家中。

卓才吾儿：

正月初九日先（星）期四接到您手札，报告您亲爱慈母十二月十八日逝世了。我正在工作中，得到这个不幸消悉（息），我当时精神上受了刺激，但我仍能保持镇静，继续工作下去。回想做了几十年妻子，一旦永别，似觉伤心。但事情不由我们想象，今后为您们青年的家庭着想，您们二人在外工作，雅凡需人料理，是成问题。您千祈妥善处置为好。

您母亲去年来信说及尚有三千三百元存在香港妗母[1]处，欲想汇回广州银行存储，未知实行否。您速致函致（志）和表兄询问，如（此）笔款仍在香港，请他汇回广州储存银行。以免令人保管麻烦。

目前侨汇处仍未批准汇款，一候

① 台山人称舅母为“妗母”、“阿妗”。

通告，定当寄上为费用。

我目前身体康健，请勿远念。同时希望你们勿因此事而伤心，人生终有一别，您要向着未来前途迈进，调整快乐家庭，是所愿望。

随后汇款指明地址寄来。

予　宝世　上言

1965　（正月）初十日付

读着父亲的信，我再次沉浸在对母亲的追忆中。她一生经历了许多侨眷妇女和那个时代特有的坎坷。

结婚后不久，父亲出洋，留下母亲一人在家，一个20来岁的少妇，其孤单实在难以言状。宋朝女词人李清照有一首《点绛唇》："寂寞深闺，柔肠一寸愁千缕。惜春春去，几点催花雨。 倚遍阑干。只是无情绪。人何处？连天芳草，望断归来路。"我觉得，词人的伤春之情、伤别之绪，简直就是母亲在无限寂寞中思念丈夫的真实写照。甚至，比之词中的深闺思妇，母亲有过之而无不及。

小时候，我曾经问过母亲，为什么不跟爸爸到古巴去。母亲说，没有女人去。

现在我阅读史料，情况的确如此。早期"卖猪仔"的契约华工，固然是清一色的男性，就是父亲出洋那个时代，也没听说附近农村有哪个女人去古巴的。台山侨乡有两句歌谣："家里贫穷去阿湾（古巴），去到阿湾真艰难。"男人去"挨世界"也就罢了，难道还要女人也去受苦吗？妇女留守在家，也就理所当然了。听母亲说，1937年父亲回来时，曾问过他在那边有没有"妾侍"，父亲说养不起。不要说养一个西方女人，就是养她的指甲（化妆），也养不起，因为她们很会花镭（花钱）。

我小时候，台山流行《金山婆自叹》、《侨妇怨》之类的民谣。还有乞讨者穿街过巷演唱。但我母亲从来不唱，她只知道自己是侨属，从不以"金山婆"自居。在父亲没有侨汇时，就自食其力。其意志毅力，令乡人起敬。

查阅户口簿，母亲生于1903年7月22日，终于1964年12月18日，她才走过61个春秋，行色过于匆匆。我必须记下这两个日子，让将来分布于不同国家的子孙后代纪念祖先。

链接

台山民谣《侨妇怨》

八月十五是中秋，中秋赏月上高楼。团圆月照人欢喜，照我思夫双泪流。八月十五是中秋，年年赏月年年忧。冷月照奴闺中苦，阿哥何日转船头？

别乡井，去外洋，十年八载唔思乡。柳色青青陌头绿，闺中少妇想断肠。

船期催紧板，夫婿去金山，当初只话闹风繁，谁料新婚生拆散、该阵间，离情无限恨，君话出门去且慢，免教寂寞怨红颜。

自君游异地，百事有心机，闺房终日锁双眉，万种思绪愁莫已，暗伤悲，孤枕难成寐，恼煞隔墙笑彻耳，亏奴独自叹凄悲。

大沙华侨胞庆祝中国国庆

1964年10月1日，大沙华中华会馆热烈庆祝中华人民共和国15周年国庆。中国驻古巴大使馆、中华总会馆代表和当地官员出席。黄宝世主持庆典。

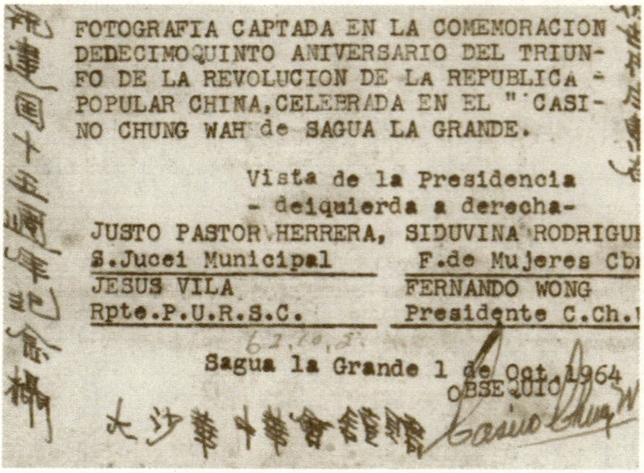

FOTOGRAFIA CAPTADA EN LA COMEMORACION DEDECIMOQUINTO ANIVERSARIO DEL TRIUNFO DE LA REVOLUCION DE LA REPUBLICA POPULAR CHINA, CELEBRADA EN EL "CASINO CHUNG WAH de SAGUA LA GRANDE.

Vista de la Presidencia
- deiquierda a derecha-

JUSTO PASTOR HERRERA,	SIDUVINA RODRIGU
S.Jucei Municipal	F.de Mujeres Cb
JESUS VILA	FERNANDO WONG
Rpte.P.U.R.S.C.	Presidente C.Ch.

Sagua la Grande 1 de Oct. 1964

大沙華中華會館

国庆照片背面

照片背面有打印及手写文字记录。右第一人是黄宝世，他的西文名字：Fernando Wong。

链接

比亚克拉拉省圣克拉拉市

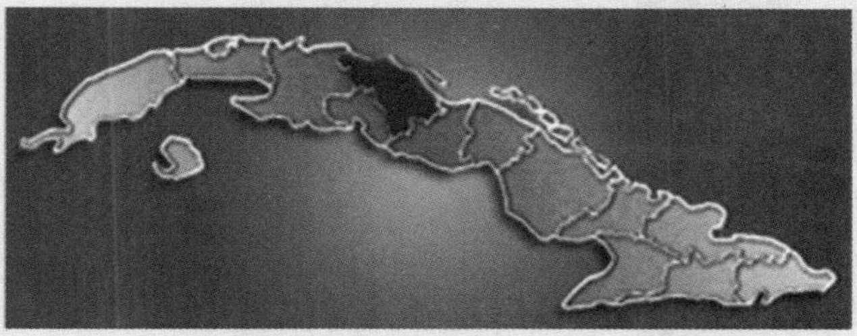

比亚克拉拉省（La Provincia de Villa Clara）位于古巴中部，面积8412.41平方公里，人口81.8万（2004年），西接马坦萨斯省，东南接圣斯皮里图斯省，南邻西恩富戈斯省，东部和北部海区为佛罗里达海峡。省府在圣克拉拉，主要城市有大萨瓜、普拉塞塔斯、卡马华尼、雷梅迪奥斯和卡伊瓦连。

20世纪60年代，比亚克拉拉省（时为“拉斯维亚斯省”的一部分）的蔗糖工业处于古巴领先地位。但是90年代后，由于苏联解体，古巴经济出现困难，该省关停了不少蔗糖工厂，并且开始将注意力逐渐转移到北部沙滩旅游度假胜地的建设。

该省北部海岸有众多小岛（cayos）、珊瑚礁和沙滩，有新建的旅游度假设施。南部属于埃斯坎布雷山区，海拔最高到达900米左右。该省有很多湖泊，适合水上运动和钓鱼。古巴最大的流入大西洋的河流大萨瓜河位于该省。

该省下辖13个县区（Municipios）：卡伊瓦连（Caibari é n）、卡马华尼（Camajuan í ）、西富恩特斯（Cifuentes）、科拉利略（Corralillo）、恩克鲁西哈达（Encrucijada）、马尼卡拉瓜）（Manicaragua）、普拉塞塔斯（Placetas）、凯马多·德圭内斯（Quemado de Guines）、兰丘埃洛（Ranchuelo）、雷梅迪奥斯（Remedios）、圣克拉拉（Santa Clara）、大萨瓜（Sagua la Grande）、圣多明各（Santo Domingo）。

比亚克拉拉省省会圣克拉拉（Santa Clara），也叫切·格瓦拉市。距哈瓦那277公里，离大萨瓜45公里。格瓦拉纪念碑是许多古巴人和外国游客前来瞻仰和缅怀最频繁的地方。圣克拉拉具有百年文化历史和高科技工业与文化潜力，更是古巴健康旅游的好去处。古巴第三大大学拉斯维亚斯中央大学（Universidad Central de Las Villas）培养过大量中国留学生。

（资料综合）

圣克拉拉洪门孙主席伉俪　朱霖摄（2005）

洪门民治党圣克拉拉分部主席孙先生是中山人，夫人是古巴人。他们育有两个儿子，大儿子是个医生。

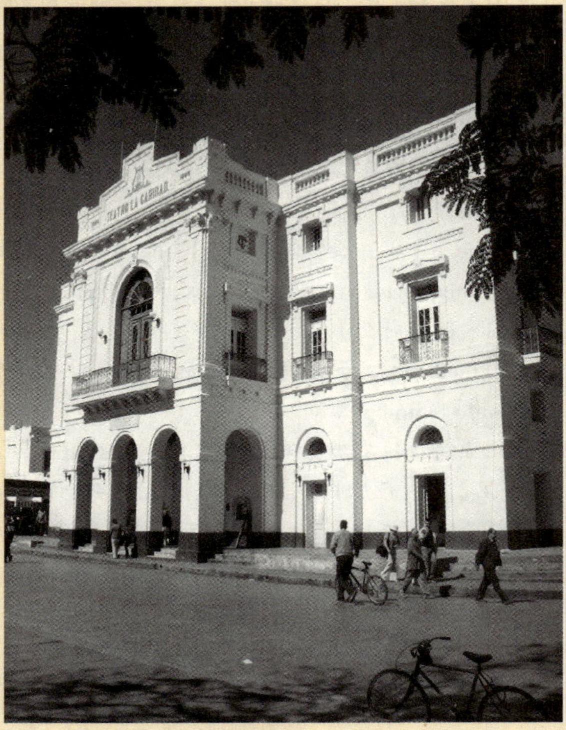

圣克拉拉市街景　朱霖摄

11. 今年古巴糖造丰收

“侨胞汇款今年可多汇廿元……” “今年古巴糖造丰收，但世界糖价市场惨跌，船只来古载糖甚少……经济情况大受打击……民众对于古巴环境异常失望。”

时隔两个多月后，父亲信中再提母亲去世的事，可见他的怀念之情。父母夫妻一场，但关山万里，聚少离多，望穿秋水，徒叹奈何！难能可贵的是，长相别，不相忘。

父亲这一次给我寄钱，比去年多了20元。就是这20元，却清楚地表明了父亲的苦心。因为从去年（1964）起，古巴对华侨的汇款已经限制在100元的额度。无论是古巴政府政策松动也好，是中华会馆与古方艰难交涉的结果也好，还是父亲千方百计也好，总之，多付这20元肯定十分不易。

父亲信中提到古巴的情况，既报喜，也报忧，令人喜忧交杂，忧多于喜。“糖造丰收” 值得欣慰，但市场不景气，经济大受打击，直接影响到民众生活，影响到华侨的生活，就颇令人失望了。古巴土地肥沃，热带雨林气候，没有冬季，日照时间长，雨水充足，利于作物生长。但在计划经济体制下，大片良田荒芜，农民没有生产积极性。

“渴市”、“黑市”的市场情景，我很容易理解。不要说前几年经济困难时期，就是在1965年，中国大陆还有许多东西供不应求，粮食、肉类、鱼、布等还是凭票证限量供应。古巴、中国，在物质缺乏方面，可以说是彼此彼此。

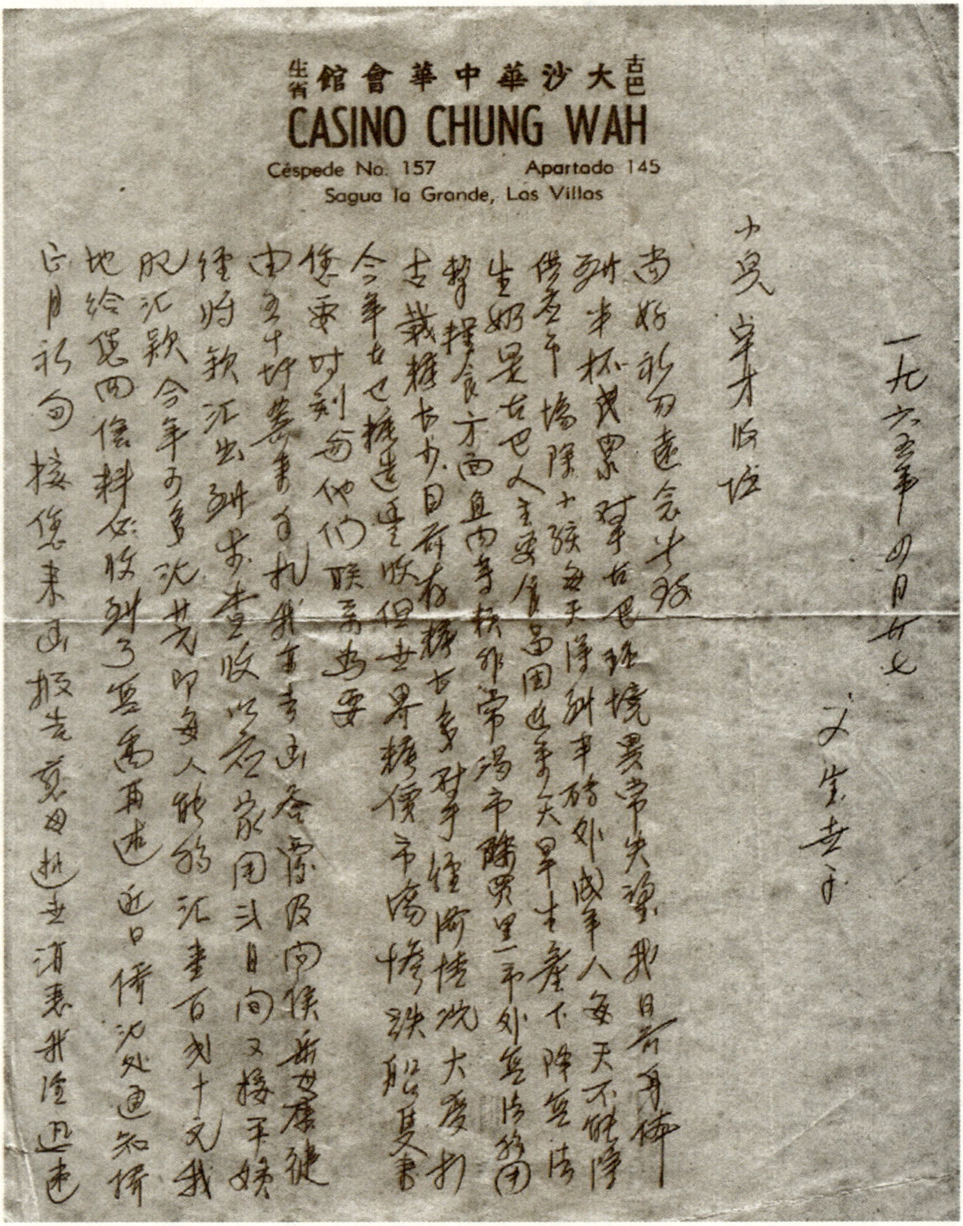
古巴大沙華中華會館生省

CASINO CHUNG WAH

Céspede No. 157　Apartado 145

Sagua la Grande, Las Villas

一九六五年四月廿七

航空信

1965年4月，寄到广州家中。

正月初旬接您来函，报告慈母逝世消息。我经迅速地给您回信，料必收到了，无需再述。近日侨汇处通知，侨胞汇款今年可多汇廿元，即每人能够汇一百二十元。我经将款汇出，到步查收，以应家用。

二月间又接平姨由五十圩寄来手札，我亦去函答复，及问候岳母康健。您要时刻与他们联系为要。

今年古巴糖造[1]丰收，但世界糖价市场惨跌，船只来古载糖甚少。目前存糖甚多，对于经济情况大受打击。粮食方面、鱼肉等类非常渴市[2]，除买黑市外，无法够用。生奶[3]是古巴人主要食品，因近来天旱，生产下降，无法供应市场。除小孩每天得到半磅外，成年人每天不能得到半杯。民众对于古巴环境异常失望。

我目前身体尚好，祈勿远念。

此致

小儿卓才收读

父　宝世　字

一九六五年四月廿七

“船只来古载糖甚少”，原因是多方面的。现在稍为回顾历史就可以知道，吉隆滩登陆失败后，美国对古巴的仇视有增无减。在美国的策划下，1962年古巴被排除出泛美国家体系；1964年，美国决定禁止向古巴销售药品和食品；同年美洲国家组织通过决议对古巴实行“集体制裁”。前来古巴买糖较多的，只有苏联和中国了，古巴的对外贸易处于逆境之中。这个时期，由于中、苏两党公开论战，卡斯特罗站在苏联一边，公开批评中共，要求中、苏两党停止公开论战。虽然1963年2月和1964年12月，中、古连续签订了两个贸易协定，但两国关系紧张，贸易往来在1965年达到高峰后便迅速减少。糖当然是甜的，但地球上肯吃、能吃古巴糖的人太少了。即使苏联、中国各买了100万吨，也不能完全解决问题。外贸生意不好做，一向靠出口糖换取他国商品的古巴人生活怎能不苦！

2011年，45年后的今天，古巴现任总理劳尔·卡斯特罗说：“没有任何一个人，任何一个国家，能够花得比他们拥有的还多。这道理看起来简单，但我们却一直没有按照这个不可回避的事实来思考和行

① 糖造，糖作物收获季节。造，是指作物的收获季节及次数，如早造、晚造。

② 渴市，台山方言，意思是市场上的货物供不应求，犹如口渴缺水一样。

③ 生奶，即鲜奶。

大萨瓜商店所见　谭艳萍摄（2009）

动。为了得到更多，现在我们必须生产得更多。”

父亲问及在香港的存款，我应已作答复。我知道，父亲历年的汇款，有点儿积存，都是换成港币，托在港的舅母李美珍存入汇丰银行。由于母亲去世，舅母建议汇回广州，以我的名字存储银行。我考虑到她和表兄、表妹即将移民美国，再麻烦她打理也不好，便同意寄回来。我记得当时的汇率很低，只换得一千多元人民币。一千多元当时相当于我们夫妇俩一年的工资，本来还是可以买不少东西的，但我们没有投资意识，更没有投资门路，只会考虑存储银行，以便随时弥补家庭开支。当年利率较高，存款似乎收益不少，但实际上，人民币不断贬值，后来这笔钱也就在不知不觉中“贬掉”了。等到八九十年代，懂得一点儿投资常识时，悔之晚矣。在家庭理财方面，几十年来多次错失良机，我觉得很对不起父亲。只有把教训留给下一代，让他们少犯错误。

乐天的大萨瓜华裔　刘博智摄（2009）

应付侨汇物资供应证票凭单

日期　領取數　本次領餘額　備註

說明：
1.凭單領證票，遺失不补發。
2.本單不得塗改，塗改即作廢止付。
3.客户每次領取票証，須在企業存查聯上簽收；企業經手人則在客户手持联上蓋章。

1965年的侨汇物资供应证票凭单

拿着这份侨汇证凭单，本可随时支取票证。但在不久后发生的“文革”中，它却化了水。

近期的古巴农贸市场　李佳蔓摄

在今日的古巴农贸市场，水果、蔬菜、肉类和鸡蛋等供应充足。随着政策逐步开放，黑市不需要再“黑”，但购物最好用美金兑换的红比索。

著名侨乡中山市进入城轨时代　夏升权摄（2011）

12. 关心岳母和妻妹

"若收到此款请交祖婆及平姨每（人）五十元为费用，所余款项用您的名字存储银行，较为妥当。如没有急需，不可提支。"

父亲又寄钱回来了，特别嘱咐分给岳母和妻妹。

古巴由于物质缺乏，当时早已实行生活必需品凭证限量供应。供应物资由国家定价，价格低廉。父亲的杂货店没有什么可卖的，代政府出售的限量商品，也无利可图。父亲自己的处境已经相当困难，但他就是这样一个胸怀博大、慈悲为怀的人，他还是一如既往地关怀祖国的亲人、关心当地生活困难的侨胞和身边的古巴朋友。

父亲的汇款是古巴货币比索。当时在中国大陆，古巴比索与美元的比价是1∶1，换成人民币，就有200多元。按当时广州物价，可以买不少东西。如凭证供应的猪肉每斤1元，米每斤0.14元；自由市场木柴每担（100斤）1.20元，鸡鸭蛋每个0.10元。正如台山民谣所说的"金山钱，唐山福"，就是指"汇水"（汇率）高。父亲的侨汇对于帮补家庭非常顶用。

舅母为人忠诚老实，父亲知道她未将存放在香港的汇款寄回广州来给我，认为"迟早不成问题"。

舅母名李美珍，虽然出生在农村，是一个识字不多的普通家庭妇女，人也长得矮小，但性格疏朗豪气，乐善好施，孝敬公婆，在亲戚、邻里间威信很高。她对我一向关爱有加。有一次，屋子里人很多，舅母招呼大家入席吃饭。她把我抱到高凳上，摸着我的头，然后捏着我的耳朵，忽然有所发现，大声说："你们看，卓才两只耳仔上

航空邮简

1965年5月，寄翠亨村中山纪念中学。

上两先（星）期给您封信及汇上百二十元，料必收妥。昨又接到四月二日发来手札，亦经收到了。说及舅母未将此款寄来，迟早不成问题。若收到此款请交祖婆及平姨每（人）五十元为费用，所余款项用您的名字存储银行，较为妥当。如没有急需，不可提支。

此致

小儿卓才收读

予　宝世　上

一九六五年五月十日

边都有一个洞。他前世一定是菩萨，这两个洞是插过香的。”舅母一向菩萨心肠，其实她自己才是活菩萨。特别是后来大饥荒时期，舅母每次由香港回来看望家婆（我外婆），都用扁担挑个大担子，里面油、糖、衣服、布料、肥皂、香皂、毛巾等紧缺的生活必需品一应俱全。外婆哪里用得了那么多，大部分是用来分给亲戚和邻里的。她人矮，担子重得几乎坠地。人人都劝她少挑点，但她说她挑得起。在我心目中，舅母简直就是个奇女子。

我们同在家乡台山时，两个村子间相距不过二三里，彼此来往密切，亲戚关系融洽，感情深厚。表兄志和大我两岁，我们曾在两所小学做过同学，上学、放学同出共进，就像亲兄弟一般。特别是1949年春夏间，家乡解放前夕，兵匪一家、盗贼猖獗、打家劫舍，城乡一片混乱；一到傍晚就枪声大作，火光冲天，旧政府无能力收拾残局。我们“黄泥头”这个小村子势单力薄，随时会遭洗劫。为安全起见，母亲把我送到外婆家去读书。外婆的村子叫做盘龙村，土名 “炒米沙”，是个人口较多的大村，人心齐，更夫多，枪械足，防贼能力强，况且学校与外婆家只是一墙之隔，上学十分方便；又有舅母操持家务，饭热菜香。这样，我每天和表兄一起读书，一起玩耍，更加情同手足。后来我们分住省港两地，但常有通讯联系。

父亲叮嘱分派50元给外祖婆。我当时一个月的工资55.5元，父亲给岳母妻妹每人50元，差不多是我一个月的工资。虽然钱不多，但也可以买不少东西了。

我外婆名叫饶随娣，是个非常贤惠的侨眷妇女。

1957年的时候，外婆大约77岁，外公已经去世十七八年了。他们都有一段人生传奇。

外公伍于炳生活的年代，是1870—1940年左右。我懂事后从母亲口中知道，他是个美国华侨，曾在纽约谋生，干的是洗衣活。那时候纽约华侨洗衣用的烫斗[①]是用生铁铸造的，粗大笨重，要放在煤炉上烧热，才用来熨烫衣物，干起活来汗流浃背， 工作时间又长，非常辛苦。有美国华侨诗歌为证：

① 烫斗，广州方言词语，即熨斗。

一把烫斗八磅重，十二小时手不闲。
一周干满七天活，挣来一点血汗钱。
拣到洗，烫到叠，为了一碗活命饭，
辛苦劳累在“金山”。①

外公的晚年是在家乡度过的。据说，是因为在纽约中了马标（跑马彩票），被人追杀抢劫，不得不连夜潜逃，躲避回乡。那时他还不到60岁。

纽约，世界第一的繁华之都，是他的伤心地，但他还是把儿子伍时欢送去了。台山华侨就是这样不怕艰险，前赴后继。

外公对内外孙子同样疼爱。他给表哥和我各做了一辆木制的小型鸡公车，手工非常好。这两辆鸡公车成了我们童年主要的玩具。

我还听母亲讲过一个关于外公的故事：炒米沙村以前相邻有个客家小村庄，在清朝同治年间台山“土客械斗”（本土人与客家人械斗）的时候，两村之间斗得翻天覆地。有一次，一家人正在吃饭，忽然听到鸣锣叫喊：“客家佬来了，客家佬来了！”妇女起身准备逃跑，外公却镇定自若，把大家按坐下来，说：“吃啦，吃啦！阿嵩，怕乜（什么）啊！”原来，他早已在村口安装了一门假大炮——用麻竹竹筒做的，刷了黑色的米麻油。他相信，客家人一见这门大炮，一定会被吓得魂飞魄散。果然，寻衅者不敢入村。

我长大以后，一直想寻找当年械斗的痕迹，印证祖先的聪明和机敏。有一次，在客家村边的地里帮外婆家种花生，看到客家村早已被铲平——据历史记载，同治六年（1872），土客械斗由广东巡抚主持议和后，实行分治，客家人陆续集中迁到台山海边的田头、赤溪去了。我们锄地时，老人提醒，注意听听有没有“嘭、嘭”的声音，因为地下可能还埋藏着客家人来不及带走的瓦罐，里面有金银珠宝。据说的确有人发掘过，并且挖出一罐铜钱。

按记载，台山“土客械斗”历经12年，斗得相当惨烈，其恩怨情仇延续数十载。我对这段历史没有深入研究，但我觉得那只是农村族

① ［加］黄兆英. 华人历史细说：八磅生涯. 五邑华侨华人史. 广州：广东高等教育出版社，2001. 89

群之间为抢夺生存空间而发生的内斗而已。实际上，所谓“土”人，并非台山土著，而是宋代由中原南迁，经南雄珠玑巷分支开来的老客家人。那些真正的越人土著（原住民）早已因生产、文化落后、势单力薄而被赶走，向广西、贵州迁徙了——据民族研究专家考证，现在贵州的布依族等少数民族，他们的祖先就是广东的越人。而所谓的“客”是指当时的新客家。他们来得迟，要蚕食、侵占已经成了“土人”的领地，当然会引起老客家的不满，从小摩擦到大纠纷，械斗也就不可避免。可贵的是，这场斗争以“土客分治”和平解决。我们的祖先从中吸取教训，后来逐渐学会友好相处。现代台山人再也不好斗，反而养成了平和谦让的性格，这就是如今广泛分布在海内外的200多万台山人广受欢迎的原因之一。

外婆是最后一代不幸的小脚女人中的一个。她扎过脚，后来遇到辛亥革命，男人剪了辫子的同时，女人也“放脚”了，但她的骨骼已经严重变形，脚已经无法复原。作家冯骥才有本小说叫《三寸金莲》，写的就是我外婆这代人的苦痛。外婆虽然放了脚，不再缠裹脚布，依然步履维艰，但她每逢圩期，总要沿着乡间的小路摇摇晃晃地到五十墟去趁圩。所以，五天一次的圩期，也就是“仁德堂”最热闹的日子，母亲和我在这里与外婆、舅母、表哥、姨母等亲戚团聚。外婆很勤劳，80多岁时她还到自己屋前的园子里去斩竹，然后开篾，编织竹篮、竹篸、粪箕等竹器，手工十分精细。她家、我家以及我姨母家所用的竹器，全部是她手织的。到了90岁，她还能自己煮饭。

外婆的福气在于丈夫的疼爱和儿子的孝顺。外婆过冬用的被子是外公从美国带回来的鸭绒被。试想外公逃离纽约，已经是十万火急，但他仍然冷静机智，不忘记要给妻子带一件好东西。舅舅不避艰险，又去纽约谋生。他陆续寄来侨汇，让外婆吃穿不愁。我记得，外婆的床头摆放着五六个糖果罐，零食不断。但父亲每逢寄钱，总惦记着她老人家，不时要给她点钱买东西吃。在当时的条件下，对于远隔万里的游子来说，这大概是尽孝的唯一方式了。

还有一点可以告慰外婆，在她去世几十年之后，我有机会把她手织的小竹篮捐赠给广东省华侨博物馆，而且，作为常设展品，现在它正在展出呢！

链接

女子缠足

女子缠足（扎脚）始于五代。南唐后主李煜令宫妃“以帛缠足，令纤小屈上，作新月状”，于莲花上舞蹈，首开女子缠足先例。而女子缠足在民间广泛传播则在宋代，在清代进入鼎盛时期。当时贵族喜欢娶扎脚女子，民间受到误导，认为扎脚才能嫁得好。缠足方法惨无人道，正如民谣所说的“小脚一双，眼泪一缸”。因缠足染疾“致死者十之一二，致伤者十之七八”。

缠足是一种摧残人性的陋习，在辛亥革命之前就曾受抵制和抨击。明代宫中女子不许缠足。1664年清康熙皇帝下诏禁止，但因阻力过大，四年后被迫撤销了禁令。1853年太平天国也下令禁止妇女缠足。戊戌维新时期，康有为强烈要求朝廷下诏严禁妇女缠足，康有为、梁启超、谭嗣同等人还创办了不缠足会。1898年6月，光绪皇帝在维新派影响下，颁布禁止妇女缠足上谕。但民间习惯势力非常顽固，所以痼疾得以延续。

解放后，末代小脚妇女纷纷“放脚”，不再缠足，但早已变形的小脚再也无法复原了。

父亲还吩咐分50元给姨母，对于没有什么收入的她，可以应付四五个月的伙食费了。这无疑是雪中送炭，是最为实际的体贴和关怀。

姨母的生活来源主要依靠铺租。抗战胜利后，华侨纷纷回国探亲、置业、结婚，家乡百业兴旺。据史料记载，1946年的台山县城——台城“有22000多居民，城内有金铺31间、银号26间、苏杭（布匹）铺成衣店162间、茶楼酒馆299间、旅店20间、戏院2间等”[①]。

在我的记忆中，抗战胜利后到解放初期，五十墟也非常繁华，河南街、河北街所有店铺家家开门营业，生意兴隆。生隆茶楼早午晚三市座无虚席，杏和堂、广芝林药行深夜也开小窗口卖药。每到农历逢五逢十的圩期，总是车水马龙，人如潮涌。连接一河两岸、只有四五

① 黄仁夫. 台山古今五百年. 澳门：澳门出版社，2000. 123

块石板宽的桥上，行人拥挤，要互相侧身避让。但到60年代，五十墟已经开始衰落。商铺纷纷关门，仁德堂铺面租金大幅度下降，只有5至7元。姨母的生活也就越来越没有保障。

现在的五十墟还不够兴旺，但它交通方便，生态保护良好，五六公里外的台城和四九墟已经发展起来，附近的古兜山省级自然保护区、北峰山森林公园也已经成为旅游热线景点。北峰山下一带有望成为台城的后花园，一个最适宜居住的高级住宅区。相信五十墟的新生为期不远了。

北峰山问茶

兔年之春，台山收藏家、民间“侨乡形象大使”黄雄飞（右一）带领著者一行到北峰山茶场访问。白云深处飘出的茶香令人陶醉。活像日本富士山的瓶尖山海拔900多米，是珠三角登山爱好者锻炼身体的好去处。前排右三为茶场主黄朋，右四为曾任西关小姐总策划的广州荔枝湾文化协会会长谭白薇，右五为副会长林丹彤。

台山侨墟　著者摄（2011）

台山汀江墟，又叫梅家大院，珠江三角洲最美侨墟之一。坐落在台（台城）海（广海）中段的端芬镇汀江河边。这个墟市是由梅姓华侨在20世纪30年代建成的。现在已经失去墟市功能，只有少量侨眷在居住。但当年繁华的痕迹随处可见，令参观者浮想联翩。

台山市是一个自然形成、内涵丰富的华侨博物馆。光是像汀江墟这样洋楼林立的侨墟就有30多个。碉楼的数量比开平还要多（3000多个），而美丽整齐的侨乡古村落更加数不胜数。此外，还有丝绸之路古港广海港、侨资民办新宁铁路遗迹，以及众多侨校和亭台桥梁等大量文物古迹。

13. 古巴局势仍未转好

"目前古巴局势仍未转好，物质粮食依仍（然）缺乏。""今年七月份本埠什货行没收了十八间，华侨占三间，但我未被其没收，想不久亦同一命运。"

侨汇限额又有放宽，每个侨胞可以再多汇30元，今年加起来就是150元，比上一年增加了50%。虽然限制侨汇本身就是一种不合理的制度，而且额度之低，也是世界罕见。但在意识形态激烈斗争的风口浪尖上，在中古关系紧张和本国经济困难重重的背景下，古巴政府尚能采取通融的做法，也许是对中国人一种友好的表示，也算是对侨民的宽容。

父亲告知"目前古巴局势仍未转好"，物质缺乏，粮食供应不足的问题依然存在。20世纪60年代是古巴领导人搞社会主义最起劲的时代，宣称要"搞出一套自己的办法来"。与中国"大跃进"时期的"超英赶美"口号相似，卡斯特罗也头脑发热，宣布"在短短几年内，我们就把人民的生活水准提高到美国人和俄国人之上"，"达到高于一切国家的生活水准……"①

1960年，古巴政府把包括外资糖厂在内的所有外国企业收归国有。同年，美国予以报复，决定不买古巴糖，随后与古巴断交。以前，美国是古巴糖的最大买家，也是糖厂设备和零配件的供应地。现在，美国不但不买糖，不供应设备和零件，还派飞机轰炸古巴的糖厂和蔗田。

1963年，古巴蔗糖产量一度由1958年革命胜利前的586万吨下降

① 肖枫，王志先. 古巴社会主义. 北京：人民出版社，2004. 66

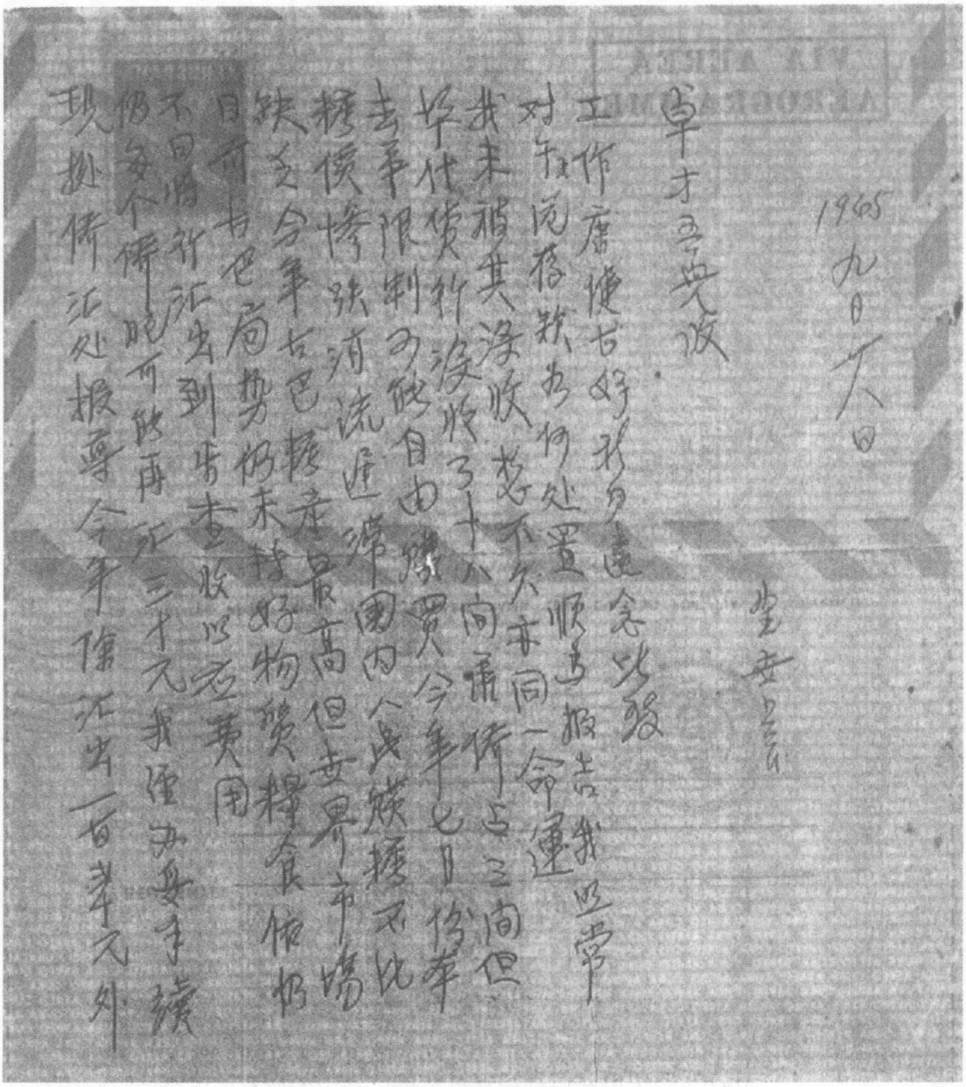

航空邮简

1965年9月，寄广州家中。

本信原件由中国华侨博物馆收藏。

现据侨汇处报道，今年除汇出一百二十元外，仍每个侨胞可能再汇三十元。我经办妥手续，不日将行汇出，到步查收，以应费用。

目前古巴局势仍未转好，物质粮食依仍（然）缺乏。今年古巴糖产最高，但世界市场糖价惨跌，消（销）流迟滞。国内人民购糖不比去年限制，可能自由购买。今年七月份本埠什货行没收了十八间，华侨占三间，但我未被其没收，想不久亦同一命运。

对于香港存款如何处置，顺为报告。我照常工作，康健甚好，祈勿远念。

此致

卓才吾儿收

宝世 上言

1965　九月廿八日

到380万吨。1964年，古巴专门成立糖业部。到次年（1965年）果然出了成绩，这就是父亲信中所说的“古巴糖产最高”。“但世界市场糖价惨跌，消（销）流迟滞”，蔗糖失去了传统的国际市场，苏联、中国买得也不多，只好“出口转内销”，于是老百姓有了口福，“国内人民购糖不比去年限制，可能自由购买”。民以食为天，这总算是坏消息中的好消息吧。

“今年七月份本埠什货行没收了十八间，华侨占三间，但我未被其没收，想不久亦同一命运。”古巴的国有化政策已经殃及小商店和服务业，华侨华人的生存空间越来越小，父亲已经感到直接威胁了。

我真为父亲担心。但大势所趋，个人是无能为力的。古巴将来会为这些做法反思吗？

在父亲写这封信的20多天前，1965年9月3日[1]，大沙华中华会馆举行了一次隆重的大会，纪念抗日战争胜利20周年。在大会上发表激情演讲的正是我的父亲黄保（宝）世。9月11日出版的古巴《光华报》作了详细报道。全文如下：

大沙华埠中华会馆举行全侨大会
纪念抗日胜利二十周年

大沙华消息，本埠中华会馆于昨三号召开本埠全体侨胞大会，纪念我国抗日胜利廿周年。事前该会馆选出筹备大会职员，预先布置，是日到会参加男女，极形踊跃。各埠仔派来代表者，沙华海口埠代表四人，生耶咕埠代表三人，兰佐维罗埠代表三人，弱打埠代表二人，建毛埠代表二人，试宽地埠代表四人，应故试他埠代表一人，统计中西男女，数达百余人之多。该会馆礼堂虽大，各侨胞企立参加者亦极多，一种欢乐愉快之气氛，为大会中所罕见。至九时正，宣布开会。该会馆主席黄保世先生，讲述开会的旨趣。黄君大意谓“自从一九三七年，卢沟桥事件发生，日本帝国主义以蛮横无理之残忍手段，侵略我国，惨杀我国同

① 9月3日是新中国成立前，国民政府法定的抗日战争胜利纪念日。1945年8月14日，日本天皇颁布停战诏书，接受《波茨坦公告》；8月15日，日本天皇广播诏书；9月2日，在美国密苏里号巡洋舰上，日本政府代表在投降书上签字，日本无条件投降，徐永昌代表中国政府在日本投降书上签字确认；第二天，也就是9月3日，中国举国欢庆，当时的国民政府确定这一天为纪念日。

胞，幸得中国共产党和毛主席领导第八路军和新四军，及全国人民共同抗战，其中经过几许艰辛，立下辉煌战绩。直至一九四五年的今日，打败了日本侵略者，迫使其接纳无条件投降。”（鼓掌）黄主席继续讲话，“对日抗战已胜利了，但蒋介石发动内战，卒至为全国人民所不容，逃往台湾。解放战争取得完全胜利，建立了中华人民共和国。全国人民同心协力进行社会主义建设，直至现在各项事实，出现了在我们的眼前，以前家家户户所用的品物，不是日本货英国货便是美国货，现在已一扫而空，转用国货，我们的国货还大量出口。事实胜于雄辩。以前所谓列强霸占我们的市场、侵夺我们的权利，现在已走回老家去了。我国现在不独在农工商务上已取得杰出成功，在科学上伟大的成就，举世皆知。认为国防最为重要的核子武器，我国已一再试炸成功。消息爆出，惊动全球，帝国主义瞠目结舌。我们可以自豪地说句‘中国那一样不能及得外国人？’抗战胜利了，中国建设的伟大成就，这是中国共产党和毛主席英明领导下的丰功伟绩，所以值得我们今日的庆祝！”（全场鼓掌）黄君讲话毕继而讲话者潘兑秋、吴亮廷及古巴来宾多名，直至夜深十二时始散会。

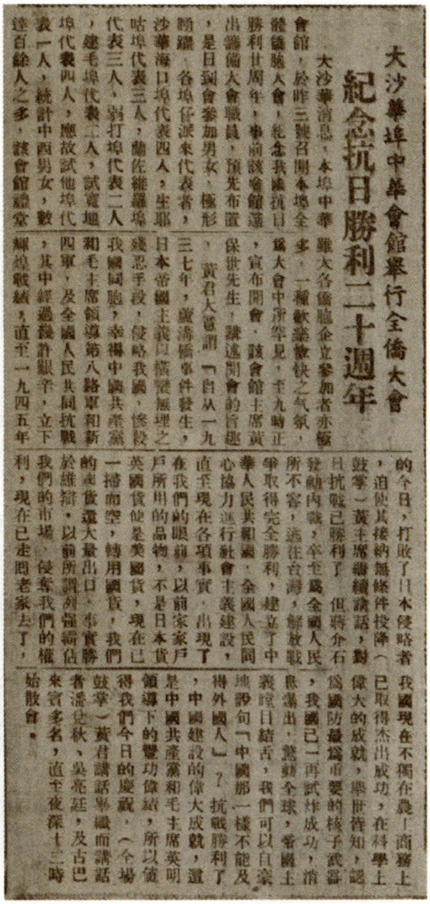

大沙華埠中華會館舉行全僑大會

紀念抗日勝利二十週年

大沙華消息，本埠中華會館，於昨三號召開本埠全體僑胞大會，紀念抗日勝利廿周年，事前該會館選出籌備大會職員，預先布置，是日到會參加男女，極形踴躍，各埠任派來代表者，沙華海口埠代表四人，生耶咕埠代表三人，蘭佐維羅埠代表三人，剳打埠代表二人，進毛埠代表二人，試實堆埠代表四人，應故試他埠代表一人，統計中西男女，數達百餘人之多，該會館禮堂雖大，各僑胞企立參加者亦極多，一種歡樂愉快之氣氛，為大會中所罕見，于九時正，宣布開會，該會館主席黃保世先生，講述開會的旨趣，黃君大意謂「自从一九三七年，盧溝橋事件發生，日本帝國主義以橫蠻無理之殘忍手段，侵略我國，慘殺我國同胞，幸得中國共產黨和毛主席領導第八路軍和新四軍，及全國人民共同抗戰，其中經過幾許艱辛，立下輝煌戰績，直至一九四五年的今日，打敗了日本侵略者，迫使其接納無條件投降（鼓掌）黃主席繼續講話，對日抗戰已勝利了，但蔣介石發動內戰，卒至為全國人民所不容，逃往台灣，解放戰爭取得完全勝利，建立了中華人民共和國，全國人民同心協力進行社會主義建設，直至現在各項事實，出現了在我們的眼前，以前家家戶戶所用的品物，不是日本貨英國貨便是美國貨，現在已一掃而空，轉用國貨，我們的國貨還大量出口，事實勝於雄辯，以前所謂列强霸佔我們的市場，侵奪我們的權利，現在已走回老家去了，我國現在不獨在農工商務上已取得杰出成功，在科學上偉大的成就，舉世皆知，認為國防最為重要的核子武器，我國已一再試炸成功，消息爆出，驚動全球，帝國主義瞠目結舌，我們可以自豪地說句「中國那一樣不能及得外國人」？抗戰勝利了，中國建設的偉大成就，這是中國共產黨和毛主席英明領導下的豐功偉績，所以值得我們今日的慶祝，（全場鼓掌）黃君講話畢繼而講話者潘兑秋、吳亮廷，及古巴來賓多名，直至夜深十二時始散會。

《光华报》报道扫描　袁艳提供

链接

古巴《光华报》

《光华报》创刊于1928年3月20日，一直是古巴华侨华人了解世界、了解古巴和中国大事的窗口，为团结华侨华人、传播中华文化和古巴革命的胜利作出了贡献。该报原名《工农呼声报》，1944年改称《光华报》。最初为秘密报纸，地下发行，宣传革命道理，介绍古巴革命和中国革命的情况。古巴革命于1959年胜利后，《光华报》才公开发行。1960年，董必武为它题写了报名。

《光华报》80多年的老机器还在运转　朱霖摄

本书的初版《古巴华侨家书故事》于2006年底出版后，得到许多专家和读者的热情关注和真诚帮助。2010年秋，南开大学历史学院博士生袁艳在北京国家图书馆珍藏的古巴《光华报》上，发现了45年前的这篇报道。文中不仅有我父亲黄保（宝）世的讲话，还有开会情况的具体描述，资料非常珍贵。

我初步分析，它至少反映了下面几个问题：

第一，大沙华（大萨瓜）中华会馆当年非常鼎盛，当地华侨华人很多。报道中列出参加会议的代表，来自本埠及下属七个分埠，“统计中西男女，数达百余人之多”。据我所得调查资料，其时当地

大沙华中华会馆当年会场一角

本照片年代不详。会场可见中华会馆的鼎盛。两位女子有西人或中西混血特征，还有黑皮肤的古巴男子，与当年报道情景吻合。

华侨有1000多人。这100多位代表，大概就是在1000多华侨华人中产生的。大沙华中华会馆历史悠久，它的建馆时间比哈瓦那的中华总会馆还早。20世纪80年代之前，当地华侨经常聚集在会馆及其周边街区进行各种商业、文化和娱乐活动。会馆一带，有不少商业和文化娱乐场所，都是为华侨华人服务的。每逢中国国庆和新年，会馆必有隆重集会庆祝。

第二，古巴华人非常爱国。我父亲的讲话，热情回顾祖国抗日战争、解放战争的伟大胜利，歌颂中国共产党和毛主席的英明领导，歌颂社会主义建设的辉煌成就。他的讲话得到“全场鼓掌”，让侨胞产生了共鸣。据史料记载，在抗日战争中，古巴华侨爱国热情高涨，早在1931年，“九一八”事变发生后，由古巴中华总会馆主席林元亨发起成立“旅古华侨抗日后援总会”，当时捐款数万元，分寄给马占山、蔡廷锴作为军饷。1937年7月7日“卢沟桥事变”发生后，该会再度活跃，在全古各省设立59个抗日后援分会，广泛发动和接纳华侨募捐。在中华总会馆的领导下，古巴华侨积极捐钱捐物和购买爱国公债，支援祖国抗战。抗战八年期间，古巴华侨捐款总计240万美元。这里面，自然有大沙华华侨的一部分。20年前，当抗战胜利的消息传到古巴后，中华总会馆同其他侨团一道举行了盛大的庆祝活动，舞狮舞龙，广大侨胞敲锣打鼓，手持彩旗举行游行，整个华区一片欢腾。1965年是抗战胜利20周年，又是一个大节日，当然是“极形踊跃”、极其自豪的。

第三，当年大沙华中华会馆与当地西人的关系很好。这次开会，出席者中有“中西男女”和“古巴来宾多名”，他们与华侨代表一样，由上午九点钟开会，“直至夜深十二时始散会”。可见热情之高，关系之融洽。

第四，可以从中看到父亲作为会馆领导的组织能力及他的影响力与亲和力。

举行了这么一次成功的纪念会，父亲却没有在家书中提及。他就是这么一个人，做了许多事情，都觉得只是自己的本分。也正因为如此，这篇报道被埋没了45年。直到2010年，才被南开大学袁艳博士在北京发现。

古巴华侨购买的航空救国券

14. 古巴人移民美国

"衣食住几种问题，条（调）整得当，保持人生康健，时需注意。""古巴政府与美国协议，每月可放出三千人过美。侨胞方面，除私自偷渡外，尚未有正式手续过美。"

在华侨的心目中，永远魂牵梦绕的，一个是祖国，一个是老家。祖国和家庭就是他们的根。他们的爱国，常常表现为爱家。作为华侨家属，我们所能做的，首先是给予他们精神上的安慰和支持。

我给父亲寄去妻儿的照片，就是想让他开心。父亲果然觉得"非常安慰"。

父亲信中让我"存款附处（付储）广州银行"，说这是"好办法的"。"你们所获薪俸可以安定家庭的生活。对于衣食住几种问题，条（调）整得当，保持人生康健，时需注意。"现在看来，他是在指导我理财。回想当年，我并没有理财的意识。解放前，货币不断更换、贬值，银行随时可能倒闭，侨汇常有被侵吞的危险。即使到解放初期，华侨通过私人银号或"走水客"（私人邮递）寄钱回来也不安全。

小时候一笔汇款被吞的事，我至今记忆犹新。多年前回乡，又从箱底找出有关资料，可以为证。1950年3月，父亲汇出100美元家用，经香港财记银号汇到台山大江圩（现为大江镇）广华银号嘱交我姨母伍惠琼代收，但被侵吞。我母亲多次跋涉数十公里前去追讨，但除第一次给了15元路费之外，均以"生意周转不灵"为由拒付。

血泪的教训，使父亲在理财上一直保守求稳，这对我也产生了很大影响。实际上，在当时的环境下，也没有投资的理念可言。即使买

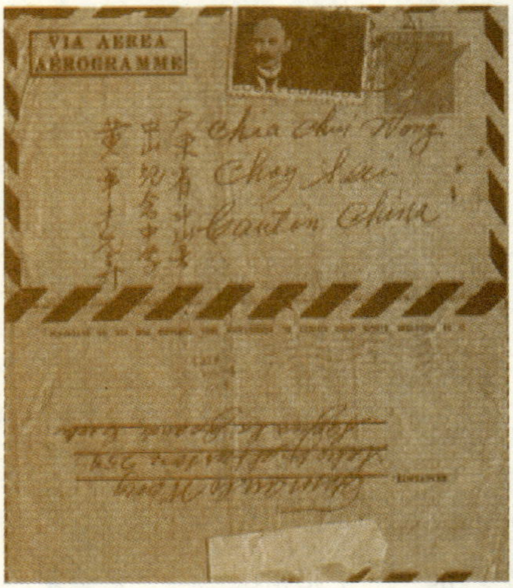

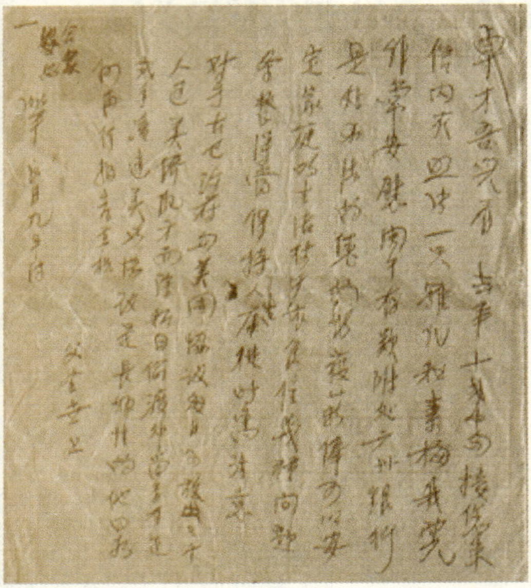

航空邮简

1966年1月，寄到中山纪念中学。

卓才吾儿看：

去年十二（月）中旬接您来信，内夹照片一只——雅儿和素梅。我觉非常安慰。

关于存款附处（付储）广州银行，是好办法的。您们所获薪俸可以安定家庭的生活。对于衣食住几种问题，条（调）整得当，保持人生康健，时需注意。

对于古巴政府与美国协议，每月可放出三千人过美。侨胞方面，除私自偷渡外，尚未有正式手续过美。此协议是长期性的，他日如何，再行报告。

并祝

合家安好

父 宝世 上

一九六六年正月九号付

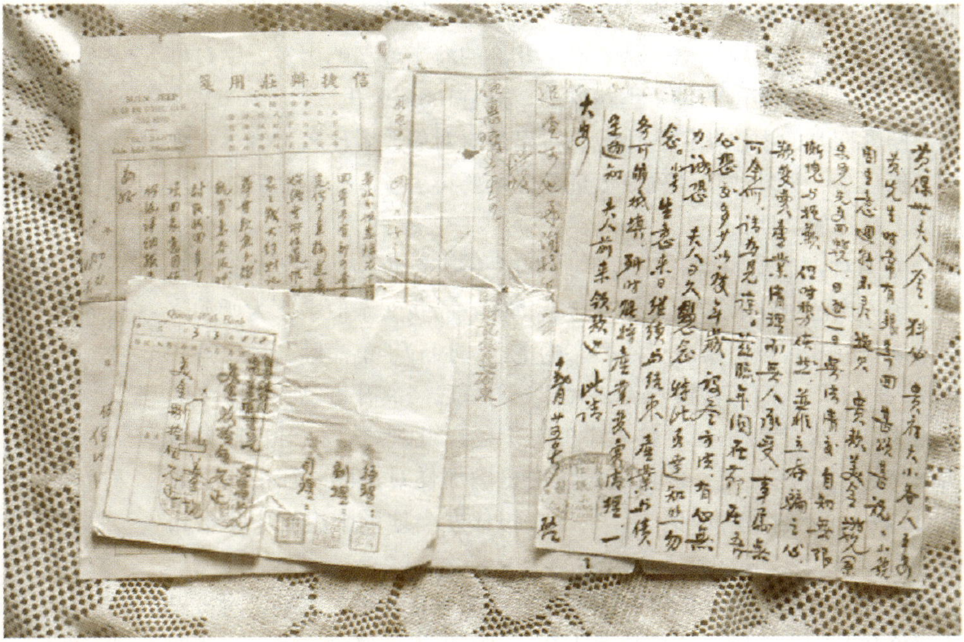

侨汇被侵吞事件物证

当年的信件、存折虽然保存下来，但银号已经倒闭，留下的只是辛酸的时代记忆。

屋，也只是考虑自住。所幸的是，人民银行信用很好，于是将钱存储在银行也就成了最稳当的办法。

父亲信中谈到的美国每月可放3000古巴人入境的情况，触及了美古关系中的又一个大事件。当时，美国约翰逊总统批准的《古巴情况法》，以法律形式对古巴移民和“难民”给予特殊待遇。这项法律规定：古巴人不管以何种途径抵达美国，均可在接受移民归化局的简短调查后，将由他们在美国的亲友照顾；抵达美国头六个月每人均可得到津贴，一年后便有权获得住房和就业的机会，可自动获得永久居留。这一法律明显体现出美国在武力推翻古巴政权的企图失败后，希图借助移民政策从内部分化瓦解古巴人。

与此同时，美国政府不履行古美双方达成的移民协议，纵容和包庇迈阿密“蛇头”运送古巴非法移民。由于美国政府的纵容和鼓励，每年都有大批古巴人偷渡到美国，而且偷渡运输工具越来越先进，大马力快艇、飞机等也都加入偷渡行列。

美国的禁运及古巴政府的经济政策失误，导致物质匮乏，人民生活困难，古巴偷渡成风——从古巴东北部的海岸或岛屿出发，横过佛罗里达海峡，到美国的佛罗里达群岛，只有100多公里。

回国探亲的古巴华侨告诉我，古巴政府对偷渡者比较宽容，拦住了、抓住了，只劝告说“偷渡太危险，不要再去了”，然后就放人。政策上是比较文明的。

美国对古巴的特殊移民政策，更进一步唆使不少古巴人铤而走险，想方设法逃往美国，其中也包括华侨。而我父亲似乎不为所动，信中简单的片言只语反映了他心态的平静。1959年革命胜利后，特别是私人的工厂、商店被没收后，大部分华侨已经离开古巴，留下来的只是少数，父亲就是这少数人中的一个。以此观之，他对古巴的现实虽然感到有些失望，但他依然像对祖国那样对古巴一往情深，这也可以从一个侧面解释他为什么一直担任着当地爱国组织中华会馆的主席。

世事纷繁，人的认识各有不同，价值观也会有很大差别。对古巴的评价和态度也会因人而异。这边厢，是古巴人偷渡去美国；那边厢却有美国“知青”自愿前往古巴支援革命和建设。《环球时报》2006年10月27日关于美国大学生去古巴砍甘蔗的报道就饶有趣味。

链接

古巴人驾“汽车船”赴美海上被抓申请避难

《中国日报》网站消息：据美国海岸警卫队2月4日透露，他们当天在海上拦截了11名试图驾驶一艘由老式别克汽车改装的漂浮船偷渡到佛罗里达州的古巴人，其中部分人已是第二次作出类似尝试。目前尚不清楚美国官方是接受他们政治避难的要求，还是会将其遣返。

“汽车船”

用烂汽车船改装成机动船偷渡是古巴人的发明。

6个大人5个小孩，天黑出发天亮被截

据路透社报道，改装船上共有6个大人和5个年龄为4至15岁的孩子，“领队”名叫刘易斯·格拉斯，现年35岁。他们于当地时间2月3日天黑后，从古巴首都哈瓦那东20英里（约合32公里）处的一个海岸出发，4日行至佛罗里达群岛附近时，被巡逻的美国海岸警卫队发现并拦截，海岸警卫队还使用机关枪击沉了这艘“船”。

海岸警卫队目前拒绝透露是否要将其遣返。但据知情人士透露，按规定船上的人应该被遣返，因为他们是在海中被抓获的。

美国法律规定，古巴偷渡者踏上美国土地就可以获得居留权，如在海中被抓获，偷渡者将被遣返，所以经常有古巴人冒着生命危险横渡佛罗里达海峡偷渡到美国。据悉，格拉斯一行人出发的海岸距离美国佛罗里达州只有90英里（约合144公里）的路程。

汽车当船不是头一次，改装费花了4000美元

去年7月，格拉斯曾和船上的另一名古巴男子马恰尔·巴萨尔塔进行过一次驾驶改装车渡海的“惊人尝试”，随行的还有格拉斯的妻子和年仅4岁的儿子。当时他们驾驶一艘由一辆1951年产的“雪佛兰”小型货运车改装的船只，以8英里的时速朝佛罗里达进发，船的两侧安装了两个55加仑的浮桶，但不幸被海岸警卫队发现后遣返。当时，两人的“壮举”被全球各大媒体所报道，一时引起轰动。

格拉斯和巴萨尔塔并没有因此放弃努力。7个月后，他们卷土重来。这一次和他们一起冒险的除了格拉斯的妻儿外，还包括巴萨尔塔的妻子和两个孩子以及车主拉斐尔的妻子和两个孩子。有了上次的经验和教训，他们改装了一辆1959年产的亮绿色的老式“别克”，这种车型在古巴有很多人使用。

据格拉斯的亲人透露，“勇敢但不疯狂”的格拉斯这次花了4000美元改装这辆车，他把车门封上，给车底加固，还加上钢片做桨，全靠汽车自带的V-8发动机驱动。为保证顺利过海，他还找人充当眼线，给他们购进手机，以便在危险到来时，可以及时得到通知。从迈阿密电视台播放的录像看，改装后的车和普通车没有太大区别。

可能申请政治避难，流亡组织出面撑腰

尽管按照美国法律规定，类似格拉斯这种情况的偷渡者应该被遣返。但据格拉斯外甥说，由于格拉斯是第二次作出这种尝试，如果被遣返回国，很可能会受罚。为能留在美国，格拉斯一行人将申请政治避难。如果他们的理由合理，美国当局可能会允许其留下。

古巴在美国的主要流亡组织“美籍古巴人全国基金会”（Cuban American National Foundation）负责人已表态说，无论从哪方面说，格拉斯都应该被允许留下来。

（《中国日报》2004-02-06 / 张婧婧）

链接

美国大学生到古巴做“知青”

美国“知青”与古巴农民在农场

20世纪60年代，新左派运动开始在美国兴起，在革命思想的影响下，以大学生为主体的美国青年开始积极参与民权运动、反战运动、妇女运动以及环境保护运动。在这轮高涨的革命热潮中，“我们必胜”纵队成为其中一道独特的风景。

“我们必胜”原是古巴到处可以听到的革命口号。1969年夏天，为了用实际行动支持古巴的革命事业，美国的一些左派组织组建了“我们必胜”纵队，召集青年去古巴帮助收割甘蔗。这在当时可是一个大胆的计划，因为美古已经断交，处于半战争状态。美国不仅在猪湾事件中派雇佣兵入侵古巴，在古巴导弹危机中对古巴发出战争威胁，中情局甚至多次试图暗杀古巴领袖卡斯特罗。

然而美古间的紧张关系并没有影响美国青年的报名热情，报名信如雪花般从全美各地飞到了纵队组织者手里。为保证这次运动的成功，组织者们着实费了不少心思，准备工作相当细致。首先，为了防止联邦调查局或中情局的特工混进队伍，他们严把人员招募关，对每个申请者的家庭背景都要进行调查。随后，纵队组织者又对这些成员进行了一段时间的训练，他们甚至连应携带的个人物品都列了一个详细清单，如在古巴可以用什么电池，什么裤子最耐穿以及砍甘蔗时戴什么手套最好等。

舍家卖房筹措旅费，绕道他国来到古巴

从1969年11月到1970年8月，共有三批纵队成员至少900人到达古巴，但他们的旅程却并非一帆风顺。当时，从美国无法直接前往古巴，纵队只好组织车队到加拿大或墨西哥中转，因此费用极高。许多人为了去古巴不惜与家庭决裂，有人甚至变卖了家产筹措旅费。联邦调查局虽然没能把奸细安插进纵队，但派了大量人员对纵队的活动进行跟踪，还对即将从墨西哥城出发的纵队成员一一拍照，摆出一副要秋后算账的样子。

不仅如此，警察还在纵队的必经之路上散布种种谣言，通知沿途的商家旅店，“有一帮头脑怪异的家伙即将由此路过，他们要去古巴砍甘蔗”。于是车队所到之处，听到的净是些冷言冷语和恶意嘲讽，甚至路边的厕所也被锁上。因此，当这些美国“知青”到达古巴时，古巴人民的热烈欢迎场面让他们由衷地感到自己找到了家。

在精神方面，美国“知青”们强烈地拒绝美国，当他们看到哈瓦那机场外的高速公路上有收费站时，不禁惊呼：“什么？收费站？美国式的？在革命的古巴？不！难道他们要一只手高举革命的拳头，另一只手收钱吗？”使他们欣慰的是，当汽车驶过时，他们看到这个小屋早已被废弃了。

尽管美国“知青”们都下了要与美国社会一刀两断的决心，然而，要这些习惯了个人主义的美国青年一下子接受集体主义是困难的。要彻底改变思想，还需要古巴人的帮助。于是，美国“知青”每二十人被分成一个政治学习小组，每组都配了几名古巴人来指导他们的政治学习，这些古巴人可不是什么大学生，而是普通的工人农民。“知青”们每隔几天就开一次以批评和自我批评为内容的小组会。在会上，美国青年们彻底放下了架子，拜古巴工农为师，虚心地接受他们的再教育。

（《环球时报》）

15. 中古歧见似乎缓和

“近月来此种中古歧见，似乎和缓他(下)去。”“今年糖造风雨不调……又欠劳动力，连我也叫去割蔗。”

父亲所说的“中古歧见”，是指当时两国的紧张关系。20世纪60年代中期，古巴与中国的交情降到了冰点。“两国发生磨（摩）擦”的原因依然是中苏两党的分裂。起初，古巴不介入中苏论战，希望社会主义阵营团结，同苏联和中国都保持友好关系。1964年，古巴要求中苏停止论战，毛泽东却说这场争论“要进行一万年”。1965年底，两国在贸易谈判中产生分歧，加深了政治上的误解。1966年的头三个月，卡斯特罗还多次公开批评中国。到5月中旬，这位总理的演讲词“却没有提及中国半句”，不但继续允许华侨汇款，限额还比去年放松了10元。这是向好的信号吗?

后来的局势发展证明，和缓是暂时的。

面对着两个社会主义老大哥的争斗和分裂，非此即彼，古巴被迫作出艰难的选择。经济上越来越依赖苏联，政治上也只好投入其怀抱，中古关系不但不可能有根本性的改善，而且时有摩擦发生。这种局面到1967年才略有改变，而真正的好转还是20世纪80年代之后的事。

父亲信中又一次提到古巴的“糖造”，不过这一次更显得沉重。

殖民时代造成了古巴的单一经济。16—19世纪，西班牙殖民统治下的古巴是一个单一生产烟草的国家。19世纪末，在美国的控制下，又变成单一生产蔗糖的国家。此后，蔗糖生产成为它的经济命脉。

革命胜利后，20世纪60年代，古巴也曾经试图努力改变单一经济

航空邮简

1966年5月，寄到中山纪念中学。

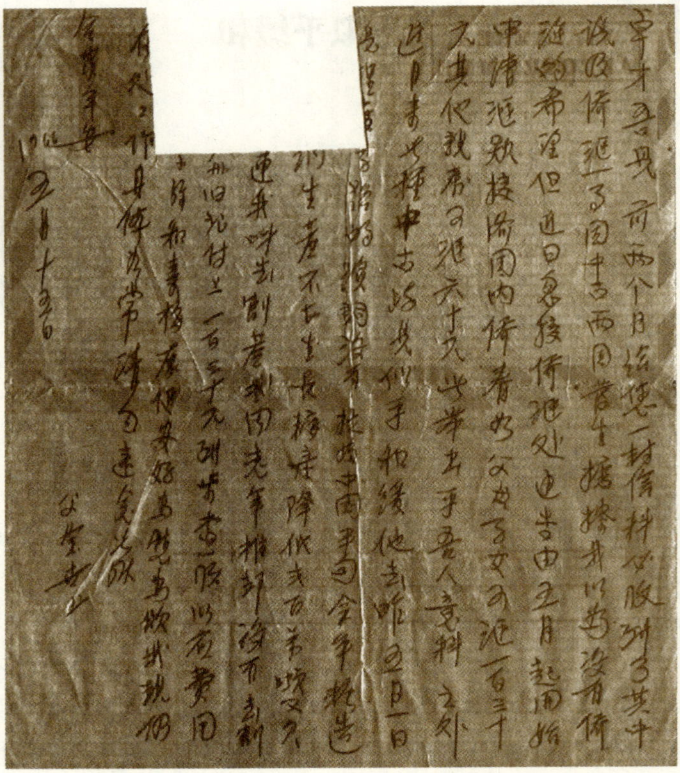

卓才吾儿：

前两个月给您一封信，料必收到了。其中说及侨汇一事，因中古两国发生磨（摩）擦，我以为没有侨汇的希望。但近日忽接侨汇处通告，由五月起开始申请汇款，接济国内侨眷，如父母子女，可汇一百三十元，其他亲属，可汇六十元。此举出乎吾人意料之外，近月来此种中古歧见，似乎和缓他（下）去。昨五月一日总理□子路[①]的演（讲）词，没有提及中国半句。

今年糖造风雨不调，生蔗不甚生长，糖产降低二百万吨，又欠劳动力，连我也叫去割蔗。我因老年推却没有去割蔗。

现照旧址付上一百三十元，到步查收，以应费用。雅凡小孙和素梅康健安好，为慰为颂。我现仍在处工作，身体如常，请勿远念。

此致

合家平安

父　宝世　上

一九六六　五月十五日

① 古巴总理名字因剪邮票而缺一字，我印象中“□子路”似为“柯子路”，疑指卡斯特罗。台山华侨以方言译音，往往与普通话译音相差较远。

的状况，但没有成功。1966—1970年，古巴执行第一个糖业发展五年计划，提出1970年产糖1000万吨的指标。但在执行的头一年，反而减产200万吨，这真是给了理想主义者当头一棒。失败的原因则主要是政治、经济体制问题，还有就是父亲所说的，一是“风雨不调，生蔗不甚生长”；二是“欠缺劳动力”。由于当时甘蔗的种植、收割、装车主要靠人工，人力不足就动员城市居民参加义务劳动，而连父亲这样67岁的老人居然也在动员之列，未免显得过分无情，甚至有点儿残酷。收割甘蔗是繁重的体力劳动，老人难以承受，父亲推却不去，我觉得是非常合情合理的。

我收到父亲这封信的时间，应是1966年5月25日（广东中山的邮戳为5月24日）。这时候，为免受长期分居之苦，妻子素梅刚刚从广州调到中山纪念中学校医室工作。学校分配给我们的是一座旧房子，泥砖墙，瓦屋顶，原已倒塌。我妻子要调来，学校没有住房给我们，就赶工翻修这座被大家叫做“泥屋”的房子应急。“泥屋”非常潮湿，书籍霉坏，人也关节生痛，证明不能居住，学校又在位于民族村教工宿舍区的校医室腾出一房一厅，让我们搬过去。

也正是这时候，“四清”运动的烈火已经烧到我们学校来了。全县各个中学的校长、主任集中在中山纪念中学，由以县委宣传部陈部长为首的工作队进行“集训”。

对于“四清”，我早已耳闻目睹，除了新闻报道之外，我还见过学校附近农村“四清”的情景。去年，学校所在地的南朗公社就曾在我们学校的运动场开过“四清”斗争大会，口号喊得连天响。其后不久，就听到一些大队干部“退赔”、自杀的消息……

1962年，经济困难时期刚刚过去，“阶级斗争”的火药味又浓起来了。到1963年，按照毛泽东当时的判断，“农村政权1/3不在我们手里，工厂企业里一个相当大的多数，领导权不在马克思主义者和工人阶级手里；学校是资产阶级知识分子独霸的一统天下，文化艺术界的大多已经跌到修正主义边缘；很多基层单位被走资派所把持，根子主要在下面”①。

于是，全国农村搞起了“四清”运动——清理账目、清理仓

① 李松晨等. 文革档案（上册）. 北京：当代中国出版社，2004. 26

中山纪念中学课室楼

在这所红墙蓝瓦美如官殿的学校里，家住最差的泥墙房子，但我仍兢兢业业地工作。

库、清理财物、清理工分，这就是所谓的“小四清”。后来扩大为“大四清”——清政治、清经济、清组织、清思想。接着就是1966年开始的“文化大革命”，中国社会陷入“十年动乱”。

学校“四清”集训初期还是比较温和的，只是一边查账，一边要当权派校长、主任们交代多吃多占等“四不清”的问题，同时发动群众“背靠背”揭发。大概是由于我是教工团支部书记和学校工会副主席吧，也被拉进“四清核心小组”，成为一个成员。但我毫无阶级斗争经验，连一点儿“阶级觉悟”也没有，根本不知道要怎么干。这就导致后来的悲剧。

链接

庆祝中古建交50周年

2010年9月29日，古巴政府举办芭蕾舞专场演出，热烈庆祝中古建交50周年。

古巴芭蕾舞团的精彩演出

刘玉琴大使及古巴文化部长、外长、阿隆索团长与演员们合影

链接

古巴芭蕾舞王阿隆索

古巴芭蕾女王黑暗中起舞

2010年12月21日是古巴著名芭蕾舞艺术家阿莉西亚·阿隆索的90岁生日。古巴政府和世界著名芭蕾舞团举行了一系列活动，庆祝这位世界芭蕾舞界最优秀的表演艺术家的生日。在巨大的光环背后，阿莉西亚有着无与伦比的传奇人生。

1920年12月，哈瓦那的一个军官家庭降生了第二个孩子，阿莉西亚·马尔廷尼斯。阿莉西亚自幼就显现出对音乐和舞蹈的热爱和天分。她9岁时师从当时知名的芭蕾舞演员苏菲·菲德洛娃学习古典芭蕾，一年后便登上舞台表演。

15岁时，舞台上的爱情演绎为现实生活中的热恋，阿莉西亚与她的男舞伴费尔南多·阿隆索步入婚姻殿堂，并双双前往纽约学习芭蕾舞表演艺术。阿莉西亚先后在纽约芭蕾舞团和美国芭蕾舞剧院表演，因成功演绎了《吉赛尔》、《卡

门》、《天鹅湖》等芭蕾剧目的女一号，成为享誉世界的芭蕾舞演员。

然而人们大概不会知道，这个在舞台上取得巨大成功的女演员，眼前的世界却是一片模糊。阿莉西亚有一只眼睛几近失明，只能看到朦胧的光影。另一只眼睛受此影响，视力也越来越差。

21岁时，阿莉西亚被诊断为视网膜脱离，并先后接受了三次手术。第三次手术后，长达一年的卧床修养要求她不能练习抬腿绷脚尖、不能扭头、不能大笑，甚至不能大声说话。如此禁锢，对于需要天天练习的芭蕾舞演员来说简直是判了“死刑”。好在有同为芭蕾舞演员的丈夫费尔南多。他天天带着阿莉西亚在思想的虚空中起舞，陪伴她度过了一生中最难熬的时光。

然而手术并没有起到预期的效果，阿莉西亚一离开医院就重返纽约接受训练。依靠舞伴的精确占位以及不同灯光的指引，阿莉西亚计算着距离完成舞段。台下的观众根本不会察觉，阿莉西亚轻盈利落的舞步背后是怎样的艰辛练习。

尽管在纽约取得了巨大的成功，但阿莉西亚最大的心愿还是发展古巴的芭蕾舞事业。1948年，她在古巴成立了自己的芭蕾舞演出公司。公司高水准的演出在古巴引起了轰动。阿莉西亚请来了世界各地知名的芭蕾舞指导老师为演员们进行指导。

然而受到当时古巴巴蒂斯图塔独裁政府的压迫，阿莉西亚的芭蕾舞公司营运陷入困境，最后不得不与蒙特卡罗古典芭蕾舞团合并。阿莉西亚随后在前往苏联访问演出时，受苏联政府邀请留在苏联，但她一直想着重回古巴。

1959年古巴革命胜利后，受菲德尔·卡斯特罗的邀请，阿莉西亚重返哈瓦那组建了古巴国家芭蕾舞团和舞蹈学院。在她的主持下，古巴国家芭蕾舞团如今已成为世界十大顶尖芭蕾舞团之一。

阿莉西亚·阿隆索虽然年事已高，且双目失明并受到腿部病痛折磨，但她仍担任着古巴国家芭蕾舞团艺术总监职务，负责芭蕾舞团的节目创作和舞蹈设计。阿莉西亚还受邀成为联合国教科文组织的亲善大使，为发展古巴的文化事业，为推广芭蕾艺术而不断努力着。

（国际在线 2010-12-30/驻墨西哥记者于昕怡）

16. 非常挂念

"未得到您回信，非常挂念……" "我在家乡房屋……是否存在，抑或租赁他人……请报告一切。"

我能收到父亲这封信，算是幸运。因为从1966年6月18日开始，我就迎来了人生中的一次噩梦，一时失去了行动自由。父亲5月初旬给我寄钱，到8月底仍未得到我的回信，就是这个原因。

1966年5月，中山县所属中学的"四清"运动正在深入，驻我校的工作队据说已经查出一些问题，但还没有太多的动静。6月1日，报纸就登出了《横扫一切牛鬼蛇神》的社论，标志着文化大革命进入了实际行动阶段。我们学校的校长、主任和部分教师迅速被指为牛鬼蛇神，戴高帽、挂黑牌在校内游街。

18日那天，教工团支部开会，十多个人，七嘴八舌，讲到"四清"工作队，讲到他们内部放了电影《早春二月》，但不给老师、学生看，说到高三某班学生写大字报要求看内部电影，要求参加"四清"运动，说到工作队不相信群众，等等。有人提议写张大字报支持学生的革命要求。饭堂里已经贴满"四清"大字报，我们早已学会运用大字报。我作为教工团支部书记，面对团员同志的"革命热情"，当然只有赞成。于是，很快凑成了十个问题，写出《十问工作队》的大字报，在饭堂的正面墙壁上贴了出来。

一番热情，引来了工作队的如临大敌。后来才知道，我们的大字报一出，工作组大为紧张，组长按工作队的惯性思维，认为我们这张大字报是为了保当权派（校长）而写的，背后一定有人操纵。

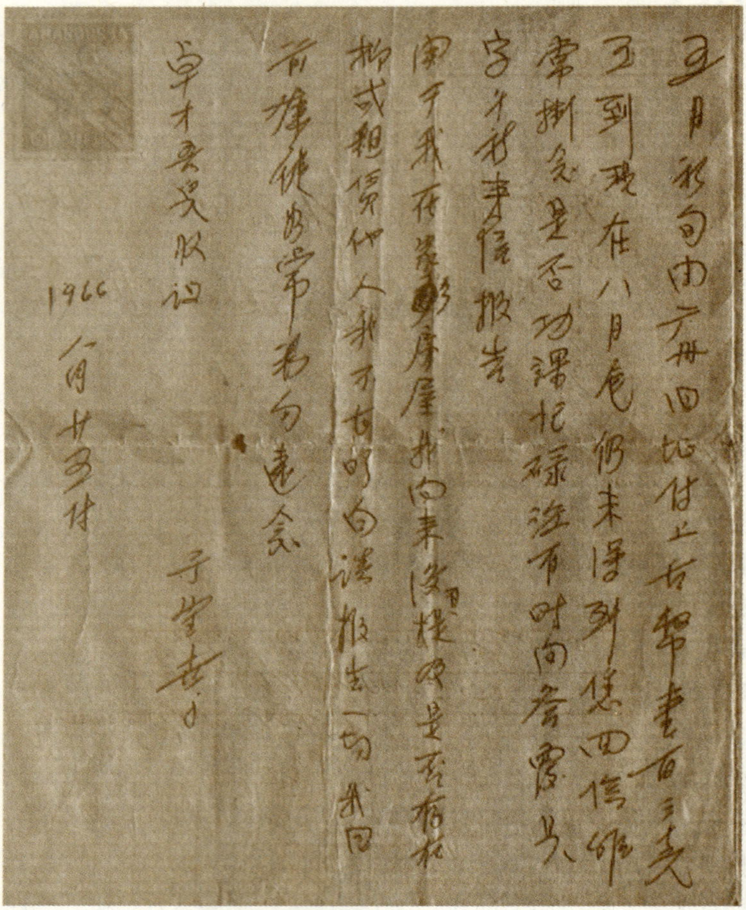

五月初旬由广州回汕付上古帮壹百三元
至到现在八月尾仍未得到您回信维
常挂念是否功课忙碌没有时间覆片
字今后来信报告
关于我在汕头新房屋，你回来后下楼底是否有租
出或租赁他人，我不知明白，请报告一切，我回
前据德外常来向造念
卓才吾儿收阅
父堂世字
1966
八月廿五付

航空邮简

1966年8月，寄到中山纪念中学。

五月初旬由广州旧址付上古币一百三十元，至（直）到现在八月尾仍未得到您回信，非常挂念，是否功课忙碌，没有时间答复？见字千祈来信报告。

关于我在家乡房屋，我向来没有提及，是否存在，抑或租赁他人，我不甚明白，请报告一切。

我目前康健如常，祈勿远念。

卓才吾儿收读

予　宝世　字

1966　八月廿五付

于是立即组织反攻。一时间，批判我（而不是教工团支部）的大字报铺天盖地，贴满了饭堂内外，全部覆盖了原有的“四清”大字报。工作组还贴出了一个“决定”：撤销我的学校“四清”核心小组成员和教工团支部书记、学校工会副主席等职务，并责成我进行检讨。

这就是轰动中山教育界的“六一八”事件。自此，我在全县中学出了名；自此，我开始了一段受苦受难的岁月。

父亲提到家乡的房屋 “是否存在，抑或租赁他人”，我的回复一定令父亲失望。

父亲1937年初回国探亲。在家住了一年多，完成了人生两件大事——建房、生子。在历史上，这是台山华侨梦寐以求的大事。

当时，父亲虽然已经在古巴干了12年，但没有多少积蓄，带回的钱不多，建房资金还要向外家借一部分。

从家里保存的建筑费收据考证，建房时间是民国二十六年（1937）农历正月底至四月三十，历时三个月，耗资双毫（银元）1000多元。之所以能够很快建成，据母亲回忆，是由于父亲亲自到台城等地选购建筑材料，她自己则买菜煮饭，好菜好酒慰劳泥水、木工师傅，还抽空挑砖、担水、搓石灰、拌水泥，十分辛苦。

房子建得既实用又漂亮。前面平坦开阔的塘基，白天晒谷、晒柴草，晾衣服；晚上大人围坐聊天唱木鱼，小孩追逐玩耍捉迷藏。再前面是水波粼粼的鱼塘，可以游泳、摸鱼、钓田鸡（青蛙）。春天，依时归来的燕子在炊烟悠悠的阳台底下飞进飞出，衔泥做窝，下蛋育儿。夏天，塘边的莲花开了，村后的番石榴熟了，屋前屋后花果飘香，鸟语悦耳。登上二楼，站在阳台上，让目光越过辽阔的田野，向远处的瓶身山眺望，山体灰蓝墨绿，山顶白云缭绕，一条银白色的大瀑布飞流而下，十分壮观。房子与人和大自然融为一体，风水如此的好。我越长大，就越体会父亲建房设计的匠心。

房子由父亲亲自画图，建筑风格与村子里民居的房屋保持一致。但它并不沿袭我们村里一般农家的传统式样，也不模仿当年正在大量建造的墟镇洋楼，而是有所创新的中西结合式民房。那时村里只有平房，父亲第一个建起了一座青砖灰瓦和钢筋水泥混合结构的两层楼房。他还利用屋地位于鱼塘塘基（村面第一排）的有利地形，在房子前面用红毛泥（加拿大水泥）和进口钢材建造了飘出一米的阳台。大门门楣让画师绘上西洋水彩风格的壁画，而阳台外壁则是西式浮雕。这些壁画和浮雕内容都是反映西洋城市生活的。画中街道、楼房、树木、汽车活灵活现，头戴毡帽、手持“士的”（拐杖）的白人男士和带着番狗仔的西洋女子上街的情景栩栩如生。父亲的用意，大概是要营造一个良好的居住环境，让家乡农村的妻儿乡亲能够了解华侨在海外的生活，把目光投向更广阔的世界。这种独特的设计和装饰，在村中独树一帜，也充分表现了父亲“敢为人先”的勇气——这也是台山乃至五邑、珠江三角洲华侨的共性。

古兜山水　黄鹄摄

家乡的老房子

2005年10月，著者携眷回乡时与帮其看管房子的侄儿黄仕民家人合影。

我出生那年，父亲已经40岁，母亲35岁。中年得子，自然高兴得很。苦的是母亲为高龄产妇，难产，预先约好的助产士又适逢外出，情势非常危急。父亲紧急另请医生，凭着他的医药卫生知识亲自应急处理，才救了我们母子的命。

母亲说，父亲很疼我，他每天抱我到村口去看火车，还带我去坐火车。他舍不得离开妻儿。但我出生没几天，日军飞机已经开始空袭台山，父亲说，再不走，就回不了古巴了，只好含泪再次背井离乡。那时，我还不满周岁。

大概连他自己也没有想到，此后竟没有机会再回来。

1953年，母亲搬到台山县城陪我读书。此后，我们母子再也没回去住过。一座耗费了父母无数血汗的房子，只住了十多年就空置了。直到现在，在改革开放中经济发展仍相对滞后，租是租不出去的，只有空置着。我把钥匙交给侄子仕民，连同家传的屋地果园也委托他管理。

当年全村最漂亮的新房子，在六十多年后的今天，已经相当陈旧了。但在我眼中，老屋风采依然，父亲艰苦奋斗、勇于领先潮流的精神还在。

台山华侨洋楼——浮月楼

台山洋楼代表作，建于20世纪30年代。

民国初年，台山政局动荡，盗贼四起。人民为求自保，建起了大量用于防盗御贼的碉楼。美欧华侨受西方建筑的影响，回乡置家业时也盖起楼房来。两相结合的结果是，侨乡大地上出现了一种风格独特的建筑：它们以西式为主，在局部和部分材料上则保留着中国南方农村的特色；同时，它们又有着防御的功能，是洋楼和碉楼的结合体。

17. 我仍在工作

“我目前仍在旧址工作，身体康健。”“革命后封禁外汇，后由中国驻中巴（古巴）领馆与古巴政府签了协定，每年拨出若干款项为赡养华侨家眷……”

1967年，父亲已经69岁，之所以仍在旧址（Solis y Albarran 259号）工作，是因为古巴经济不景气，政府早前已“暂时”冻结退休金，无法办理退休。这究竟是好消息，还是坏消息呢？能够继续工作，维持生计，当然可聊以自慰。但人毕竟已经老了，本应颐养天年了，却不得不为一日三餐而操劳，这是多么尴尬啊！

1966—1967年，在中国是“文革”动乱最剧烈的时候，我当时正在被折腾中，或人身不得自由，或处境不便实说，给父亲报个“大小平安”也不易。父亲信中说及“素梅去年手笺”，而没有说收到我的信，就是这个原因。

“六一八”事件很快过去。“文革”形势瞬息万变，“红卫兵运动”已经在全国掀起。一连串花样翻新的政治新事物令人眼花缭乱，工作队也不知所措，不敢轻举妄动。

我与“当权派”和被怀疑“有问题”的教师、职员被关在宿舍学习、检讨了个把月之后，也获得了自由。这段被关的日子不算太难过，除了不时要出去陪斗之外，我们这些被关教师在宿舍里还可以聊天，私下交换信息、讨论问题。而且，还有一位好心的工作队员来安慰我。他说：“你这么年轻，没有问题，不要怕，也不用写什么检讨；如果有人要你写，你应付应付就行了。”后来我才知道，这位好心人是珠海来的，是土改出身、政治经验丰富的老党员、老干部，

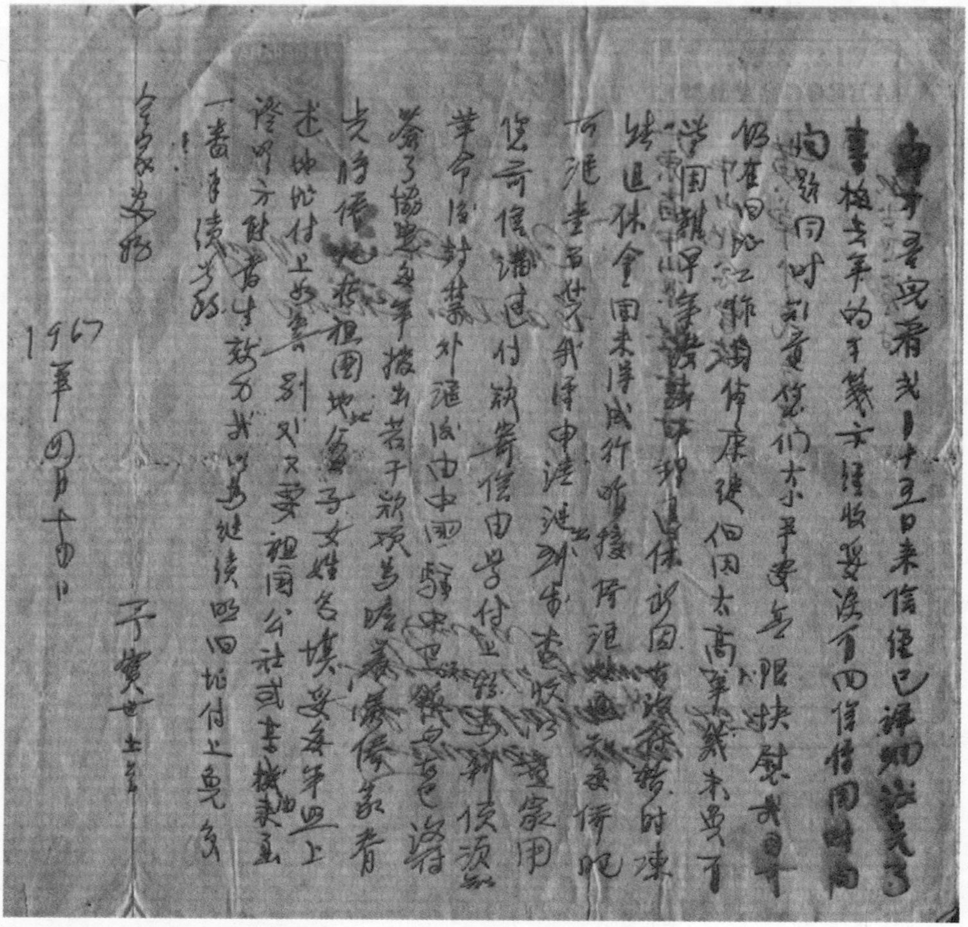

航空邮简

1967年4月，寄到中山纪念中学。

卓才吾儿看：

二月十五日来信经已详细读完了，素梅去年的手笺亦经收妥，没有回信系因时间问题。同时知道你们大小平安，无限快慰。

我目前仍在旧址工作，身体康健。但因太高年儿（纪），未免有些困难。早年没法办理退休，所因古政府暂时冻结退休金，固（故）未得成行。

昨接侨汇处通知，每侨胞可汇一百四十元，我经申请汇出，到步查收，以应家用。

您前信讲过付款寄信由学（校）付上较为利便。须知革命后封禁外汇，后由中国驻中巴（古巴）领馆与古巴政府签了协定，每年拨出若干款项为赡养华侨家眷，先将侨胞在祖国地址、父母子女姓名填妥，每年照上述地址付上，如寄别处又要祖国公社或某机关来函证明，方能发生效力。我以为继续照旧址付上免多一番手续。

此致

合家安好

予　宝世　上言

1967年四月十四日

名叫刘友和。他这样安慰我，完全是为了保护干部、保护青年——我那年才26岁。

其时我妻子怀孕，一边顶着大肚子上班，一边还要为我担心。临产之前，她才回到广州，住在外婆家待产。

8月上旬，“文化大革命”的形势发生了急剧的变化。毛泽东把青年学生视为推动“文化大革命”全面开展的突击力量。经过“红卫兵”组织兴起的大串联以及所谓“批判资产阶级反动路线”浪潮的冲击，到1966年底，各级党政领导干部和领导机构普遍陷于瘫痪和半瘫痪状态，形成了全国大动乱的局面。而以1967年1月的上海“一月风暴”为标志，“文化大革命”又进入了所谓“全面夺权”的新阶段，全国动乱进一步升级，出现“打倒一切”的全面内乱，局势难于捉摸。

9月5日，我们的女儿（第二个孩子）出生。正是那一天，中央发出《关于组织外地革命师生来京参观革命运动的通知》。广州街头乱哄哄的，素梅好不容易叫到一辆三轮车，急急赶到中山医学院妇产科。我当时还在中山，在学校里不得脱身，只有依靠岳母照顾素梅了。危难中喜得千金，妻子叫我给女儿起名，我最初想叫她“卉

红卫兵大串联　兴中供稿

1967年11月，暨南大学"要武"、"红色接班人长征队"串联到达福建漳州。

蓝"，青草浓绿而泛蓝，是万物无限生机的象征。但又想，她在"大革命"、大动乱中降临人间，必然要"经风雨、见世面"，就让她在大风大浪中锻炼好了，于是定名为"炼"——让她少点诗意，多点坚强吧！

不久后，大概是10月份，就是风靡全国的"大串联"。我糊里糊涂地立即被卷入那个"革命"的旋涡中。我参加了一个相对温和的青年教工"长征队"，从学校出发，准备步行到北京。来到广州，我请假回家看望妻子和孩子。面对着妻子和儿子、女儿，我无言以对，为没有尽到丈夫、父亲的责任而深感惭愧。但在当时，我是不可能不继

韶山冲

中山纪念中学青年教工长征队到达韶山毛泽东家乡。

续前进的，只有在无限内疚中归队赶路。

我们的“长征队”一路步行，长途跋涉，经韶关，到湖南韶山、长沙，再也走不动了。这时许多红卫兵冲火车，我们也不甘落后。一个晚上，我们终于成功冲上火车，好歹熬到武汉。天气阴冷，寒风刺骨，大家所带衣物根本不够，又累又饿，更加不想再北上。游长江大桥、逛东湖、登珞珈山、参观武钢……在武汉三镇转悠了几天之后，被街头“武汉工总”和“百万雄师”两派“红卫兵”组织互相对骂的大字报弄得昏头昏脑，不知所以然。武汉阴雨迷蒙，冷风刺骨，我和“战友”在长江边徘徊，一点儿也找不到“大江东去，浪淘尽，千古风流人物”的意境，只暗自感叹“日暮乡关何处是？烟波江上使人愁”。思归之心日切，但谁也不敢第一个说要回去，唯恐被人家说“不革命”。

著者串联来到蒙蒙雨雾中的武汉

广州—韶关—衡阳—长沙—韶山—武汉，大串联经历过的场面，至今仍然历历在目。

突然，脑膜炎流行，我们所住的会堂里不断有串联者被抬出去，并陆续传来死人的消息，气氛非常恐怖。于是三十六计，走为上计。这一回，我们扒上的是运载牲畜的车厢，一路上在猪粪牛粪的浓烈熏染中返回广州。

18. 为“文化大革命”不安

“听闻中国文化革命有些阻碍，我更加不安，见字千祈详细报告为要。”

父亲说他“侥幸平安度过”旧的一年，“踏上1968年”，其中一定饱含艰辛。他“听闻中国文化革命有些阻碍”，感到非常不安，要我“见字千祈详细报告为要”。但在那大动乱的年代，我吃苦也罢，“受罪”也罢，实在有口难言，我怎么能把实情报告父亲呢？弄不好会惹个“里通外国”的罪名，那是当年的时兴。

“一月风暴”、“全面夺权”之后，解放军“支左”、“二月逆流”等新鲜的“文革”术语连连冒出来，令人目不暇接。

1967年夏天，“文化大革命”已经“深刻触及了人们的灵魂”，不仅学生参加，工人也纷纷上街冲锋陷阵。其后就是红卫兵和各种群众组织分成不同派别，互相争强，顿成仇敌，以至动用武力，互相残杀；坏人也趁火打劫，大搞“打、砸、抢”……在我们那个山村学校，类似事件还不太多，但外地传来的消息则让人胆战心惊。特别是学校附近的珠江口，有一段时间天天从上游漂流下来许多尸体，有的还被铁线穿过手掌，几个连成一串。当地“革委会”怕尸体流出公海，造成国际影响，所以动员农民打捞，每打捞一具死尸，工钱5元。有的农民每天竟然捞起几十个。血流成河、死人无数，成了当时的常见现象。而广州也乱成一团，街道只好搞治安联防。我家所在的西关小巷，巷口竖起了水泥钢筋栏栅，各家各户轮流派人日夜值班。

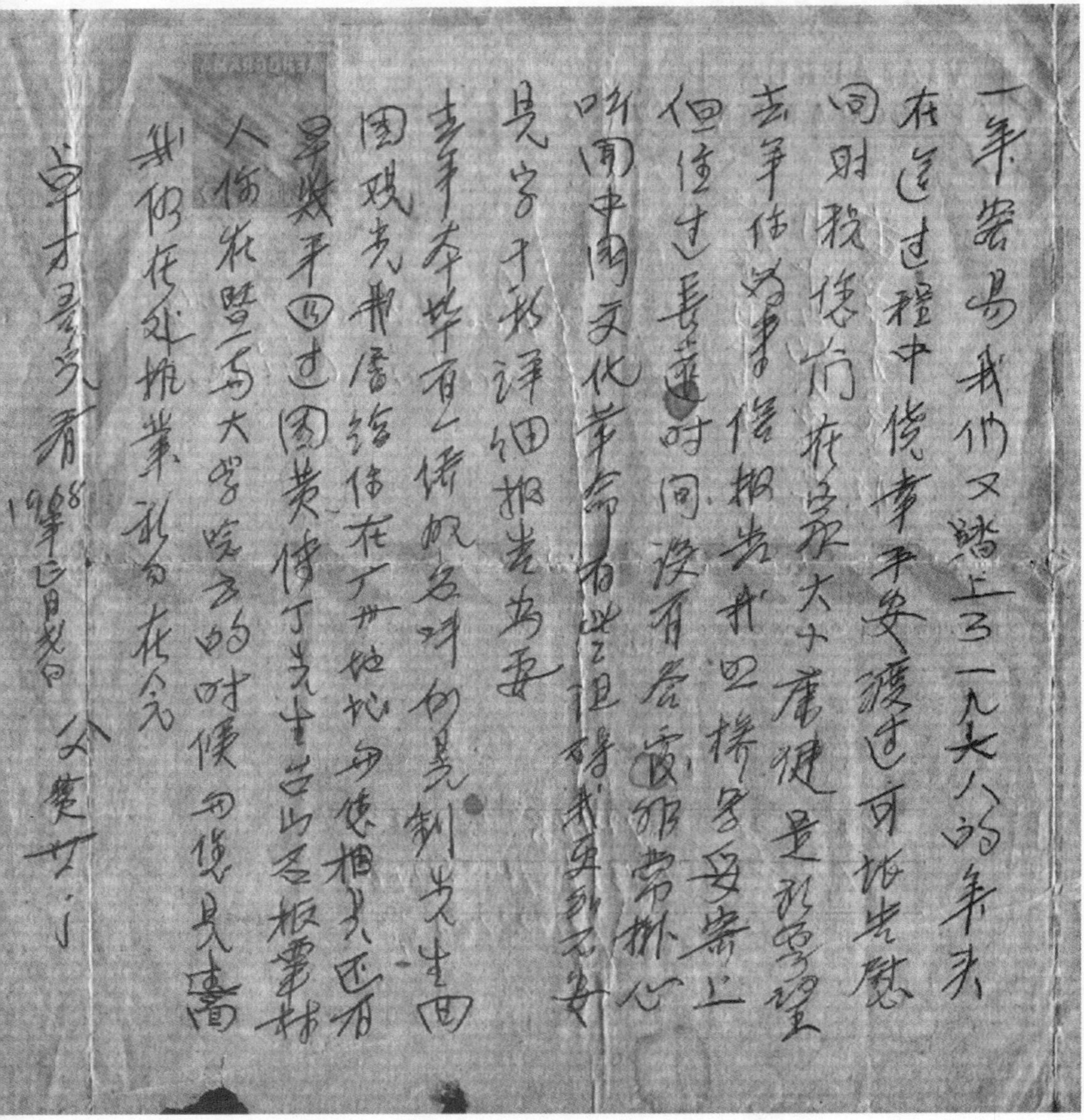
一年容易我们又踏上了一九六八的年头
在这过程中侥幸平安渡过可堪告慰
[illegible]
[illegible]
但经过长途时间没有答复[illegible]常挂心
听闻中国文化革命有些阻碍我要[illegible]不安
是否可将详细报告为要
[illegible]
[illegible]
[illegible]
[illegible]
[illegible]
[illegible]
1968年正月[illegible]日 父[illegible]

航空邮简

1968年1月，寄到中山纪念中学。

一年容易（过去），我们又踏上了一九六八年的年头。在这过程中侥幸平安度过，可堪告慰。同时祝您们在家大小康健，是所愿望。

去年你的来信报告，我照样写妥寄上。但经过长远时间，没有答复，非常挂心。

听闻中国文化革命有些阻碍，我更加不安，见字千祈详细报告为要。

去年本埠有一侨胞名叫何晃钊先生回国观光，我写给（他）你在广州地址与您相见。还有早几年回过国黄传丁先生，台山石板覃（潭）村人，你在暨南大学念书的时候与您见过面。

我仍在处执业，祈勿在念。

卓才吾儿看

父　宝世　字

1968年正月二日

在这种情况下，我对这场“大革命”的前景深感迷惘。唯一的办法就是赶快脱离派性斗争，当个“逍遥派”。

幸好学校暂时无事，我们一家大小不时回到广州，乱中偷闲，游越秀山、荔湾湖公园，逍遥自在了一段日子。我家邻近的泮溪酒家，位于美丽的荔湾湖边，当年是全国最大的园林酒家，以其广州西关特色美食和精美点心扬名中外，是政要名流和外宾商贾聚会之地，也是普通市民饮茶聊天的场所。令人啼笑皆非的是，这么一个雅俗共赏的名牌酒家，在“文革”及“破四旧、立四新”的浪潮中，竟被改名为“破旧酒家”，路人经过，看到那个可笑的招牌，稍有头脑者无不捧腹。

1967年9月，“批判资产阶级反动路线”的余风终于刮到了中山，刮到了中山纪念中学。原已撤离解散的“四清”工作组的头头又被召回来，接受“革命师生”的批判。“打倒资产阶级反动路线”、“无产阶级文化大革命万岁”的口号此起彼伏。在学校礼堂原来由工作组组长主持批判别人的地方，戏剧性地出现了让别人来批判他的场面。昔日威风八面、俨然以党和正确路线代表自居的风云人物，今天垂头丧气地被人数落、作检讨，大有“你方唱罢我登台”的滑稽之感。他在念过“犯了错误则要求改正，改正得越迅速、越彻底越好”的“最高指示”之后，就宣读“赔礼道歉书”，说他们去年针对我的“六一八”事件颠倒了黑白、混淆了是非，搞错了，并说要撤销当时的决定，恢复我的名誉和原有的职务等。这些话其实有某些搞笑的成分，比如，“四清”工作队既已解散，他们何来“撤销决

广州泮溪酒家正门　著者摄

在经济困难的年代，每天早晨泮溪酒家外卖部新鲜出炉的酥皮面包香气特别诱人，五分钱一个，许多市民排队购买。

荔湾湖公园所见泮溪酒家外景　著者摄

定”的权力？“决定”撤销了，我又真能复职吗？其实，整个“文化大革命”都是一场闹剧，其中各个环节上的种种谬误也就毫不奇怪了。不过无论如何，在当时他这个检讨对于我还是很重要的，起码让我获得了一种精神上的解脱。但这也是自我安慰而已，我不想让父亲为我担惊受怕，所以不敢把事情的原委告诉他。

其后，我又过了一段松散的日子。闲得无聊，我就在校园边缘开荒，种瓜、种菜。种南瓜最省工夫，春天在屋边的斜坡上挖出一个个坑，填上基肥，把南瓜种子放下去，盖上碎土、干稻草，头几天浇点儿水……等它长出苗了，每隔半个月施一次肥，天旱久了再浇浇水，平时大可不必打理。到了夏天，一个个金黄金黄的大南瓜就静静躺在葵扇般的叶子底下。此时，我和妻子、儿子、女儿把南瓜抱回家去，那种欣喜之情难以言喻。是啊，我们收获的何止是大自然慷慨恩赐的南瓜，还有精神上的极大安慰！

随着父亲年事渐高，我常常为他担心，总希望他能早日回来团聚，好让我尽一点儿孝心。尽管当时大陆物质条件差，政治环境也相当恶劣，但一家人能够生活在一起，互相照应，总是幸福的。所以，即使自己过着“泥菩萨过河——自身难保”的日子，我还是千方百计想让父亲回国。父亲所说的“报告”，是指我为父亲起草、寄给中国驻古巴大使馆和中华总会馆的报告文稿。他“照样写妥寄上”，目的是希望得到帮助，加快回国的进程。父亲和许多古巴老华侨一样，已经没有能力自己掏钱购买机票回国，只有争取免费乘搭中国回程货轮。

父亲让我去找从古巴回国观光的同乡何晃钊先生和早几年回过国的黄传丁先生了解情况。我除上门拜访外，还与他们通信，进行咨询。

今日荔湾

毛主席语录
我们应该谦虚，谨慎，戒骄，戒躁，全心全意地为中国人民服务，……

黄卓才先生
收到你的来信谨将本人的经历及所知的答覆于下
古巴侨国受美帝国封锁旅客对外交通只剩航空线三条一条係往欧洲西班牙一条係往莫斯科另一条往墨西哥通常华侨回国係乘古苏航线经莫斯科转北京旅费係收美钞而古巴政府外汇奇缺对外汇统制极严一般旅客申请购票甚难获得批准我侨近几年搭机回国的止有僑五一及十一两個节日回国庆祝团係一個人回华的旅费双程计要仟伍佰伍拾元耗了古巴国仟餘担输的外汇价值
除此线外华侨回国尚可乘搭由祖国载货去古巴的货船但是每艘货轮只得几個客位而申请回国者更多所以僑更有的候了两三年不是奇事
至于出口待遇衣物手表等则无限制不过乘机的行李不能超过廿公斤旅行费用则有外汇要仟元到祖国收贰仟餘元搭货船的行李可带更多重量无限制但旅行费用至多不超过叁佰元一般多係贰佰元
至讲资格搭机的多数借观光名目故此似係严格的要有工作表现好在社会上有声望等不切实际的规定虽然如此申请者亦要侥幸运的例如黄连任大埠华埠中华会馆主席论声望地位胜过许多人最合符此条路不过内裏不是如此简单
搭货船的比较容易申请时声明回到祖国生活费有係靠

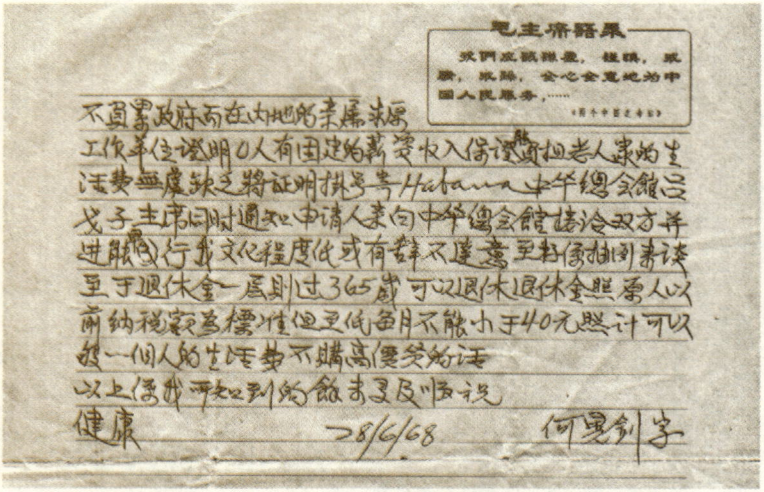
毛主席語錄
我們應該謙虛，謹慎，戒驕，戒躁，全心全意地为中國人民服务，……
《两个中國之命运》

不負累政府而在内地的親屬求原
工作单位証明以人有固定的薪資收入保證能負担老人家的生
活費無虞缺乏將証明掛号寄Habana中华總会館吕
戈子主席同时通知申请人親向中华總会館接洽双方并
进能早行我文化程度低或有辞不達意至好係抽闲来談
至于退休金一層則过了65歲可以退休退休金照原人以
前纳税額為標准但至低每月不能小于40元照计可以
够一個人的生活費不購高價貨的話
以上係我所知到的餘未多及順祝
健康　28/6/68　何晃钊字

何晃钊先生的回信

黄卓才先生：

收到你的信，谨将本人的经历及所知的，答复于下：

古巴国因受美帝国封锁，旅客对外交通只剩航空线三条：一条係（系）欧洲西班牙，一条係（系）莫斯科，另一条往墨西哥。通常华侨回国，係（系）乘古苏航线，经莫斯科转北京，旅费係（系）收美币。而古巴政府外汇奇绌，对外汇统制极严。一般旅客申请购票，极难获得批准。我侨近几年搭机回国的止（只）有借五一及十一两个节日回国庆祝。因係（系）一个人回华的旅费双程计一千五百余元，耗了古巴国千余担糖的外汇价值。

除此线外，华侨回国尚可乘搭自祖国载货去古巴的货船。但是每艘货轮只得几个客位，而申请回国者多，粥小（少）僧多，有的候了两三年不是奇事。

至于出口待遇，衣物手表等则无限制。不过乘机的行李不能超过廿公斤，旅行费用则有一千元，到祖国收二千余元（人民币）。搭货船的行李可带多的（些），重量无限制，但旅行费用至多不能超过三百元，一般係（系）二百元。

至（于）讲（到）资格，搭机的多数借观光名目，故此似係（系）严格的。要有工作表现好，在社会上有声望等不切实际的规定。虽然如此，申请者亦要（等）候幸运到来。令尊连任大沙华中华会馆主席，论声望地位胜过许多人，最合此条路。不过内里不是如此简单。

搭货船的比较容易申请，时（是）声明回到祖国生活有倚靠，不负累政府。而在内地的亲属求工作单位证明以（已）有固定的薪资收入，保证能负担老人家生活费，无虞缺乏。将证明挂号寄Habana（哈瓦那）中华总会馆吕戈子主席。同时通知申请人亲向中华总会馆接洽，双方并进，能早成行。我文化程度低，或有辞（词）不达意。最好是抽闲来谈。至于退休金一层，则过了65岁可以退休，退休金照原人以前纳税额为标准，但至低每月不能少于40元。照计可以够一个人的生活费，不购高价货的话。

以上係（系）我所知到（道）的，余未多及。顺祝

健康

28/6/68　何晃钊 字

19. 归家心切

“关于我申请乘搭祖国货船返中国事，我已打了报告……”“我已年高，望速办理，切勿拖延。”

这封信是用大沙华中华会馆的信笺写的，在印刷的西班牙文会馆地址上，父亲特别写上“通讯处”三个字，用意耐人寻味。

这两张照片，记录了美籍华人摄影家刘博智教授第一次访问大

今日的大沙华中华会馆人去楼空　刘博智摄（2009）

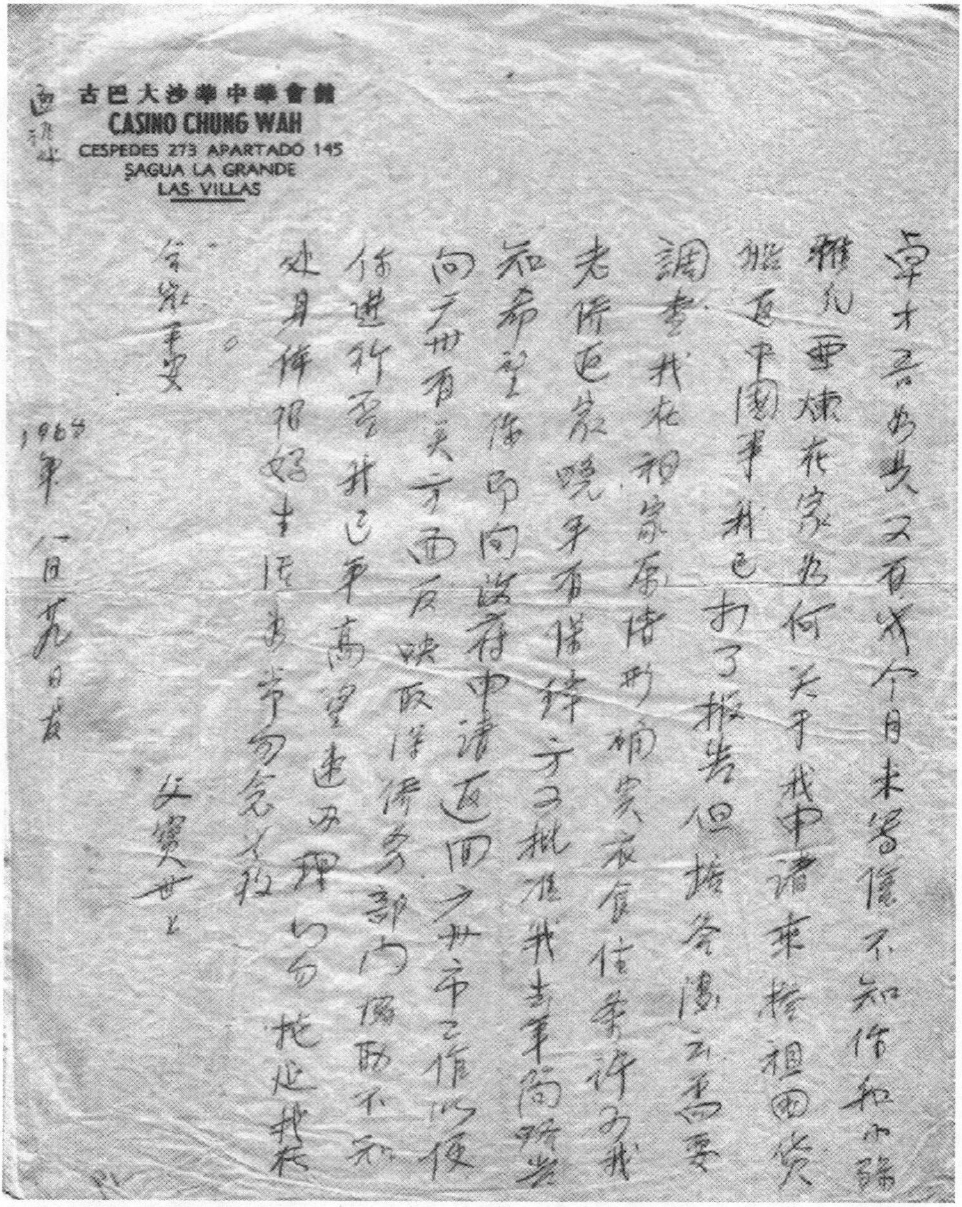

通讯处

古巴大沙華中華會館
CASINO CHUNG WAH
CESPEDES 273 APARTADO 145
ŞAGUA LA GRANDE
LAS VILLAS

卓才吾兒又有幾個月未寫信不知你和小豁
雅儿要煉在家如何关于我申請來接祖母資
船返中國事我已打了报告但據答復云需要
調查我在祖家原情形确实衣食住需許多我
老所返家晚年有保障方可批准我去年尚路若
而希望你即向政府申請返回广州市工作以便
向广州有关方面反映政僑務部內倘你不知
你進行需我已年高望速办理切切托此我在
此身体很好生活多帶勿念父孩
合家平安。

父寶世上
1968年八月廿九日夜

航空信

1968年8月，寄到广州市立新北路立新5巷9号。

航空信封

通讯处
古巴大沙华中华会馆
CASINO CHUNG WAN
CESPEDES 273 APARTADO 145
SAGUA LA GRANDE
LAS VILLAS

卓才吾儿如见：

又有几个月未写信，不知你和小孙雅凡、亚炼在家如何。

关于我申请乘搭祖国货船返中国事，我已打了报告，但据答复云需要调查我在祖（国）家属情形，确实衣食住条件许可，我老侨返家晚年有保璋（障），方可批准。我去年简略告知，希望你即向政府申请返回广州市工作，以便向广州有关方面反映，取得侨务部门协助。不知你进行否。我已年高，望速办理，切勿拖延。

我在处身体很好，生活如常，勿念。

此致

合家平安

父 宝世 上

1968年八月廿九日发

大沙华中华会馆室内　刘博智摄（2009）

沙华中华会馆所见的萧条景象。我收到照片，非常震惊。我早已知道，这个昔日热闹的华人聚会场所已经人去楼空，但不知道室内的办公设备和父亲用过的家杂是否已被搬空。看吧，墙上只剩下一面古巴国旗，国旗下面，墙角有一个关公陶瓷塑像，那一定是华侨以前用来供奉拜祭、发誓“义结同心”的。令我充满遐想的是那个钉着木条的“秘书室”。我希望有一天打开门，见到里面堆满了文件资料，那将是研究古巴华侨华人历史的珍贵文物啊！

照片还给我留下一个至今尚未找到答案的问题，那就是会馆正门屋顶上的“1880—1928”。这两个年份是什么意思？我问了好些人，都不知道。一位热心的北京读者、对古巴华侨研究颇有心得的古巴留学海归朱霖分析，“1880”可能是华人到达该市的年份，“1928”则可能是该会馆楼建造的时间。这个说法目前还找不到依据，仅仅是一种猜想而已。史料记载，1847年6月，第一批260多名“猪仔”华工被运抵哈瓦那，随即被贩卖到古巴各地去做苦力。大萨瓜是蔗糖的主要产地，华工的到来应是无疑。但那时的华工是没有行动自由的，甚至开工也被拷着脚镣。在这个以前殖民统治严酷的省份，华人什么时候才可以进入大萨瓜市区？什么时候才被允许集会结社，建立侨民会馆？有待考证。

这封信是寄到我外婆家去的。信封上的“立新北路立新五巷”是“文革”的产物。在“破四旧”运动中，改名是一种时髦。我家所属的“龙津西路”改成了“向阳路”，外婆家所在的“德政路”则被改成了“立新路”，刚好与泮溪“破旧”酒家遥相呼应。这个信封上所写的地址留下了“文化大革命”的痕迹。邮票上的人物是古巴杰出的民族英雄、卓越的诗人和伟大思想家何塞·马蒂。

链接

何塞·马蒂

何塞·马蒂（José Julián Martí Pérez, 1853—1895）的纪念碑在哈瓦那。

古巴独立先驱何塞·马蒂于1853年出生在哈瓦那，父母都是西班牙人。从儿童时代起，他对不合理的事情、压迫和专制就表现出叛逆的精神。15岁读大学时，他创办了革命报，发表了许多炽热的爱国诗篇，同时支援丛林里的游击战士。16岁被捕并被罚做苦役，后来被流放到西班牙。在西班牙，他继续为古巴的独立不懈地奔走呼吁，同反动、专制主义分子进行辩论，并于1873年写了《古巴的政治囚禁》，对殖民政府的罪行进行了有力的揭露。1887年10月10日，何塞·马蒂在纽约向古巴人发表了富有战斗精神的演说。他团结和组织古巴人为古巴独立的最后战役做准备。1892年4月10日，古巴革命党宣告成立，何塞·马蒂当选代表，负责党的最高职务。1895年5月19日，西班牙军队袭击戈斯麦和马蒂在东方省多斯里奥斯的军营，何塞·马蒂在战斗中阵亡，他是古巴公认的英雄。

马蒂在古巴、拉美乃至世界文学史上占有重要位置，是拉美现代主义的开路先锋，他的诗篇《伊斯马埃利约》、《纯朴的诗》和《自由的诗》，他的散文《我们的美洲》、《美洲我的母亲》、《玻利瓦尔》等在古巴和拉美脍炙人口。

哈瓦那何塞·马蒂纪念碑

链接

弗洛拉·冯——邝秋云

古巴著名画家弗洛拉·冯

邝秋云（Flara Fong），古巴华裔，目前古巴最著名的画家，如果说林飞龙的作品糅合了许多非洲元素，那么邝秋云更多的是中国元素。古巴于1997年发行了"华人移民古巴150周年"邮票1枚，图案为邝秋云的作品《树林》，寓意华人在当地的发展如同树林一样逐步壮大。

据见过邝秋云的古巴海归朱霖介绍，邝秋云1949年生于卡玛圭，1970年毕业于哈瓦那的国立美术学院。1970年到1989年在圣亚历杭德罗美术学院做教师。哈瓦那国家美术馆、北京的人民大会堂都收藏有她的作品，在法国、西班牙、葡萄牙、日本、墨西哥、委内瑞拉、巴拿马、瑞士、韩国、美国的艺术馆和有关机构也都有她的作品。她曾经在北京的中国美术馆开过画展。

网上可以看到邝美云的彩色作品（http://www.cernudaarte.com/cgi-local/paints.cgi?aid=12）。

另据有关信息，邝秋云的父亲是台山市附城人，生前一直与乡亲保持联系。秋云本来随父姓邝（Kuang或Kong），但不知怎么却变成"冯"。

邝秋云早几年访问中国时曾向媒体表示，希望有机会到父亲的家乡举办展览。

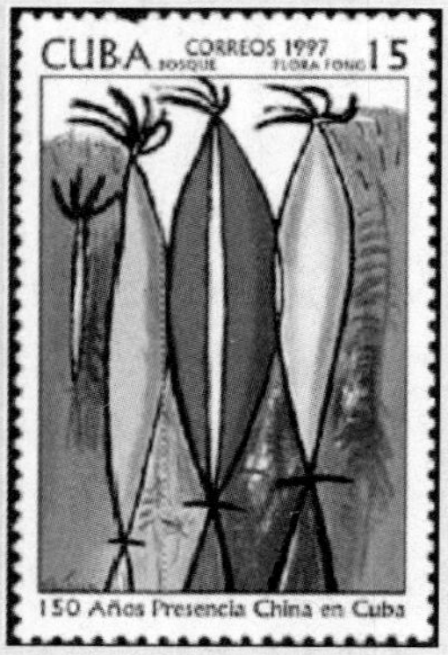

父亲归家心切，但除了递申请、打报告、勤走动，也没有更好的办法。他希望我调回广州工作，以便他回国后能在广州定居。但各级政府机关已经瘫痪，到哪里去申请呢？我不能直说原委，免得父亲失望。

时势越来越糟。到了1968年夏天，在“清理阶级队伍”、“斗、批、改”等革命口号下，又掀起了一场更大的灾难。此风刮到我们学校的时候已是10月份，首先受罪的当然还是校长等“走资本主义道路的当权派”以及“黑五类”。其时校内“革命群众组织”受大势蛊惑，在该打倒谁不打倒谁等问题上产生分歧，这就形成了互相对立的“主义派”、“旗派”之类的“派别”。“军宣队”、“农宣队”进驻学校，支持我们的对立面，我们这个“派”就被整。我虽然早已不参加组织的活动，做“逍遥派”去了，但还是被指为“黑后台”，被“揪”出来，与“走资派”、“黑五类”一起关进“牛栏”。其后几个月，被迫接受“批斗”、作检查、做苦工……挨打受骂的事情也时有发生。

“走资派”天天被斗，“打倒在地，还踏上一只脚”；两位优秀老教师（其中一位是校长夫人）不堪折磨和恐吓，先后悬梁自杀。“造反派”说他们是“自绝于人民，活该”。一位被诬控“历史反革命”之类罪行而“顽固不化”的教工天天被斗，打得皮开肉绽，还不准医治；好几位经验丰富的老教师被“清除出革命队伍”，押解回乡“劳动改造”。学校里一片恐怖。

这种恐怖，在当时为“革命造反派”所叫好，誉为“红色恐怖”。

这就是造成极大破坏的“文化大革命”！往事不堪回首，过去的事情就让它过去。借“革命”之机做坏事的人毕竟是个别的，只要他们金盆洗手、立地成佛就好；最重要的是全国人民，特别是今后党和国家领导人吸取历史教训，不再重蹈覆辙，这才是社稷的大幸，民族的大幸！

事隔二十多年之后，一位当年整过我的学生，在师生重聚时当着大家的面给我下跪“请罪”。我赶紧把他扶起来，请他别这样做。我对他说：“你那时才十七八岁，懂什么啊！套用一个时髦术语，无非是‘受蒙蔽’。”在场的人都笑了。一笑恩怨如烟散，今后又是好朋友！

但有一件小事不得不提——父亲赠送给我的一只手表被偷走，令我至今耿耿于怀。那是一天下午，我和“牛栏”难友一起被赶去为菜地施肥。收工后，进洗澡房冲凉，我把衣服搭放在短墙上。洗完澡出来后，发现口袋里的手表不见了，于是向“看牛”的两个红卫兵报告。难友们一致证明我是戴手表开工的，都说要找。红卫兵也很“积极”，除了搜寻我们活动过的小小范围外，还亲自下井打捞。但结果令人失望——找不到。

劫后幸存的手表

父亲送的三块手表，除一块被偷外，另一块送给素梅的女装表也莫名其妙地丢失了，只留下这一块。2009年，著者把它捐给广东省华侨博物馆。图为在展出中的手表。

失去父亲送给我的宝贵礼物，我深感不安和惋惜。因为这是我读大学的时候，父亲千里迢迢地寄回来给我的。那时候，古巴物质已经非常缺乏，但父亲听说我和素梅买不到手表，学习和工作不便，就找到两只男装、一只女装手表，一起寄回来。而失去的正是父亲从自己手上脱下来的那一只瑞士名牌日历表。美国禁运后，古巴不可能再买到瑞士表，父亲肯定是把他珍藏的东西寄给我，我却没能保存下来，这叫我怎能不惋惜！

事情的发展出乎我的意料：两个红卫兵中的一个，不久后竟然被批斗。据说，手表是他偷的，因为就在那天傍晚，他未经请假就溜回家（附近农村）去了。大家怀疑这是他转移赃物的行为，加上他平时的其他一些劣行，他被指为红卫兵中的“败类”。

20. 退休金仅可糊口

"我的退休金由古巴政府发给，每月四十元，仅可糊口。""游客身份回国观光。"

这封信与上一封同寄，从内容上可以看出是收到我6月9日的信和照片后立即补写的。

两岁的黄炼

在社会环境严酷、物质缺乏的年代，孙女茁壮成长，远在古巴的爷爷多么高兴！

父亲说"小孙雅凡聪明听教训，亚炼康健肥硕可爱，无限欢喜"。他不知道，那灾难深重的年月，我们在自身难保的逆境下，一方面要教育孩子不能学坏，一方面要保证营养，让他们长好身体，实在不易。特别是我妻子，趁学校停课这段时间，大养其鸡，天天有鸡蛋给孩子吃，每隔一两个星期就宰一只鸡给全家补补身子。女儿长得胖乎乎的，天真活泼，这是妻子的功劳。

姨母见我们太忙，请姑婆从家乡来帮我们料理家务。姑婆脾气好，疼孩子，懂农活，能吃苦，与我们同心同德共渡难关。尤其是我在"牛栏"的日子，妻子或姑婆带着阿炼，每隔三五天就给我送鸡汤。几个月后重获自由时，我体重增加了十多斤，这就是患难夫妻互相支持创造的奇迹。我女儿当时才两岁，每次来送食物，总是踮起脚跟，把饭盒高高举过头顶，才够得着递上我的桌面。每次，她都用稚嫩的声音说："爸爸，回家吃饭！"不仅是落难的"牛鬼蛇神"，就连那些农家出身、良知未灭的红卫兵听了，也无不动容。有一次，我和"牛鬼

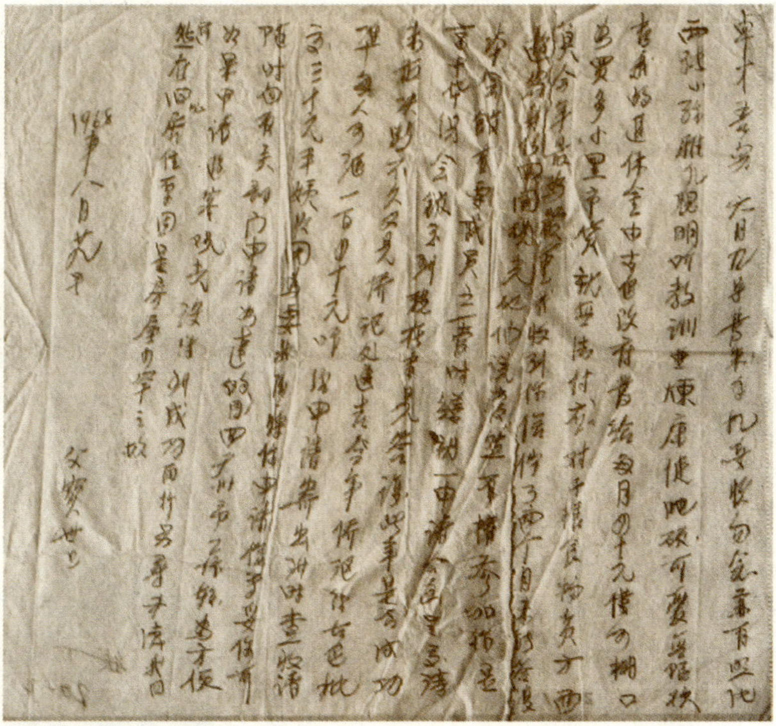

航空信（撕裂）

1968年8月，与上封同寄。

卓才吾儿：

六月九号发来手札妥收，勿念。兼有照片两张，小孙雅凡聪明听教训，亚炼康健肥硕可爱，无限欢喜。

我的退休金由古巴政府发给，每月四十元，仅可糊口。如买多少黑市货，就无法应付。对于粮食物质方面，算今年最为严重。

我收到你信，伫（停）了两个月未能答复……（撕破）游客身份回国观光。他们说当然有权参加，你是本会馆主要职员之一。当时缮就一申请公函，呈交湾京中华总会馆，至到现在未见答复。此事是否成功，未敢决断。

不久（前）又见侨汇处通告，今年侨汇经古巴批准每人可汇一百四十元，昨经申请寄出，到时查收。请交三十元平姨收用，为要。

我经将你申请信写妥，你可随时向有关部门申请。如达目的回广州市工作较为方便。如果申请游客观光没得到成功，自行另寻办法。

我目前然（仍）在旧址居住，原因是房屋少罕之故。

父　宝世　字

1968年八月廿九号

蛇神"们被驱赶到教工宿舍附近的菜地收割椰菜，女儿站在水井边，穿一身"阿妈耕"[①]，远远呼喊"爸爸，回家吃饭"，其情其境，凄婉幽怨，永成经典。

父亲信中谈到他的退休金。他所经营的是"个体"商店，早几年已列入古巴政府没收的计划，能够坚持到1968年，算是"大命"了。后来支撑着《光华报》的总编辑冯啸天，20世纪50年代初受叔父之邀来到古巴。来的时候，身上只有两美金，10年之后有了四个工厂。一个发迹的神话在1968年破灭了，所有私营企业收归国有，冯啸天失去了一切。[②]父亲自然也难逃此劫。失去了唯一的生活来源，只有依靠每月40元的微薄退休金艰难度日。这点钱"仅可糊口。如买多少黑市货，就无法付应"。由于粮食等生活物质缺乏，这一年到了"最为严重"的地步，不得不到黑市去买点吃的。一个70岁老侨的环境之恶劣，生活之艰难，可以想见。

而我这边，处境更坏。我的工资被降到每月20元。这是仅够个人吃饭的钱。而妻子48.50元的工资，还要分出一点儿支持生活也很拮据的娘家。如果没有父亲的侨汇，孩子真要喝西北风了。好在当时古币在中国还值钱，与美元同价。父亲寄来140元，除分给姨母30元，我们的110元换成人民币就有200多元。

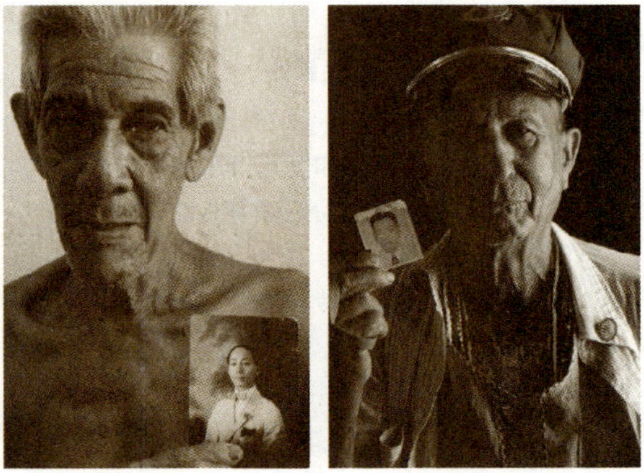

古巴老华侨饱经沧桑
刘博智摄（2009）

① 阿妈耕，四邑地区过去一种粗布的名称。这种布用手动织布机织成，以山果薯莨染成黑色。耕，意为织。

② 龙应台. 这个动荡的世界・黄昏唐人街. 汕头：汕头大学出版社，1998

半年后，我被“解放”出来，月薪恢复到55.50元，补领了几个月被扣压的工资，又有200多元。这样一来，生活就过得不错了。父亲的退休金只有每月40元，他寄回来的却是140元，相当于三个半月的退休金。父亲自己“仅可糊口”，却仍然如此慷慨地支持我们、关怀儿孙，世界上有多少这么好的父亲和爷爷呢！

父亲回国的愿望越来越迫切了，他“缮就一申请公函，呈交湾京中华总会馆”，但两个多月过去了，未见答复。实际上，这时候因为卡斯特罗继续公开批评中国，中古关系再趋紧张，中华会馆也无能为力了。

而我这边，尽管“文革”动乱形势恶劣，个人处境艰难、身不由己，但我仍设法多方打听古巴华侨回国的门路。我了解到，要让父亲回国，需要有关部门出具证明，证实我有赡养老人的能力。我当即向学校的、中山县的“革委会”（当时各级行政机关称为“革命委员会”）和侨务局等有关部门提出，直到上书外交部，请求帮助。外交部把我的信转到国家侨委。侨委的答复令我失望。不过，当时他们也受到“文革”冲击，除了官样文章，又能做些什么呢？

链接

华侨事务委员会复函

中华人民共和国华侨事务委员会

（68）外三群第042号

黄卓才同志：

你给外交部的信转来给我们处理，有关你父亲问题，请就近向中山县侨务局了解。此复

中华人民共和国华侨事务委员会

来信来访办公室（印）

一九六八年三月十九日

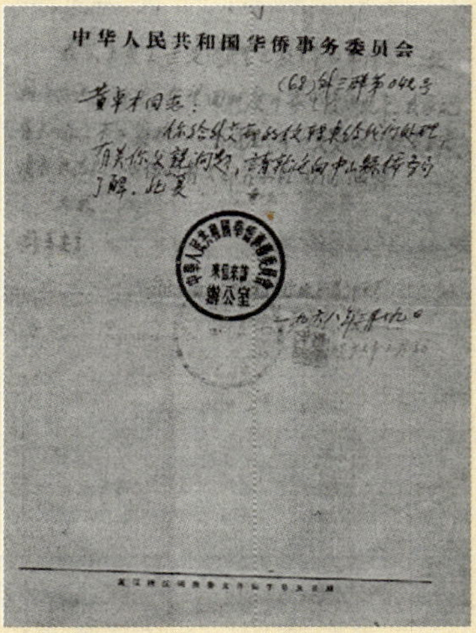

21. 望眼欲穿

“说及卓才有事在身，无闲执笔，我料想下乡劳动，改革文化教育，促进生产，我在古巴常见报纸记载……”“申请老人资格回国，现经办妥手续，只需轮次起程，我料最快用年余的时间……”

1969年初，父亲之所以给“素梅贤媳”写信而不是给我，之所以“望眼欲穿”，是因为正如素梅去信中所透露的，我“有事在身，无闲执笔”。父亲根据古巴报纸的报道，猜测我“下乡劳动，改革文化教育，促进生产”。他万万没有想到，这么年轻的儿子，在“红旗下长大”的“新型人民教师”，竟然也会被打入“牛栏”批斗，经受人生中极为严酷的历练。

宋朝诗人陆游有一首《得子虡濠上书》，将自己收到儿子家书时的喜悦心情表达得淋漓尽致：“日暮坐柴门，怀抱方烦纡（yū迂）。铃声从西来，忽得濠州书。开缄读未半，喜极涕泗俱……”大意是说，傍晚时分，我独自坐在门口，心中正当烦恼郁闷。忽然接到儿子从濠州寄来的家书。打开信，还没读到一半，已经高兴之极，以致涕泪纵横……我想，我的信也一定曾经让父亲有过这样的感受。而现在，父亲“望眼欲穿”等不到我的信，该是多么的焦急和惶惑！

我想，也正是这种望眼欲穿的无奈等待，加强了父亲回家团聚的决心。他申请以游客身份回国，数月未见答复，就亲身到“湾京”哈瓦那查问。他按朋友的指点，“办妥手续”，以为“只需轮次起程”，“料最快用年余的时间”就可以回国。后来的事实证明父亲过于乐观了。他叫我向广州人民法院申请老侨回国证明寄去，写一公函寄交中国驻古巴大使馆李善一代办。办法具体而可行，但我当时深陷

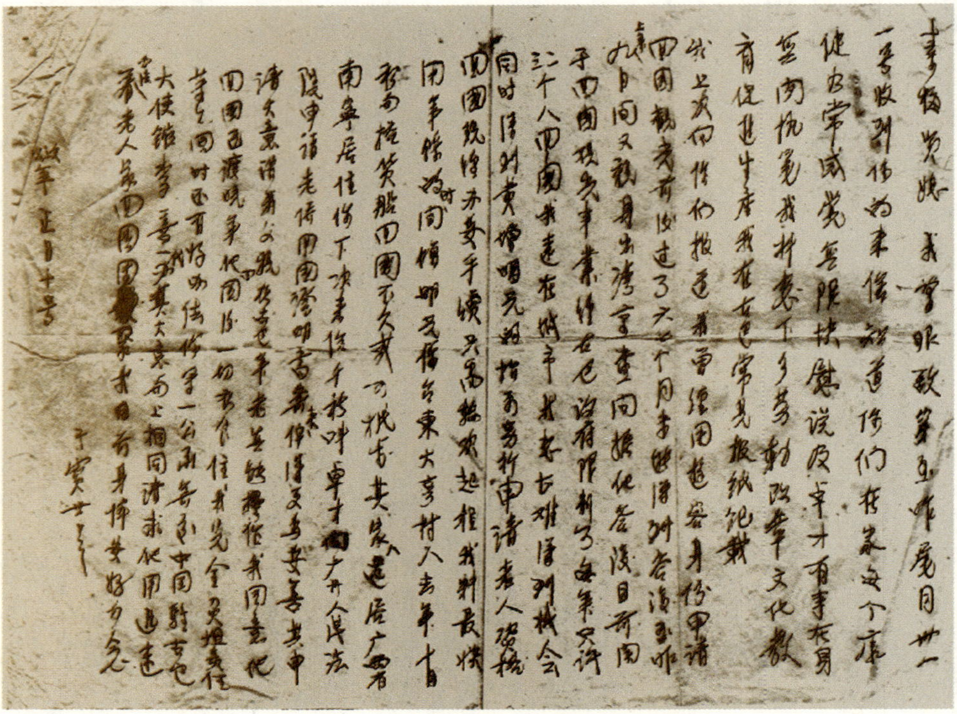

航空信

1969年1月，寄到中山纪念中学。

素梅贤媳：

我望眼欲穿，至昨尾月三十一号收到你的来信，知道你们在家每个（人）康健如常，感觉无限快慰。

说及卓才有事在身，无闲执笔，我料想下乡劳动，改革文化教育，促进生产，我在古巴常见报纸记载。

我上次向你们报道，我曾经用游客身份申请回国观光，前后过了六七个月，未能得到答复。至（昨）上年九月间又亲身出湾京查问。据他答复，目前关于回国观光事，业经古巴政府限制了，每年只许二三个人回国。我远在(外省)城市，我想甚难等到机会。

同时得到黄增明兄的指示，另行申请老人资格回国，现经办妥手续，只需轮次起程，我料最快用年余的时间。增明兄系台东大亨村人，去年十月初旬搭货船回国，不久或可抵步。其家人迁居广西省（壮族自治区）南宁居住。你下次来信千祈叫卓才向广州人民法院申请老侨回国证明寄来，俾得更为妥善。其申请大意谓我父亲在古巴年老，无能操作，我同意他回国已（以）渡（度）晚年。他回国及

一切衣食住我完全负担责任等等。同时还有好办法，你写一公函寄交中国驻古巴大使馆李善一代办，其大意与相同，请求他用迅速办法着老人家回国团聚。

我目前身体安好，勿念。

予　宝世　上言

一九六九年正月十号

“文革”困境，如笼中之鸟，插翼难飞，就连写信、写证明之类的事情，也要等待机会才能去做。急于回国的父亲百般努力仍然无效，而我又不能助他一臂之力，实在深感愧疚。

父亲信中说增明伯“去年十月初旬搭货船回国，不久或可抵步”。这个“不久”，屈指一算，其实是三个月啊！七老八十的华侨老人，在大海上迎风击浪、飘摇晃荡90多天，身体能够承受得了吗？即使有机会让父亲乘搭，父亲行吗？细想之下，真觉得可怕。

这一年的春节，也许是最寒冷、最痛苦的。不但一家人无法团聚，而且有苦难言，只能把苦水往肚里吞，这是多么残忍的精神折磨！一个新中国，本来好好的，抚平战争创伤之后，就应该抓紧机会

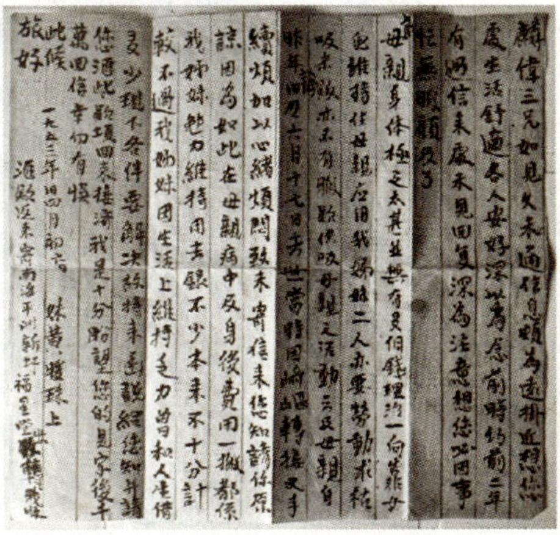

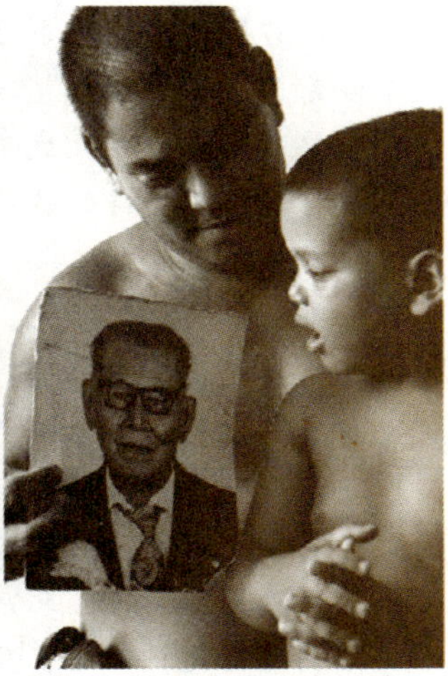

家书抵万金　刘博智摄

左图是广东南海平洲黄暖珠1953年旧历四月寄给古巴大沙华黄麟伟的家书。收信人及其后裔一直妥善保存了50多年。直至2009年，黄麟伟的第三、四代传人（右图）才拿出来给远方来客看。

搞建设，改善人民生活，但不知怎么一来，没安定多久，国家却被引上了动乱之路，还说“越乱越好”，这是什么逻辑？我们这些小民真是百思不得其解。

在个人崇拜的年代，鸡毛可以上天，谬论可以变成真理。多少人看到问题，但只能偷偷忧国忧民，说出来就是“犯罪”。

说到个人崇拜，说到极“左”思潮，“文革”中还有一件与古巴有关的事，就是格瓦拉崇拜。1967年10月，他在玻利维亚牺牲，很多红卫兵以他为偶像。这件事如何理解，下面的文章值得参考。

链接

切·格瓦拉——魅力长存的传奇战士

1967年10月9日，拉丁美洲著名革命家、“游击中心”理论倡导者切·格瓦拉在前一天战斗中负伤被俘后，被美国支持的玻利维亚军人政权枪决。

早在20世纪60年代，切·格瓦拉的名字便在世界传扬。当年中国也曾称赞过他在古巴推行的游击战道路，而西方对他则冠以“红色罗宾汉”、“共产主义的堂吉诃德”等称号。直至2000年，北京舞台上演的话剧《格瓦拉》还曾轰动一时。那个生活在地球另一面的传奇革命家，其战斗和生活的轨迹其实曾与我们紧密相关，其悲欢也值得国人品味

圣克拉拉市的格瓦拉塑像　朱霖摄

在古巴，到处可见格瓦拉塑像。他是古巴精神的象征。

反思……

以毛泽东著作为师，为穷苦人的利益而抛弃了医生的职业到古巴打游击

在古巴革命中闻名的格瓦拉，原本是阿根廷人。他于1928年生于较优裕的家庭，毕业于医学院，在行医中痛感人民苦难非药可治，在阅读了马列著作后决心从事政治斗争，以解放整个拉丁美洲为己任。1957年，他在墨西哥结识了古巴革命者卡斯特罗并与其结成密友，两人很快便率一支小队乘船潜回古巴，登陆后他们上山进行游击战，一年多后就推翻了亲美的独裁政权。

在“七支步枪起家”的斗争中，格瓦拉读过西班牙文本的《毛泽东选集》后深受启发，后来他一再说：“毛泽东是游击战大师，我只是个小学生。”1959年，古巴革命胜利。翌年，格瓦拉便来华访问。他见到了被自己奉为导师的毛泽东，两人亲密地拉着手说话。回国后，格瓦拉便拿起甘蔗刀下田，宣布这是仿照人民公社的榜样，并号召民众学习中国专家不计较工资只讲奉献的精神。

格瓦拉做体力活并不是装样子给群众看的，而是实实在在地真干，业余时间特别是星期六下午，他都进行义务劳动。他公私分明，年幼的孩子生了急病，他也绝不许用自己的公车送医院。在当时物资困难的情况下，政府发给每个高级领导人一张特殊供应卡，位居国家第二把手的格瓦拉马上退回，而且始终要求家人到商店同普通百姓一样排队买东西。至于他那些同战士一样站岗，治疗被视为瘟神的麻风病人从不戴手套一类的故事，更是广为传扬。正是这种毫不利己的献身榜样，使格瓦拉能够超越时空，被贫困国度的民众和许多富足的西方人同时接受和称赞。卡斯特罗对这位战友的评价则是：“一个在行动上没有一丝污点，在举动中毫无瑕疵的典范就是切！”

理想主义与现实的矛盾，使他离开古巴进入他国丛林

革命胜利后，格瓦拉在取得古巴国籍后只待了六年。当时，中苏论战势同水火后，他感到两面为难，便在1965年2月再次来华访问，他主张同苏联停止论战，但他的建议未被接受，他也没见到毛泽东。带着忧郁离华后，格瓦拉便在公开场合消失，并登报宣布放弃职务和国籍，使古巴政府不必对其行为负责。

后来人们知道，1965年春，格瓦拉进入了刚果（利）东部，指导当地的左派游击队。几个月后，他失望地离开，因为他感到当地人不愿认真打仗，所以失败无法挽回。隐蔽回古巴休整几个月后，1966年11月，格瓦拉又带领几十个说西班牙语的外籍人进入玻利维亚，在丛林中展开游击战。

对于格瓦拉为什么出走，三十多年来不少研究者有过多种解释。多数意见是，他想摆脱国际共运的分歧，在南美洲再树立起一个革命榜样。不过，从近些年发掘出的他的一些当年的文件笔记来看，格瓦拉其实有更深层次的想法，他对社会主义建设道路有诸多疑问，想另辟一条新路。

古巴革命胜利后，格瓦拉是首任国家银行行长，可他却主张废除货币，建立"不用钱的文明"。从事建设时，他反对"物质动力"，主张消灭个人主义，要求用劳动竞赛来驱动。由于美国的封锁，经济难以自给的古巴不得不大量接受苏援，在体制和指导原则方面也学习苏联模式，对此格瓦拉很失望，认为从列宁推行"新经济政策"起就开始了"资本主义复辟"的先例，而只有战争条件下的同志关系才是真正纯洁的兄弟关系。他这类理想主义的主张，在和平建设的现实生活中注定难以实行，到另一个国度用以往的战争方式再作新探索也就势在必行。

抛弃古巴优裕且安宁的城市生活，再进入毒蛇蚊虫出没的南美丛林，对从小便患哮喘病的格瓦拉绝非易事，但是为了理想他义无反顾。在近一年艰难的山区游击跋涉中，格瓦拉只靠一匹骡子驮行李，忍受了诸多困苦，面对追剿和陷入绝境也毫不动摇，并宣布绝不让敌人活捉自己。在1967年10月8日的最后战斗中，他因负伤并犯了哮喘病，才当了俘虏。

"游击中心"理论随着他的牺牲而终结，忘我的人格魅力却长存人间

格瓦拉学过中国的游击战理论，他提出的"游击中心"论却又有一些不同之处，其中特别强调少数精英的作用，认为到处游击示范便可让民众一涌而起推翻反动政府，而很少注重根据地建设和深入细致的群众工作。格瓦拉最后在玻利维亚的牺牲虽然悲壮，却说明外籍人到别国输出革命很难成功，实践标准也对其游击理论作了最无情的检验。

记得20世纪70年代后期，国内曾翻译过格瓦拉的《游击笔记》（内部出版），笔者曾问过许多熟悉游击战的老前辈的观后感，回答都是叹息不已。从书中可看出，格瓦拉最后近一年在山区到处游动，他想"解放"的当地农民对其非常冷淡，没有一个人参加游击队，甚至向政府军告密。这支队伍成了无水之鱼，人越打越少，能坚持那么久全靠顽强的毅力和信念支持。

格瓦拉的小队遭伏击覆没，本人被俘后，美国中央情报局特工同他谈了话，

出于敬佩曾主张送到关塔那摩关押，玻政府却坚持处决。因该国已取消死刑，刽子手便于10月9日把格瓦拉带出来，迎面用冲锋枪向他扫射，然后拍照后公布说格瓦拉是阵亡。面对枪口，格瓦拉昂首挺胸，无愧于一个战士的形象！

格瓦拉牺牲后，比生前获得了更多的荣誉，在世界范围内特别是亚、非、拉国家有了众多崇拜者。在许多国家的群众集会上，经常可看到他的画像和毛泽东的画像并列。那幅穿作战服留胡子的照片，成了为摆脱苦难而奋斗的许多人的精神偶像。

苏联、东欧剧变后，全球虽出现了意识形态趋向淡漠的情形，但众多人却仍有“格瓦拉情结”。1997年是他牺牲30周年，恰好其遗骨在玻利维亚被发现，南美许多国家都举行了盛大的纪念活动。阿根廷还专门为他拍摄了故事片，并在国会大厦前举行诗歌朗诵会。更有成千上万的各国青年聚集到格瓦拉牺牲的玻利维亚尤罗山谷，昔日冷寂的失败之地召开了欢声鼎沸的大会。古巴的悼念活动更是盛况空前……随后，在北京话剧舞台上出现的格瓦拉也造成过轰动效应。剧中主人公谴责种种社会不公后大声说：“不革命行吗？”观众（多是年轻人）立即报以一阵掌声和呼喊。当然，剧场内同时也有笑声和叹息，表现出中国新时期价值观念的多元化和情感的多样性。

国际范围内“格瓦拉热”几十年不衰，比格瓦拉本人的胜利和悲剧更值得人们思考。如今，在我们这个喧闹的世界上虽然物欲横流，人们需要物质利益，然而对美好精神境界的追求却没有泯灭。只要社会还存在着压迫和不公，切·格瓦拉那种为解放苦难者不惜献身的精神便永远会受尊崇，众多青年人仍会高呼着：“切！切！”

（《北京青年报》2002-10-09）

古巴华裔名人吴帝胄　刘博智摄

吴帝胄（Pedro Eng Herrera），八旬长者，在古巴华裔中知名度很高。其父亲为广东新会人，母亲西班牙裔。他早期参加革命，一直是格瓦拉的崇拜者，也景仰孔子、关公、孙中山。他既是画家，又是民间历史学家，与加西加（Mauro Garcia Triana）合著《华人在古巴——1847年至今》（*The Chinese in Cuba 1847—Now*），此书2009年在美国出版。

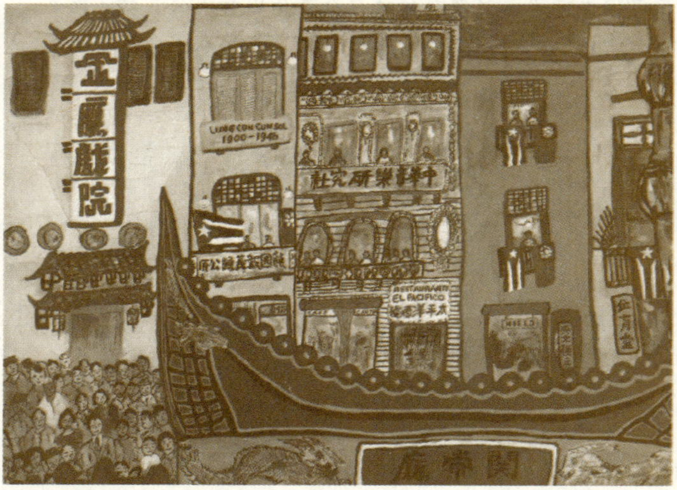

吴帝胄画作之一

画面上细致重现了20世纪四五十年代哈瓦那华埠的繁荣景象，反映了古巴华侨华人社会鼎盛期的情形。

22. 勿过分悲观

“谈及你目前处境和遭遇，勿抱着过份（分）悲观，深知住在社会主义国家里头，每个国民要为国家服务，是少不免的。所得薪金，足够家用便可……”“你在祖国，妻子朝晚相见，何等快乐。”

收到这封信时，我已经获得“解放”并且重新登上讲台。“文化大革命”根本不像毛泽东所说的那样“乱了敌人”，而是乱了自己。全国那么多学生都涌到社会上去，如今怎么收拾局面？只有把他们重新赶入课堂，这就叫做“复课闹革命”。而像我这样被革了几个月命的教师，如今又有了利用价值：上课去！总不能让那些造反派职工、红卫兵、军宣队、农宣队代替教师去教语文、数学、英语、物理和化学吧？

重新登上讲台，恍如隔世。在那个人人都要喊“万岁万岁万万岁”，个个都要天天背《毛主席语录》，男女老少齐跳“忠字舞”的年代，不知是谁立下的规矩，每堂课开讲之前，教师照例念一段“最高指示”。我觉得非常可笑，完全是形式主义，第一次上课就没有循例。学生非常吃惊，以为我是忘记或者不懂规矩。第二次上课，我依然如故，虽然军宣队、农宣队派人坐在后面听课、监督，我也置之不理。学生的反应各异：大多数人向我投来赞许的目光，也有胆小怕事的在课间悄悄提示：“黄老师，你忘记念最高指示……”他们为我担心，但我告诉他们：“我整个讲课贯穿唯物辩证法，没事！”

这种执拗可能留下了后患，不久后我被调走，就是一个印证。

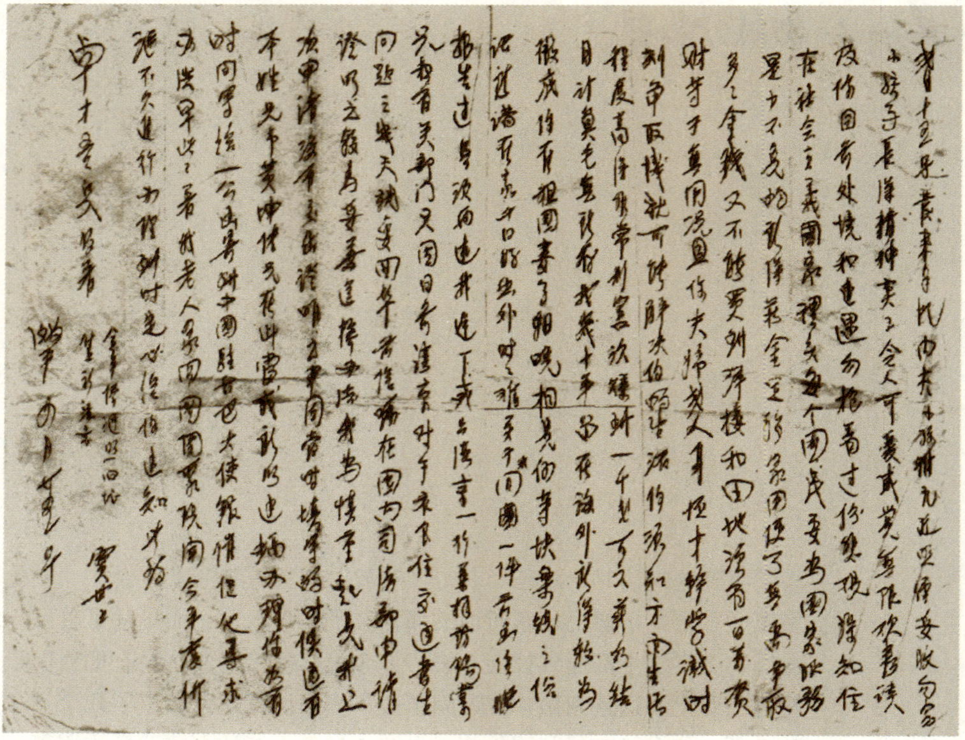

航空信

1969年4月，寄到中山纪念中学。

二月十五号发来手札，内夹小孙雅凡近照，经妥收，勿念。小孩子长得精神奕奕，令人可爱，感觉无限欢喜。

谈及你目前处境和遭遇，勿抱着过份（分）悲观。深知住在社会主义国家里头，每个国民要为国家服务，是少不免的。所得薪金，足够家用便可，无需争取多多金钱，又不能买到洋楼和田地，须（虽）有百万资财等于无用。况且你夫妇二人身怀才干学识，时刻争取机（会）就可能解决你的生活。你须知方（外）面生活程度高得非常利（厉）害，须（虽）赚到一千几百元薪水，结月计算，毫无所存。我几十年留在海外，所得较为彻底。你在祖国，妻子朝晚相见，何等快乐。总之，俗话所讲，在家千日好，出外时时难。

关于我回国一件，前函经已报告过，无须再述。我迟下或出湾京一行，兼拜访锡棠兄和有关部门。只因日前湾京对于衣食住交通产生问题，三几天就要回埠。

前信嘱在国内司法部申请证明书较为妥善。这样办法，我为慎重起见，我上次申请没有交出证明书。事因当时填写的时候，适有本姓兄弟黄坤传兄弟在此当职，所以通融办理。你如有时间，写一公函寄到中国驻古巴大使馆，催促他寻求办法，早些着我老人家回国团聚。

现闻今年度侨汇不久进行办理，到时定必给你达知。

此致

卓才吾儿收看

今年侨汇照旧址付上，祈注意。

宝世　上

一九六九年四月廿五号

儿子雅凡已经5岁多，他在乱世中生存、成长，实在不易。但他就像一株顽强向上的小树，在风风雨雨中茁壮地成长起来。我把照片寄给父亲，他见到小孙子“长得精神奕奕”，“感觉无限欢喜”。

5 岁半的黄雅凡

这就是寄给爷爷那张照片。5岁半的孩子，有一群天真烂漫的小伙伴。阿红等到我家里来玩，他十分大方地把妈妈放在床底下的皮蛋分给大家吃。

40年后，2004年11月，“文革”时期中山纪念中学的上百位教工子女和家长从各地回到校园，举行“寻找远去的家园”聚会。黄雅凡在加拿大忙于科学研究工作未能赶来——他当时是加拿大生物工程公司副总裁兼首席科学家；在美国当记者的黄炼也无法抽身，只能用电子邮件向当年的小伙伴致意。我和妻子前往参加，看见那些曾被风雨摧残过的“小树”，如今都成为社会栋梁，我感触良多，在会上朗读了一首赶写出来的散文诗：

四十年

——为中山纪念中学教工子女世纪大聚会而作

四十年前，山窝里有一丛小树。那么幼嫩，那么娇弱，却又特别葱绿，特别坚韧。那时候，叶子上总有雨露阳光关爱，树脚下还有肥沃的泥土。

激情满怀　张展摄

四十年前，山村里有一群小孩。那么调皮，那么野性，却又十分聪慧，十分上进。那时候，村边的学校让他们耳濡目染，时光是他们最好的老师。

四十年过去了，小树长成了林木。虽有黄叶，虽有枝蔓，然而非常高大，非常挺拔。是啊，经受过风吹和雨打，山野终于承认它们的崛起。

少年不知愁滋味，四十年过去了，转眼就到壮年时。昔日的小伙伴或者“小冤家”，如今像蒲公英种子散布在四面八方。各有各的曲折，各有各的甘苦，也曾西窗剪烛，也有巴山夜雨，然而一个个都格外成熟、格外干练，人生并不缺少美丽和辉煌。是啊，经历过不懈的探索和艰苦的努力，他们终于可以自豪地说：我们为社会作出了贡献，地球村里也有了我们一个小小的立足点！

这首小诗引起了台下的“小树”们和他们的老师、家长的共鸣。事后，好几位女士告诉我，他们忍不住流下了眼泪。

我在去信中略略谈及自己目前的处境和遭遇，父亲劝我不要“过份（分）悲观”。他说：“深知住在社会主义国家里头，每个国民要为国家服务，是少不免的。所得薪金，足够家用便可，无需（须）争取多多金钱，又不能买到洋楼和田地，须（虽）有百万资财等于无用。况且你夫妇二人身怀才干学识，时刻争取机（会）就可能解决你的

黄炼在芝加哥采访

长大的“小树”和他们的家长（部分） 张展摄

当年的小树，如今已经长大成材。雅凡和黄炼的小伙伴后来有的从政，有的经商，有的出国……可四十载风雨的洗礼后，与会者每个人的脸上都挂满笑容。

生活。你须知方（外）面生活程度高得非常利（厉）害，须（虽）赚到一千几百元薪水，结月计算，毫无所存。我几十年留在海外，所得较为彻底。你在祖国，妻子朝晚相见，何等快乐。总之，俗话所讲，在家千日好，出外时时难。”

父亲这段话非常精辟，蕴藏着朴素的国民责任意识，以及他自己一直笃信力行的“知足常乐”人生哲理。这使我想起苏联小说《钢铁是怎样炼成的》，想起我在语文课上讲授过的《我的一天》，以及作家奥斯特洛夫斯基的格言：“人的一生应该这样度过，当他回首往事时，不因虚度年华而懊悔，也不因碌碌无为而羞耻。”现在重读，我更加感慨：社会变了，可以买田买地买楼买权了，有的人就为追求金钱而不择手段，贪得无厌，最后落得“人为财死，鸟为食亡”的下场，实在可耻可悲。

鉴于当时言论缺乏自由，寄往国外的信件有被检查的可能。而一旦被扣上“里通外国”的帽子，其罪就可致坐牢、杀头。为安全计，我在写给父亲的信中，只吞吞吐吐地说了一点苦衷。以致令父亲误以为我追求金钱、田地。其实，我十分愿意做普通劳动者，按当年的流行语，就是一枚螺丝钉。只是现实令我困惑、迷茫，无所适从。有一次回到暨南母校，听说我的一位古典文学老师已经把全部藏书当废品卖掉了，这引起了我极大的震撼。实际上，我当时对局势的确相当失望，对往后能否再当老师，也实在毫无把握。我甚至已经为自己设计了后路——以我的生存本领，第一是开个摄影店，我的摄影技术还算过得去，附近农村小镇并无这种高人，开个小店亦可养家糊口；第二是当理发匠，那时人们不讲究发型发式，剪短、剪齐就行，我早已上手；第三是做补鞋佬——烧红一条铁枝，把塑料鞋粘好，我行。

父亲说“在家千日好，出外时时难”，这是他和所有老一代华侨的切身体会。他们不畏艰险，勇于闯荡世界；但闯累了，又不免想家，这就是华侨怀恋故土的原因。父亲这样说，还有一层用意是不想让我出洋，去吃他吃过的苦。他希望我在社会主义的祖国好好为人民服务，为国家服务。父亲的思想境界不可谓不高。只是他不能了解我当时的困境。哎，千山万水隔不断父子情，不正常的政治气候却令我们无法尽诉心曲，这不就是侨眷的痛苦、侨胞的不幸吗？

为了回国，父亲想尽了办法，试探过多条渠道，还常到首都哈瓦那走动，拜访亲朋好友，造访有关部门。“只因日前湾京对于衣食住交通产生问题，三几天就要回埠。”这种窘态，与我们当时到城里去办事的情况差不多，比如要排半天甚至通宵长队才买到一张车船票，带着粮票还要站在桌边等候许久才能吃上一碗饭之类。那种日子让人觉得很不是滋味，没有亲身经历过的年青一代一定很难理解。

23. 关注祖国新闻

“现观祖国新闻，关于文化革命迅速推动之结合改革教育，将志（知）识份（分）子调动，将来情况如何，请来信报告为望。”

大萨瓜火车站　刘博智摄（2009）

父亲来信说“想往湾京一行……但目前古巴对于交通食住发生问题，没有要事不能容易过埠”。我设想，情况大概与我们这边差不多。当时我们想外出也不容易，除了要请假，还要写证明，才能乘车

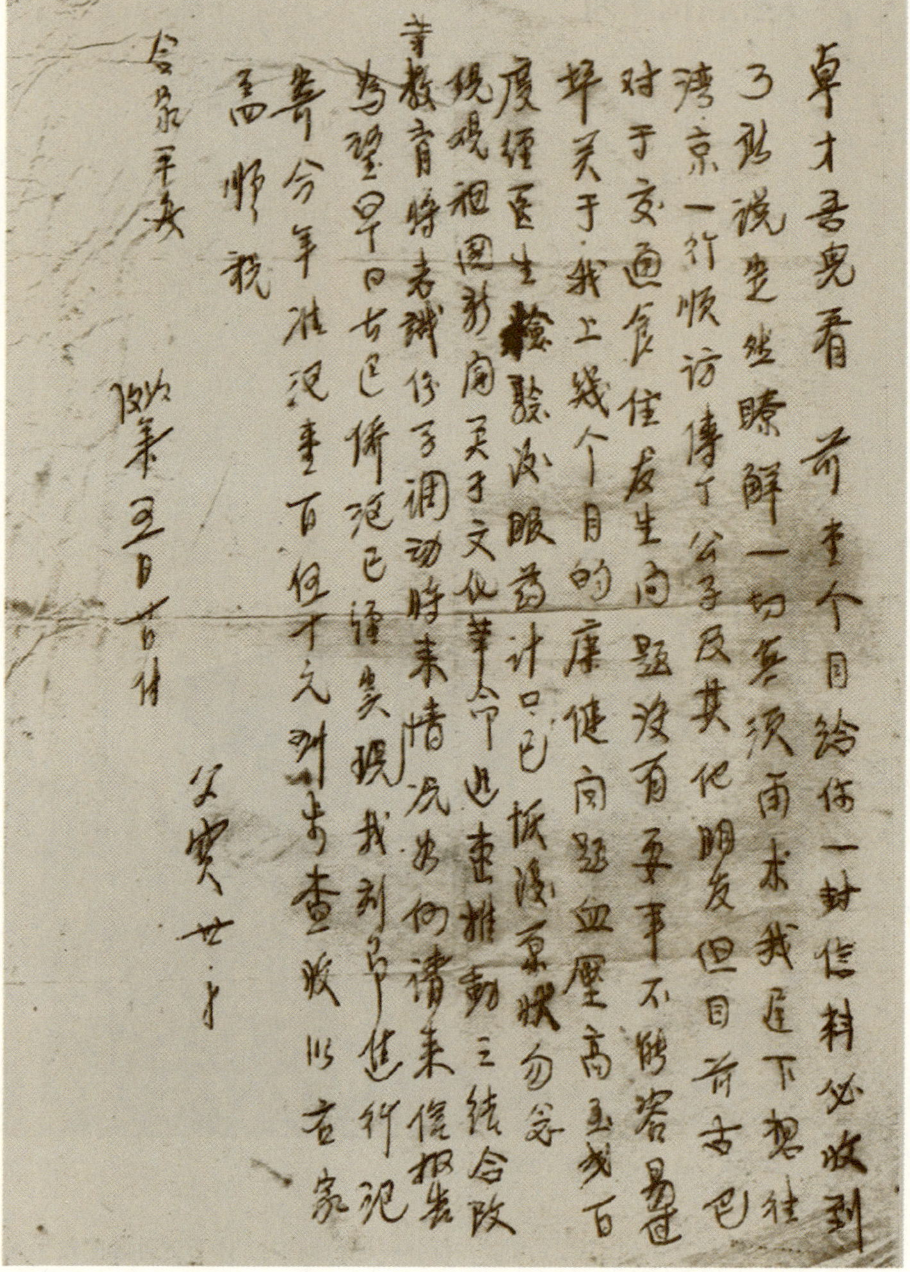
卓才吾儿看　前半个月给你一封信料必收到
了现况虽然瞭解一切無須再求我近下想往
湾京一行顺访傅丁公子及其他朋友但目前古巴
对于交通食住发生问题没有要事不能容易趁
埠关于我上几个月的康健问题血压高至弍百
度经医生检验没服药计只已振復原状勿念
现况祖国新闻关于文化革命进去推动三结合改
革教育時表識你可调动時来情况如何请来信报告
为望早日古巴侨汇已经实现我刻即进行汇
寄今年准汇壹百但不允别寄查收以在家
需用　顺祝
合家平安
父　實世　手
[illegible]五月廿日付

航空信

1969年5月，寄到中山纪念中学。

卓才吾儿看：

前一个月给你一封信，料必收到了。所说定然了解一切，无须再述。我迟下想往湾京一行，顺访传丁公子及其他朋友。但目前古巴对于交通食住发生问题，没有要事不能容易过埠。

关于我上几个月的康健问题，血压高至二百度，经医生检验后服药、计（戒）口已恢复原状，勿念。

现观祖国新闻，关于文化革命迅速推动之结合改革教育，将志（知）识份（分）子调动，将来情况如何，请来信报告为望。

早日古巴侨汇已经实现，我刻即（即刻）进行汇寄。今年准汇一百五十元，到步查收，以应家需。

顺祝

合家平安

父　宝世　字

一九六九年五月廿日付

船、住宿，吃饭必须用粮票，还要排长龙。后来从归侨中得知，古巴比我们这里还差。比如乘车往湾京哈瓦那，因为汽油极其缺乏，所以要申请登记，排队轮候，即使获得批准，通常也要等一两个月，甚至更长时间才能轮到。这真是举步维艰。

遗憾的是古巴这种情况延续太久。以前，我父亲可以从大萨瓜乘火车经省城圣克拉拉到首都哈瓦那。2009年，到访的刘博智教授遇到的情景是，机车坏了，铁轨生锈了，路基长草了，火车站关闭了。他们与其他外国游客一样，从哈瓦那去圣克拉拉，要出50多红比索（美元）的高价，乘古巴人坐不起的大巴，277公里跑了4个多小时。而从圣克拉拉到大萨瓜，连这种高价车也找不到，只有花更多美元乘坐出租车，车旧路差，45公里就要走1小时。

父亲身体每况愈下，血压有时高到200度，令我们十分担忧。他毕竟已经70岁高龄了！想起来实在惭愧，父亲是那样爱我，而我却没有机会给他斟一杯茶、递一杯水，没尽到做儿子的一点儿责任。也许正是这样不求回报，才显示出父亲的伟大。

父亲读报，知道国内“文化革命迅速推动之结合改革教育，将志（知）识份（分）子调动”，他比我更具政治敏感性，似乎更早意识到我将会被调动。

父亲身在古巴小城，不但关注祖国新闻，胸怀天下，信息灵通，

大萨瓜林飞龙纪念公园　刘博智摄

而且朋友众多，人脉繁盛。光是这40多封家书中提到过、可以委托办事的就有十多位，分别在哈瓦那、美国、秘鲁、菲律宾，以及中国香港、南宁、广州、台山等地。而他的个性和善宽厚，又富于亲和力与凝聚力，因此身边的乡亲、生意伙伴、唐人朋友、西人朋友应该更多。至为可惜的是，虽然他和世界级名人、超现实主义大画家林飞龙（Wifredo Lam）及其父亲曾经同时在大沙华居住过，但不知道是否曾擦肩而过。不过，我相信父亲一定逛过林飞龙纪念公园，欣赏过他的作品，参观过他的故居。

大萨瓜林飞龙故居　刘博智摄

链接

世界著名古巴华裔画家林飞龙和他的奇人父亲

林飞龙在思考

102岁的林颜

林飞龙（Wifredo Lam 1902—1882）出生于大萨瓜。古巴历史上最伟大的画家，也是第一个赢得国际声誉的拉丁美洲画家。他从小就显露出艺术天赋，由当地的镇政府出资去欧洲留学。三任太太分别是西班牙人、德国人和瑞典人。林飞龙与毕加索亦师亦友，画风有好些相似之处，可以说他就是古巴毕加索。

林飞龙在古巴是国宝级人物，在家乡大萨瓜有林飞龙纪念公园，首都哈瓦那老城则有林飞龙艺术中心。他生平足迹所至的法国、西班牙、美国等地都曾雁过留声。他的作品除被私人收藏外，哈瓦那国家美术馆以及巴黎、马德里、柏林、阿姆斯特丹、纽约、横滨等著名艺术馆也有收藏，台湾还举行过拍卖会拍出高价，证明林飞龙在世界各地的确有许多知音。遗憾的是，他从未到过中国。

林飞龙的父亲林颜（Lam yam，1814—1926）是个奇人。80多岁高龄时，他娶了一位20多岁的当地年轻姑娘安娜·赛拉菲娜（Ana Serafina），一个西班牙人、古巴土著印第安人和非洲黑奴的混血后裔。林颜是广东人（Lam 就是广东话的“林”），先到美国打工，中年辗转墨西哥，然后定居古巴大萨瓜经营小商店。他常帮人写信，被尊称“书记”（秘书）。他84岁时与安娜生下林飞龙，108岁因飞机失事去世。

链接

《丛林》欣赏

林飞龙代表作之一《丛林》

据曾长生所著《林飞龙》介绍，《丛林》是林飞龙1942年至1943年所作。许多艺评家都认为这幅曾在纽约现代美术馆挂在毕加索《格尔尼卡》旁边的作品是林飞龙的杰作，令所有第一次看到它的观众都叹为观止。《丛林》的迷人之处主要在于其韵律感，它跳跃在垂直线与斜线之间，闪动于似叶柄的腿脚之间，观者的眼睛被无声的鼓声节奏所袭击，传到观者耳朵的鼓声，一如热带雨林中那令人窒息的热浪。

随之，观者会察觉到幽灵在森林中，似乎有四只生物出现于背景的植物中，形同一篇模仿诗篇，他们的腿似叶柄，乳房似厚实的热带水果，臀部似南瓜，脸蛋似满月……

《丛林》是彩色作品，有兴趣的读者请参看网上资料或河北教育出版社《林飞龙》一书。

24. 回国观光非常困难

“你目前还（环）境转好，得闻之下，我非常高兴。”“关于回国观光事情，非常困难”

父亲信中说我报告环境好转，以及此前“有些不幸遭遇”，他立即意识到是“政治问题”，准确地说，是当时的政治环境问题、大气候问题。在“文化大革命”那样的狂风暴雨中，不要说我们这样的草民难逃一劫，就连位居国家主席的政要、功勋卓著的开国元帅等也无以自保。所以我所受的苦难，不是个人的不幸，而是时代的不幸、国家的不幸、民族的不幸。好在风暴很快过去，虽然阴霾未散，但晨曦已经从远处露出脸来。

回想那些艰难困苦的岁月，有时我感到懊恼，为什么人生会遇到一个接一个的灾难，而且偏偏让我碰上？但有时，我也会为自己能够避过风险而庆幸。记得有一次，在学校礼堂的“批斗”大会上，一个姓李的同事（教师），原是我们同一个“战斗队”的“战友”，突然站起来“揭发”我，说我和本派群众组织的几个“坏头头”昨天开过一个“黑会”，会上我说了些什么什么……年少无知的红卫兵们情绪激动，高呼着“坦白从宽，抗拒从严”的口号。我没做亏心事，自然处变不惊，等“革命群众”声嘶力竭之后，我才开腔：“请问，你这是听谁说的？”那人嗫嚅着：“不，不是……”他不敢正视我。我乘势追击：“那么，你也在场啦？”台下爆发出一阵笑声和嘘声……“批斗”会开不下去了，主持者只好宣布散会。这个叛徒原想以此“划清界线”，讨好得势者，谁知“偷鸡不着蚀把米”，落得个

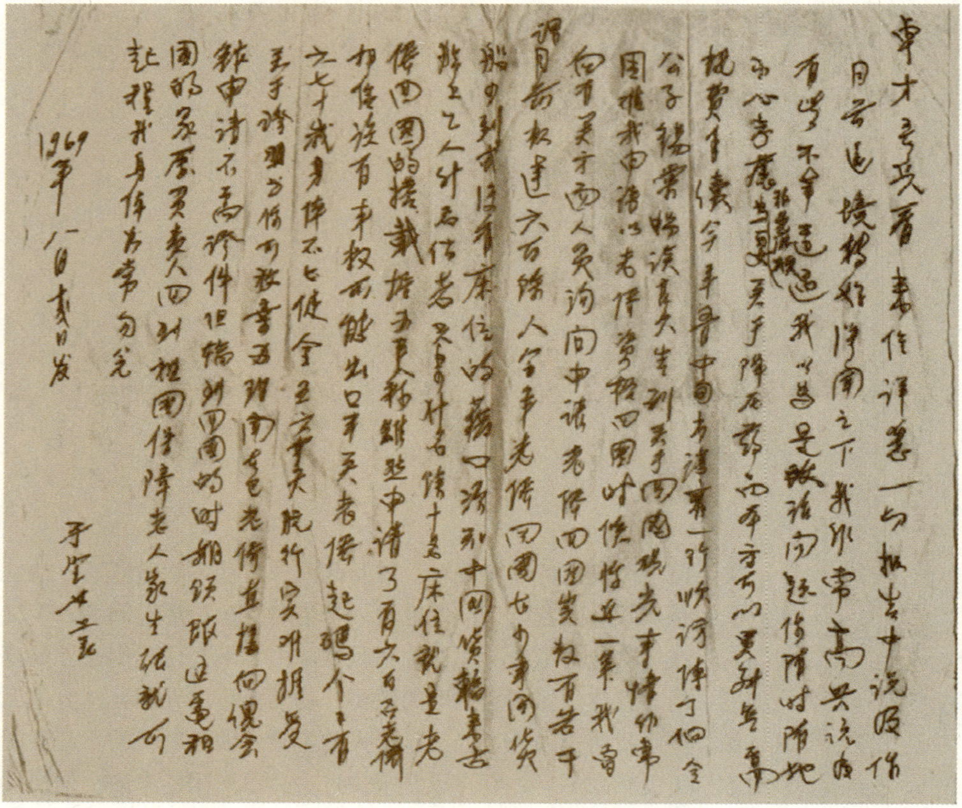

航空信

1969年8月，寄中山纪念中学。

卓才吾儿看：

来信详悉一切，报告中说及你目前还（环）境转好，得闻之下，我非常高兴。说及有些不幸遭遇，我以为是政治问题，你随时随地小心考虑被（避）免麻烦为要。

关于降压药品本（地）方可以买到，无须耗费手续。

今年五月中旬出湾京一行，顺访传丁伯令公子锡棠，畅谈良久（方才）告别。

关于回国观光事情，非常困难。我申请以老侨资格回国，时候（间）临近一年，我曾向有关方面人员询问申请老侨回国实数有若干，谓目前数达六百余人。今年老侨回国甚少，事因货船少到，或没有床位的借口。须知中国货轮来古，船上工人五十名，倘若只来四十名，余十名床位就是老侨回国的搭载。据办事人称，虽然申

请了有六百名老侨，相信没有半数可能出口。事关老侨起码个个有六七十岁，身体不甚健全，五六十天航行实难挨受。

关于证明书，你可放弃办理。闻古巴老侨直接向总会馆申请，不需证件，但轮到回国的时期，领馆通电祖国的家属负责人，回到祖国保障老人家生活，就可起程。

我身体如常，勿念。

予　宝世　上言

1969年八月十二日发

哈瓦那交通一瞥　黄雅凡摄（2005）

出租汽车、马车和人力车同时在哈瓦那的大马路上行驶，是常见现象。

灰溜溜的下场。自此之后，我似乎受到了红卫兵的尊重，军宣队、农宣队对我也比较客气了。事后听说，这是因为军宣队的队长说了我一些好话。智斗的胜利让我明白了一个道理：一味退让，乱吃“死猫”，并不是好办法；只有避其锋芒，坚持原则，才能保护自己。

父亲血压太高，令我忧心忡忡。我在给父亲的信中说，想请舅母从香港给他寄降压药。父亲说，“无须多费手续”，因为当地“可以买到”。我将信将疑，但后来父亲来信进一步说明了当地的医疗卫生条件不错，我才放下心来。

父亲又到首都去了一趟，还是为回国的事去活动。

此行令他深感“回国观光事情，非常困难”。他详细说明了所了解到的情况，描述了古巴老侨有家归不得、有国不能回的痛苦处境，字字是血，句句是泪，我读着读着，不禁默默垂泪……

回想读大学时，我曾随暨大师生的队伍到黄埔码头迎接印尼难侨，曾与文学社的同学到花县华侨农场去访问东南亚归侨。我了解到印尼排华的惨状，一个个华侨家庭几十年或几代人起早摸黑辛勤劳作的成果被无理剥夺，毁于一旦，觉得他们非常不幸。但毕竟，他们尚能得到祖国的救助，回归故里，总算有个安身之地。特别是那些华侨

链接

古巴老华侨余景暖回乡

2004年7月，在古中两国政府的资助下，余景暖随三人组成的古巴老华侨回国参观团回到了家乡。

余景暖出生于开平沙冈桥溪武溪村一个华侨家庭。其父年轻时就去古巴谋生。他第一次回中国时，在家乡建了一间新房子。1950年，刚解放的新中国，百业待兴。为了改变家庭的困境，时年21岁的余景暖决定出国谋生。他挥泪告别结婚三年的妻子，告别不满周岁的儿子，就走出了家门，先在新昌乘船“新兴号”去广州，后取道香港辗转到了父亲的侨居地古巴。到古巴后，他一边在父亲的杂货店当帮手，一边到当地学校学习西班牙文。父亲过世后，他参了军，退役后在内政部保安部门当差。生活迫使他在古巴又另立家室。1991年退休后，余伯的思乡情越来越浓，回家的心愿也越来越迫切。在半个世纪的日子里，他无时无刻不在想念故乡的妻儿，即使梦中也闻到故乡的泥土芬芳和荷花清香。如今，54载的回家梦终于圆了。

古巴老侨回乡与妻子相拥而泣

（节录自广东侨网，关小琴文/图）

链接

海明威的古巴情缘

欧内斯特·海明威（Ernest Hemingway，1899—1961），美国小说家，诺贝尔文学奖获得者。

海明威一生中超过三分之一的时间是在古巴哈瓦那度过的。他曾经这样描述过古巴："我热爱这个国家，感觉像在家里一样。一个使人感觉像家一样的地方，除了出生的故乡，就是命运归宿的地方。"

从20世纪20年代起，作为加勒比最大港口的哈瓦那开始迅速发展，至50年代成为当时世界上著名的大都市之一。1958年古巴的国民生产总值与当年的意大利相差无几，50年代的哈瓦那人曾把当时美国的南部城市迈阿密轻蔑地称为"乡下"。哈瓦那的魅力是显而易见的，否则海明威不会选择这里并且一住就是22年。在这里，他打猎、钓鱼、休憩，获得诺贝尔奖的《老人与海》和《丧钟为谁而鸣》等七本小说，就是在维西亚庄园用"罗亚尔"牌打字机创作出来的。

哈瓦那海明威故居

学生，我的中学、大学同学，他们有了学习的机会，有的在毕业后还得到了很好的发展。相比之下，古巴的华侨似乎更加悲惨。老侨的店铺已被没收，生活来源被切断，只好靠微薄得连吃饭都成问题的退休金过日子。他们孤独无助，祖国有家归不得，七老八十还犹如孤雁漂泊他乡。父亲信中叫我放弃办理回国证明书，说他听闻“古巴老侨直接向总会馆申请，不需证件”，后来的事实证明，这一传闻并不确切。我当时已经决定继续办理。

归国之难，堪比蜀道！

中山新貌　张展摄

25. 鼓励研究学习

“我青年时代备有多少中药知识，在祖国中药店做了八年工。”“你对于医疗方面有了认识，有了基础。你是年青（轻）人，费多些时间研究学习，进一步，将来一定会成为一个医师。”

父亲这封信是给素梅的回复，谈及身体健康状况、医药知识及古巴医疗卫生事业的状况。

素梅这时的处境比我稍好一些。校医尚未恢复工作，校医室就靠她和一个卫生员支撑着。全校师生的看病开药、治疗小手术、打针护理等全包。此时全国兴起中草药运动，中山纪念中学新任的“革委会”主任又是原卫生局长，新官上任三把火，第一把火就是在全校各班开设中草药课程，亲自带领师生上山采草药。作为校内唯一在职的医疗卫生人员，既要看病，又要上课，辅导学生采药、制药，素梅肩上的担子大大超负荷。她希望有进修学习的机会，但在当时人手紧缺的情况下，这只能是梦想。她写信询问古巴医疗卫生教育的情况，也是为了多了解外面的世界。

古巴革命胜利后，一直推行全民免费医疗、免费受教育等社会保障和福利制度。“这体现了‘社会公正’和社会主义的‘优越性’，是古巴引以为自豪的社会主义成就，也是古巴具有吸引力和凝聚力、能够在严峻形势下傲然屹立不倒的重要原因之一。然而，这一社会保障和福利体系也有了超越古巴现有经济发展水平和国家财政的承受能力、不利于激励劳动者生产积极性的一面。”[①]这样，父亲所说的

---

① 肖枫，王志先. 古巴社会主义. 北京：人民出版社，2004. 58

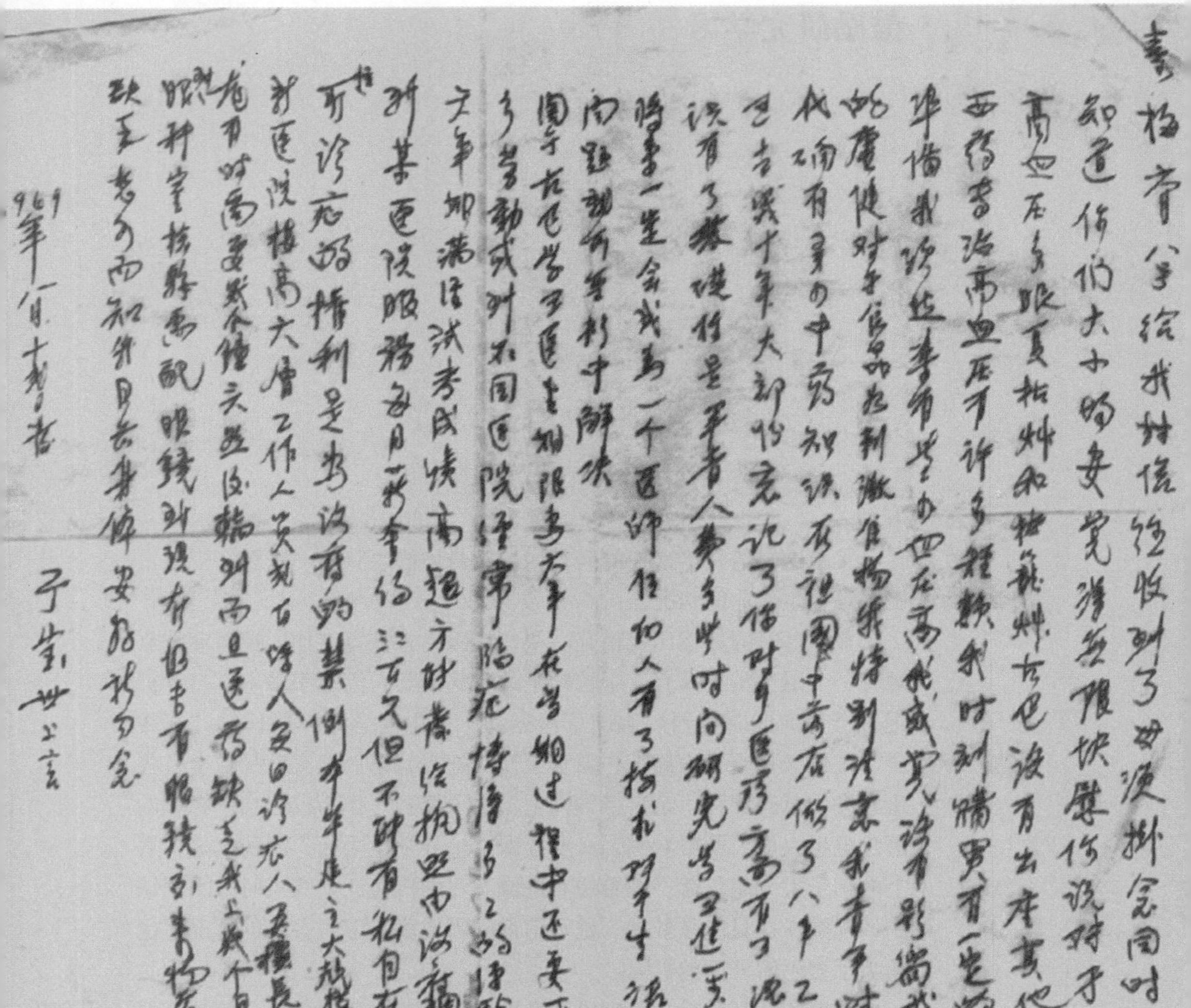

秀梅、齊父字：给我封信经收到了，毋须挂念。同时
知道你们大小均安，觉得无限快乐。你说好子
高血压，多服夏枯草和抽筋丸，古巴没有出产。其他
西药当治高血压有许多种类，我时刻备买有一些的
准备。我的[illegible]常常出四瓜高，我感觉没有影响。我
的身体健，对于食品也[illegible]，食物很特别注意。我青年时
代，我有多少中药知识，在祖国中药店做了八年工，后
来古巴几十年大部份忘记了。但对于医疗高血压也
认有了[illegible]，但是要青年人要多些时间研究学习进步
将来一生会成为一个医师，任何人有了技术，对于生活
问题就能够自行解决。
国家在医学方面有很多青年在学习，过程中还要下
乡劳动，或到不同医院经常临症，增多工的经验，
六年期满，经试考成绩高超，方能发给执照，由政府委
派某医院服务，每月薪金约二百元，但不能有私自在
外诊症[illegible]，是[illegible]的禁例，[illegible]
[illegible]医院[illegible]大会工作人员，我[illegible]
[illegible]
[illegible]
[illegible]

1969年8月十九日书　子[illegible]上言

航空信

1969年8月， 与上封同寄。

素梅：

六月八号给我（的一）封信经收到了，毋须挂念。同时知道你们大小均安，觉得无限快慰。

你说对于高血压多服夏枯草和猪笼草，古巴没有出产。其他西药专治高血压有许多种类，我时刻购买，有一定的准备。我须（虽）然染有些少血压高，我感觉没有影响我的康健。对于食品如刺激食物，我特别注意。我青年时代确有多少中药知识，在祖国中药店做了八年工。过去几十年，大部分忘记了，你对于医疗方面有了认识，有了基础。你是年青（轻）人，费多些时间研究学习，进一步，将来一定会成为一个医师。任何人有了技术，对于生活问题，就可无形中解决。

关于古巴学习医生，期限为六年。在学期过程中还要下乡劳动，或到不同医院经常临症，博得多多的经验。六年期满经试考成绩高超，方能发给执照，由政府调到某医院服务，每月薪金约二三百元，但不能有私自在住所诊症的权利，是为政府的禁例。本埠建立大规模新医院，楼高六层，工作人员二百余人，每日诊症人要摆长龙，有时需要几个钟头，然后轮到。而且医药缺乏，我上几个月到眼科室检验，需配眼镜，到现在仍未有眼镜交来。物质缺乏想可（可想）而知。

我目前身体安好，祈勿念。

予　宝世　上言

1969年八月十二日发

大萨瓜市一方面建大医院，另一方面则缺医少药、看病排长龙也就毫不奇怪了。

父亲信中谈到他年轻时在祖国中药店做了八年，有不少中药知识。可惜的是，到了古巴之后，他没有机会继续向中医药方面发展，但他经常运用这些知识给老乡和朋友看病、开方。父亲的商店和住处之所以成为华侨的聚集点和落脚点，这也是重要原因之一。

链接

古巴医疗外交享誉全球

古巴海外医疗队

尽管美国对古巴实行了四十多年的经济封锁，但古巴人在医学领域取得的成绩却令人钦佩。现在，古巴的婴儿死亡率低于美国，人均寿命则与美国持平。古巴在眼科、矫形术、生物工程等方面的专业技术水平超过了许多发达国家，并且对国民实行免费的医疗体系和高等教育体系。早在1982年，美国就在一份报告中承认，古巴的医疗体系不仅超越了其他发展中国家，甚至还可以与很多发达国家一比高下。

古巴有着几十年的医疗援外传统，长期开展医疗外交，陆续派出医疗队前往包括美国在内的100多个国家。2008年汶川地震，古巴派出30多名各科医生前来救灾，还运来3.5吨器械药品。古巴计划在中国建立6所眼科医院，现已建成3所。

（《世界新闻报》2007-08-22/文娜）

五十墟广芝林旧址　黄鹄摄（2011）

在华侨经济发达年代，台山五十墟有普济医院和妇产科、牙科、中医等多家诊所，中西药店也有广芝林、杏和堂等好几家。广芝林是五十墟最大的药店，它占有两个铺面。当年父亲可能曾在该店打工。

照片上，楼顶“广芝林”的招牌在半个多世纪后的今天依然可见。

链接

中医药在古巴

据有关文献记载，19世纪早期中医药就传入古巴，至今已有150多年的历史。19世纪末，针灸疗法被一位生活在哈瓦那以东的马坦萨斯省、名叫Chen Bom Biam的古巴籍中国医生引进古巴。此后，还有另外两位古巴籍的中国医生Chi和Li在古巴应用针灸和中草药为患者进行治疗。在古巴，有许多关于华人的美好传说都有着真实的背景。其中，关于中医生传奇医术的说法尤为动人。古巴人说“中国医生也救不了”，意思就是“无可救药”，这与日本人对六神丸的崇拜十分相像。

古巴中华总会馆公营药店　刘博智摄（2009）

从药店格局可见当年生意的兴旺。现在却只有一个保安，没有货物了。

《古巴旅游指南》中有一个中国名医的故事：张医生1854年抵达古巴，四年后到哈瓦那行医。十二年后，他以包医百病、保一方平安而开始扬名，人称"张保平安"。穷苦人前来看病，他为人谦逊，心地善良，分文不取，还免费赠药。他在中国学过中医，对古巴当地的草药有深入的研究，知识渊博。他亲自上山采药，把草药捣制成汁或煎成药汤，药到病除，被称为"绿色的药"。

为了提高古巴中医针灸学术的水平，从1990年开始，中国应古巴政府之邀，先后多次派出中医专家为古巴培养中医高级人才数百名。这些中医专家在古巴期间，系统地教授了古巴学员中医基础理论、针灸理论、针灸治疗学等课程。其后，中古在中医药领域的合作继续发展。

（综合）

链接

华人移民古巴史

首批中国移民共206人，1847年6月4日作为"契约华工"从厦门乘船抵达哈瓦那港。1492年10月，哥伦布发现了古巴，这个美丽的加勒比岛国从16世纪起沦为西班牙殖民地。古巴盛产蔗糖，在16至17世纪，西班牙庄园主都是靠从非洲买进黑奴从事甘蔗园和糖厂劳动的。

19世纪初，英国率先发起废奴行动，西班牙在英国压力下只好停止买卖奴隶。在这种情况下，为弥补劳动力空缺，西班牙人接受英国的建议，开始从亚洲移民，这些中国移民都是被人贩子转卖到古巴和其他加勒比国家的。

在哈瓦那博物馆里，至今还保存着当年华工的卖身契，“契约”期限为8年。由于华工都是给庄园主卖苦力的，因此，后来在西班牙语中有了“苦力”这个词，就是表示早期中国移民的意思。

在此后几十年里，来古巴的华工不断增多。1870年，古巴政府宣布废除华工的“契约”，在古巴的“苦力”都成了自由人。勤劳的中国人在古巴的境况随之日益改善，成了餐馆、旅店、咖啡馆等行业的主人。

19世纪中叶，由于美国的歧视移民政策，大批华人从芝加哥移民古巴。1874年，在古巴的华人已达到十多万人，哈瓦那华人区成了美洲最大、最繁荣的华人区。当时的桑哈街上除了各种中餐馆和中国商店外，还有好几家电影院、戏院和麻将馆；华人区建立了中文学校、医院和养老院，并在哈瓦那国家公墓买下了墓地——中华总义山。

广大华侨为维护自身的合法权益，于1893年5月建立了自己的组织——中华总会馆，它是拉美国家中历史最悠久、规模最大的侨团之一。20世纪初古巴独立，在中华总会馆的影响下，各类华侨组织纷纷出现。

1959年，卡斯特罗领导的古巴革命胜利后，以私营业主为主的华人华侨大批离开古巴，前往美国和其他拉美国家，只有少数人留下。随着时间的流逝，老侨逐渐去世，又没有新的中国移民到来，古巴华人的数量越来越少，华人社会日趋衰落。目前全古巴的华侨华人总共才有1000多人，华人区现在的居民大多数是华裔。

（马晨. 哈瓦那的“桑哈”大街见证古巴华人百年沧桑. 海内与海外，2005）

链接

陈兰彬为古巴契约华工说话

陈兰彬（1816—1895），字荔秋，吴川县黄坡村人。幼年聪颖好学，二十多岁以优行贡京师，名噪公卿。咸丰三年（1853）中进士，拔选翰林院庶吉士，充国史馆纂修。后来，改任刑部候补主事，长达二十年。

同治十二年（1873）秋，陈兰彬任留美学生监督期间，由于古巴大多数契约华工处于奴隶地位，遭受雇主的残酷奴役和虐待，迫于国内外舆论的压力，清政府对拉丁美洲的华工问题不能置若罔闻，所以派首任专使陈兰彬赴古巴实地调查华工状况。陈兰彬及其随行人员到达古巴哈瓦那后，即与古巴殖民当局进行谈判。接着，陈兰彬亲临古巴苦力收容所、奴隶发卖所、监狱和一些地方的种植园、制糖厂察看，收到1665名华工签名的共85封陈情书，听取了1762人的亲口供述。根据大量事实，写成了《古巴各城乡查讯各华工口供清册》。同治十三年（1874）夏，陈兰彬回国后，便向清政府提出了关于古巴华工遭受凌虐的详细调查报告，立即引起了国内外舆论的轰动。清政府不得不下令停止向古巴移入契约华工；同时，促使古巴宗主国西班牙与清政府于1877年重订了关于取消契约工制、改善华工待遇的《古巴华工条款》。1879年10月，中国在古巴首府哈瓦那设立了总领事馆，第一任驻古巴总领事由陈兰彬奏派刘亮源担任。另派陈霭廷任驻古巴马坦萨斯市的领事。刘亮源等人到任后，就华工受虐问题多次同古巴殖民当局交涉，迫使古巴当局将各地官工所拘禁的华工2000余人释放，并按照在总领事馆登记注册的华工名单共计43292人，不论契约期满或未满一律发给“行街纸”（即通行证），承认华工人身自由和合法权利。对在1868—1878年古巴第一次独立战争中曾参加起义军的华工亦按《桑洪停战协定》第三款的规定给予自由。因此，1921年国民党《外交部公报》称：陈兰彬为“华侨痛苦解除不少，至今称道勿衰，旧时各埠老华侨会馆中陈氏得民心之深矣。溯古巴自有华侨足迹至陈氏首次来古，其间二十有六年，前此侨工有已满身而不能领得满身纸者，借陈氏折冲之力，一一恢复其自由，其后无复有卖身佣工之风气。”陈兰彬为维护华侨利益竭尽全力，华侨不会忘记他。在吴川市陈兰彬故乡建有纪念馆，其故居也得到保存。

中国第一任驻美公使陈兰彬

（广东省吴川市政府网）

26. 列强国家未敢轻易发动战争

"目前号召全民下乡割蔗，非常忙碌"；"关于世界战云密布，我以为是一种宣传性质"，"祖国鼓吹民众备战、备荒、储粮、促生产，这样措施无非针对苏联威胁"。

圣诞节是西方国家一年中最重要的节日，假期比中国春节还长，人们往往利用这个长假充分休息或外出旅游、探亲，"唯有古巴例外"。因为古巴政府1966—1970年执行第一个制糖业发展计划，定下了1970年产糖1000万吨的指标。为此，新增投资3.34亿比索，甘蔗田增加35%，还引进了新品种，设计了新的收割机。政府宣布，到7月份完成千万吨的糖造任务就举行庆祝大会。所以，1969年的圣诞节期间，也要抓紧收割甘蔗。由于劳动报酬太低，农民生产积极性不高，劳力不足，政府只好"号召全民下乡割蔗，非常忙碌"。父亲的观察相当深刻，他说"是否达到数量不敢决断"。

在中国大陆，1969年是个令老百姓忧心忡忡的年头。一方面"文革"动乱像万花筒一般变幻莫测的形势使人无所适从，而战争的烟云又一阵紧似一阵地笼罩在国人的头上。3月，苏联军队四次侵入我黑龙江省的珍宝岛地区，打死、打伤我边防人员，制造严重流血事件，我边防部队被迫还击。这就是历史上的珍宝岛事件。而此时，越南战争继续升级，美国与北越的军队正拼得你死我活……我们身在偏僻农村，消息来源只有每天半个小时的中央人民广播电台的新闻联播以及公社广播站的本地节目。《南方日报》、《农民报》信息量甚少，还不能当天到达；《参考消息》当时是一份内部报纸，只有达到某个级别的干部才能订阅，一般群众连看看也似乎非法。广州等大城

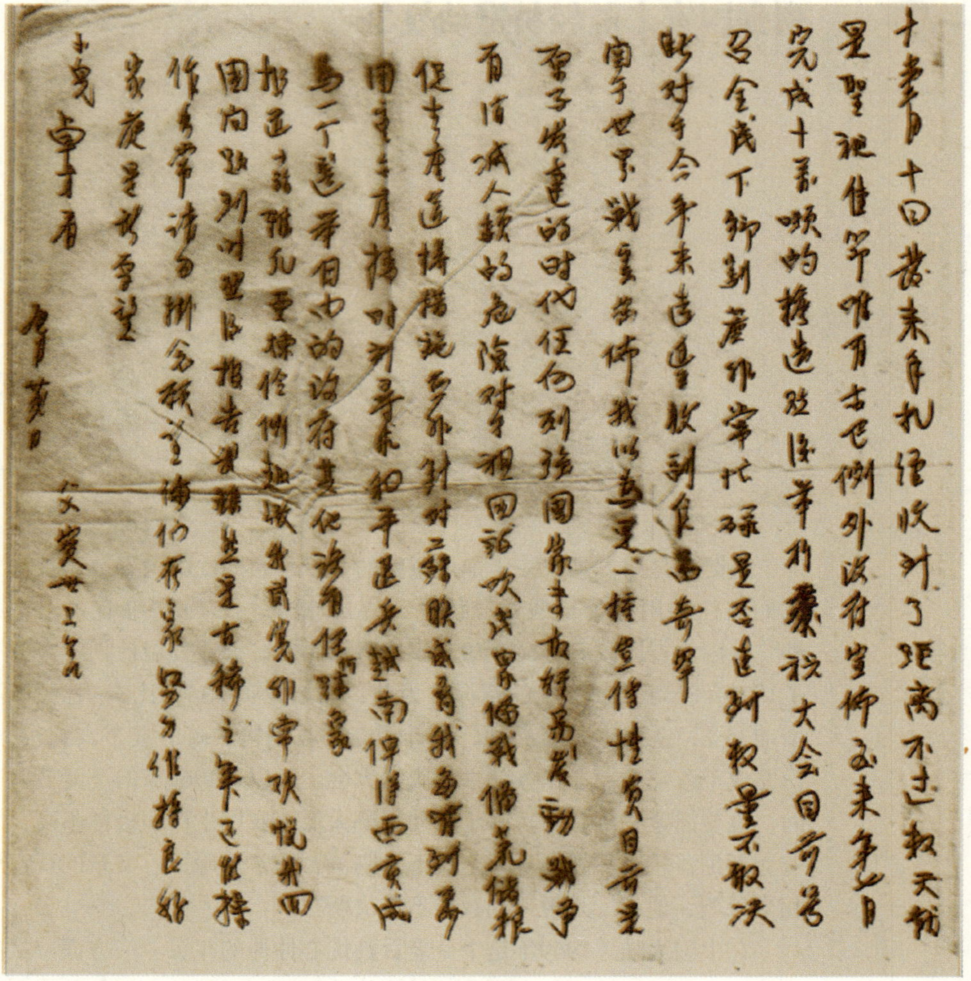

十一月十四日寄来手札经收到了，距离不过数天就
是圣诞佳节，唯有古巴例外，政府宣布[illegible]来年七月
完成十[illegible]吨的糖造然后举行[illegible]大会，目前号
召全民下乡割蔗工作，[illegible]糖是否达到数量不敢决
断。对于今年来远道收到食品寄来
[illegible]世界战[illegible]你我以为更一样宣传[illegible]目前来
[illegible]发达的时代任何列强国家有好[illegible]发动战争
有消灭人类的危险，对于祖国[illegible]备战备荒储粮
[illegible]
国[illegible]对于[illegible]和平[illegible]南[illegible]西贡成
为一个[illegible]
[illegible]
国内[illegible]
作为[illegible]
家庭是我希望
小儿卓才看
父[illegible]

航空信

1969年12月，寄到广州龙津西路逢源沙地一巷15号。

十一月十日发来手札（已）经收到了。距离不过数天就是圣诞佳节，唯有古巴例外。政府宣布至来年七月完成十（千）万吨的糖造（任务），然后举行庆祝大会。目前号召全民下乡割蔗，非常忙碌，是否达到数量不敢决断。对于今年未造（遇）丰收，副食品奇罕。

关于世界战云密布，我以为是一种宣传性质。目前是原子发达的时代，任何列强国家未敢轻易发动战争，（因为）有消灭人类的危险。对于祖国鼓吹民众备战、备荒、储粮、促生产，这样措施无非针对苏联威胁。我每听到美国电台广播，时刻寻求和平，退兵越南，俾得西贡成为一个选举自由的政府，其他没有任何迹象。

报道小孙雅凡、亚炼伶俐趣致，我感觉非常欢悦。我回国问题，到时然后报告。我虽然是古稀之年，还能操作如常，请勿挂念。愿（希）望你们在家努力维持良好家庭，是所厚望。

小儿卓才看

父　宝世　上言

（一九六九年）尾月廿二日

大萨瓜附近的甘蔗田《异域风情丛书·古巴》

1969年，古巴甘蔗种植面积约为150万公顷。收割季节需要劳力约30万人，城镇居民也要前往支援。父亲所在的比亚克拉拉省是甘蔗主要产地，更有全民动员的必要。

当年的备战宣传画

市在加紧挖防空洞，农村则天天进行民兵训练。“备战、备荒、为人民”和“深挖洞、广积粮、不称霸”的标语口号遍布大街小巷，以至农舍的墙壁。在主流舆论的误导下，百姓小民很容易产生战争不可避免，甚至世界大战也即将来临的错觉。人们神经紧张，孩子睡梦中也喊冲锋。正是在这样的背景下，我写信时问及父亲对世界形势的看法。

“关于世界战云密布，我以为是一种宣传性质。” 父亲的回答见解独特，令我吃惊。他这样分析：“目前是原子发达的时代，任何列强国家未敢轻易发动战争，（因为）有消灭人类的危险。对于祖国鼓吹民众备战、备荒、储粮、促生产，这样措施无非针对苏联威胁……”真是一针见血！此时美国人民对越南战争已经厌倦，反战呼声越来越烈，父亲说“我每听到美国电台广播，时刻寻求和平，退兵越南，俾得西贡成为一个选举自由的政府”，这就是指美国民众的情况，“其他没有任何迹象”。父亲写下这个斩钉截铁的结论，三年后被证实完全正确——1973年1月，越南战争结束，中苏关系也有所缓和。

珍宝岛事件

珍宝岛事件是指1969年3月，中国和苏联在黑龙江省珍宝岛地区发生的严重边境武装冲突事件。珍宝岛位于黑龙江省虎林县境内。它同附近的卡脖子岛和七里沁岛都在中苏边境乌苏里江主航道中心线的中国一侧，历来主权属于中国。自20世纪60年代以后，随着中苏关系的不断恶化，两国边防军在珍宝岛地区不断发生摩擦，并不断升级。1969年3月2日，苏联边防军70余人、装甲车两辆、卡车和指挥车各一辆侵入珍宝岛，打死打伤中国边防战士多人；我国守岛巡逻队被迫自卫反击，激战一小时，击退入侵者。3月4日后，苏联边防军和飞机再次入侵珍宝岛。3月15日，苏联出动步兵200余人、坦克20余辆、装甲车30余辆，在飞机掩护下，连续向我国守岛军民发起三次攻击；我国守岛指战员、民兵和群众紧密配合，艰苦奋战9小时，打退了苏军的进攻。3月17日，苏联出动步兵百余人、坦克3辆，又一次登岛疯狂向我国进攻；我国边防战士奋起自卫，以猛烈的炮火予以反击。中国外交部三次向苏联政府提出强烈抗议。这一边境武装冲突事件，一度使中苏两国走到战争的边缘。随后，在新疆铁列克钦地区，中苏两国发生了更大规模的武装冲突。此后，苏联军方一度制定了对中国实施核攻击的计划。中苏边境武装冲突，加重了中国共产党内关于世界大战不可避免的“左”的估计。准备打大仗，全面备战成为4月召开的中共九大的一个重要指导思想。1969年9月11日，周恩来总理在首都机场同从河内参加胡志明葬礼后回国途经北京的苏联部长会议主席柯西金进行了坦率的谈话。10月20日，中苏边境谈判在北京举行后，中苏边境冲突开始和缓。

珍宝岛之战

链接

越南战争

越南战争（1959—1975），简称“越战”，又称第二次印度支那战争，是南越（越南共和国）及美国对抗共产主义的北越（越南民主共和国）及“越南南方民族解放阵线”（越共）的一场战争。越战是“二战”以后美国参战人数最多、影响最重大的战争，被称为冷战中的“一次热战”。美国四任总统介入了越战：最先开始援助南越的是艾森豪威尔；约翰·菲茨杰拉德·肯尼迪开始支持在越南作战；林登·约翰逊将战争扩大；在尼克松执政时期，美国因国内的反战浪潮，从1973年1月起逐步将军队撤出越南。1975年4月23日，美国宣布越战结束。月底，美军全部撤出。5月2日，北越军和南越共军最终打败了南越政府军队，攻克西贡，占领了全越南。

今日西贡　著者摄（2010）

西贡（胡志明市）街头一片祥和安宁，游人如织。法式红教堂广场上，浪漫的西贡新娘背靠新郎，一脸幸福。

27. 在社会主义国家

"在社会（主义）国家里头，一切由政府栽培，任何事业比较容易……""有许多人带大量钞票到农村去找些副食品，农民不以（把）钞票（放）在眼内……其物资缺乏可想而知。"

这是父亲写给儿媳妇素梅的回信。

信中再次谈到古巴生活的困苦："我所配眼镜至今足有一年，尚未购到。不但眼镜，其他物资同样缺乏。最可笑者，黑市猪肉每斤五元，羊肉四元，菜蔬当然渴市。有许多人带大量钞票到农村去找些副食品，农民不以钞票（放）在眼内，要以货换货，如鞋、靴、裤、衫、床褥等为交换条件，其物资缺乏可想而知。"他说的"许多人带大量钞票"，是因为当时古巴的工人、技术人员和行政领导每月收入有两三百比索，但没有什么东西可买。父亲觉得黑市物价高得可笑，因为它的确完全脱离了物质本身的价值，而单纯由供求关系所决定。在古巴历史上，1492年10月27日，当哥伦布第一次航行到达古巴时，也曾用一些从欧洲带来的非常便宜的小东西向淳朴、天真的印第安人换取棉花和金块。五百多年过去了，价值规律被搅乱的事情再次在这个岛国发生，着实令人啼笑皆非。更让人不可理解的是，古巴革了十几年的命，人民生活中衣、食、行的基本需求还没有得到解决。原因与中国一样："做，三十六；不做，也是三十六。"在平均主义的分配制度下，人们根本提不起劲来。所以，直到2007年中国社科院拉美研究专家徐世澄教授访问古巴时，他的市场调查还是那么叫人心忧！

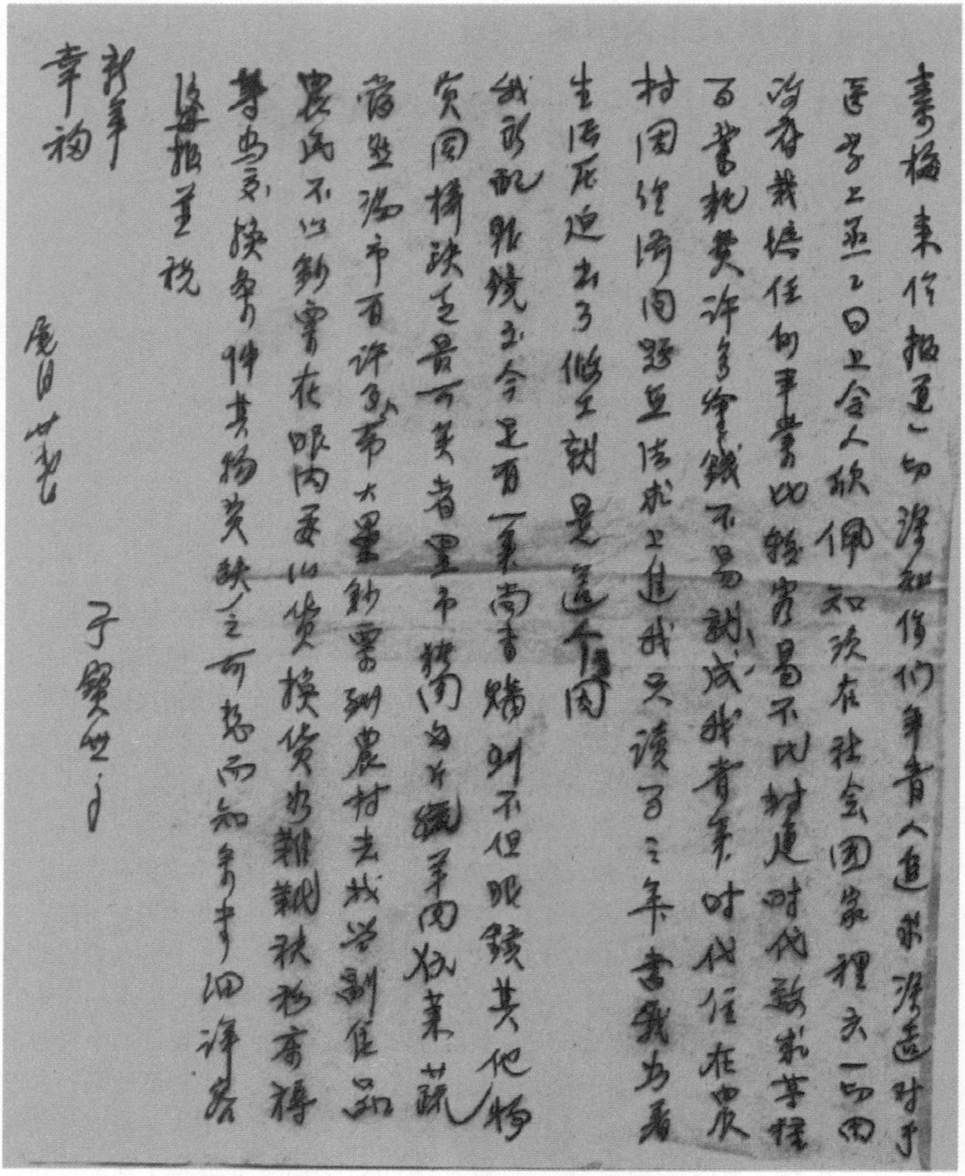

素梅来信相片一切详知，你们年青人自由求进，对于
医学上进步日上，令人欣佩。知道在社会国家里亦一切两
济，发展任何事业，比较容易，不比封建时代。致我等
百业执费许多金钱，不易谋成。我青年时代，住在农
村，因经济问题，无法就上进，我只读了二年书，我为着
生活所迫，出了做工，就是这个原因。
我所配的钱，至今足有一万元，尚未[illegible]，则不但眼镜，其他物
资同样缺乏，最可笑者，黑市猪肉每斤[illegible]元，[illegible]菜蔬
[illegible]都市有许多人带大量钞票到农村去找寻副食品，
农民不以钞票放在眼内，要以货换货，如鞋靴衣物等
等与交换食物，使其物资缺乏可想而知。余事回详。
此报并祝
新年
幸福
子[illegible]
腊月廿七

航空信

1969年12月，与上封同寄。

素梅：

来信报道一切，深知你们年青人追求深造，对于医学上蒸蒸日上，令人欣佩。知须（须知）在社会（主义）国家里头，一切由政府栽培，任何事业比较容易；不比封建时代，欲求某种事业，耗费许多金钱，不易成就。我青年时代住在农村，因经济问题无法求上进，我只读了三年书，我为着生活压迫出了（国）做工，就是这个原因。

我所配眼镜至今足有一年，尚未购到。不但眼镜，其他物资同样缺乏。最可笑者，黑市猪肉每斤五元，羊肉四元，菜蔬当然渴市。有许多人带大量钞票到农村去找些副食品，农民不以（把）钞票（放）在眼内，要以货换货，如鞋、靴、裤、衫、床褥等为交换条件，其物资缺乏可想而知。

余未细详，容后再报。

并祝

新年幸福

予 宝世 字

（一九六九年）尾月廿二日

链接

2007年古巴居民生活依然艰难

古巴市场一瞥

徐世澄

访古期间，笔者参观了凭本定量供应商店、农贸市场、外汇超市、外汇百货商店等商店和市场，以下是笔者所记录的是各种商品在不同商店和市场的不同价格。古巴目前平均月工资约为250比索，折合为9.6美元（26比索=1美元）。

一、凭本定量供应商品数量和价格

商品	定量供应量	定量供应价
大米	每人每月6磅	0.24比索／磅
黑豆	每人每月1.5磅	0.30比索／磅
面包（80克）	每人每天1个	0.05比索／个

（续上表）

商品	定量供应量	定量供应价
植物油	2～3月每人半磅	0.40比索／磅
白糖	每人每月6磅	0.14比索／磅
鸡蛋	每人每月7个	0.15比索／磅
马铃薯	每人每月4磅	—
香皂	每人每2个月1块	0.25比索／块
肥皂	每人每2个月1块	0.20比索／块
牙膏	每人每45天1支	0.65比索／支
盐	每人每月1盎司	0.1比索／磅
卫生纸	4～5月1包	1.5 比索／包
鲜奶	7岁以下儿童 每天1磅	0.25比索／磅
雪茄型香烟	每人每月5盒	—
鸡	7岁以下儿童 不定期1磅	—
鱼	每人每月1磅	—

注：1磅＝0.454公斤＝0.907市斤

二、农贸市场的价格（比索）

黄瓜3比索1根，芒果8比索1个，柠檬1比索1个，葡萄12比索1磅，大蒜4比索1头，洋葱10比索1磅，玉米2比索1根，南瓜2比索1磅，大米5比索1磅，西红柿20比索1磅，肥猪肉15比索1磅，瘦猪肉40比索1磅，带骨肉25比索1磅，长面包10比索1个。

三、外汇超市的价格（1公斤/美元）

鸡肉2.75、火鸡肉末1.4、南瓜1.95、面粉1.1、牛肉12~16.5、牛肉末9.85、牛排18.55、香肠16.20、大米1.35~1.65、通心粉1.5、1 大瓶可乐1.95、1 小瓶可乐0.5、1 大听鱼罐头10.90、1 小瓶橄榄2.6、1 瓶醋1.05~3、1 小瓶蛋黄酱3、1瓶葡萄酒1.2、1 瓶橄榄油6~11.8、1 包面条1.75、1 棵圆白菜4.65、3 个青椒1.8、1 大瓶酸奶3.15。

四、外汇百货商店工业品价格（1/美元）

1台冰箱（韩国）600~700、1台洗衣机（韩国）400~500、1辆自行车110、1盒录音磁带（60分钟）1.15、2节电池（1号）4.5、1双女凉鞋 16~18 、1台电视机（中国熊猫牌）300、1瓶矿泉水 0.5、1瓶可乐 0.7、1 包香烟 0.6、1 小包饼干0.7、1件男衬衣 13~15、1件女衬衣 10~15、1盒果汁 4.3、1条牛仔裤 20~25。

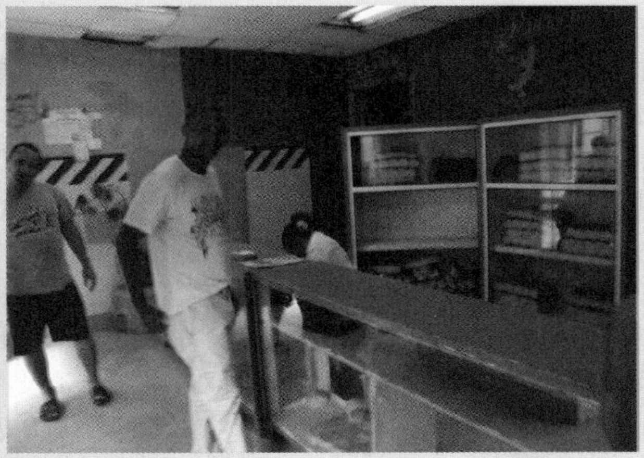

古巴凭证面包店 李佳蔓摄

从以上情况来看，目前古巴居民生活依然相当困难，供应的物资仍很短缺。据笔者考察，目前凭本定量供应的基本生活用品的供应品种和数量与七年前笔者在古巴所见相比，没有太大的变化。据陪同笔者的古巴亚大中心研究员说，同几年前相比，现在定量供应的品种和数量不仅没有增加，有的还略有减少，古巴居民凭本定量供应的食品和日用品只能满足其1/4的需要，其余3/4必须到农牧业产品市场或外汇商店购买，而那里的商品价格要高出好多倍。古巴平均月工资250比索，按目前比索与美元的比价计算，只合9.6美元。一个大学教授的月工资为400~450比索，只合16~18美元。据说，古巴约有1/3家庭在国外有亲戚，有侨汇收入。因此，占家庭总数2/3的没有侨汇收入的家庭的生活是相当清苦的。

目前古巴的商品有几种价格：①平价，即低价。即凭本定量供应的基本消费品，可用比索购买，这些商品只能满足居民约1/4的需要。这些商品的价格低于生产成本，为此国家每年需要支付大量财政补贴。②议价。国家开办了国有议价工业品商店，居民可以用美元或比索在这种商店以较高的价格购买不用凭本供应的日用工业品。其价格高于定量供应的用品，但低于外汇商店的商品。③市场价。在农牧产品（自由）市场、手工业品（自由）市场和个体经营的餐饮店和劳务市场，居民可用比索、外币兑换券或美元根据市场价格购买农产品、手工业品等物品或用餐、理发、美容、修理等。④国有外汇商店价。古巴的外汇商店原来只允许外国人在那里购买，自1993年个人持有美元合法化后，古巴人也可进外汇商店用美元或与美元等值的外汇券购物，外汇商店的物价很高，但在那里可买到其他商店买不到的紧俏商品。

（中国网专家博客，2007-05-07）

父亲自己身处古巴这样一个贫穷的社会主义国家，也深知中国大陆同样贫穷落后以及我在“文革”中“有些不幸遭遇”。但他在信中还是肯定了社会主义的优越性：“在社会（主义）国家里头，一切由政府栽培，任何事业比较容易。”父亲通过与旧社会对比而得出结论，并以自己的亲身经历为证。他指出：“不比封建时代，欲求某种事业，耗费许多金钱，不易成就。我青年时代住在农村，因经济问题无法求上进，我只读了三年书，我为着生活压迫出了（国）做工，就是这个原因。”今人研究清朝和民国时代华侨为什么要出洋，找到几个原因：一是封建统治者腐败无能，人民生活贫苦；二是自然灾害；三是兵燹祸乱；四是朝代更替，政治动荡；五是殖民者的掠夺和欺骗……在19世纪，台山人最初出洋是因为清朝腐败，兵灾人祸，社会

黄雅凡在加拿大王后大学攻读博士

古巴新华侨的情况也令人鼓舞。《广州日报》2006年春节采访、探望华人华侨的两位记者到了哈瓦那。他们带回了古巴新华人的信息。

极其混乱；其次是人多地少，生产力落后，自然灾害频繁，人民走投无路，被迫出洋谋生；加上“猪仔头”（人贩子）与外国资本家相勾结，把台山人拐骗、贩卖到世界各地去。这个时期出洋的台山人，绝大多数都不是自愿的。他们失去人身自由权利，没有任何安全保障，许多人惨死在几个月的漫长航行途中。所以，台山人出洋，称为“出路”，就是拼死拼活谋求一条生路，但这条“出路”是白骨嶙峋、浸透血泪的路，台山侨乡的形成是一个痛苦的过程。我父亲出洋虽然并非“卖猪仔”，而是自愿的，但也是因生计艰难，迫于无奈。试想想，眷乡恋土之情，谁人没有！要不是迫不得已，谁愿洒泪惜别亲人，远托异国，做他乡之客？这完全是为寻求出路而已。父亲讲自己的经历，对我们是有启发的。

值得庆幸的是，自20世纪80年代以来，中国人出国的情况已经发生了根本性的变化。除还有一部分农民办理亲属移民外，更多的是出国留学或投资移民、技术移民。留学生学历高，投资移民、技术移民有文化，有技术特长，有经济实力，他们一到异国，就进入中上层社会，不再像老华侨那样从最底层的苦工做起。即使是农民亲属移民，他们也多有中学文化程度，多少懂点儿英语，并且已有亲属为他们打下了基础，所以到达后即可工作或读书。

雅凡出国留学时，虽然家里还穷，只买了些衣服鞋袜等生活用品给他带去，美元、港币现金只可应付途中零用，加拿大也没有亲人可以投靠，但他的导师爱尔兰教授已经为他租下了一间房子。雅凡在香港坐上飞机，20多个小时就到了目的地。生活起居有房东太太照顾。上学没几天，就拿到奖学金（因为此事早已商妥）。与爷爷出国相比，真是天壤之别！

链接

中餐馆老板娘助洋老公推广中国武术(节录)

这些天，一群从哈瓦那郊区前来欢度新春的中国留学生，相约在天坛饭店聚餐，席间无不说到“老板娘”的“神通广大”——在古巴这个地方，能将华人区唯一的一家地道中国餐馆开得如此红红火火、宾客如云，实在不简单。

为此，我们特意走近天坛饭店这家哈瓦那为数不多的地道中餐馆，了解它的故事……

位于古巴首都哈瓦那华人区“中国城”的“天坛饭店”的老板娘陶琦这个春节没有在自己经营的这家饭店里出现，这个消息很快在哈瓦那乃至古巴的中国人中间流传，但很快就有消息反馈回来说，陶琦在1月27日（北京时间大年除夕）那天生下来一个女儿。“这么快生了啊，难怪这几天都没见着她呢！”人们恍然大悟。

异乡创业“天坛饭店”中名流云集

陶琦，一个地道的上海女人，36岁的年龄看上去只有30开外，当记者在她古巴老公李荣富的引导下来到她在哈瓦那的家时，她正恬静地坐在家里，和刚从上海来到哈瓦那的姨父姨妈谈笑，刚刚诞生的宝宝熟睡在摇篮里。“她生孩子很快的，古巴时间1月27日晚上（中国农历除夕）10时多到12时不到，两个小时就生下来了。”老公一边操着熟练的中国话，一边学着医生帮她接生的样子，引得大家一阵会心的笑声。

经过打拼和苦心经营，陶琦现在已经在哈瓦那打下一片天地。现在，陶琦、李荣富和他们的新生宝宝过着令人羡慕的生活。

哈瓦那或者古巴的中国人，无论老华侨、华裔或者年轻的留学生，抑或到此公干旅游的人，在结识陶琦之前必然会先与“天坛饭店”见面，“天坛饭店”正在成为哈瓦那或者古巴的中国人联系的纽带。

“大年初一中午，邵黄将军和大使馆的人还都在店里吃饭，这几乎成了他们每年过年的规矩了。”老公李荣富说的邵黄将军，生在古巴，根却在中国广州。1959年，古巴革命胜利后，他担任古巴国家物质储备委员会的主席，被授予少将军衔，后来还担任了古中友协主席。

像邵黄将军这样在古巴具有相当地位、通过“天坛饭店”这个纽带与陶琦建立联系的人多的是。“在古巴，一般的政府高官都去过‘天坛饭店’，社会名流常常在那里聚会。”陶琦无不骄傲地补充道。

异国情缘　与老公结婚“速战速决”

1992年，陶琦从上海华山学校美术专业毕业，先在上海开酒吧，后来随父亲远赴俄罗斯学做生意，1995年和父母来到哈瓦那。“没想到一到哈瓦那一看就看上我老公了。”两人1995年12月底认识，1996年3月结婚，用陶琦的话叫“速战速决”。老公李荣富说着一口流利的普通话，曾两次到北京体育大学学习武术。

李荣富和他的徒弟

“其实陶琦的爸爸刚开始并不同意我俩结婚，还很生气。她妈妈长期在秘鲁做生意，见多识广，很快接受了我。说实话，我开始也不是很喜欢陶琦，后来两个人在哈瓦那街头逛来逛去，觉得两个在一起也挺好，就结婚了。”李荣富告诉我们。

经营策略 请来名厨确保中国口味

古巴政府鉴于李荣富对中国文化的贡献，特批陶琦夫妇以社团的名义在“中国城”开设饭店。

如今在不足百米长的“中国城”里有十来家餐馆：“长城酒家”、“广州餐室”、“东坡楼”等，门牌字号清一色的中国字，大红灯笼高高挂，“吉祥如意”、“恭喜发财”等门联，在中国流行音乐的衬托下使入夜的“中国城”充满了中国味。但“中国城”里真正是中国人开设的饭馆却只有“天坛饭店”

一家，其他的只是当地人玩的“中国风味”。

1997年12月开张的时候，“天坛饭店”只有五张饭桌。为了使饭店的口味做到真正的中国化，陶琦把远在上海的厨师朋友罗书贵请到了哈瓦那，哈瓦那缺香精、味精，就托人从上海带来，后来中国驻古巴大使馆的西安籍厨师梁旭言也加盟进来，这使“天坛饭店”的中国味道进一步得到保证。当时取饭店名字时，陶琦想，中国产的“天坛”牌清凉油在古巴不是非常受欢迎吗？那就叫“天坛饭店”吧。就这样，在“中国城”里，一家地道的中国餐馆诞生了。

传播文化 支持老公办中国武术协会

饭店的生意越做越红火，天天宾朋满座，每天的营业额在1000红比索以上（1美元＝0.8红比索）。不但老板娘陶琦开始在哈瓦那华人社会走红，古巴的政府高官也频频光顾。

陶琦凭着自己外国人的身份买来一部“现代”小轿车。平时和父亲一起打理“天坛饭店”的生意，还从饭店收入中拿出一笔资金支持丈夫在哈瓦那开设的武术协会。老公李荣富现在担任“古巴武术协会”主席，每天忙于教授协会的4000多名会员免费练习中国武术。“赚到钱肯定得支持老公推广中国文化的事业”，陶琦平静地说。

如今陶琦对古巴充满了好感，说古巴人很友好。她平时有空会到海边去租游艇钓鱼、潜水，或者到哈瓦那少有的几个舞厅里跳舞。在哈瓦那甚至整个古巴，陶琦称得上是最悠闲的人之一。“你会不会有一天还会回到上海去？”“现在没有打算。出来之后更觉得祖国好，越来越喜欢中国传统文化。”

在古巴的华人华侨中，陶琦无疑是成功的。古巴维亚科拉拉教育大学几位来自山东的留学生这样评价她。无论是中国驻古巴大使馆的工作人员，还是古巴的其他华人华侨，甚至古巴政府的高官，只要你说起古巴的中国人，他们都会首先提到“天坛饭店”，提到陶琦和她的老公。

“中餐馆”多是古巴人打理

在整个哈瓦那，罗书贵和梁旭言两位中国厨师的名字可谓大名鼎鼎，他们是“中国城”里仅有的中国厨师，不仅卡斯特罗等古巴政要是他们的“座上常客”，连中国国家领导人来访时都品尝过他们的手艺。大凡是中国人来到哈瓦那，都会到“天坛饭店”吃饭，本报记者也不例外，通过“吃”与罗书贵和梁旭言交上了朋友。

哈瓦那仅有的两个中国厨师

经过两天近40个小时的辗转，大年初一晚上，我们来到了离中国万里之遥的古巴。一下飞机，饥肠辘辘的我们在中国驻古巴大使馆的推荐下，直接来到“天坛饭店”，正宗的中国菜——简单的“炒小白菜、排骨汤、宫保鸡丁”，让我们喜出望外。

这间店的装饰尽显中国特色，从里到外的红灯笼、对联、山水画、关公像，从一台老式的录音机里缓缓地流淌出20年前中国人耳熟能详的一首老歌《在希望的田野上》的美妙音符。美美地吃上一顿后，我们提出想请两位中国厨师出来见上一面。听说有两位《广州日报》的记者不远万里前来采访，两位厨师放下手中的活计，乐呵呵地从厨房里出来，见到我们，他们以传统中国人的方式，拱手连说：“新年好，新年好！”

厨师罗书贵和梁旭言今年分别是37岁和43岁。罗书贵是上海人，而梁旭言是西安人。1999年就来到哈瓦那的罗书贵说：“现在整个古巴只有三家纯正的中餐馆，古巴首都哈瓦那只有两家，我们‘天坛饭店’位于市区的中国城内，是最出名的一家。”

厨师每月赚1万多元人民币

天坛饭店的菜牌上，国内的几大菜系粤菜、沪菜、川菜都应有尽有。梁旭言告诉我们，他在来“天坛饭店”做厨师之前，曾在中国驻古巴大使馆里当厨师。在使馆工作时，老梁就为来访的众多中国国家领导人做过菜。之前，国家主席胡锦涛到访古巴时，大使馆就找到“天坛饭店”，借了罗书贵和梁旭言几天，专门为中国代表团做饭。

老梁在国内已结婚生子，女儿今年17岁。罗书贵则尚未结婚，生性乐观的他笑嘻嘻地说，有可能的话，他会找一个古巴姑娘做老婆。罗书贵说，现在他每个月能赚1000多红比索（相当于1万多元人民币）。

在哈瓦那，尽管中国城里热闹依旧，但整个城内只剩下一家中餐馆由中国厨师在主勺，其他的都悄悄地换了主人。罗书贵介绍，整个中国城只有不到七八十米的一条巷子，总共有10家左右的中餐馆，除了“天坛饭店”之外，其他的餐馆已经不是真正的华人华侨在打理了。

（《广州日报》2006-02-02/特派哈瓦那记者刘旦、周祚摄影、报道）

无忧无虑的大沙华华裔　刘博智摄（2009）

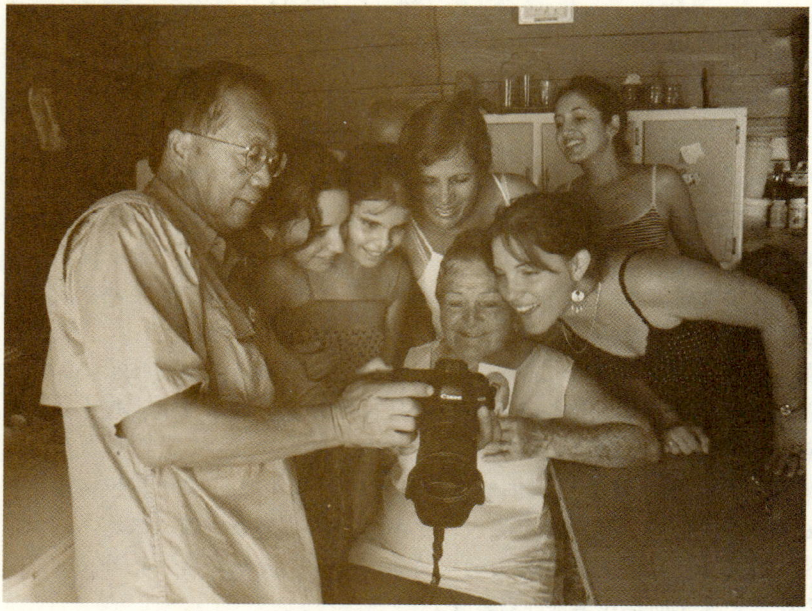

啊！多漂亮！　谭艳萍摄

在大萨瓜，刘博智教授和华裔老人、少女分享自己的摄影作品。

28. 靠自己创业

"我一向没有靠遗产为生活，只有希望自己创造，是我一贯宗旨。""经过八年中日战争，就我本邑计，人命财产损失甚巨。在这个非常严重期间，你母亲极尽能力维护你们安全，直（值）得佩服。"

这是父亲第一封寄到中山坦洲的信。信纸超薄，有如蝉翼。从一张信纸上，也可显见古巴物质的匮乏。20世纪60年代，中国已经掌握蔗渣造纸技术，但古巴大量的蔗渣仍然不能变成纸张，以致工业用纸和民用纸张都非常紧缺。直到2003年，从古巴回来的华侨还告诉我，人们想买一份报纸要赶早排队，想找一张废报纸来包东西也不容易。

1969年11月，我被调往位于坦洲公社的坦洲中学，我的妻子也同时被调往坦洲卫生院。当时，中山纪念中学在"文化大革命"的"教育改革"中，已被"下放"到南朗公社的翠亨大队管理。原有的上百名教师开除的开除（谓之"清理阶级队伍"）、调走的调走（有的甚至调到农村小学），最后只剩下八名教工。一个好端端的省级重点中学，一个在国内外有影响的名校，一下子跌入历史的谷底——比抗日战争时期更低的低谷。

破坏容易创业难。回想中山纪念中学两次大起大落的曲折历程，令人产生无尽的感叹。

辛亥革命后，孙中山先生大力倡导"教育为立国之本"的教育理念，致力于发展现代国民教育。1929年，担任国民政府行政院长的孙科先生秉承其父亲孙中山"谋建设培人才富强根本"的遗嘱，加强地方教育。他提议在翠亨建立"总理故乡纪念学校"。首期校舍于1934年建成，包括四座课室楼、一座礼堂图书馆楼、一座办公楼，以及

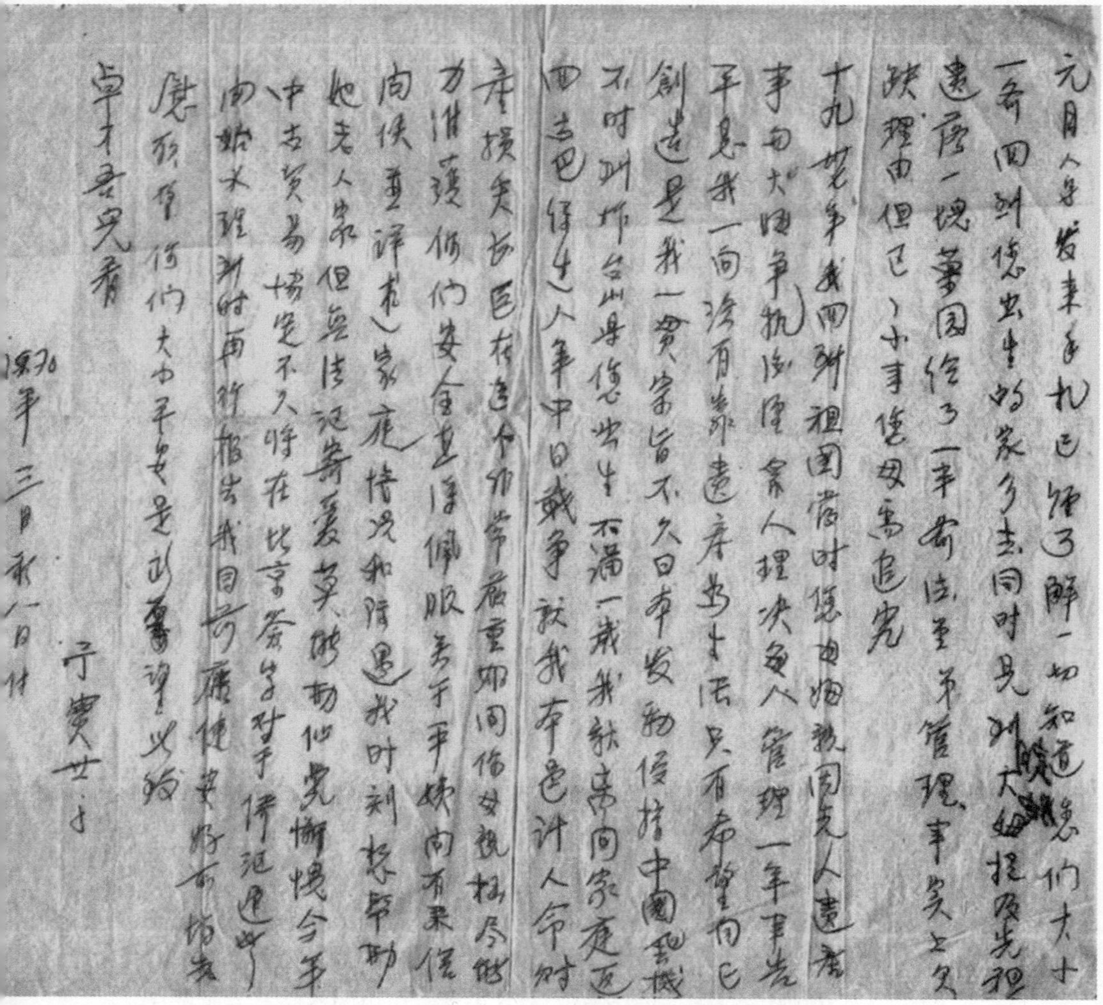

航空信

1970年3月，寄到中山坦洲中学。

元月八号发来手札已经了解一切，知道您们大小一齐回到您出生的家乡去，同时见到大姆[①]，提及先祖遗落一块果园，给了一半齐法堂弟管理，事实上欠缺理由。但区区小事，您毋需（无须）追究。

一九三七年我回到祖国。当时您母亲因先人遗产事与大姆争执，后经众人理决，每人管理一年，事告平息。我一向没有靠遗产为生活，只有希望自己创造，是我一贯宗旨。不久日本发动侵掠（略）中国，飞机不时到炸台山县，您出生不满一岁，我就离开家庭返回古巴。经过八年中日战争，就我本邑计，人命财产损失甚巨。在这个非常严重期间，你母亲极尽能力维护你们安全，直（值）得佩服。

关于平姨间有来信问候，并详述家庭情况和际遇。我时刻想帮助她老人家，但无法汇寄，爱莫能助，似觉惭愧。

今年中古贸易协定不久将在北京签字，对于侨汇迟些开始办理，到时再行报告。我目前康健安好，可堪告慰。愿望你们大小平安，是所厚望。

此致

卓才吾儿看

予　宝世　字

1970年三月初八日付

两座民族村教工宿舍，另有运动场和附属小学等。首届招收初、高中三个班。初期虽然只有教职员工30余人、学生140余名，但由于背景特殊，面向全国招生，校长是留美硕士、上海暨南大学政治经济系主任黄中廑，随同他来校任教的还有暨大多位教师，所以它与蒋介石在宁波家乡创办的“武岭学校”、华侨陈嘉庚在厦门创办的“集美学校”形成“三校鼎立”之势，而“总理故乡纪念学校”则被公认为其中的佼佼者。抗日战争爆发不久，1938年9月，中山沦陷，学校被迫迁往澳门，翠亨校园变成难民营。直到1947年2月，抗战胜利两年半后，师生才重返原址上课。经过几代人的努力，中山纪念中学迎来了20世纪五六十年代的发展壮大时期，学校成为重点名校，校长江士骙光荣出席全国群英会，出现了建校以来的空前辉煌。

战争年代的离乱，是外敌入侵所造成的；而那时的“文革”破坏，则是“自毁长城”，显得更加可悲！

我被调到坦洲完全没有征求过我本人的意见，这大概就是当年的所谓“革命行动”。不过，我仍然觉得离开这个三年多来被“文革”

① 台山人以“大姆”称呼伯母（父亲长兄的妻子）。

水乡茅寮　岭南水乡网站图片

中山市沙田水乡的茅寮，原是以前上岸种田的水上人家（疍家）在围基上建造的简易住房，用木头、稻草、泥巴建造，冬暖夏凉。改革开放后，水乡富裕了，沙田区居民住上了小洋房，风凉水冷的茅寮成了住惯高楼大厦的城市人旅游怀旧休闲的去处。“茅寮别墅”外观上还是当年茅寮的样子，但屋内的设施已经现代化。

搞得一塌糊涂的是非之地，未必不是一件好事。记得当时我迅速收拾了行李，放到学校派出的手扶拖拉机上，就与妻子、两个孩子，还有姑婆一齐爬了上去。校工林东良给我们驾驶，他拉开油门，“铁牛”如老牛，“突突突”地慢慢沿着公路走出阴冷的校道。

铁牛爬上山门岙，前面一边是苍苍茫茫的五桂山，一边是浩浩渺渺的珠江口。经过一个名叫长沙埔的村落时，我当即想起了我的患难之交。他叫曾伯胜，是长沙埔村一个非常厚道的农民。因为是共产党员，又是村干部，被选调到农宣队，进驻中山纪念中学。一批和他同样淳朴的农宣队员，看见学校滥斗、滥批、滥改，一片乌烟瘴气，非常气愤。他们多次与极“左”的“造反派”舌战。伯胜反复安慰我、鼓励素梅，让我们坚强、挺住，熬过难关。我被“解放”后，适逢他女儿出嫁，他热情邀请我们全家去喝喜酒，一见面就递过来一碗热腾腾的甜糯米汤圆……想到这些，我的眼眶湿润了！

现在，四十多年过去了，我还记得他，不时还会想起这位可敬的农民朋友！

坦洲中学在中山县西南部的坦洲镇，坦洲镇是坦洲公社的所在地。这个公社与珠海为邻，南临澳门（10公里）。坦洲是大沙田区。明末清初，珠江口海泥在坦洲山周围淤积成滩，当地人称滩为“坦”，水中的陆地称“洲”，故名坦洲。坦洲地处金斗湾，土地肥得流油，是著名的粮食和甘蔗产区，是中山的大粮仓、大糖缸。坦洲地理位置和自然条件都非常优越，但当时还处在尚未开发的处女状态。坦洲镇虽然号称中山县的第四大镇，但实际上除了十多间小商铺外，与农村没有多大区别。只有一条弯曲狭窄的小街是石板路面，有些低矮的砖房；其余的街巷都是泥路，房子是简陋的茅寮。猪狗随街走，随地拉屎撒尿，穷苦居民把猪粪打成饼状，贴在茅寮的泥墙上晒干做肥料。坦洲公社行政上由县管辖，但距离县城石岐40多公里，交通不便，所以显得特别偏远、落后。我早就听说这里有“山高皇帝远”的清静，被戏称为“南北利亚”。

果然，一到坦洲，我就呼吸到清新、自由的空气。中山纪念中学的两位老同事已经先我一步调到了这里。新同事中还有一位来自中山师范的语文老师和刚分配来不久的数学系大学生。小小的一个初级中学，墙壁上连大字报和“文革”标语的痕迹也没有。现在我们来了，加强了教学力量，准备创办高中，这对于当地群众无疑是一个“特大喜讯”。

妻子素梅所在的坦洲卫生院，也因有广州中山医学院下放来的四位大医生、大护士而闻名远近。在大沙田区各个生产大队，则活跃着来自广州、石岐等地的大批“知青”。他们按照毛泽东关于“知识青年到农村去，接受贫下中农的再教育，很有必要”的指示，在全国各地城镇知识青年“上山下乡”的热潮中被分配到这里来。这么多大大小小的知识分子“降临”偏僻水乡，是从未有过的事情。强大的教师、医生阵容，朝气蓬勃的知识青年群体，给静寂的大沙田带来生机和色彩。在这样一个新环境中，我觉得自己可以做点什么。反正，天无绝人之路，我相信自己是一颗有顽强生命力的种子，无论把我撒到哪里，我都会生根发芽、开花结果。

到了坦洲中学之后，第一件痛快的事是赶走来犯的“专案组”。有一天，黄滚常校长通知我，说中山纪念中学“文革专案组”派来了三个“红卫兵”，一男两女找上门来，要我在专案材料上签字。我一听就火冒三丈。一个20来岁的青年，我白璧无瑕，何来什么“专案材料”，无非是大字报以及所谓的“群众揭发”，那些鸡零狗碎、捕风捉影、无事生非的东西，早已在“批斗会”和私设公堂的“审问”等场合被我一一否定和驳倒。而我被迫写下的“检讨”和“揭发”材料，也只是“毛主席语录”外加一些空洞无物的文字。如今，竟有居心叵测者派人尾随而来，妄图诬陷忠良，让我在档案中留下永远的“污点”，真是岂有此理！黄校长和教师们都护着我，“同仇敌忾”，把来人及其背后指使者数落、嘲讽了一番，他们只好灰溜溜地逃走了。

这件大快人心的事，很快就在已经分散到各地的旧同事中传开，人人称快。大家认为，这标志着“文革”的阴影已经在我们身上抹去，从此，我们又可以轻装上阵工作了！而对于受蒙蔽的学生，这也是很好的警醒教育。

我到坦洲的时候，适逢学期末，校长没有立即给我排课，意在让我熟悉环境，在春季新学期先接手一个初中毕业班的班主任和语文课，然后秋季创设高中部。于是我利用这段空闲，回老家去看看，同时看望姨母，也好补偿前几年“文革”大乱时对家乡、对亲人的欠账。

我领着一家大小回乡探亲去了，并写信报告父亲。

父亲说我“见到大姆”，并“提及先祖遗落一块果园，给一半齐法堂弟管理”，当时的情形，我至今依稀记得。那片本来已经明确了产权属于我家的果园，大姆（伯父之妻）未经我的同意，就私自交给他人管理，这本来是不妥的。但父亲向来大气大量，他认为这是“区区小事”，吩咐我“毋需（无须）追究”。父亲回溯了1937年回国时，妯娌之间的遗产争端及其处理情况，向我申明：“我一向没有靠遗产为生活，只有希望自己创造，是我一贯宗旨。”

父亲做人的宗旨和处事的态度，对我一生影响很大。我不但自己一直按照父亲教导“靠自己创造”的宗旨去奋斗，也以此教育自己的儿孙和学生。正因为这样，我觉得生活非常美好、非常轻松。

父亲缅怀亡妻，再次撼动了我的灵魂。

回想当年，我与母亲相依为命，母亲视我为希望的风帆，我视母亲为承载风帆的海洋。是的，父亲是我的靠山，母亲则是我安全航行的大海。

父亲出国初期，做的是零工，理发、厨师、管家……工钱甚少，侨汇自然不多。祖上传下来的，除了半块屋尾空地可以种几棵番石榴、龙眼之类的果树外，只有三块一两分大、七尖八角的瘦田，每年的收成不足两三个月的口粮。母亲不但要维持日常生活，还要逐步归还父亲出国时欠下的债务。她不能在家里坐等侨汇，必须上山打柴、外出打工，想方设法增加一点儿收入。

当时新宁铁路已经正常运营。[①]五十车站离我们村子只有半里路。母亲就到这个车站去当"咕哩"（搬运工）。一个身体矮小瘦弱的年轻妇女，干这样一份粗工，一天下来，整个身子就像散了架似的。但为了生活，母亲就是这样顶着、撑着，顽强地熬着。

链接

陈宜禧和新宁铁路

陈宜禧(1844—1929)，斗山朗美村人。少年家贫，以卖髻绳、针、纽为生。1864年赴美，在西雅图火车站当清洁工、筑路工。1889年组建广德公司，自任总理，包工承建北太平洋铁路工程。他先后在美国从事铁路建设达40年之久，筑路经验丰富。光绪三十年（1904）回乡，以"不收洋股，不借洋款，不雇洋工"为号召，倡建新宁铁路，得到县人及旅外侨胞的支持，纷纷投资，先后共筹得股金425万银元，并于1906年成立新宁铁路公司，陈宜禧被推为总理兼工程师。历经14年的施工，于民国九年（1920），建成斗山至北街干线和台城至白沙支线的新宁铁路，写下了我国自力建筑铁路的光辉史页。陈宜禧享年85岁。新宁铁路董事局特为其铸铜像于台城总站，以志其功。

（台山政府信息网）

① 新宁铁路自台山斗山至江门北街，长104公里，共设36个站。另有新宁至白沙支线，长29公里。

日军侵占江门北街车站　五邑华侨华人数据库

1939年3月，江门沦陷，新宁铁路终点站北街车站落入敌手。图中为日寇横行情景。

我出生之后，母亲更加辛苦了。她由于产后风，身体越发孱弱，常常困倦无力，一旦伤风感冒，就腰酸骨痛。每当这个时候，我就要给她刮痧。刮痧是一种民间物理疗法，我们因陋就简，用铜钱沾上花生油作为润滑剂，在颈部、腰背部等部位刮出血红色的“痧”来。久而久之，铜钱都刮得光滑闪亮了。即便是身体常有不适，母亲还是竭尽全力地抚养我、照顾我、教育我。特别是在抗日战争和大饥荒的年代，母亲更是像母鸡用羽翼护着小鸡那样保护着我。

1937年，“七七”卢沟桥事变后仅两个多月，日本侵略者就把战火烧到了我的家乡，敌机开始轰炸台山，新宁铁路则是主要的轰炸目标。在我婴儿时，父亲抱着我看火车的村口因离铁路太近，随时有被炸的危险。忽然有消息传来，日本仔的“级级车”（装甲车）要从铁路来，于是，铁路要拆。

儿时印象固然难以磨灭，如今又有史家考证。据乡人黄仁夫先生《台山五百年》一书记载，1938年10月21日广州沦陷后，广东省军事指挥部电令台山当局破坏铁路和公路，以防日寇西进。1939年4月中旬，拆铁路拆到了五十站。不但拆除路轨和枕木，还在路基上挖坑——每华里挖四个长两三丈的深坑，说是阻截日军军车坦克入侵。铁轨分散隐藏在田埂、屋边，枕木作为劳动报酬分给民工。从此，台山交通瘫痪，仅能用单车运货载人或肩挑走路。母亲不但失去了在铁路车站的工作，还要带着我到处逃难。

台山上川、下川两个海岛，现在是著名的“东方夏威夷”海滩风光旅游区，当年则是台山最早失陷的地方，1937年底已落入敌手。1941年3月底起，台山内陆相继反复多次沦陷。虽然在我家乡暂时还没有见到日本兵，但涂着红膏药的日本轰炸机经常在我们的田野上低空飞行，日本兵到处烧杀抢掠、强奸妇女的消息接连不断，弄得我们母子俩胆战心惊。每当乡人说起日本鬼子如何如何凶残，把小孩抛起来，用刺刀刺死等等，母亲总是把我揽到怀里，拉着我的耳朵说：“不怕，不要怕！”以此给我壮胆。

日寇侵略给侨乡台山带来的空前大灾难，除了战祸死人外，还造成了台山历史上前所未有的1942—1943年大饥荒。

如今以“台山米”享誉一方的侨乡台山，历史上是个靠进口南洋米来维持生活的缺粮县。日寇入侵台山之后，战火不仅阻碍了侨汇，而且中断了洋米和外地粮食的输入，因而缺粮的危机迅速凸显出来。在紧急关头，当时的台山政府听任各地粮商操纵粮食市场，哄抬粮价。东南亚的外国米中断输入后，邻县的阳江、阳春、恩平及西江流域各县仍有粮食可供输入，但被新昌、荻海、台城等地的粮商囤积居奇，平粜贵粜，他们还与土豪劣绅勾结，将粮食偷运到敌占区，从中牟取暴利。在奸商的操纵下，粮价一日数涨，不少米铺在价牌上写上：“目下一言为定，早晚时价不同。”粮商互相串谋，哄抬价格。1939年底，每担（50公斤）米售价国币21.5元，到次年2月就涨至27.5元，青黄不接的四五月间又涨至70元。

1940年，台山经历两次沦陷。同年12月，日本帝国主义偷袭珍珠港，发动太平洋战争，太平洋水路被封锁，侨汇断绝；香港及南洋群岛相继沦陷，南洋米不能进口，粮价飞涨。1942年2月，米价每担120元；到5月，竟涨价四倍，每担至570元。这时饥荒已经露头，不少人陆续饿死。

严重的粮荒从1943年三四月开始。3月中旬，米价已由每担800元暴涨到1500元。到5月，米价一日几变，每担贵到3300多元，番薯每担也卖到1100元。这时，“上等人家吃金器，中等人家卖故衣，下等人家吃糠皮”，大量的贫苦人饿死。米比金贵，一只金手镯仅能换到一斗箩的米。

奸商造成的祸患未已，天灾又至。这年春旱严重，至6月中旬全县未下过一场雨，干涸缺水、田土龟裂，过半稻田无法插秧。等到6月30日才下了大雨，而此时夏至已过，大量农田误了农时，只好抛荒。天灾为人祸推波助澜，饥荒日甚一日，粮价日高一日，死人日多一日。饥民饥不择食，近山的挖“黄狗头”和土茯苓、采野果、剥树皮、摘树叶，靠海的采“扭娜”（莨树果）、挖蕉树头……凡可以入口的东西都拿来充饥。大饥荒给台山侨乡带来了惨绝人寰的大灾难。在台城和四乡，饥民遍地，死尸遍野。在台城的火车站月台上，每晚都有几十个饥民躺在地上，到第二天早上，有一部分就长卧不起了。天主教堂美国神父办的“难童救济院”，天天都挑出一担又一担的童尸。

饥饿使得人们失去理智、不顾亲情，为争一口吃的，被更夫枪杀，兄弟、父子、夫妻互相残杀的事情比比皆是，数不胜数。吃人肉、以卖“果狸饭”、“果狸粥”为名摆卖人肉的现象时有发生。人贩子乘机将饥饿的儿童、妇女拐骗到邻县、邻省卖作奴婢，或改嫁他人，或迫为娼妓……全县十多万人被饿死，加上病死的，共约20万人，占全县人口的近1/5。不少人被迫逃亡、流浪，致使台山侨乡灾痕处处，十室九空。

在这场惨绝人寰的大饥荒中，母亲以伟大的母爱和智慧保护着我，使我得以度过生命的危机。

我记得，由我们村子到五十墟虽然只有一公里路，但每天都有好几个人饿死在路边。有的小孩被弃置在树荫下，希望别人抱养，但往往直到饿死也无人肯领。我们这个小村子也陆续饿死了好几个人。为了活命，有三四家人把小孩卖到阳江。

我的邻居同龄女孩阿霞，卖掉之后一去不复返，家里的人也全部饿死。直至现在，那倒塌的屋子依然是断墙残壁，满目凄凉。

没有侨汇接济，侨眷纷纷“卖故衣”。母亲也只好把家里的旧衣服拿出去变卖。在五十墟是没有人买的，必须走八公里路，到台城去找买主，他们多是阳江等邻县有田有地的人。卖出一两件衣服，回来就买二三两米，加入瓜子菜，熬很稀很稀的粥水，应付几天。

饿得实在难受，母亲就拖着乏力的身子，与村民一起上山斩藤莨头，回家磨粉充饥。冬天，五十车站一带地上长出了许多雪耳，听说能吃，我也和村里的小孩一起去拣。1943年大旱，竹子开花结米，不少人到竹丛中扫来竹米煮粥吃，母亲领着我，扫一些回来煲粥。竹米质硬，久煮不烂，吃下去很难消化，更谈不上营养，只是图一时填饱肚子而已。当时的唯一目标就是活下去，平时拿来喂猪的米糠、谷皮、番薯叶、番薯藤，还有“黄狗头”、土茯苓、蕉树头、野果、竹虫、水蛇、小野蛙等都成了食物。半夜里饥肠辘辘，肚子咕噜响，辗转反侧睡不着，但家空物净，母亲拿不出东西给我吃，只好安慰我说：“快天亮了，再睡一会儿，就煲粥。”母亲天蒙蒙亮就赶着上山打柴，把“午饭”（一撮炒香的猪糠）挂在门前的铁钩上。我饿了，就用丫杈叉下来，和上一碗清水吃下去，等着母亲回来。

母子俩相依为命，终于走出了鬼门关，迎来了1944年的夏收。田块很小，割完禾，收获全部的谷子只装满一个瓦缸。晚上，在松香烛的亮光下，母子俩看着、笑着，久久不肯离开，觉得这缸谷子比一缸金子还珍贵。母亲说："明天磨了米，我们吃一餐饱饭吧。"我说："不要，还是煮粥好了。这点谷，吃完又没有了……"母亲把我这句话传出去，村人无不欷歔：多懂事的孩子啊！所谓穷人的孩子早当家，其实是生活逼出来的。

1944年8月14日，日军100余人从新会崖西进占台山五十乡塘田村。这是台山的第三次沦陷，直接蹂躏到我的家乡。

当时我年纪尚幼，但对于那段苦难的历史，至今记忆犹新。

日寇到来的前一天，母亲带着我，随着走难的人流逃进蟼蠄山（古兜山一脉）[①]，当晚，我们母子俩就睡在潮湿的山草地上。两天后，听说敌人走了，我们回到家，发现村里几乎各家各户都被抢掠一空。粮食、家禽等食物固然搜刮净尽，就连蚊帐、被子等日寇用不着的东西，也被跟在日寇屁股后面挑着箩筐的汉奸家属悉数洗劫。我家的大门被撞了一个坑，据来不及逃避的老人说，汉奸从邻居搬来了一个捣米的木碓，大力向我家大门撞击，却因门太厚没有撞开。他们大概因为我家是新屋，于是放弃——按照日本人和汉奸的经验，新屋没有东西，烂纸包金，东西都藏在旧屋、破屋里。我家没有遭到洗劫，但大门上留下了汉奸撞击的凹痕。

日本兵驻扎在五十墟，每天除迫使各乡村送粮交猪、牛、鸡、鹅、鸭之外，还不时出动下乡劫掠。他们杀了猪，不吃内脏和猪头、猪脚，就扔到河里去。我那时年纪虽小，但看到这种情景，也懂得日本人这样糟蹋东西是多么可恶！有一次，我到田间挖芋头，正走上公路，就迎面走来一队鬼子兵。躲避是来不及了，我只有自己给自己壮胆，鼓起勇气前行。这一次，鬼子没有加害于我，我想并非我走运，而是他们有"任务"在身紧急赶路之故。

台山人民不愿做亡国奴，纷纷起来进行抗日斗争。在我们家乡，日寇曾经遭到迎头痛击，因此鬼子时时刻刻要报复。当时，我听到许多抗日英雄的故事，特别是1944年夏天发生在我们四九区的南村保卫战，尤其可歌可泣——勇敢的南村壮丁借助坚固的碉楼防守反击，以20多人的牺牲，换取打死日寇100多人的辉煌战果，使敌人遭到入侵四邑以来最大的失败。正因为这样，日本鬼子对我们台山人特别仇

① 蟼蠄，广州方言词语，即蜘蛛。

恨。当年的艰难险阻也就可以想象。

在纪念抗日战争65周年的时候，我访问了英雄村庄——南村。当年参加过战斗的一位86岁老人李国滋带我到几座碉楼前，一一讲述了村民英勇杀敌的情景。陪我访问的市委干部则递给我一份资料，我特别注意到最后一段：鬼子用大炮、炸药攻入南村后，奸淫掳掠无恶不做。一群

链接

南村保卫战

台山四九镇南村壮丁打败日寇，使日军哀叹这是进攻四邑以来的一次惨败。

1944年七月初五，日寇自台城侵犯南村。南村壮丁集合在百足山迎头截击，打伤日寇数人。五天后，敌人集中1200多人，兵分六路来攻，以图报复。南村壮丁六七十人，分别据守在南村四周的七个碉楼抗击敌人。壮丁奋勇作战，打退了敌人的冲锋，捷报频传：南营楼壮丁打倒日寇十多人；竹角碉楼壮丁用鸟枪把一个军官轰下马；未及时撤走的国军30余人，在壮丁的英勇抗战影响下，也开动机枪，杀伤了一些敌人。

南村保卫战进行了一天，敌人还是攻不下来，他们恼羞成怒，从台城拖来十多门迫击炮、小钢炮，向碉楼发起轰击。南村壮丁毫不畏惧，拼死抵抗。守卫南营楼的五名壮丁击退敌人几次冲锋，夺门而出。壮丁李福源、李发源中弹倒地，其他三人跳落碉楼旁边的水圳，绕出敌人包围。其他碉楼的壮丁，也冒着敌人的炮火突围，仅有村中向贤楼内的壮丁李德胜、蔡介想等八人未能撤出。

向贤楼的壮丁被困一天，干粮吃光，子弹也将用尽了，他们仍然坚持着。突然，敌人一颗炮弹在碉楼北面爆炸，墙壁被爆开一个缺口，敌人的枪弹便从缺口密射过来。几名日寇冲过来，在楼门口放置地雷。在万分危急的情况下，六位壮丁急中生智，在楼内找到村人存放的一匹布，从窗口放下来，然后一个个沿着布条滑下冲了出来。正当壮丁撤走时，地雷突然轰响，走避不及的谭德尧当场被炸死；李德胜和蔡齐想被震晕过去，后来被日寇捉到绑在树上，被两只狼狗活活咬死。南村保卫战，歼灭日寇百余名。敌人沮丧地说：打到四邑以来，未有如此惨败。这一役，南村壮丁阵亡25人，还有十余名群众被敌人残杀。

（黄仁夫. 台山古今五百年. 澳门：澳门出版社，2000. 161）

英雄的台山南村　著者摄

鬼子抓到一个年轻妇女，轮奸后还把她裸体绑在树上，用刺刀逼迫被抓来的南村壮丁当众继续强奸，鬼子们则看耍猴似的在旁边看热闹。鬼子入屋抢掠非常凶狠，他们打破门窗、破墙入室，把值钱的东西洗劫一空，衣柜、桌椅全部拿去当柴烧；拿不走的，如镜架等，全都砸烂。牲畜三鸟捉去乱宰乱食，猪头、猪脚、内脏、鸡鹅鸭毛到处扔。

鬼子还随处撒屎拉尿，搞得整个村子一片狼藉，乌烟瘴气。所幸的是，鬼子只在南村驻扎了几天，东京就宣布投降了。鬼子走了，逃难的村民从山上回来了。当晚，一场暴雨将一切污秽冲刷得干干净净，真是天公有眼啊！村民欢庆胜利，大摆胜利酒。有人喜极而笑，有人喜极而泣，有人喜极而舞，有人喜极而狂，大多数人都醉倒了！……

1945年8月，德意日法西斯投降，第二次世界大战结束。苦难终于过去。9月，我高高兴兴地上学，开始了新的生活。

父亲说："经过八年中日战争，就我本邑计，人命财产损失甚巨。"具体数字难以掌握。光是人口的锐减，据广东省政府人口统计资料，1938年台山为867775人，1946年为730277，减少了137498人。[①]至于财产损失，则无法计算。

在关山阻隔、音信断绝的情况下，父亲鞭长莫及，无法照顾我。保护我度过战争艰苦年代、使我能继续健康成长的，是我伟大的母亲！

父亲来信中谈到"今年中古贸易协定不久将在北京签字"。古巴是拉美和加勒比地区第一个与中国建交的国家，也是中国在该地区重要的经贸合作伙伴。中古贸易始于20世纪60年代，双边贸易方式为记账贸易，双边交换的商品通过签订年度贸易议定书来确定。1960年，中古两国签订了第一个五年贸易和支付协定，以后每五年续签一次。1970年这一次，应该是第三个中古贸易协定。当年中古贸易是记账贸易，额度不大，主要是两国在经济上的互补，中国从古巴进口原糖、烟草、镍、医疗器材和少量药品，向古巴出口大米、芸豆、机电产品、医药品和轻纺产品等。

① 黄仁夫. 台山古今五百年. 澳门：澳门出版社，2000. 170

大萨瓜街头　谭艳萍摄

29. 每月退休金六十元

“古巴形势依旧无好转，物质缺乏。我每月领取六十元退休金，因物（价）高涨，仅可够用。”

在父亲写给姨母（他的妻妹）的众多信件中，这是我保存下来的唯一的一封。

这封信是寄到台山县（现为市）五十墟仁德堂姨母家的。我回乡探望她时，她在背面写了一个地址，让我到广州找人，此信才到了我手上。

父亲与平姨（伍惠平小姨，即妻妹）常有书信往还，父亲体恤她的孤独无助，非常关心她，还不时寄点儿钱接济她。此次迟复，父亲请求原谅，表达了一片挚诚。

“前几个月付来手书，迟迟没有答复”，是什么原因呢？如果不是身体欠佳，就是心情不好了，我挂念。

父亲一生中与小姨相处的时间，其实只有很短的两段。一段是结婚后那两三年，一段是1937年回国时的一年多。他们之所以手足情深，我想是有原因的。听说，小姨选择对象时，因为男方黄松德一表人才，我父亲表示赞赏。谁知后来姨丈在秘鲁只能做点木工粗活，赚不到钱，家庭观念逐渐淡薄，不寄钱养家，连音信也极少，致令姨母一生郁郁寡欢。为此，我想父亲内心会有愧歉之感。但更重要的是，他们一起设计装修过五十墟的“仁德堂”洋楼，建造我老家永隆村的房子时也一起挑水、担砖、搓石灰、拌水泥。我出世时，还因找不到助产士，他们两人只好硬着头皮，齐心协力接生。两座房子平地而起

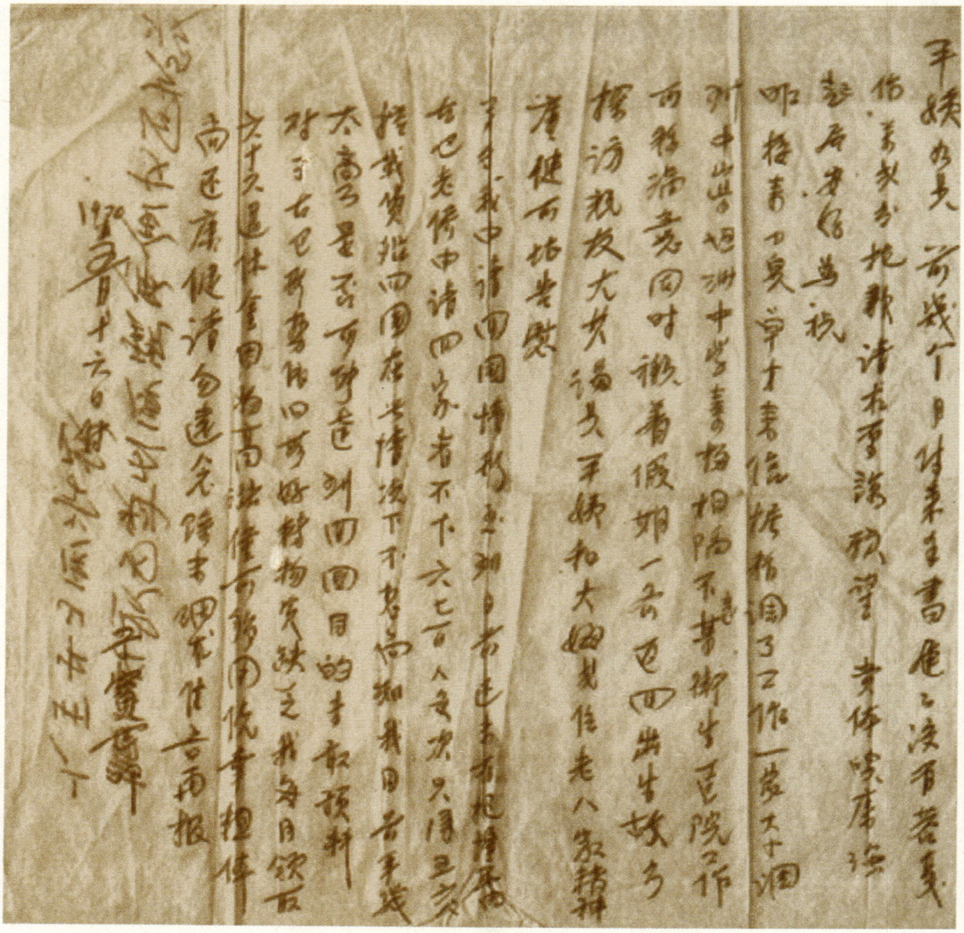

平姨如见 前几个月接来手书[illegible]
你身体如何 请各事[illegible] 身体健康[illegible]
寿居安乐为祝
昨接青田良弟十月书信 说他同了工作一年又十个月
到中山县洲中学[illegible]相隔不甚[illegible]医院工作
所能够同时办着假期一年回国出生地乡
探访亲友大女[illegible]及平姨和大姆 说他老人家精神
尚健可堪告慰
本年我申请回国情形未知[illegible]
古巴老侨申请回家者不下六七百人 每次只得三名
据我所知回国者[illegible]
太高[illegible]
[illegible]
[illegible]
尚在康健 请勿远念 [illegible]
[illegible]
1970年[illegible]十六日[illegible]

航空信

1970年5月，寄广东省台山县五十墟东风街40号。

背面写有两行字，是收信人所写的地址及人名。

平姨如见：

前几个月付来手书，迟迟没有答复你，万二分抱歉，请求原谅。愿望贵体魄康强，起居安好，为祝。

昨接来小儿卓才来信，据称调了工作，一家大小调到中山县坦洲中学，素梅相隔不远某卫生医院工作，可称满意。同时衬（趁）着假期一齐返回出生故乡探访亲友，尤其谒见平姨和大姆二位，老人家精神康健，可堪告慰。

关于我申请回国情形，至到目前还未有把握。系因古巴老侨申请回家者不下六七百人，每次只得五六人搭载货船回国。在此情况下，不想而知。我目前年儿（纪）太高了，是否可能达到回国目的，未敢预料。

对于古巴形势依旧无好转，物质缺乏。我每月领取六十元退休金，因物（价）高涨，仅可够用。侥幸粗体尚还康健，请勿远念。

余未细述，佳音再报。

予 宝世 叩

1970年五月十六日付

1947年的信封

黄宝世从古巴寄给小姨伍惠琼（惠平）。

的艰辛，新楼新屋相继竣工落成的欢悦，在医生还未赶到的情况下为我母亲这位超高龄产妇接生的有惊无险，这些共同的经历无疑会让他们终身难忘。还有一个原因是，姨母终生不育，所以一直把我视为儿子，长期帮我管理家乡的房子和果园。特别是我母亲去世之后，她对我和我的孩子更多了一层牵挂……所有这些都让姨母与我们有着割不断的感情联系。

建築憑照

台山縣政府爲給發建築憑照事現據業主[illegible]報稱在第五十公安分局[illegible]號門牌建築[illegible]一間訂僱工匠承建繪具圖說呈繳前來當經派員勘明除將圖式存案暨發公安分局執行外合行給發憑照一紙仰即遵依定章建築切切毋違致干處罰須至憑照者

計開附圖式一紙

共該面積[illegible]拾六井五拾二方尺

完納照費[illegible]百[illegible]拾五元[illegible]

經手填照人

工竣查驗員

中華民國廿五年二月[illegible]日

仁德堂建筑凭照

建筑凭照签发于民国二十五年（公历1936年）。

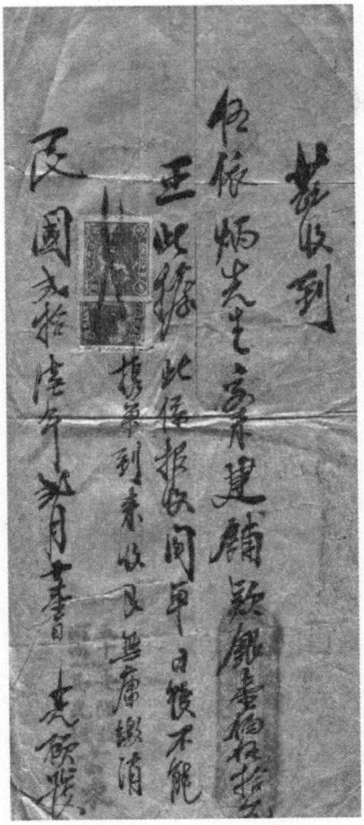

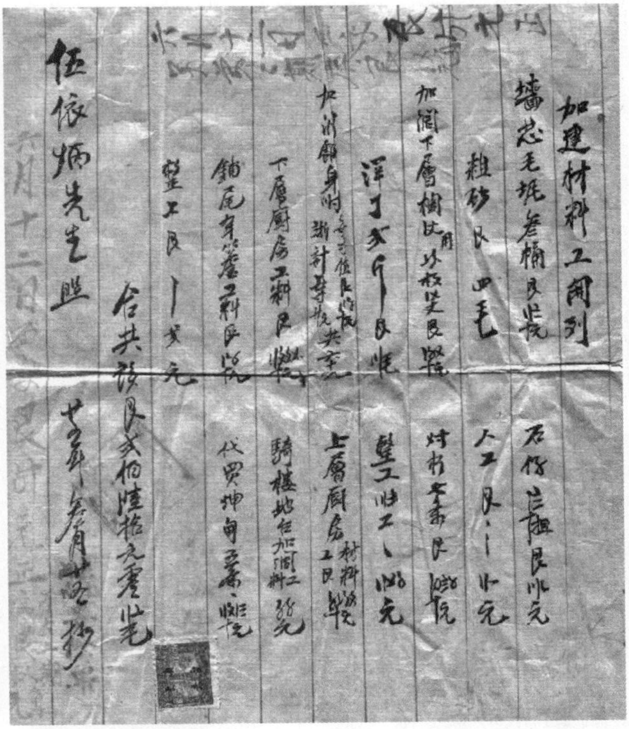

建筑费收据（部分）

这是姨母保存下来的仁德堂建筑费十多张收据中的两张。仁德堂建于1936—1937年，是20世纪30年代台山侨墟洋楼建设高潮中的产物，也是姨母一生中最值得纪念的大事。她把有关的契证保存得很好，这就为后人的华侨侨乡研究提供了宝贵资料。

父亲的困境日甚一日。1968年，他的商店被古巴政府没收，被迫退休，每月只领“仅可糊口”的40元退休金艰难度日。本信告知退休金每月60元，表面上有所增加，但“因物价高涨”，依然是“仅可够用”。父亲不抽烟、不喝酒、不赌博，无不良嗜好，生活俭朴。他所谓“够用”，实际上十分拮据。

父亲的拮据源于古巴经济的不景气。20世纪60年代，古巴领导人不想照搬别国建设社会主义的现成模式，企图“搞出一套自己的办法来”（卡斯特罗语）。他们否定商品货币的作用，实行“簿记登记制”，接管几乎全部小商贩和手工业者的业务，消灭了城市中的私有经济，扩大了免费的社会服务项目，用精神鼓励代替物质刺激……这种唯心主义的必然结果，就是国民经济比例严重失调，经济情况

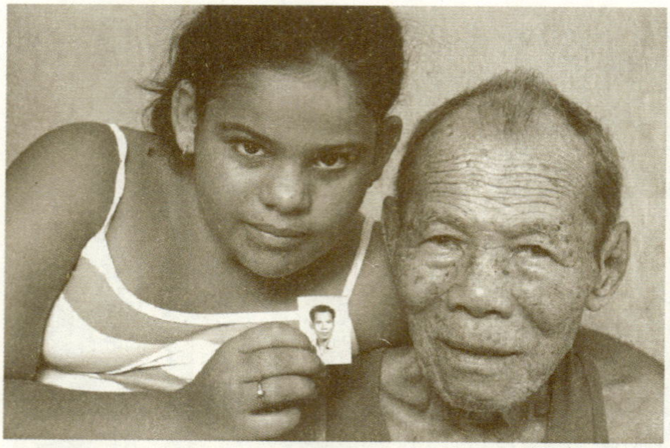

岁月留痕　刘博智摄

古巴圣地亚哥恩平人何先生是当地2009年健在的六位老侨之一，混血孙女手上的照片显示爷爷年轻时多么英俊！

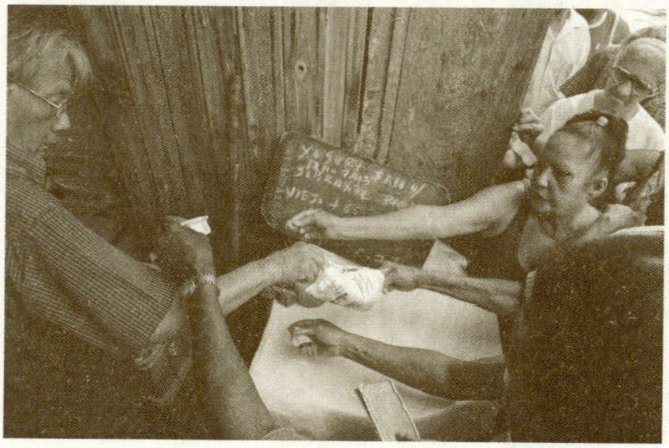

酸奶配给　刘博智摄（2009）

圣地亚哥前杂货店店主刘奕新（左一）仍在工作，负责出售凭票证配给定量商品，但货源太少，供不应求，顾客争先恐后，令他十分为难。

恶化。因商店被没收而被迫退休，父亲是直接的受害者之一。

上封信父亲告诉我“平姨间有来信问候，并详述家庭情况和际遇。我时刻想帮助她老人家，但无法汇寄，爱莫能助，似觉惭愧”。老华侨的处境每况愈下，日子越来越难过，父亲的这句话就完全可以理解了。这里的“无法汇寄”，一是说明父亲已经财路枯竭，二是说明古巴政府为限制侨汇而规定只能汇给一个登记在案的亲属收款人和收款地址。

30. 继续找寻办法回国

“我找寻办法回国，困难之点甚多。船只来往太少，不能大量装载老侨，是主要原因。虽然我目前健康还好，是否可能达到回国目的，未能预料。”

父亲来信中夹有一张照片，是他与到访的中国大使馆官员、中华总会馆主席及其夫人的工作照。

父亲对姨母的同情和关怀，在这封信中表达得淋漓尽致。

旧社会有句俗语：男怕入错行，女怕嫁错郎。姨母的孤寂凄凉，首先是丈夫不好。正如父亲所说的：“长期没有接济，致令老人家完全失了希望。”姨丈文化低，识字少，偶有家书，不过斗大的几十个字（姨母说像牛一样大），只是报个平安而已。以前台山人出洋，像姨丈这样连写封信也有困难的为数不少。所以乡间流行许多写白字的笑话。其中一则，童年听过，至今我还记得：有一个华侨，写给老婆的信中有“多年未见妻妾〇”一句，因为忘记了一个字，

黄宝世1970年的工作照

黄宝世在大萨瓜中华会馆接待到访的中国驻古巴大使馆官员和古巴中华总会馆负责人。

由左至右依次为时任古巴中华总会馆主席的吕戈子先生、中国驻古巴大使馆秘书、黄宝世、吕戈子主席夫人。

照片中可见会馆里有年轻人活动的身影。

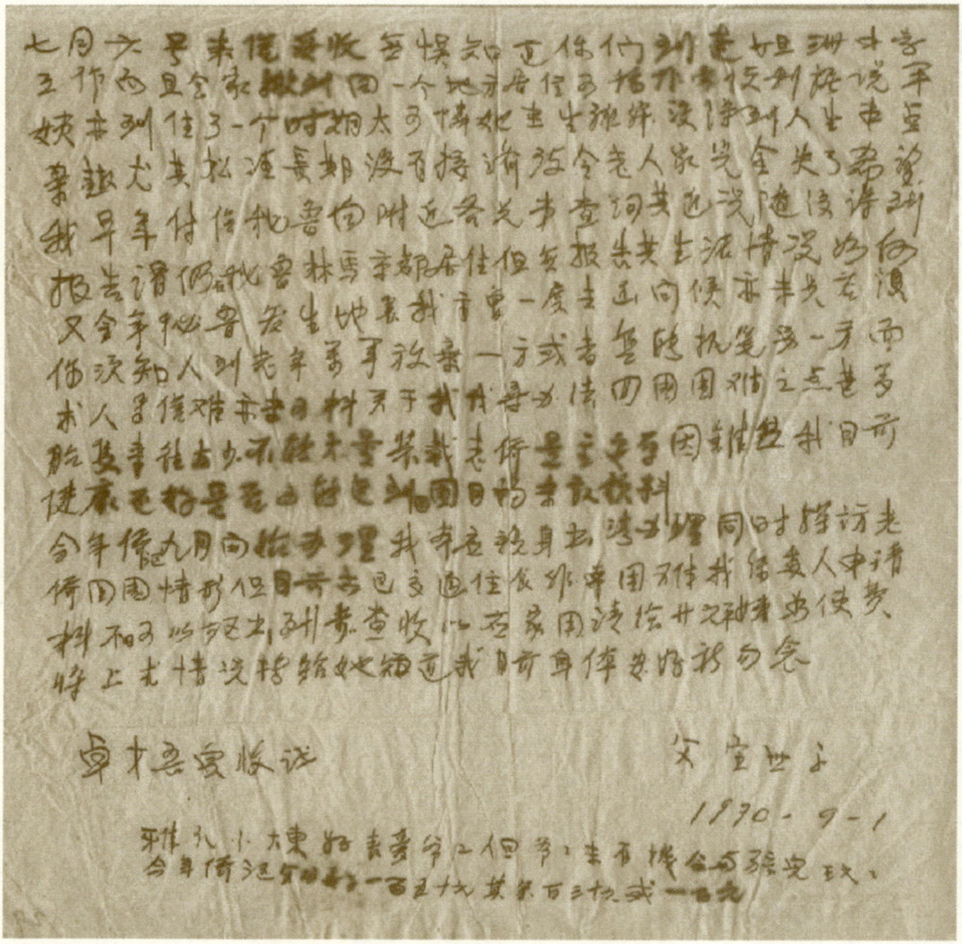

航空信

1970年9月，寄到中山坦洲中学。

七月六日来信妥收无悮（误），知道你们到达坦洲中学工作，而且全家搬到同一个地方居住，可称非常便利。据说平姨亦到住了一个时期。太可怜她一生孤寂，没得到人生半点乐趣，尤其松德长期没有接济，致令老人家完全失了希望。我早年付信秘鲁，向附近各兄弟查询其近况，随后得到报告，谓仍在秘鲁林马（利马）京都居住，但无报告其生活情况如何。又今年秘鲁发生地震，我亦曾一度去函问候，亦未见答复。你须知人到老年万事放弃一方，或者无能执笔，另一方面求人写信难亦未可料。

关于我找寻办法回国，困难之点甚多。船只来往太少，不能大量装载老侨，是主要原因。虽然我目前健康还好，是否可能达到回国目的，未能预料。

今年侨汇九月开始办理。我本应亲身出湾（京）办理，同时探访老侨回国情形，但目前古巴交通住食非常困难，我经委（托）人申请，料不日可以汇出，到步查收，以应家用。请给廿元平姨为使费，将上述情况转给她知道。

我目前身体安好，祈勿念。

卓才吾儿收读

父　宝世　字

1970-9-1

雅凡、小炼好喜欢爷爷，但爷爷未有机会与孙儿玩玩。

今年侨汇父母妻子一百五十元，其余百三十元或一百元。

他打了个圈圈代替。看上下文，他的意思似乎是分别多年，十分挂念。但他只有妻子，何来妾呢？他想见的，是妾的什么呢？按理应该是“面”，但调皮的村民却给他加了点“色”，说是“孔”或者“洞”。内容看似不大健康，但流露出的华侨人生况味却也酸楚、真实。哎，我姨丈也就是“斗大个字不识一箩”的粗人了。

1970年，姨丈的侨居地秘鲁首都利马发生大地震，父亲去信问候姨丈，未见回音。利马是地震多发地区，当年那场里氏7.9级的大地震，是该市历史上人员伤亡最为惨重的一次，共夺去了 7 万人的生命，其中也有不少华侨华人。报纸的报道令我们忧心忡忡。

姨母一生孤独，把我当儿子看待，也像所有母亲一样望子成龙。但我在“文革”中浪费青春，无所作为，实在惭愧。一家调迁坦洲之后，我对姨母的思念也日渐深切，除回乡探望之外，我还把她接来坦洲一起生活了一段时间。当时我们的住房条件极差，中学方面分给我

链接

利马与秘鲁华侨华人

秘鲁利马市马约尔广场

马约尔广场（Plaza Mayor，意为大广场，原称武器广场）位于利马市中心。广场中央的铜喷泉建于1650年。广场四周有总统府、利马市政大厦、大教堂等。利马老城的建筑仍保持西班牙的建筑艺术风格特色。

秘鲁位于南美洲西北部，为古印加文化的发祥地。秘鲁在印第安语中是“玉米之仓”的意思。其多样性的自然环境、亚马逊河丛林、安第斯高原印加遗迹及世界最高之的的喀喀湖，使秘鲁成为世界上最具观光价值的国家之一。中国已经根据协议把它列入旅游目的地国家。

秘鲁是一个拥有多个种族、多种语言和多种文化的国度。在这块土地上，西班牙征服者入侵之前居住着成千上万的土著，他们目睹了欧洲、非洲和亚洲移民的到来。经过一段时间，秘鲁形成了多元文化，并体现在秘鲁饮食、手工业、音乐及舞蹈上。在秘鲁，大自然赋予了这个国家多样的地貌、气候和生态系统。秘鲁的海边沙漠、雄伟的安第斯山脉、茂密的丛林，使得这个国家拥有世界上最多的“小气候”、植物和动物。

利马是秘鲁的首都，同时是最大的港口。位于秘鲁西部的利马，濒临太平洋，终年少雨，是世界有名的“无雨城”，冬季多雾潮湿。

秘鲁是拉美华侨众多、历史较为悠久的国家之一。据有关记载，16世纪中叶到17世纪前半期，已有中国商人、工匠、水手、仆役等沿着当时开辟的中国——菲律宾——墨西哥路线，到秘鲁经商或做工。1821年秘鲁独立，1851年宣布废除奴隶制，同时提出招募华工代替黑奴。当时，秘鲁垦荒、筑路、开矿、建港需要大量劳动力。中国正值第一次鸦片战争之后的动乱年代，太平天国革命失败后，许多太平军为躲避清廷追捕，被迫背井离乡，远涉重洋来秘鲁谋生。1849年10月，首批75名华工抵达秘鲁，开始了“契约华工”源源不断东渡秘鲁的历史。至1874年，抵秘的中国人数已达到9万人之多，形成第一次中国移民高峰。早期旅秘华侨主要集中在秘鲁西部沿海各城镇，以首都利马为最多。附近的卡亚俄港，北部的奇克拉约、皮乌拉、特鲁希略等城市也是华侨的聚居区，他们大多从事体力劳动，社会地位低下，生活十分艰苦。他们曾为秘鲁建成世界闻名的中央铁路作出了贡献，许多公路、矿山、港口建设等都凝聚着旅秘华侨的血汗。

1884年6月，中国驻秘鲁公使馆设立。进入20世纪后，秘鲁政府采取限制政策，赴秘中国人数逐渐减少。据北洋军阀政府驻秘鲁使馆统计，1925年秘鲁的华侨总数为45000人左右，1927年减少至1万人。1929—1933年西方经济大萧条，秘鲁华侨生计困难，归国者众多，新来者减少，总人数大致七八千人。抗日战争胜利以及中华人民共和国成立后，移居和返回秘鲁的华侨及其子女、亲属有所增多，带来了华侨移居秘鲁的第二次高潮。

我国实行改革开放后，尤其是20世纪80年代后期，赴秘探亲访友、投资经商、定居的人数明显上升。据秘鲁移民局提供的材料，进入20世纪90年代以来，该局发给中国移民和非移民居留签证近两万人，有近600人被批准加入秘鲁籍。据历年来的统计数据计算，目前旅秘华侨、华人数目为10万人，华裔人数超过120万。如今的华裔已经是第七代了。经过150多年的繁衍生息和艰苦努力，华侨华人的社会地位和生活状况有了明显改观。他们依靠自己的勤劳努力和聪明才智，艰苦创业，逐渐与当地人融合在一起，为秘鲁社会和经济发展作出了重要贡献。

（广东侨网）

最近这些年，移民的素质提高了，随着中国经济的腾飞，秘鲁华人的商业机会也多了，政治经济地位也逐渐提高。来自广东中山的一个老板在利马建立了王氏集团，拥有WONG、METRO等当地的著名品牌，占了利马零售额的65%。还有明兴摩托，规模也很大，几乎包办了整个利马的摩托车销售业。秘鲁唯一的一家位于利马的钢铁厂，据说也是华人拥有的。深圳的华为公司在利马也有分公司，业务很大。华人对当地经济的影响越来越大。

（摘自小事随意的游记）

居住的宿舍，是一间约12平方米的平房，十分狭窄，放两张床、一张小书桌和一架衣车，已无转身之地。好在后来妻子的单位（医院）给了半间房子，可以安置姑婆和姨母。这样狭窄的环境，姨母是不习惯的，况且她还牵挂着老母亲（我的外婆）和五十墟的家。

虽然只是短住，但姨母还是非常高兴。首先是我们的第三个孩子即将降生，看着大孙子雅凡开始上小学，孙女黄炼跟邻家小孩快乐玩耍以及素梅圆滚滚的肚子，老人家一天到晚眉开眼笑。我想，如果父亲回来了，那有多好！我在去信中说及雅凡和小炼喜欢爷爷，想见爷爷，希望爷爷早日归来。父亲说："但爷爷未有机会与孙儿玩玩。"未能含饴弄孙之叹发自肺腑，我该如何抚慰他那滴血的心呢？

坦洲的生活还有一样让姨母开心的，是这里丰富的生猛鱼虾。坦洲水乡真是名副其实的鱼米之乡，除了盛产大米、蔗糖之外，还有无数品种的河鲜和海鲜，价钱低廉，任君享用。姨母最爱吃家乡少见的禾虫，这里一桶桶、一艇艇，多得卖不完、吃不了，农民只好拿去做肥料。周末，我跟学生去钓鱼虾，不到半天就满载而归。每天早晨六点来钟，姨母到市场码头附近的渔艇上去采购，这里的渔民特别老实厚道，见她是外地人便热情招呼。活蹦乱跳的鱼虾让她眼花缭乱，乐不思归。在物质紧缺的年代，城里人排长队也买不到多少鱼肉，这里却是一个世外桃源般的福地！有一次，我买回来一条鲈鱼，那是一条大海鲈，足有一米长。砧板放不下，只好放在门口的石板凳上。姨母从未见过这么大的鱼，高兴得围着它转来转去。

姨母在坦洲，喜欢听唱咸水歌。咸水歌是中山大沙田蛋家人自娱自乐的一种歌唱形式。蛋家人以前以鱼艇为家，居无定所；后来不断

岭南大水乡　龚锦肇摄

坦洲称为岭南大水乡，是由于它濒临南海，不同于内陆地区的江河水乡。

从四面八方来到珠江口沿海一带肥沃的冲积平原上的河网地带，定居下来。蛋家人素有从事农业劳动或行船时对唱互驳、斗歌竞唱的习俗，特别是在谈婚论嫁、丧葬等过程中，往往触景生情，随编随唱。这种民歌与姨母爱唱的台山木鱼有异曲同工之妙，很容易引起她的共鸣。特别是当时坦洲有几位咸水歌高手，如曾经唱到北京去的何福有以及梁容胜、吴志辉、梁三妹等，名震一方。他们的歌声有时会在公社广播中播出，姨母总是侧耳倾听。

父亲为了回国团聚，绞尽脑汁，寻找各种门路。在交通非常不便、买张车票也要轮候几十天的情况下，他还是多次跑到哈瓦那，前往中国大使馆、中华总会馆、江夏堂等单位团体，拜访官员和老乡、朋友，了解办理申请回国的细节，吸取别人的经验教训。他从大萨瓜

水乡风情：咸水歌对唱

“东涌西涌，走转坦洲，路路畅通……新村屋苑，映照整个金斗湾河涌……”咸水歌作为国家非物质文化遗产，在坦洲甚至整个中山市得到大力保护和发扬。图中的歌赛表演场面，充分表现了劳动妇女的朴实与乐天。

市乘搭汽车或火车去哈瓦那，路程300多公里。办法想了不少，手续也办了很多，可以说是竭尽全力，但得到的只是一次又一次的失望。“我目前年纪太高了，是否可能达到回国目的，未敢预料。”眼见得乡亲熟人中一个个老侨绝望辞世，父亲的内心该是多么惆怅。

31. 姨丈在秘鲁去世

“我眼看各侨胞个个收到祖国亲人回信，惟我未有得到你的答复，觉得非常奇怪”，“姨丈早两年前在秘鲁不幸去世，殊深惋惜……”

“光阴似箭，岁月如流，不知不觉人们又踏上一九一七（一九七一）年”，元旦过后，父亲写下这句话的时候，心情一定非常复杂。因为古巴政府原来把1970年的年号定为“1000万吨糖年”，雄心勃勃地向这个指标迈进。但到年终统计，只得854万吨[①]，一个宏伟的计划宣告失败。这不但意味着古巴社会主义计划遭到挫折，老百姓要过穷日子，老华侨也不好过了。

父亲说没有收到我的信，担心有意外事情发生，或信件中途遗失。父亲来信不多，每年三几封而已。在一般情况下，我只有多写，没有不复信的。但我们的通讯的确偶有失漏，漫长的邮路，再加上各种难以预测的因素（如可能被检查等），都可导致邮件丢失，让人牵肠挂肚。特别是父亲的钱来之不易，寄出之后得不到信息反馈，其内心的焦虑可以想见。信中的年份两次出现笔误，除年过古稀的因素之外，也反映了父亲心情的恶劣。不过，他笔力尤劲，书法依然秀美，看得出他身体还好，令我稍感宽慰。

我和妻子这段时间的确比较忙碌，主要是因为又添了一个孩子。上班之外还要照顾三个孩子，特别是有个婴儿，更需细心呵护。不过，无论怎么忙，我还不至于忘记给父亲写信。实际上，我在家务

① 参见：徐世澄. 古巴. 北京：社会科学文献出版社，2003. 137

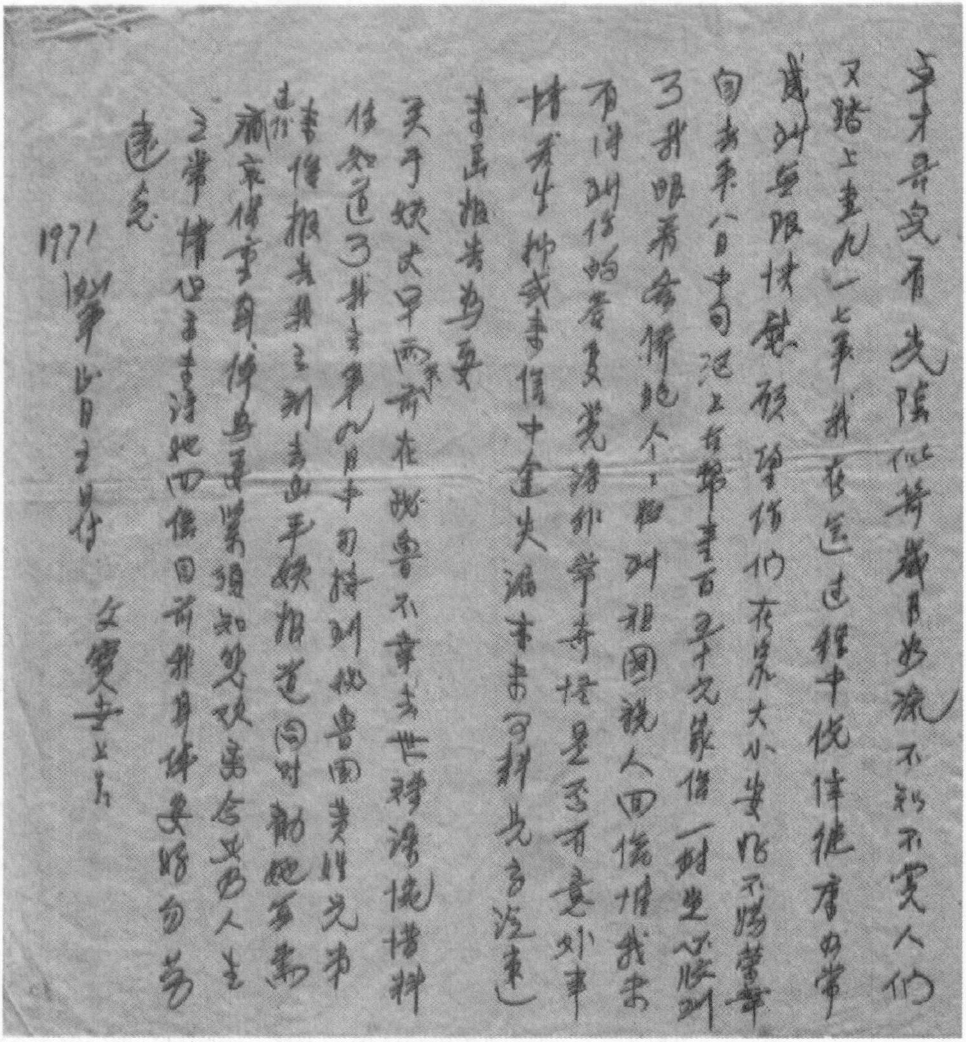

卓才吾儿：光阴似箭，岁月如流，不知不觉人们
又踏上壹九七一年，我在这过程中仿佛徒度如常，
感到无限快慰，愿望你们在家大小安好，不胜荣幸。
自去年八月中旬汇上古巴币壹百元，寄卓才家信一封，坐心欣到
了。我眼看余侨他个个接到祖国亲人回信，惟我未
有得到你的回复，觉得非常奇怪，是否有意外事
情发生，抑或寄信中途失漏，未来可将此方法来
书函报告为要。
关于妹丈早两年前在此会不幸去世，请谅惜料
你知道了。我去年九月中旬接到你会回贵件兄弟
达於
来信，报我之消息由平妹相道，同时劝她节哀，
家侨重自保为要，要须知哭坏身心，人生
之常情。但未来请她回信回前，我身体安好，勿
远念。
1971年1月3日付
父实安上字

航空信

1971年1月，寄到中山坦洲中学。

卓才吾儿看：

光阴似箭，岁月如流，不知不觉人们又踏上一九一七（一九七一）年，我在这过程中侥幸健康如常，感到无限快慰。愿望你们在家大小安好，不胜荣幸。

自去年八月中旬汇上古币一百五十元，家信一封，定必收到了。我眼看各侨胞个个收到祖国亲人回信，惟我未有得到你的答复，觉得非常奇怪。是否有意外事情发生，抑或来信中途失漏，亦未可料。见字从速来函报告为要。

关于姨丈早两年前在秘鲁不幸去世，殊深惋惜，料你知道了。我去年九月中旬接到秘鲁国黄姓兄弟来信报告，我立刻去函平姨报道，同时劝她无需过分痛哀，保重身体为要紧。须知悲欢离合此乃人生之常情，但亦未得她回信。

目前我身体安好，勿劳远念。

父　宝世　上言

1961（1971）年正月五日付

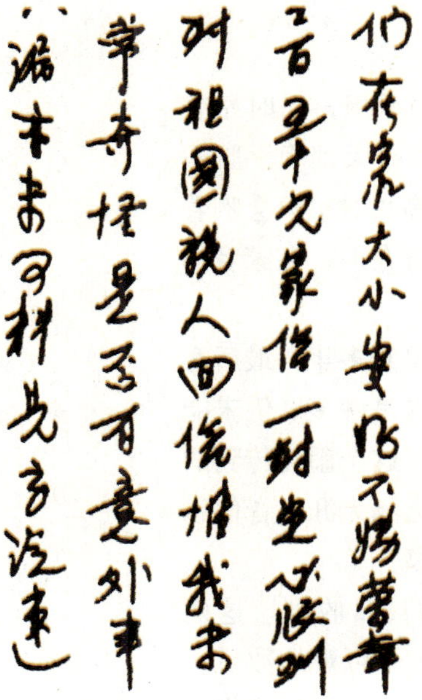

黄宝世的中、西文书法

黄宝世在中国家乡只读过三年“博博斋”（私塾），在古巴也没有机会上过一天学，但他的中文、西班牙文书法却受到人们的交口称赞。

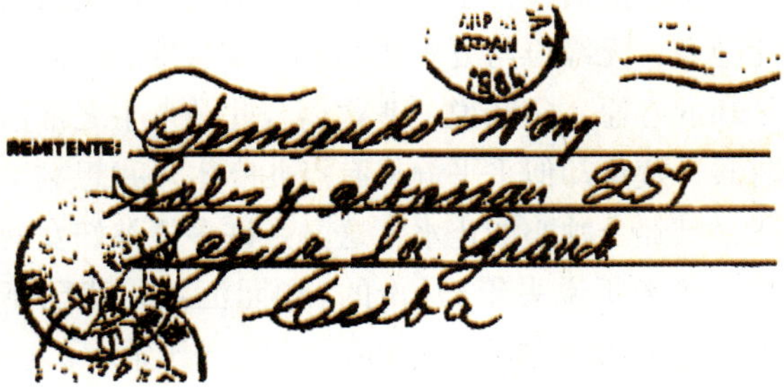

Nº

Lugar del retrato

* 1922 *

Gratis.

VALE SOLO POR ESTE AÑO

Concejo Provincial de Lima

INSPECCION DE HIGIENE Y VACUNA

Médico Municipal que suscribe, certifica que D. Ricardo natural de China de 22 años de edad, industrial domiciliado en la calle de puede ejercer su industria por no padecer de enfermedad contagiosa.

Lima, de de 1922.

Médico Municipal

NOTA.—Se recomienda á los industriales que exijan de los empleados encargados de los servicios de esta oficina, la presentación del comprobante que los acredite y autorice como á tales, á fin de evitar el que sean engañados.

Para poder obtener este comprobante, es necesario tener el certificado de vacunación expedido por el Instituto Nacional de Vacuna.

黄德松的文件

这是1922年秘鲁首都利马市的检疫证明书。

方面投入的时间和精力并不多。家务活主要由妻子承担，同时姑婆也帮了很大的忙。姑婆是个非常老实的农村妇女，一天到晚手脚不停，好像永远不知疲倦。她说话笨拙，沉默寡言，高兴时也只会咧着嘴笑，但心地善良得像观音菩萨。由于她的媳妇生育在即，在家乡的儿子已经让我姨母写信催她回家。

父亲此信报告了姨丈迟来的噩耗。姨丈旅居秘鲁40多年，最后客死他乡，无缘再与妻子团圆，与乡亲见上一面——这是许多老侨未能了却的心愿。父亲说“悲欢离合此乃人生之常情”，这个噩耗传到的时候，姨母却似乎平静得有点儿麻木。我想数十年远隔天涯，音信渺茫，已经令她心如止水，这又是许多侨眷妇女的悲哀！

父亲所说去年8月份的150元汇款，我已于9月18日收到。这两年，可汇出的数额均为150元（古巴比索）。这是一个可观的数目。它相当于父亲将近两个半个月的退休金。而寄回到中国，银行按当时的汇率，折换成人民币，则有367.38元，相当于我和妻子两个人三个半月的工资。父亲自己省吃俭用，还拿出早年积存的钱，竭尽全力接济我们，不但帮助我们解决了不少生活上的问题，同时对祖国的建设也是一个贡献。

链接

古巴的“外汇券”

古巴目前主要流通两种货币：一是古巴可兑换比索（PESO CONVERTIBLE，俗称红比索），类似于中国以前的“外汇券”，与美元的比价是1：1.08。用美元换可兑换比索时，需交纳10%的手续费。二是古巴比索（PESO CUBANO），古巴人为主使用的当地货币，与红比索的比价是1：24古巴比索。兑换时无须交纳手续费。目前在旅游饭店、大型商店、超市、机场等只收红比索，只有在一些农贸自由市场可使用古巴比索。在主要的消费场所附近都设有货币兑换所，外国人可自由用可兑换外币兑换古巴比索。

古巴比索与美元

链接

五邑地区的侨汇

侨汇是广大侨眷生活的重要经济来源，是农村贫困家庭的“生命线”，它对促进国家和家乡的经济建设有重要作用。在我国主要侨乡的广东五邑地区，台山和开平两县历来是侨汇最多的，占全国第一、二位。无论是新中国成立初期，还是在“文化大革命”十年动乱时期，侨汇收入都一直保持比较高的数额。新中国成立初期，两县都建立了中国人民银行支行，内设外汇组，专门办理侨汇业务。统计材料显示，从1950—1965年“文革”前，台山县侨汇收入每年保持在600万美元左右，开平县为400万美元左右。

在1950—1965年间，台山和开平两县的侨汇收入同国内政治经济形势的发展有着直接关系：1951—1953年因土改侵犯了华侨权益，追“果实”追到海外，侨胞只好多汇钱帮助眷属“过关”，所以侨汇收入多；1960—1962年大饥荒时期，侨胞以物代汇，大量寄（带）回实物，侨汇收入较少。“文化大革命”给我们的国家和人民，也给五邑侨乡人民带来了深重的灾难。然而在这动乱的十年里，五邑侨乡的侨汇收入不但没有减少，反而略有增加，被誉为侨乡的一个“历史奇迹”！

（五邑华侨华人数据库）

“海外一个台山，海内一个台山。”作为著名的侨乡，台山一直有着“海内海外两个台山”的说法。来自侨务部门提供的数据，台山常住人口约100万，而台山籍的华人、华侨和港澳同胞却高达130万人，反而超过了常住人口，其中主要移居在美国和加拿大，素有“美加华侨之乡”的美誉。

台山移民历史悠久，侨汇伴着移民运动也成为这个城市传统。在早年，台山人民把这些侨汇称为“银信”，往往是在汇款的同时写上对家乡亲人的祝福和嘱托。随着时间的推移，到了改革开放初期，台山侨汇占到广东省侨汇总量的近四分之三，达到每年2000多万美元，而现在则高达每年5000万美元左右，成为促进台山经济社会发展的重要经济力量。

（《广州日报》2009-03-06/陈杰报道）

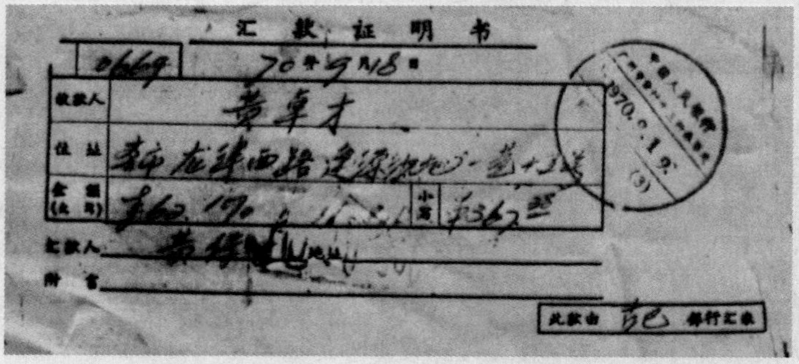
汇款证明书
收款人
住址
金额（大写）
小写
汇款人
附言
此款由　　银行汇来

侨汇证明书

这种证明书，当时可以起到保护华侨财产利益的作用。比如要买华侨房屋，出示侨汇证明书即可证明你的人民币来自侨汇。

32. 古巴糖产为国家命脉

“你为父母，当然由你作主”；“近来黑市非常利（厉）害，猪肉每斤八元，米六元”；“近几个月未有货船来古，甚少老侨出口”。

刚收到父亲的上一封信不久，又收到这一封。原来，父亲经过四个月“望眼欲穿”的等待而没有收到我的信，就在上一个星期给我写信查问近况。而寄出后几天，我的信就到了。于是父亲在十天后又写了这封信。

海天远隔，山长水远，再加上政治因素的影响，造成通讯阻滞，令古巴华侨与祖国亲人的联系产生诸多不便，父亲对此感慨良多。他说，在“旧时代”（即1959年古巴革命胜利之前），“航邮（航空信件）往返仅需四十余天”。而现在，要经过北京、莫斯科、巴黎或南美洲等地的“运转航线来回需七十余天”。“如寄去美国一封信，亦需要七十余天”。而“古巴离美亚美（迈阿密）埠（美国属地）仅九十海里”，原因就是美国的封锁。对此，父亲应当是心知肚明的，他说“不知是何缘故”，无非思念家人的情怀浓得化不开，同时也是感叹世道之维艰……父亲在启发我去思考呢！

“路曼曼其修远兮，吾将上下而求索。”飞越加勒比的鸿雁呵，你的翅膀是多么沉重！

父亲提到的迈阿密，是美国南部佛罗里达州的海边城市，居民大多是来自各国的移民。由于距离古巴最近，迈阿密成为古巴偷渡和移民的第一目的地和海外聚居地，故有“美国的古巴”之称。据记载，1959—1960年间，成百上千富有的古巴人离开古巴。1961—1962

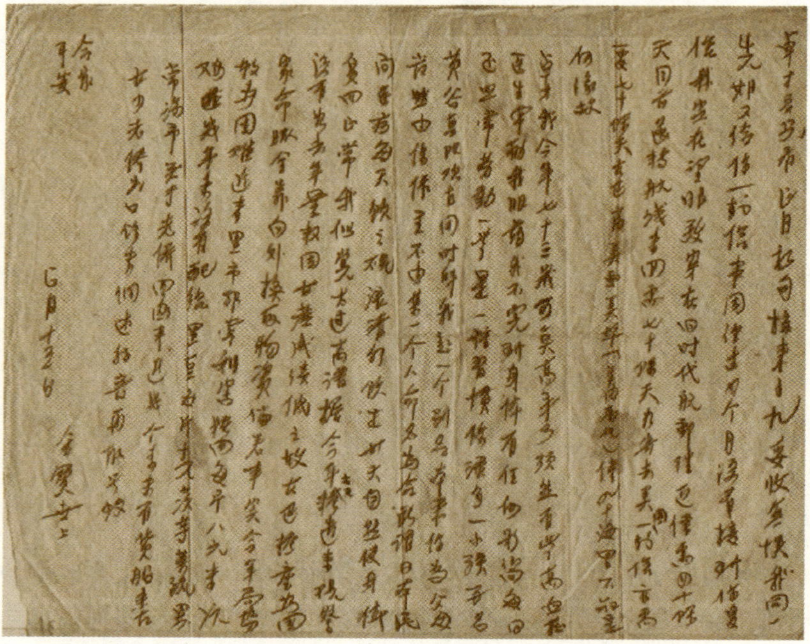

航空信

1971年1月，寄到中山县坦洲中学。

卓才吾儿看：

正月初旬接来手札，妥收无悮（误）。我同一先（星）期又给你一封信，事因经过四个月没有接到你复信，我实在望眼欲穿。在旧时代航邮往返仅需四十余天，目前运转航线来回需七十余天。如寄去美国一封信，亦需要七十余天。古巴离美亚美埠（美国属地）仅九十海里，不知是何缘故。

卓才，我今年七十三岁，可算高年了。须（虽）然有些高血压，医生常劝我服药，我不觉到身体有任何影响，每日还照常劳动一些，是一种习惯。

你添多一小孩子，名黄谷，无限欢喜！同时叫我起一个别名。本来你为父母，当然由你作主，不由某一个人命名为合。

所谓日本民间医疗，每天饮三碗滚清水，饮足卅天，自然使身体复回正常，我似觉太过离谱。

据今年古巴糖造来观察，没有如去年量数，因甘蔗成绩低之故。古巴糖产为国家命脉，全靠（它）向外换取物资。倘若事实，今年局势（就）较为困难。近来黑市非常利（厉）害，猪肉每斤八元，米六元，鸡近几年来没有配给，黑豆每斤十元，茨芋菜蔬异常渴市。

关于老侨回国事，近几个月未有货船来古，甚少老侨出口。余未细述，好音再报。

此致

合家平安

余　宝世　上

（一九七一年）正月十五日

年，卡斯特罗说要搞社会主义，走的人更多。1980年，哈瓦那发生一万多人到外国使馆寻求避难的危机，卡斯特罗宣布想离开古巴的人都可以离开，立即就有125000多人到迈阿密去……1994年“船民危机”的几周里，大约有四万古巴人驾着筏子偷渡，首个目的地也是迈阿密。历史上，许多古巴移民，包括不同政见者，来到美国这座美丽而犯罪率很高的热带城市，做着有一天荣归故里的美梦。在古巴近几十年滚滚涌出的移民浪潮中，自然有许多华人。他们犹如生命力特强的蒲公英种子，飘到哪里都能生根、发芽、开花、结果。最近报道的朱焕均先生的事迹就是一个证明。

随着年龄的增长，父亲的健康问题也突现出来了，高血压常常困扰着他，但他仍然坚持做一些劳动。采用什么药物和治疗方式，他有常识、有主见。我当时在报纸上看到“日本民间医疗，每天饮三碗滚清水，饮足卅天，自然使身体复回正常”的报道，未经科学验证，就在信上介绍给父亲。父亲说“我似觉太过离谱”。批评语气虽然

黄宝世的友人在迈阿密　Mitzi提供

图中左一为Nercedes，即烈士塔蒂的妹妹。

链接

古巴华侨在迈阿密作出贡献

美国迈阿密"朱焕均街"正式挂牌

朱焕均街挂牌

为表彰美国迈阿密海外联谊会主席、迈阿密市长顾问朱焕均先生数十年来对当地所作的杰出贡献，美国佛罗里达州最高首府决定将朱焕均先生目前所居住的街道改名为"朱焕均街"，并于美国当地时间1月7日上午举行隆重的挂牌仪式。

在挂牌仪式上，美国迈阿密市市长、议员等多名官员纷纷到场祝贺，对朱焕均先生所作的贡献给予高度评价，迈阿密电视台、报纸等媒体纷纷派出记者进行报道，当地政要、工商界人士、社团代表、朱焕均的亲友共300多人出席了挂牌仪式。

朱焕均是美国迈阿密市一位德高望重的企业家，又是一位出色的民间外交家。他祖籍台山市三合镇，自小随父兄移居古巴，后来移民美国迈阿密，先后开设了美心海鲜肉食公司、美心建筑材料公司、帝国海产公司、帝国运输公司、朱氏实业财务公司和中国南北美洲贸易中心等。朱焕均先生还利用会讲一口流利的西班牙语和英语的有利条件，广交朋友，为促进中国、美国和拉丁美洲国家的经济发展、文化与学术交流而努力，先后促成了美国迈阿密和中国青岛、广东阳江、宁夏银川等地互订友好交流协议，并结成姐妹友好城市。

2005年5月，他创立了美国迈阿密海外联谊会和迈阿密龙舟会，并亲自担任两会主席，组织开展龙舟赛等联谊活动。朱焕均先后获得美国迈阿密市等各地政府的多次嘉许及表彰奖励，被聘请为美国迈阿密市市长顾问，被选为拉丁美洲商会名誉会长、广东省归国华侨联合会第八届委员会顾问。

朱焕均虽然少小离乡，但心系祖国。近年来，他和家族捐款超过150万元人民币，支持家乡兴建图书馆、修建水泥道路等。

（台山市外侨局，2011-01-18）

不重，我也为自己的冒失而自责。

我们的第三个孩子出生后，出于对父亲的尊敬和感恩，我请他给孙子起一个名字。但父亲深受西方观念的浸润，不以大家长自居，而主张由我们为人父母者做主。父亲这种民主作风，也一直影响着我们，使我和妻子都把孩子当成朋友，这是我们家庭和睦的重要原因。

“古巴糖产为国家命脉，全靠（它）向外换取物资。”父亲侨居古巴已有46年，深知单一经济的糖产对于古巴的生存是多么重要。一旦“命脉”搏动无力，国计民生就性命难保了。但是，“据今年古巴糖造来观察，没有如去年量数……倘若事实，今年局势（就）较为困难。”父亲的分析击中要害。

来信中详列了古巴黑市商品的价格。由于政府物资配给不足，黑市每斤猪肉八元、米六元、黑豆十元。也就是说，父亲每月60元的退休金，在黑市只能买一斤猪肉，七斤米，一斤黑豆，其他东西就免谈了。而如果指望政府配给，又非要挨饿不可。这种情况，比同时期的中国大陆更为糟糕。当时我所在的坦洲和全国一样，肉类、鱼、粮食、食油、布、肥皂等凭证限量供应，但基本上可以应付日常需要。手表、自行车等凭证供应（一个单位一年最多分到一两张票），而且价格很高（比如一只上海牌手表200元，相当于一个医生或中学教师四个月的工资），日用工业品和农副产品的缺乏，仍然是个大问题。但珠江三角洲地区毕竟是鱼米之乡，特别是坦洲这样既偏僻又富饶的大水乡，物产丰富，自由市场物价低廉；我们还可以骑自行车到珠海香洲渔港和邻近澳门的湾仔镇去采购咸鱼、虾蟹等海产品。总体上，

古巴糖厂

哈瓦那俱乐部牌朗姆酒厂　朱霖摄

古巴旅游点的个体摊档　江欣摄

我这里的生活比父亲那边好过得多。父亲在吃苦，在极端困难的情况下仍然如此倾尽全力寄钱养家，我每次收到汇款，总感觉到有一种不能承受的沉重。我该怎样报答他呢？父亲说："关于老侨回国事，近几个月未有货船来古，甚少老侨出口。"随着父亲年事越来越高，我真担心他会与姨丈一样终老异国他乡！

大沙田种出优质水果　著者摄

坦洲水果成为旅游重要资源。老村干部当容（右一）经营的80亩大果园，以出产优质保健水果番石榴闻名远近。

33. 细心培养儿女

"细心培养儿女，成为一个有技术有才能的孩子，自然得到家庭快乐。""我目前环境，除食眠外无所司事，况又年几（纪）太高，朝不保暮。如果可能回到祖国去，是一件侥幸事。"

父亲年过古稀，虽然还担当着中华会馆主席的职务，但老侨更老，思归难归，生存者人数逐渐减少。平日中华会馆也没有多少事情可干，所以他说"我目前环境，除食眠外无所司事"，"朝不保暮"的心态油然而生。尽管如此，父亲还对回国抱着一丝希望和向往："如果可能回到祖国去，是一件侥幸事。"读着这些字句，我心如刀割，唯有暗暗祝福他老人家健康长寿！

这又是一封纸短情长的回信。父亲一方面鼓励儿媳素梅学好医术，一方面要求我们"细心培养儿女"，使他们"成为一个有技术有才能的孩子"。对于父亲的嘱咐，妻子素梅和我都觉得非常在理，必须克服困难，让孩子健康成长。

当年大沙田区缺医少药，农民听说坦洲卫生院有几位广州来的大医生，医术高明，远远近近都赶来看病；澳门同胞也纷纷慕名而来。这样，素梅也就有更多临床实践的机会。碰到不懂的东西，除钻研医书外，还可以向中山医学院来的医生，特别是内科、眼科、肿瘤科的医生请教，因而医术提高很快。再加上她服务态度好，处处为病人、为农民、穷苦居民和下乡知识青年着想，所以名声很快传播开去。那些被她从死神手中救回的农民和在她帮助下顺利生下孩子的妇女感恩戴德，甚至要让孩子认她做"契妈"（干妈）。这一段时间虽然辛苦，付出很多，但的确为后来调回到广州的综合性大医院工作打下了

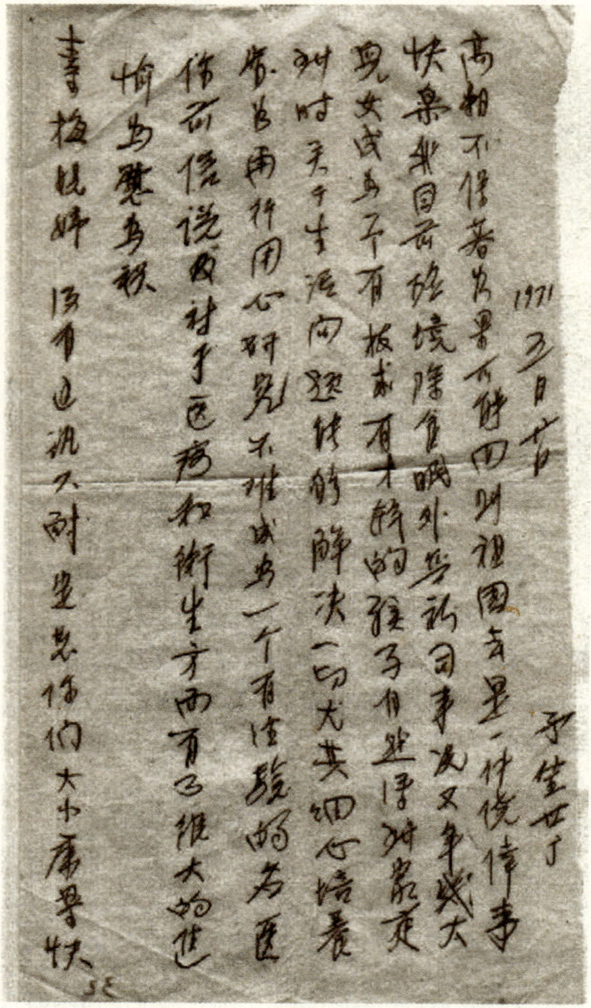

航空信

1971年5月，寄到中山坦洲中学。

素梅媳妇：

没有通讯久耐，定想你们大小康乐快愉，为慰为祝。

你前信说及对于医疗和卫生方面有了很大的进步，如再行用心研究，不难成为一个有经验的名医。到时关于生活问题，能够解决一切。尤其细心培养儿女，成为一个有技术有才能的孩子，自然得到家庭快乐。

我目前环境，除食眠外无所司事，况又年儿（纪）太高，朝不保暮。如果可能回到祖国去，是一件侥幸事。

予　宝世　字

1971　五月廿日

在坦洲中学门前

左边照片的背景是当时的坦洲中学。校舍非常简陋，那排平房就是我们居住的教工宿舍。右边照片的背景是公社礼堂，它旁边有间坦洲小学，黄雅凡就是在这里上小学的。

很好的基础。当她在暨南大学医学院第一附属医院（即广州华侨医院）上班时，教授、院长说她“一看就知道是受过正规训练，而且吃过夜粥（吃过苦）的”。

父亲嘱咐我们“细心培养儿女，成为一个有技术有才能的孩子”。现在重温此信，我更深刻理解到，父亲简洁的话语里面其实包含着朴素的教育思想。他阐明了把儿女培养成什么人和怎样培养的问题。用教育学的术语说，就是教育目标和教育的方式方法。在教育目标上，父亲强调的是“有技术有才能”，这是十分讲究实际的。按照父亲做人的宗旨和价值观，一向鄙视好逸恶劳，鄙视不劳而获，坚持以自己的辛勤劳动去创业，这就需要切切实实地拥有知识、能力和技术。在教育的方式方法上，父亲强调的是“细心”，我理解就是尽心尽责，大处着眼，小处着手，精雕细刻。

我当时没有想那么多，只是从做父母要尽责的角度去领会。我们三个孩子，老大已经八岁，老二五岁，最小的老三也已近周岁。俗语说，三岁孩儿定八十。在这个阶段，孩子的培养着力点在于他们身心的健康成长。具体的措施，一是要保证营养，让他们正常发育，同时要细心呵护，防止意外事故发生；二是引导他们养成良好的生活习惯，以及培养他们对学习知识的浓厚兴趣；三是注重性格气质和品德理想的培养。人们常说，生孩子容易，教孩子难。我觉得还好，坦洲人淳朴、善良，当时生活比较艰苦，社会风气良好，我们身处这样的环境，加上正确的教育和引导，孩子们都健康、开朗、向上。我们不会过分苛求孩子，把他们束缚得紧紧的，以致影响他们个性的发展。通过循循善诱、潜移默化，让他们将来成为一个“有技术有才能的”人，我充满信心。

链接

艰苦岁月的课余生活

右面的照片是1971年11月我和温勤老师（右）比赛前的合影。

当时坦洲中学校园很小，没有正规的羽毛球场。但我和温勤、杨俭良、陈学扬、何呈泰等几位老师都喜欢打羽毛球。每天下午放学后，我们就在校园内的院子里，拉起球网开始练球。单打、双打，轮番上阵较量。我们每月只有四五十元的工资，买不起比赛用球，只能用橡胶头的练习球。橡胶重，打起来球速很快，扣杀时银球就像飞速坠落的流星。好在那时我们年轻，眼疾手快，可以做出迎空截击、海底捞月等高难度动作，因此比赛还是相当精彩，常常引来住宿学生的围观和喝彩。

比赛之前

那个年代物质匮乏，但我们因时制宜，教师的课余生活还是相当丰富多彩的。除了打羽毛球、乒乓球、篮球，我们还打百分（扑克）、下象棋，到附近河涌钓鱼虾，到南溪打柴，骑自行车穿过布满“和尚头”的围基到湾仔去买咸鱼，或者到尖涌、月环去家访兼爬山，这些也是很有趣的活动。穷，但健康又快乐，这就是那时候我们教工小集体的生存状态。

我喜欢打羽毛球、乒乓球，因此也成了孩子的启蒙教练。

兄弟最佳拍档

2009年于广州黄沙羽毛球馆。

四十多年后的今天，孩子们都已长大成人，成家立业了。回过头来看，其中有几点，是我们做父母感到特别欣慰的。一是他们独立谋生的精神和能力。每个人的能力有大有小，机遇也不一样，但孩子们都能自己努力立足社会，生活上不依赖父母。二是他们身体都很健康。也许是从小受我们的影响以及长期在校园居住环境的熏陶，他们都喜爱体育运动。女儿像妈妈一样喜欢游泳，老大、老三不但像我一样喜欢打球，更是羽毛球、乒乓球和足球的高手，常在比赛中夺标。我们注意从小纠正孩子读书写字的姿势，在经济困难、居住条件很差时也保证充足的照明，所以他们的视力都保护得很好，没有一个戴近视眼镜的。三是他们的性格都很开朗，兴趣爱好都很广泛，阅读、上网、旅游、摄影、写作、烹调、美食、交友……生活丰富多彩。

链接

中山市产业旅游之坦洲站

伊泰莲娜DIY地带坐落于中山市坦洲伊泰莲娜首饰工业城，DIY地带共分六大部分——首饰景观（展示）区、DIY空间、爱神广场、梦工场、欧洲小街和食趣园。这是中国内地首家首饰主题文化公园，它巧妙地将首饰的时尚文化、制造工艺、观赏收藏价值和情感因素融于一体，并以此延伸出众多的DIY项目。DIY地带集观赏性、参与性、娱乐性于一体，是一个新型的产业旅游景点。在这里，游客可以了解到首饰蕴涵的历史文化，挖掘出首饰内在的艺术美；可以欣赏到最先进的首饰加工工艺，并直接参与其中，亲自动手完成一件属于自己的心爱的首饰。

独具匠心的经营理念和别出心裁的旅游设计也让人耳目一新。

（中山网）

伊泰莲娜DIY地带

中山市产业旅游点有沙溪休闲服装、大涌红木家具、古镇灯饰、咀香园杏仁饼等，坦洲伊泰莲娜DIY地带也是其中之一。

中山水乡的港湾　黄中强摄

34. 世界和平可能一大变化

"今年停止载运老侨"；"美国派一高级官员去人民共和国商定不日美总统前往中国访问的程序，世界和平可能一大变化"。

"今年停止载运老侨"，父亲回国的希望变得越来越渺茫。

从早几年开始，中古实质性交往已经不多，前往古巴的中国货船日渐减少，但父亲和我仍然继续努力。我为办理父亲回国的证明而四处打听，向外交、侨务、司法等部门多方求索。父亲则与同乡兄弟再到首都哈瓦那活动，"办理回国手续"。一件明知十分渺茫的事情，却坚持不懈地去做，父亲与我的动力完全来自故国情深、父子情深。

父亲谈到的黄舜传一家，我是有所了解的，有些事情印象还特别深刻。

这也是一个典型的华侨之家。似乎听母亲说过，是他第一次回国探亲时，把我父亲带去古巴的。论辈分，舜传与我同属"传"字辈，按乡俗，我称他为堂哥，他叫我父亲作"阿叔"。父亲对他以兄弟看待，两人在古巴感情一直很好，直至晚年也同出同入、互相照顾。儿子建邦去小吕宋（菲律宾）与我村的菲律宾华侨黄安定、黄举洪等在首都马尼拉谋生。我的堂叔黄安定是菲律宾侨领，生前经营马尼拉亚洲大酒店，是一所中文学校的董事长，据说曾任台湾蒋经国"总统"顾问。他的后人在菲律宾和美国发展，有女儿在美国当教授。建邦母亲李琼芳留在家乡，收养了一个贫苦人家的女孩料理家务，后来就把她转为童养媳。抗战胜利后，记不得哪一年了，建邦由母亲

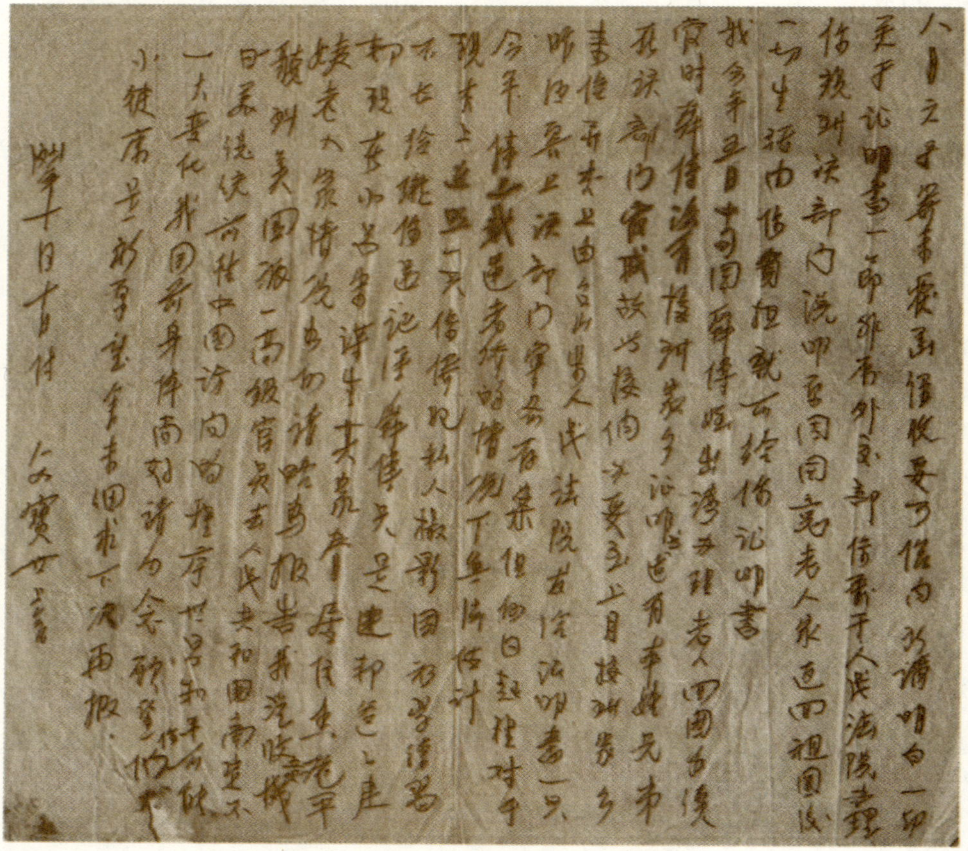

航空信

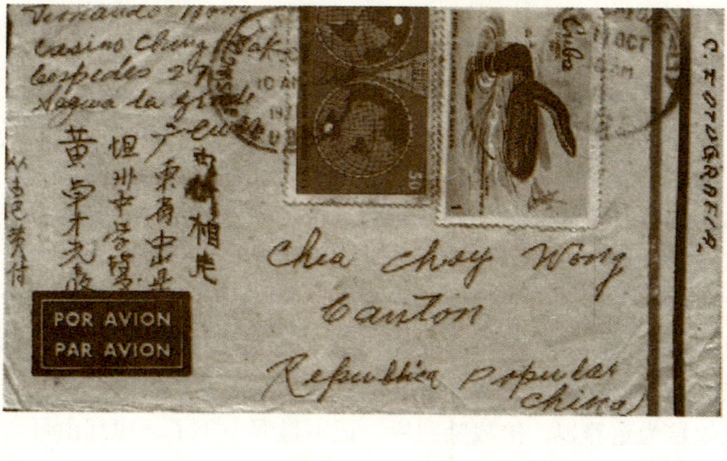

航空信封

1971年10月，寄到中山坦洲中学。

八月六号寄来复函经收妥了，信内所讲明白一切。关于证明书一节，非属外交部，系属于人民法院办理。你亲到该部门说明原因，同意老人家返回祖国后一切生活由你负担，就可给你证明书。

我今年五月中旬同舜传姪（侄）出湾（京）办理老人回国手续。当时舜传没有接到家乡证明书，适有本姓兄弟在该部门当职，故此接纳办妥。至上月接到家乡来信，并夹上由台山县人民法院发给证明书一只，昨经寄上该部门汇齐存案。但何日起程，对于今年停止载运老侨的情况下，无法估计。

现夹上近照一只（张），係（系）侨胞私人摄影。因初学练习，不甚玲珑。

你还记得舜传兄是建邦爸爸。建邦现在小吕宋谋生，其家眷居住香港。

平姨老人家情况如何，请略为报告。

我从收音机听到美国派一高级官员去人民共和国商定不日美总统前往中国访问的程序，世界和平可能一大变化。

我目前身体尚好，请勿念。愿望你们大小健康，是所愿望。余未细述，下次再报。

父　宝世　上言

一九七一年十月十日付

做主，在本人缺席的情况下，举行了一次特别的婚礼——用公鸡代替新郎成亲。我记得由一个老妇抱着一只活公鸡，代新郎“上头”，就如真新郎一样。另一位长辈执梳在公鸡头上梳理，边梳边念诵好意祝词；再用“上头”的公鸡去迎接新娘，行“踢轿”礼。把新娘引进屋里，让新娘与公鸡一起共拜天地祖先，随即将公鸡缚在新娘房里以示与新娘共度“良宵”。当时我年纪小，只觉得好玩，也和村里的孩子一起去闹新房，讨“利是”（红包），吃“磨糖”（糖果），捡爆竹……解放后舆论对这种风俗有所批判，认为是封建陋俗，殊不知当时华侨、侨属确有其难言之隐。不少在国外谋生的男子，到了当婚年龄，自己希望在家乡娶个妻子代他侍奉父母，或者父母希望为在海外的儿子成家立室以偿夙愿。但由于不易远归，或者因为工作缠身而抽不出时间，回乡结婚便成了难题，于是就有公鸡代婚之举。后来这种特殊婚仪已随着时代的变迁而消失，建邦之妻移居香港，有机会与丈夫团聚。但舜传老人却像我父亲一样无法回来，建邦母亲活到90多

链接

菲律宾

菲律宾位于亚洲东南部，西濒南中国海，东临太平洋，是一个群岛国家，共有大小岛屿7107个。这些岛屿像一颗颗闪烁的明珠，星罗棋布地镶嵌在西太平洋的万顷碧波之中，菲律宾也因此拥有“西太平洋明珠”的美誉。菲律宾陆地面积29.97万平方公里，其中吕宋岛、棉兰老岛、萨马岛等11个主要岛屿占全国面积的96%。菲律宾海岸线长达18533公里，多天然良港。菲律宾属季风型热带雨林气候，高温多雨，植物资源十分丰富，热带植物多达万种，素有“花园岛国”的美称。其森林面积为1585万公顷，覆盖率达53%，产有乌木、檀木等名贵木材。

首都马尼拉，为著名商港，全国最大的港口城市。

菲律宾首都马尼拉

黄宝世1971年生活照　　**黄宝世与黄舜传合照**

黄宝世其时73岁。“同乡三分亲”，更何况是一同去古巴的呢！他与侄子黄舜传的友谊一直保持到终老。

照片摄于1971年，出自一个初学摄影者之手，虽然技术并不太好，但能传来多一点信息，也是很宝贵的。

岁，无声无息地离开了这个世界。三四十年前，我每次回乡，都见她形影孤单地坐在门口发呆，晚景凄凉。

父亲说：“我从收音机听到美国派一高级官员去人民共和国商定不日美总统前往中国访问的程序”，这是指美国国务卿基辛格第二次访华的报道。父亲虽然身在古巴中部小城，但胸怀天下，眼观四方，视野广阔。他不但关注时事，对国际政治、经济动向保持敏感，而且能够对大势作出正确的分析和判断。当时，我处在偏远农村小镇，信息不灵，父亲的片言只语往往能提醒我，使我加深对国内外动态的了解。

1971年4月，“乒乓外交”打破了中美关系坚冰。

10月16日，基辛格第二次访华。为了给尼克松总统试航，他不仅公开来，不像头一次那样神秘，而且坐着总统的“空军一号”专机。

在双方会谈中，基辛格提出尼克松总统访华日期在1972年2月21日或3月16日均可。周总理选定了2月2日。后来的事实证明尼克松访华不但谱写了中美关系的新篇章，而且改变了整个世界格局。这标志着冷战时代走向终结，也印证了父亲所说的“世界和平可能一大变化”。

在平时，我虽然关心时事，但一般的国际政治、外交新闻与我并无直接关系，所以只限于“知道”就行了。而这一次，无论是乒乓外交，还是基辛格秘密访华，我都觉得与自己切切相关。

乒乓球是我最喜爱的运动之一，从7岁起我就拿起球拍了，那是1945年我读小学一年级的时候，没有胶皮的“光板”。到1971年，我已经有26年球龄了，球艺也不错，可以参加当地的比赛了。况且，乒乓外交的主角庄则栋以及他的队友徐寅生、李富荣、张燮林等，正是我的偶像。但我从未想过，乒乓球居然也会成为外交的桥梁。乒乓如此神威，我练球的热情更高了！虽然当时的坦洲中学全校只有一张乒乓球台，而且还是露天的水泥台，我依然乐此不疲。如今我已有66年球龄了，我仍坚持不懈。这项运动给我带来无限乐趣，让我终生受益。现在，我读书看报、电脑写作都不必戴眼镜，应该是我的目光长期不断地追逐飞梭的小白球的缘故。

基辛格的秘密访华也引起了我美妙的遐想。因为中美两国敌对，20多年老死不相往来，华侨处境相当尴尬，移民的事就别提了。在我们广东侨乡，整整一代人失去了移民美国的机会。再也没有人唱“有女要嫁金山伯”的民谣了。现在两国交好，是否意味着移民大门会重新打开，我们黄家是否又可以承继祖辈的征程，续写家族的出洋史？

基辛格访华成功地打开了中美建交的大门，也促进了中国改革开放的到来，我和妻子、儿女飞赴美国的梦想得以实现。今年，2011年，是基辛格访华40周年纪念，当我在媒体上见到这位和善的长者，这位学识渊博、造诣精深的战略家、外交家，曾经70多次访问中国的“中国通”，内心仍会由衷地涌起尊敬和感激之情。

链接

中美“乒乓外交”

20世纪60年代后期起，长期处于敌对状态的中美两国开始为改善与缓和关系而进行试探与秘密接触。经毛泽东主席批准，1971年4月6日，正在日本名古屋参加第31届世界乒乓球锦标赛的中国乒乓球队，向美国乒乓球队发出访华邀请。

庄则栋和科恩交换礼物经典图片

当年中美两国乒乓球运动员在名古屋世界杯交换礼物的这一幕被称为爆炸性新闻。

1971年4月10日，美国乒乓球代表团和一小批美国新闻记者，成为自1949年新中国成立以来，第一批获准进入新中国境内的美国人。4月14日，中国总理周恩来在北京人民大会堂接见了美国乒乓球队的成员，并对他们说：“你们在中美两国人民的关系上打开了一个新篇章。我相信，我们友谊的这一新开端必将受到我们两国多数人民的支持。”

基辛格与中国乒乓球运动员交谈　钱嗣杰摄

这是新华社记者拍摄的珍贵镜头。时间：1972年4月18日；地点：美国华盛顿白宫。

在周恩来总理讲话几小时后，美国总统尼克松宣布了一系列对华开禁措施。作为回报，美国乒乓球队邀请中国乒乓球队访问美国，这个邀请立即被接受。

同年7月9—11日，美国总统国家安全事务助理基辛格秘密访华。

链接

基辛格秘密访华

7月9日凌晨4时30分，基辛格一行到达北京。周恩来派叶剑英等人到机场迎接。基辛格访问的两个任务是商谈尼克松访华日期及准备工作，为尼克松进行预备性会谈。在谈到台湾问题时，他说美国准备逐渐减少驻台军事力量。不支持“两个中国”或“一中一台”，承认台湾是中国的一部分，不支持台湾独立。美国将在联合国支持恢复中国的席位，基辛格保证通过谈判解决越南战争；周恩来着重谈了中国对台湾问题的立场，阐明解放台湾是中国的内政，美蒋条约无效。他特别指出：美国朋友总是喜欢强调美国的体面、尊严。只有把你们的所有军事力量统统撤走，一个不剩，这就是最大的荣誉和光荣。会谈结束后，周恩来向毛泽东作了汇报。毛泽东说：猴子变人还没变过来，还留着尾巴。台湾问题也留着尾巴。美国应当重新做人。双方商定尼克松在1972年春天访问中国。周恩来与基辛格商议起草了公告稿。毛泽东审阅后表示满意。基辛格临行表示，访问成果“超过了他原来的期望，圆满地完成了他们的秘密使命”。中美双方公布了基辛格访华的公告：“周恩来总理和尼克松总统的国家安全事务助理基辛格博士，于1971年7月9日至11日在北京进行了密谈。获悉，尼克松总统曾表示希望访问中华人民共和国，周恩来总理代表中华人民共和国政府邀请尼克松总统于1972年5月以前的适当时间访问中国。尼克松总统愉快地接受了这一邀请。中美两国领导人的会晤，是为了谋求两国关系的正常化，并就双方关心的问题交换意见。”公告发表后，在世界上引起了震动。

（历史资料）

35. 老侨们非常失望

“目前运载老侨回国一件，古巴办事人毛（毫）无把握……致令老侨们非常失望。”“有钱可能买到黑市吃，但衣服配给少之又少，有多多钱等于无用，又不能寄出口，又不能买到你想买的物件……”

1972年2月21至28日，美国总统尼克松访华，成为未建交先访华的第一位外国元首。毛泽东与尼克松进行了历史性的会见。27日，中美两国在上海发表两国间第一个联合公报《上海公报》，表明了一个旧时代的结束，一个新时代的开始。尼克松访华的一周，被媒体舆论称为“改变世界的一周”。

父亲信中关于“世界和平可能一大变化”的预言进一步得以证实。

世界风云变幻，这边中美关系热乎起来，那边中古关系却更为冷淡。

20世纪70年代，为了对抗美国，苏联给予古巴的援助达到数十亿美元的规模，占去苏联对第三世界国家援助总额的一半。苏联以低于石油输出国组织定价的标准向古巴供应石油，并以大大高于国际市场的价格收购古巴食糖。古巴重新制订工业发展计划：继续以糖业为重点，同时强调发展重工业和面向出口的工业。1972年加入经互会后，古巴在工业部门中同苏联和东欧国家实行部门间的对口合作，75%的贸易靠苏联和东欧。古巴经济全面转向苏联。1971—1975年工业发展较快，在免费医疗、普及教育、社会保障体系和交通建设等方面取得一定成就，农业机械化程度也在提高。但潜藏的危机——政治的、经济的、军事的危机还很严重。因为苏联的援助具有“给予”和“利用”两面性，它随时有可能给古巴带来危害。

中古关系冷淡，几乎互不往来，直接殃及华侨老人。中国货船

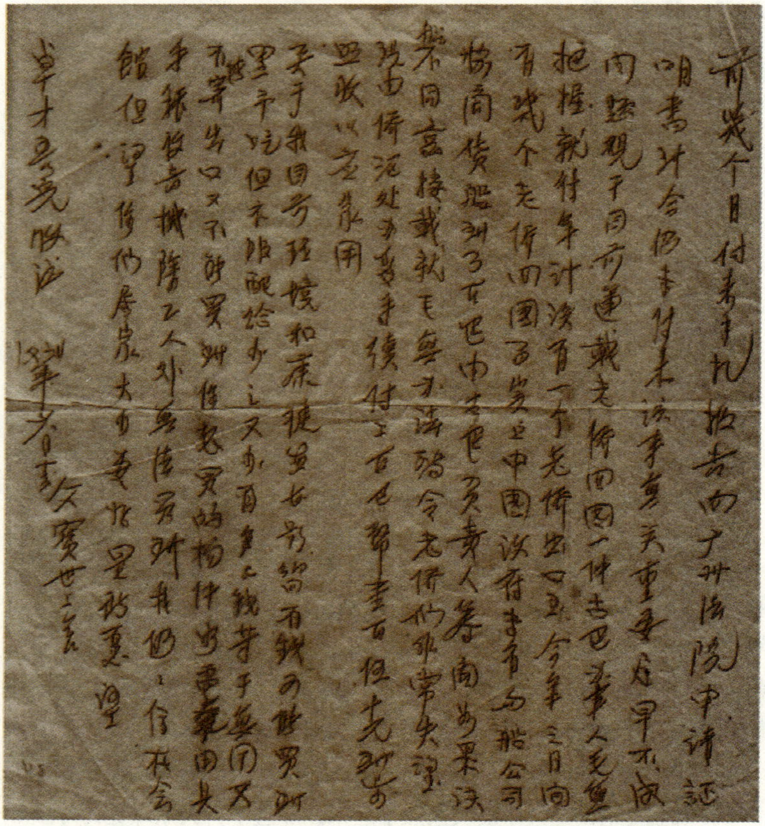

航空信

1972年6月，寄到中山坦洲中学。

前几个月付来手札，报告向广州法院申请证明书，到今仍未付来。该事无关重要，迟早不成问题。观于（乎）目前运载老侨回国一件，古巴办事人毛（毫）无把握。就往年计，没有一个老侨出口。至今年三月间有几个老侨回国。事实上，中国政府未有与船公司协商，货船到了古巴，由古巴负责人筹商，如果该船不同意接载，就毛（毫）无办法，致令老侨们非常失望。

现由侨汇处办妥手续，付上古巴币一百五十元，到步照收，以应家用。

关于我目前环境和康健无甚影响，有钱可能买到黑市吃，但衣服配给少之又少，有多多钱等于无用，又不能寄出口，又不能买到你想买的物件，如电气用具、手表、收音机，除工人外无法买到。

我仍然住在会馆。但望你们居家大小安好，是所愿望。

卓才吾儿收读

父　宝世　上言

一九七二年六月十二

到古巴，竟然不向中华会馆打招呼。老侨乘搭货船回国的事情，需要古巴中华会馆的负责人主动筹商，“如果该船不同意接载，就毛（毫）无办法”。

在国内，华侨政策被扭曲，无论是海外华侨还是国内的归侨、侨眷，都受到打击。当时“海外关系”成了一种危险品，人们谈“海外关系”而色变。1970年4月，家乡台山在全县范围内进行批判“三洋”（向洋、慕洋、崇洋）思想的运动，甚至提出有华侨关系的党员、干部要签字与海外亲人脱离关系，不得接受亲人从海外寄回的侨汇。除了土改期间没收的华侨房屋外，大跃进和“文革”期间又对华侨房屋进行挤占，当时的政策术语叫做“双代”，即由政府代管代租。广州也有相似的情况。我家所在的逢源街，挤占侨房的事情时有发生。我们在外地工作，广州的房子随时有被别人冲进去居住的危险。好在街道邻里保护了我们，也好在我的工作单位临近澳门，中山人思想开通，他们对海外关系的认识比较正确。

父亲前信曾经敦促我向广州法院申请证明书，我立即照办。但那时没有公证机关，此类事情十分难办，因此迟迟未能将证明书付去。由于中国货船运载老侨无望，父亲也就不再存有幻想，所以他说“该事无关重要，迟早不成问题”。

我真怕父亲从此心灰意冷。

父亲信中再次告知物质缺乏的情况。古巴除优惠工人外，一般居民买不到电气用具、手表、收音机等工业品，衣服配给也“少之又少”。我们这边的情况与之相比有某些共通之处。当时国家强调自力更生，市场上没有什么进口的日用工业品供应，而国产的手表、自行车等产量又不多，供不应求，不但价钱很高而且要凭票。我很想买个收音机、照相机，但买不到。

中国1978年改革开放。古巴呢？古巴经济上的问题，能全赖美国封锁吗？古巴领导人和古巴人民什么时候能好好想一想、改一改呢？

2011年初，一系列的改革消息终于陆续见报——古巴政府宣布元旦起将肥皂、牙膏等从配给清单中剔除，2月12日又宣布取消食糖限购，大米价格上调40%以上……

链接

2011，古巴“市场化改革”

新年伊始，古巴政府正式将肥皂、牙膏、洗衣粉等日常卫生用品从凭本供应配给清单中剔除。这是继去年古巴政府先后废除土豆、豌豆、食盐和香烟等配给补贴政策后实施的又一次“市场化改革”。

根据古巴官方公告，自2011年1月1日起，古巴政府正式废除“正规市场”，即凭本供应市场上的日常卫生用品买卖活动，将肥皂、牙膏和洗衣粉等生活用品转入工业商品市场和特定国营商店出售，其价格由“相应市场价格”形成机制产生。自1日起，这些商品的市场价格出现大幅上涨，例如香皂的价格由0.25比索（1美元约合24比索）上涨至4比索，牙膏从0.6比索上涨至8比索，洗涤剂也由3.75比索上涨至25比索。公告还指出，新规定是基于政府正在逐步实施的“限制国家财政补贴”政策。

此间舆论认为，从长远来看，古巴政府退出“凭本配给制”有利于终结历史遗留政策带来的诸多弊端，对于加快社会主义经济模式“更新”、刺激和调动民众生产积极性，进而推动经济长期、稳定发展具有积极而深远的意义。

有媒体认为，未来古巴政府可能还将对民众日常生活的必需品，如大米、鸡蛋、食糖、咖啡和肉类等的补贴政策进一步动刀，这对一个平均工资仅为20美元左右的国家来说将是一场极大的变革，因为不少民众甚至将面临“买不起香皂”的命运，“低得可怜的工资与高昂的商品价格之间的差距决定了逐步废除‘凭本配给制’将造成极大的震撼和争议”。

20世纪60年代，为应对美国实施的贸易封锁，古巴革命领导人菲德尔·卡斯特罗断然决定实施“凭本配给制”，以此作为一种过渡性的危机应对方式将革命进行到底。古巴民众在此后的近50年间可凭“副食本”以极其优惠的价格从国营仓库购得豌豆、蔗糖、鸡肉、鱼肉、鸡蛋、大米、咖啡、食用油、面包和牙膏等商品。

这一特殊“福利制度”在历史上曾多次帮助古巴人民渡过难关，但也给政府造成了沉重的财政负担。特别是国际金融危机爆发以来，古巴经济深陷困境，这一“制度”的弊端严重地凸显出来。为加快社会主义经济模式“更新”，古巴国务委员会主席兼部长会议主席劳尔·卡斯特罗发动了一场覆盖范围更为广泛、影响更为深远的经济变革。作为此次变革的一部分，劳尔强调政府将有计划地逐步

古巴农贸市场生意兴隆　李佳蔓摄

退出这一资源配置方式。古巴经济计划部长穆里略也强调说，“副食本”必须分阶段地退出历史舞台，因为仅对古巴普通民众“菜篮子”实施配给补贴一项每年就要耗费政府财政10.16亿美元。

古巴共产党机关报《格拉玛报》在新年之际刊文指出，古巴正以一场“革命中的革命”告别2010年，迎来并“不轻松”的2011年。在新的一年里，古巴政府将继续深化这场以经济变革为战略主轴的“革命”，积极建设一个团结、多元、不一样的国家。文章还多次提及劳尔·卡斯特罗最近的一次讲话——“古巴的变革已经无法回头，我们不能继续等待下去，必须立即采取行动，否则将葬送几代人的努力。要么我们调整方向，要么我们沉沦。”

（《人民日报》2011-01-04/记者邹志鹏）

链接

古巴民族诗人纪廉

纪廉于1902年7月10日出生在古巴的卡马圭市，在对拉丁美洲和欧洲进行了多次游历后，于1989年在哈瓦那逝世。他在故乡读完小学后，曾在父亲领导的报纸印刷所里工作过。1920年在哈瓦那大学读了一年法律后，就开始从事报纸与刊物工作。他从1930年起开始从事诗歌创作，1933年完全投身于诗歌创作与新闻事业。1937年加入古巴共产党。由于他的作品和革命活动，在菲德尔·卡斯特罗领导的古巴革命胜利前，曾遭受迫害、监禁和流放。1954年被授予列宁国际和平奖金。

1959年古巴革命胜利后，纪廉写就了很多脍炙人口的诗歌，并从1961年起担任古巴作家和艺术家联合会主席。他是古巴黑人派代表作家，他与本派作家一道，运用黑人民间诗歌的韵律或以黑人生活作为题材进行创作。对种族和社会问题给予极大重视的纪廉的作品，不仅在讲西班牙语的世界得到广泛的传播，还被译为多种语言。

我的小姑娘

纪廉

我的小姑娘，黑的多漂亮，
谁要取代她，那真是妄想！
她会做衣裳，能洗又能烫，
更重要的是，还能下厨房！
有人若请她，跳舞或喝茶，
只要我不去，她决不同意！
她曾对我讲：“你的黑姑娘
哪管天地裂，不离你身旁，
只要你紧紧，抱住她不放！”

纪廉诗意　谭艳萍摄于大萨瓜

36. 收到证明即交中华总会馆

“我三个小孙儿活泼趣致，更令人可爱。收到证明后，我即刻寄交中华总会馆有关部门。”

这封信最重要的信息，就是父亲终于收到了我寄去的法院证明，并即刻寄交中华总会馆有关部门。一纸证明，经过数年的曲折，跑了无数地方和衙门，才算办妥寄出。至于它是否有用，还是一个未知数。但在心理上，无论对于父亲或者我们这些后辈，都是一个安慰。

快乐的童年　著者摄

爷爷看到三个小孙儿这张俏皮地爬到军用吉普车上的照片，觉得“活泼趣致”，十分“可爱”。照片上的吉普车是附近梅溪驻军开来的，这是军事秘密，可不能告诉爷爷呵！

说起来实在令年轻人难以置信：如今人们司空见惯的汽车，当年只有从县城开来的那一辆破旧不堪的班车。坦洲附近的梅溪（现属珠海特区前山镇），那里有个军营，偶尔有一辆军车开进坦洲镇里来，孩子们就要跟在后面喊“解放军叔叔”。这一次，一辆墨绿色的吉普车停在坦洲中学门外的广场上，引起了孩子们极大的兴趣。我上完课，走出教

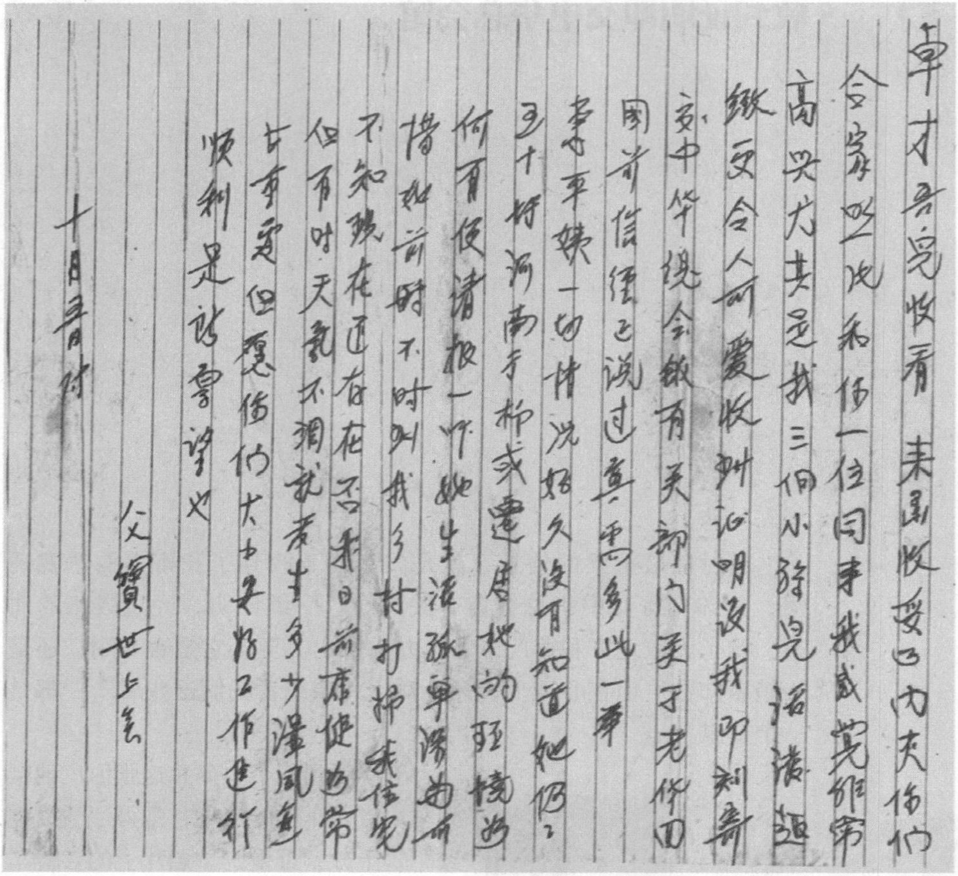
卓才吾儿收看 来函收妥了内夹你们合家照片和你一位同事我感觉非常高兴尤其是我三个小孙儿活泼趣致更令人可爱收到证明后我即刻寄交中华总会馆有关部门关于老华侨回国前信经已说过无需多此一举
惠平姨一切情况好久没有知道她仍仍五十圩河南街抑或迁居她的环境如何有便请报一下她生活孤单深为可惜她前时不时到我乡村打扫我住宅不知现在还存在否我日前康健如常但有时天气不调就发生多少湿风无甚重要但愿你们大小安好工作进行顺利是所厚望也
父 寶世 上言
十月五日付

航空信

1972年10月，寄到中山坦洲中学。

卓才吾儿收看:

来函收妥了，内夹你们合家照片和你一位同事，我感觉非常高兴。尤其是我三个小孙儿活泼趣致，更令人可爱。收到证明后，我即刻寄交中华总会馆有关部门。关于老华（侨）回国，前信经已说过，无需多此一举。

惠平姨一切情况好久没有知道，她仍仍（然）（在）五十圩河南街抑或迁居？她的环境如何？有便请报一下。她生活孤单，深为可惜。她前时不时到我乡村打扫我住宅，不知现在还存在否。

我日前康健如常，但有时天气不调就发生多少湿风，无甚重要。但愿你们大小安好，工作进行顺利，是所厚望也。

父　宝世　上言

（一九七二年）十月五日付

小伙伴

背景是坦洲山，山间的房子就是当年的坦洲卫生院。现此处已辟为坦洲公园。

今日的坦洲医院　叶劲翀摄

室看到他们竟然爬上车去，玩得不亦乐乎，美好的童真吸引我赶快向邻居借照相机，抓拍了这张照片。

谁会想到，20多年后的今天，坦洲已经成为珠三角的经济重镇，水陆交通四通八达。而照片中三个亲密的小家伙竟然天各一方，分别生活在中、美、加三地，并且分别成为不同国家的公民。一个看来已经陷入倒退的封闭社会，经历了“文化大革命”的冲击，凤凰涅槃，以至否极泰来，从而打开国门，创造了历史上又一次移民热潮，这是当年根本无法预料的事情！长眠古巴的爷爷更万万料想不到，小孙

黄雅凡一家在哈瓦那最好的私人西班牙餐厅
张宏摄

链接

蓝色海滩巴拉德罗

巴拉德罗（Varadero）在古巴西北部海岸边，西离哈瓦那130公里，北与美国的迈阿密隔海相望，加拿大有专线班机前往。这里充满了浓郁的古巴情调，是海滨餐厅、夜总会和豪华酒店最密集的地方。可惜，目前这里还是专供外国人玩乐休闲的场所，只有少量的古巴人在做服务工作，一般本国人是不能进入的。

如果你不想接触太多古巴人，那么这里的确是理想的度假胜地。在长满棕榈树的洁白细嫩的沙滩上散步，你会见到许多西班牙人、加拿大人、意大利人、德国人，但很少有美国人，因为美国禁止公民前往古巴旅游。海水是蓝色而温暖的，阳光非常充足。现代化的宾馆里装有闭路电视，有可以正常工作的空调设备、商店、酒吧、高尔夫球场等，样样都不缺少。尽管古巴性观念比较开放，但女性不穿上装晒日光浴还是被禁止的。不过在这里可以例外，甚至会有极少数古巴女性也在这里享受这种权利。

雅凡一家在巴拉德罗海滩

雅凡一家四口，竟然能在2004年以来多次到古巴巴拉德罗等著名海滩去度假，到哈瓦那、圣地亚哥去旅游。遗憾的是，由于种种原因，他们未能到大萨瓜去为祖父扫墓，寻找祖辈华侨的足迹。

父亲常常把姨母挂在心上，时常询问她的境况。我复信告诉父亲，姨母仍在仁德堂居住，生活孤独，房租收入微薄。我把果园交给她管理，每年夏天番石榴成熟季节可以卖点钱。在美国的弟弟、弟媳妇（我的舅父、舅母）也会寄点钱给她，每次大约两三百美元，衣食尚可应付。姨母不时到永隆村照看，打扫我家住宅。她无子女，随着年纪增高，更感需人照顾。幸好附近农村有个姑娘，多年前就认她做“契娘”（干妈），出嫁后虽有家务在身，仍能常乘前来赶集之便，

纽约、香港、广州飞鸿

舅舅家寄给姨母的信通常由表兄执笔。从外公起，这个华侨华人家庭在纽约已有百年历史，现已传到了第五代。

帮她挑水劈柴，干点老人做不了的杂活。若遇有病痛，还能招之即来，服侍左右。难得有此孝顺契女，为她的晚年增添了一些乐趣。

1972年，我当上第三任爸爸已有两年了。虽然在学生的眼中，我已经相当成熟老练，但实际上，我对人情世故还知之甚少。只有在今天，当我回过头来审度姨母的悲剧人生时，才有所醒悟。我想，像我姨母那样丈夫一去不复返，连书信、汇款也极少极少收到的侨眷妇女不是个别。她们虽然孤苦伶仃，但能洁身自爱、坚守妇道。她们这些被称为“金山婆”的侨妇缺少的不只是金钱物质生活，更为缺失的是精神需求和生理需求。假如姨母年轻时不是那么固守“嫁鸡随鸡，嫁狗随狗”、“从一而终”的封建观念；假如她能坚持不在乡下墟镇建房而到广州发展；假如母亲、姐姐不是把她看管得那么紧；假如她又遇上另一个真爱她的男人；假如乡规民约不是那么无情地禁锢和打击那些再婚的女子……那么，她是不是会更幸福？是不是无须独守空房、虚度青春？呵，害人的封建思想，残酷的侨乡封建乡规！

但是，一切为时已晚，不要说如今姨母已经长眠地下，即使在中年时，她也已经过早地变得人老珠黄。在家族中，我是第一个读大学的人，第一个知识分子，读的又是文学专业，接触过不少反封建的作品，为什么还是那么不开窍，不能为姨母的思想解放助一臂之力呢？至今，每念及此，我仍然感到愧疚之极。

链接

侨乡旧俗：浸猪笼

电影《爱在有情天》中有男女主角被浸猪笼的情节。做戏嘛，闹着玩的，苦中取乐。如果是旧社会，偷情男女被抓住了，按照乡规民约，真要游街示众、浸猪笼，那就苦不堪言，甚至危及生命了。

《爱在有情天》影片再现浸猪笼民俗

浸猪笼事件，解放前，在1947年左右，我亲眼见过一次。

事情就发生在我们永隆村。

一个侨眷女人，丈夫婚后出洋去了，她独守香闺20余年，虽然侨汇频来，衣食丰足，但再也耐不住寂寞孤独，于是红杏出墙了。

村中的好事之徒，好像哥伦布发现古巴那么高兴。他们设下了圈套，只等“奸夫”来钻。

入夜，那男的果然来了，进屋、吃饭、点灯上床。房间窗口和屋顶明瓦早已有人偷窥，大门外也有大汉埋伏。时机一到，众人齐声呼喊，撞开大门，果然“捉奸在床”。

这一对“狗男女”光着身子被押到祠堂，绑在柱子上，通宵达旦地受尽嘲弄和羞辱。

第二天早上，两人被塞进猪笼，放到田沟去浸水。还好，在县城做生意、见过世面的村长手下留情，没有浸死人，罚他们买了一头烧猪，请全村人吃了一顿饭了事。

37. 如果我生命许可……

“可惜我出生以来未曾到过广州市，如果我生命许可，我终有一天返回广州参观。” “目前印度支那战争经已签了和平协定……美国与中国共和人民政府建立邦交是不免的。”

五层楼

爱群大厦

越秀山上的五层楼（镇海楼）始建于明朝洪武十三年（1380）。 位于珠江畔的爱群大厦由台山华侨陈卓平创办，1934年动工兴建，1937年夏竣工，高64米，共15层，是20世纪30年代全城最高的建筑。

1973年的春节比往年快乐得多，“文革”的硝烟逐渐淡去，城市、农村呈现出一派祥和的景象。我们把孩子们带回广州过节，带他们逛迎春花市，到动物园去看长颈鹿、老虎和大象，还到文化公园去坐“飞机”，到南方大厦去买玩具……

我写信把这些情况都告诉了父亲。他说自己从未到过广州市，“如果我生命许可，我终有一天返回广州参观”。我十分理解父亲内心的向往，他74岁了，严酷的现实很可能无法让他实现这个愿望，我

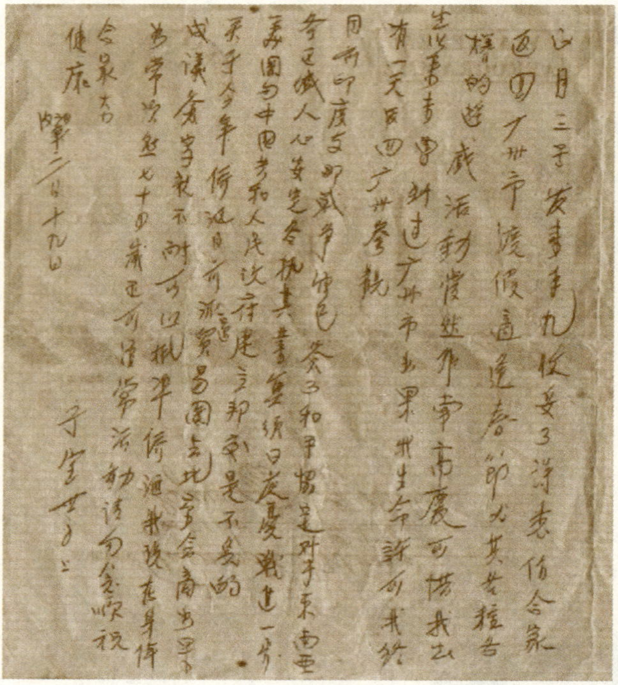

航空邮简外封

航空邮简内页

1973年3月，寄到中山坦洲中学。

正月三号发来手札收妥了，得悉你合家返回广州市渡（度）假，适逢春节，尤其各种各样的游戏活动（很多），当然非常高兴。可惜我出生以来未曾到过广州市，如果我生命许可，我终有一天返回广州参观。

目前印度支那战争经已签了和平协定，对于东南亚各区域人心安定、各执其业，无须日夜忧战。进一步，美国与中国共和人民政府建立邦交是不免的。

关于今年侨汇，目前（古巴）派遣贸易团去北京会商，如果成议签字，就不耐（久）可以批准侨汇。

我现在身体如常，须（虽）然七十四岁，还可经常活动。请勿念。

顺祝

合家大小健康

予　宝世　字上

一九七三年三月十九日

南方大厦

开放改革之前，这座建筑物是比较能代表广州风貌的。南方大厦前身是广州百货业先驱者之一中山人蔡昌创办于1917—1919年的大新公司。

只有多写信，寄些照片，如五层楼等，让他神游广州……

长期以来，我都在研究父亲当年是从哪条路线出洋的。1847年第一批契约华工赴古巴，是经厦门港出去的，其中有新宁（台山）人。父亲的时代，台山人出洋可能是乘火车经江门，或由本县的广海、海宴到香港或澳门。其中经江门的可能性最大。因为当时台山有新宁铁路直通江门，而在我们永隆村村边就有火车站，乘车非常方便。父亲说“可惜我出生以来未曾到过广州市”，证明他并不是经广州出国的。

广海镇和广海港的历史值得研究。它地处台山市东南端，靠山近海，为台山市沿海要地。它南临南海，与上、下川岛隔海相望。广海是著名侨乡。在历史上，广海镇是有名的古城和海防军事要塞，是古代海上“丝绸之路”的始发港之一，也是台山市最兴旺、最发达的商埠和渔港。从19世纪50年代起的大半个世纪内，四邑人出洋，多数就是在这里乘搭“大眼鸡”帆船（后来是火船）起航的。因此，广海又曾经是华南最著名的人力资源输出港。我曾多次到广海游览，并乘渡轮到有“东方夏威夷”美誉的上、下川岛去度假，还写了一篇游记《台山广海访古》。下面是有关片段：

在广海镇街头，我们轻快地漫步。据说这个墟镇的历史可以追溯到隋唐时代。那时，这里已有渔业和盐田。宋代称之为古瀞州。元明时倭寇（日本海盗）入侵，立寨于此；剿平后，为阳江镇中军游击守备移驻的处所。明洪武廿七年（公元1395年），为了抵御越来越猖獗的海盗骚扰，广海始建卫城，是当时中国沿海八卫之一。其后又成为通往欧美与东南亚各国的古老口岸。祖辈的四邑华侨，就是从这儿乘"大眼鸡"大木帆船漂洋过海出国谋生的。然而此刻，我们举目四顾，都是四邑侨乡常见的中西合璧的楼宇，以及近年新崛起的广海宾馆、南湾戏院等现代化建筑，古卫城的遗迹已经依稀难辨，仅存"灵湖古寺"、宋朝岭南监察御史李联的坟墓、明朝洞穴遗址"余氏石室"及大哲学家陈白沙撰写的墓志铭等。而其中，著名的刻石"海永无波"和烽火台，最能引起我们的游兴。

（黄卓才. 水上仙境. 广州：广州出版社，2004. 203）

父亲所说的"印度支那战争"，指的就是越南战争。"目前经已签了和平协定"，即指1973年1月27日交战双方在巴黎签订结束战争的和约。父亲认为"对于东南亚各区域人心安定、各执其业，无须日夜忧战"，意义重大。他并且预测下一步"美国与中国……建立邦交是不免的"。他对未来事态的发展趋势把握非常准确。果然，五年多以后，1979年1月1日，中美两国建交，实现了两国关系的正常化。

"关于今年侨汇，目前（古巴）派遣贸易团去北京会商，如果成议签字，就不耐（久）可以批准侨汇。"父亲的报道中夹带着深切的期望——两国关系的改善，贸易的继续发展，特别是关系到我们直接利益的侨汇的畅通。祖国是华侨的强大后盾，中古关系的冷淡对华侨十分不利。可喜的是，父亲写下这封信后，仅仅过了4天，即1973年3月23日，《中华人民共和国政府和古巴共和国政府一九七三年贸易议定书》就在北京顺利签订。

1983年起，中古两国关系逐步改善，两国之间各领域的交往陆续得到恢复。进入新世纪，中古贸易有了较大发展，中国成了古巴的第四大贸易伙伴。可惜，父亲看不到了。

38. 关于华侨财产继承

"对于古巴，没有继承遗产之可言。""有小部分侨胞尚存留三五千元，但一逝世被政府发觉（就会）全数没收。古巴法律除父母子女外没有（其他）继承人。"

这封信近780字，写满两张信纸，是父亲少有的一封长信。父亲跟我讨论的，是古巴华侨财产继承问题。

由于父亲回国遥遥无期，加上当时家庭生活上的困难，我的团聚情结更重了。在去信中，我曾经试探以“继承父业”为由申请移民古巴的可能性。

父亲在回信中详细说明了古巴对华侨的政策和老侨的艰难处境，并认为“中国低薪制度，是配合国内环境处理”，“粮食官价稳定，没有浮动，每个国民都有饭食，虽然不甚丰富，可以过得去，是社会（主义）国家的规律”。循循善诱地劝导我放弃移民去古巴继承父业的想法。

古巴华侨为什么后继乏人，哈瓦那华人街到了本世纪初为什么成了几乎没有华侨的唐人街，父亲在30多年前写的这封信已经给出了答案。

在20世纪70年代，中国大陆移民古巴之所以行不通，最根本的一条是古巴革命后不肯接受移民，也没有能力接受。而且，对华侨施行那么严酷的政策，也把人吓怕了。如将华侨的商店收归国有，限制华侨汇款和使用外汇到国外旅行，华侨去世后遗产全部没收等。有的华侨虽然按形势要求加入了古巴国籍，也不能幸免。据中国一位外交官员回忆：“受中苏、中美关系影响牵制，中古关系从20世纪60年代中期就开始处于紧张状态。一直到80年代初期，这种僵持状况没有任何

航空信

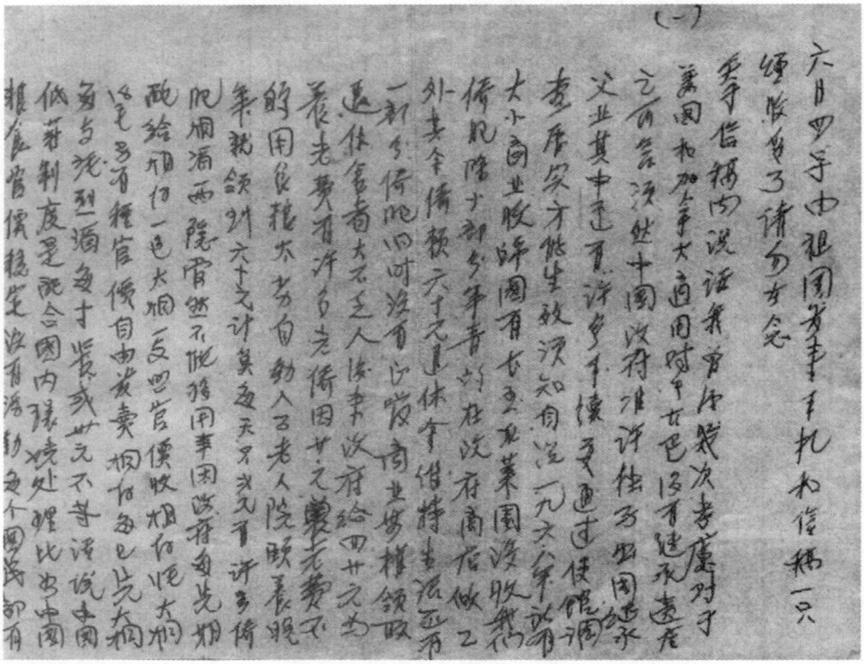

（一）

六月四号由祖国寄来手札和信稿一只
经收到了请勿挂念
来信稿内说话我曾经几次考虑对于
美国和加拿大通国时中古巴得有这承远在
之前尝说然中国政府准许侨乡出国继承
父业其中是有许多华侨更通过使馆调
查了实方能出放须知自从一九六八年政府
大小商业收归国有古巴莱园没收我们
侨胞除十部分青年在政府商店做工
外其余侨额六十元退休金借特去派五市
一部分侨胞同时没有正业商业份权领取
退休金者大不足人族事政府给四十元为
养老费有许多老侨因廿元养老费不
够用只好太劳自动入了老人院瞭养晚
年就领到六十元计算每天得二元有许多侨
胞烟酒两院当然不能够用事因政府每先烟
配给烟仔一包大烟一支四星便收烟仔吃大烟
以毛多有种管侨自由发卖烟仔每包是大烟
每支洗到一角每寸长或卅元不等话说中国
侨卅制度是配合国内环境处理比如中国
粮食当价稳定没有涨动每个国民都有

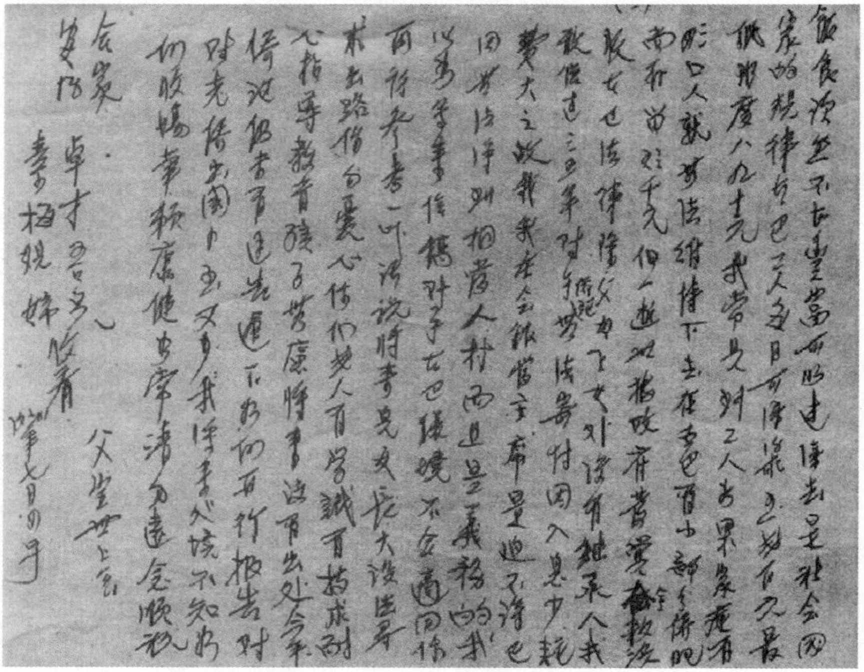

（二）

饭食须然不长丰富而足达能是社会因
家的规律古巴工人每日可得几元最
低限度八九十元我常见对工人者果来应有
的工人就可法维持下去在古巴有小部份侨胞
尚有卅千元但一边的被政府当局会控没
收女也法律除父母下女外侨有继承人我
现住过三四年时侨胞已经寄付回入息少耗
费大之故我来会银当主席量边了许也
回来法律则相当人材而且是义务的我
以为等事作稿对于古巴环境不会适用侨
两侨参考一此话说将来儿女长大设法寻
求出路借台湾心传你们要人有学识有技求耐
心指导教育孩子考虑将来没有出处今年
侨汇组者有这样边不好所有行根告对
时老侨出国中又有我得来父娘不知好
你们收妈争权康健安宁请多远念顺祝
合家
安好
卓才 吾儿 收看
妻梅娘 婶
父 坐世 上言
年七月四号

航空信封

1973年7月，寄到中山坦洲中学。

本信及信封原件由北京中国华侨博物馆收藏。

原件尺寸：信纸170㎜×210㎜，信封68㎜×148㎜。

六月四号由祖国发来手札和信稿一只，经收妥了，请勿在念。

关于信稿内说话，我曾经几次考虑，对于美国和加拿大适用，对于古巴，没有继承遗产之可言。须（虽）然中国政府准许独子出国继承父业，其中还有许多手续，要通过使馆调查属实，方能生效。须知自从一九六八年所有大小商业收归国有，甚至瓜菜园（也被）没收。我们侨胞除小部分年青的在政府商店做工外，其余倚赖六十元退休金维持生活。还有一部分侨胞旧时没有正当商业，无权领取退休金者大不乏人，后来政府给回廿元为养老费。有许多老侨因廿元养老费不够用，食粮太劣，自动入了老人院颐养晚年。就领到六十元计算，每天只二元，有许多侨胞（有）烟酒两隐（瘾），当然不能够用。事因政府每先（星）期配给烟仔一包，大烟一支[①]。照官价收（费），烟仔每包二毛，大烟一毛五。另有种官价自由发卖，烟仔每包一元六，大烟每支八毛，烈酒每寸二十二元或卅元不等。

话说中国低薪制度，是配合国内环境处理。比如中国粮食官价稳定，没有浮动，每个国民都有饭食，须（虽）然不甚丰富，可以过得去，是社会（主义）国家的规律。

古巴工人每月可得一百五十元

① “烟仔”指香烟，“大烟”指雪茄。

至二百元，最低限度八九十元。我常见到工人如果家庭有三四口人，就无法维持下去。在古巴有小部分侨胞尚存留三五千元，但一逝世被政府发觉（就会）全数没收。古巴法律除父母子女外没有（其他）继承人。我敢信过三五年对于侨汇无法寄付，因入息少、耗费大之故。

我（我）在会馆当主席是迫不得已，因无法得到相当人材，而且是义务的。

我以为写来信稿对于古巴环境不会适用，你再行参考一下。话说将来儿女长大，（他们会）设法寻求出路，你勿忧心。你们二人有学识、有技术，耐心指导教育孩子，无虑将来没有出处。

今年侨汇仍未有通告，迟下如何再行报告。

对对（于）老侨出国少至（之）又少，我将来处境不知如何收场。幸赖康健如常，请勿远念。

顺祝

合家安好

卓才吾儿、素梅媳妇收看

父 宝世 上言

一九七三年七月四号

链接

古巴烟草

古巴是烟草的故乡之一，全世界最好的烟草产自古巴。早在1492年10月哥伦布第一次航行到古巴时，就发现印第安人把一种干草卷成东西插在鼻孔里吸得烟雾腾腾，如痴如醉，这就是原始的烟草和雪茄。后来西班牙人把雪茄传到欧洲，当初被认为是怪物，传说一个贵族在吸雪茄时鼻孔出烟，仆人见了十分吃惊，马上提起灭火水桶往他头上泼下去……但后来，雪茄竟成了“烟草中的劳斯莱斯”。

烟草种植业是古巴的传统农业，与其糖业历史相差无几。据徐世澄《列国志·古巴》的数据，1958年种植面积为57620公顷，1976年增加到71000公顷，1999年下降到49785公顷。烟草总产量1958年为42000吨，1962年为51000吨，1975年41000吨，1999年31000吨。烟草是古巴主要出口商品之一。

古巴烟农　朱霖摄

松动。那时，两国除了没有断交以外，其他关系基本‘冻结’。甚至双方往来中只称‘先生’，不称‘同志’。直到1980年12月，卡斯特罗在古巴共产党‘二大’抨击中国内外政策的同时仍然声言：古中‘没有任何政治关系’。”[①]而在“文化大革命”如火如荼的中国，虽然政策上没有明文禁止向海外移民，但实际上，在极“左”思潮中，“出国”、“移民”这些字眼也是政治讳忌。在这种状态下，移民古巴自然是天方夜谭！

当时古巴的老侨处境艰难，更是父亲不主张我们去古巴的重要原因。父亲信中回顾历史、分析现状，说明“大小商业收归国有，甚至瓜菜园（也被）没收”之后，老侨无以为生，只好进入老人院的凄凉情景，读来令人落泪。特别是当时古巴物资奇缺和物价高昂，“每先（星）期配给烟仔一包，大烟一支。照官价收（费），烟仔每包二毛，大烟一毛五。另有种官价自由发卖，烟仔每包一元六，大烟每支八毛，烈酒每寸二十二元或卅元不等”，有此地不宜久居之意。一个原来是世界上最著名的烟草生产国和雪茄产地，如今竟沦落到连香烟也要限量配给，原因何在？如果古巴不从自己国家的政策、体制、管理上找原因，恐怕是不会有改进的。

我虽然当时的确有过移民古巴的冲动，但如果真的能去，恐怕还要慎重考虑，就像后来我的同学被批准移民去某个落后国家，临行前却踌躇再三那样。因为古巴与中国大陆，当时可以说是一条瓜藤上的两个苦瓜。整个大环境，包括社会制度的不完善、经济建设计划的盲目性、日常生活用品的缺乏、不能选择职业、个人发展受到掣肘等各个方面大体相同。当时我和素梅虽然已经参加工作近十年，但工资一直没有提升过，两人相加只有99元；而“古巴工人每月可得一百五十元至二百元，最低限度八九十元”。我按照当时侨汇古巴币值与美元相等计算，误以为古巴人的收入比我们高得多。后来才知道不能这样简单计算。正如父亲所说的：“我常见到工人如果家庭有三四口人，就无法维持下去。”中国大陆与古巴，只不过是“五十步”与“一百步”之比。人往高处走，水往低处流，我们为什么要从一个穷地方到另一个穷地方去呢！

---

① 宗道一. 邱小琪：英雄无悔拉巴斯. 大地，2003（17）。邱小琪2009年2月出任中国驻巴西特命全权大使。20世纪七八十年代曾在驻古巴大使馆工作。

父亲信中谈到他“在会馆当主席是迫不得已，因无法得到相当人才，而且是义务的”。他连任主席，为侨胞服务数十载，退休后更以会馆为家。现在眼看老侨越来越老，越来越少，会馆门前车马渐稀，后继乏人，是很令人伤感的。当我去信中提到何晃钊先生1968年给我的复函里说过的话：“令尊连任大沙华埠中华会馆主席，论声望地位胜过许多人……”也就引发了他的无限感慨。

华裔出任会馆主席　刘博智摄

大萨瓜中华会馆现任主席特蕾莎黎（Teresa Lay，左）和中国来访者谭艳萍小姐合影。继承、保护华侨文物，发扬华人优良传统，年青华裔任重道远。

年过古稀，物质条件差，又无亲人照顾，父亲自知时日无多。他虽然生性开朗、豁达，但有时也免不了会想到如何终老的问题。“我将来处境不知如何收场。”能像他的岳父伍于炳那样，落叶归根，长眠故土，是他最希望的。记得妈妈跟我说过，1937年父亲回来时，讲过一个打算：再出去熬它十年八载，最多一二十年，赚了钱就回来，到家乡附近的瓶身山开金矿，在村里种果树、养鸡……回国再创辉煌，或者晚年过上陶渊明式“采菊东篱下，悠然见南山”的休闲生活，这是他的理想。但现在，这个愿望恐怕也不能实现了。古人有言：“鱼游于沸鼎之中，燕巢于飞幕之上”[①]，又有什么办法呢！居安思危，父亲为迷茫的前路担忧，流露于字里行间，催人泪下。

就在这样的境况下，父亲依然在鼓励我们。他说：“将来儿女长大，（他们会）设法寻求出路，你勿忧心。你们二人有学识、有技术，耐心指导教育孩子，无虑将来没有出处。”后来的事实证明老人家的话非常正确。三年后，大儿子雅凡进入黄圃中学初中部。读

① 意为鱼游在煮沸的鼎水之中，离死不远了；燕子做巢在飘动的帐幕之上，随时会被倾覆。南朝·梁丘迟《与陈伯之书》。

合家喜聚荔枝湾

1979—1980年间，我们一家人陆续从中山回到广州，后又入住暨大。良好的学习环境，为孩子们的成长创造了有利条件。

了两年，凭着户口在广州之便，得贵人相助，转学到广州市名校第十六中学。我和素梅尚未调回广州，雅凡由外公、外婆照顾起居饮食。那时物质条件依然很差，生活清苦，但他很争气，以优异成绩直升高中。两年后，又顺利考取暨南大学生物系生物工程专业。那时候，国内的大学生物学科正由传统生物学向现代生物学转轨，他敏感地选择了后来被称为21世纪最有前途的新学科。四年后，他又从本科升读研究生，主攻分子生物学……

老大学习刻苦。每天晚自习，暨南大学图书馆孔子挂像下面那个座位一定是他的，因为他总是到得最早。他的勤奋上进为妹妹、弟弟带了个好头，老二、老三也追随其后，陆续在广州第十六中学完成中学的学业，然后升上大学。雅凡读的是理科，老二黄炼由于两次获得全国性中学生作文比赛大奖而引发了学习文科的兴趣，她考取的是暨南大学新闻系国际新闻专业；毕业后业余攻读经济管理硕士课程班。而老三却迷上汽车专业，考取的是华南理工大学机械一系汽车专业。后来，老大、老二分赴加拿大、美国留学。1995年，黄雅凡在加拿大

黄宝世孙辈完成学业

黄雅凡喜获加拿大王后大学生物博士学位，父母应邀前往参加毕业典礼。

黄炼在暨南大学新闻系本科毕业后续攻硕士班，后移民美国。

黄鹄毕业于华南理工大学机械一系汽车专业。

王后大学获博士学位，父母专程前往庆祝。随后他与博士毕业的太太万江欣同往美国芝加哥大学从事博士后研究。老三却选择留在广州寻求发展。朋友和同事戏说我三个孩子学科、地域“分布合理”，其实作为家长，我们只是顺其自然，“耐心指导教育孩子”而已。他们真如爷爷所言，各自“设法寻求出路”，开始了一代新人走向社会，走向世界的奋斗。

链接

华人移民古巴史

首批中国移民共206人，1847年6月4日作为“契约华工”从厦门乘船抵达哈瓦那港。1492年10月，哥伦布发现了古巴，于是这个美丽的加勒比岛国从16世纪起沦为西班牙殖民地。古巴盛产蔗糖，在16至17世纪，西班牙庄园主都是靠从非洲买进黑奴从事甘蔗园和糖厂劳动的。

19世纪初，英国率先发起废奴行动，西班牙在英国压力下只好停止买卖奴隶。在这种情况下，为弥补劳动力空缺，西班牙人接受英国建议，开始从亚洲移民，这些中国移民都是被人贩子转卖到古巴和其他加勒比国家的。

在哈瓦那博物馆里，至今还保存着当年华工的卖身契，“契约”期限为8年。由于华工都是给庄园主卖苦力的，因此，后来在西班牙语中有了“苦力”这个词，表示早期中国移民的意思。

在此后的几十年里，来古巴的华工不断增多。1870年，古巴政府宣布废除华工的“契约”，在古巴的“苦力”都成了自由人。勤劳的中国人在古巴的境况随之日益改善，成了餐馆、旅店、咖啡馆等行业的主人。

19世纪中叶，由于美国歧视移民政策，大批华人从芝加哥移民古巴。1874年，在古巴的华人已达到10多万人，哈瓦那华人区成了美洲最大、最繁荣的华人区。当时的桑哈街上除了各种中餐馆和中国商店外，还有好几家电影院、戏院和麻将馆；华人区建立了中文学校、医院和养老院，并在哈瓦那国家公墓买下了墓地——中华总义山。

广大华侨为维护自身的合法权益，于1893年5月建立了自己的组织——中华总

契约华工　泉州华博雕塑

会馆，它是拉美国家中历史最悠久、规模最大的侨团之一。20世纪初古巴独立，在中华总会馆的影响下，各类华侨组织纷纷出现。

1959年，卡斯特罗领导的古巴革命胜利后，以私营业主为主的华人华侨大批离开古巴，前往美国和其他拉美国家，只有少数人留下。随着时间的流逝，老侨逐渐去世，又没有新的中国移民到来，古巴华人的数量越来越少，华人社会日趋衰落，目前全古巴的华侨华人总共才有1000多人，华人区现在的居民大多数是华裔。

（节录自：马晨. 哈瓦那的“桑哈”大街见证古巴华人百年沧桑. 海内与海外，2005）

39. 心系家乡

"今年比较去年能够寄多二十元"，"回故乡一行，所见过本乡情况以及其他地方（情况），姨母生活和健康，我乡村旧日的房屋如何处置，来信略为报告"

黄家第三代在成长

每逢假期，无论多么忙，我们都要尽量满足孩子们求知的欲望。这是暑假游广州东湖的留影。

今年侨汇增加了20元，对我们这样正处于生活困难的侨属家庭来说，是一个好消息。但同时，它也说明古巴老侨越来越少，有能力寄钱回家的人已经不多了。而对于父亲，在他已经几近枯竭的微少积蓄中，还要分出相当大一部分来给我们，这是多么无私的奉献!

我知道，父亲的支持不会是永远的，我们要居安思危。而在当时的社会环境之下，自己根本没有门路挣到除工资收入以外的一分钱，唯一的办法就是节约。因此，在坦洲，我竟然重温了儿童时代上山打柴的生活。

坦洲虽然是富饶水乡，但当年有两样东西十分缺乏，一是食用水，二是柴草。

坦洲近海，河涌的水虽说是淡水，但由于海水和咸潮流入内河，

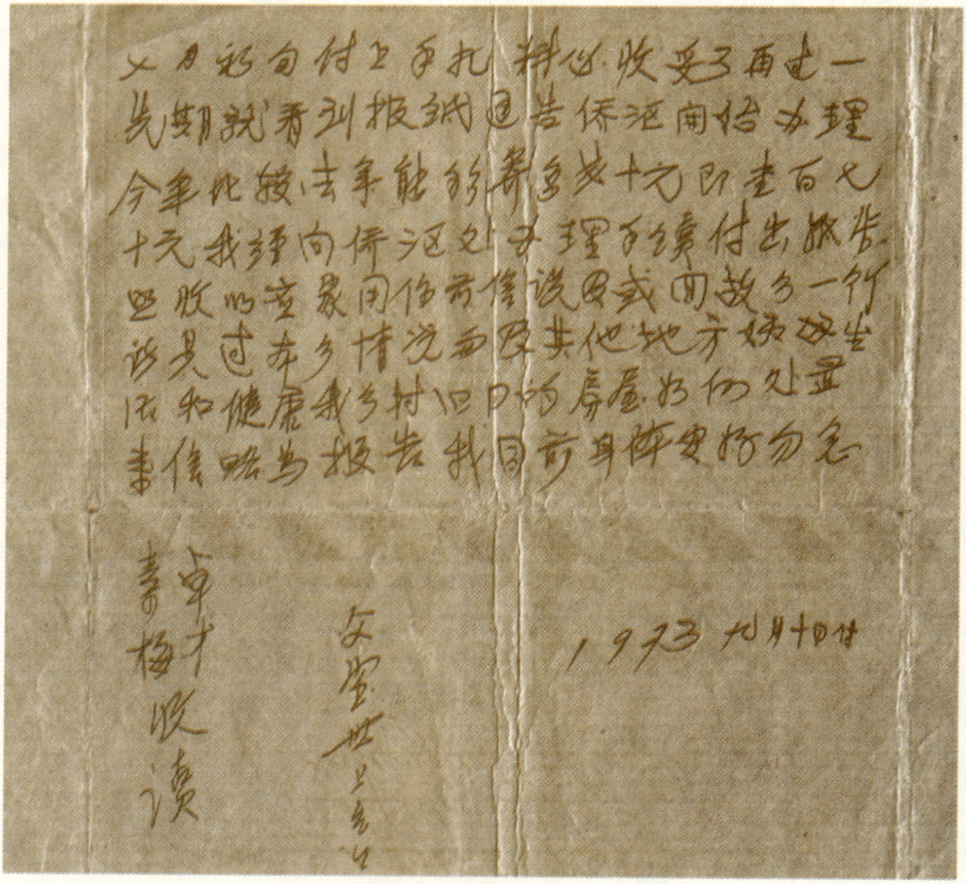
七月初旬付上手札料必收妥了再过一
先期就看到报纸通告侨汇开始办理
今年比较去年能够寄多二十元即壹百七
十元我经向侨汇处办理手续付出抵步
照收以应家用你前信说及或回故乡一行
所见过本乡情况以及其他地方姨母生
活和健康我乡村旧日的房屋如何处置
来信略为报告我目前身体安好勿念

卓才
素梅收读

父
宝世
上言

1973 九月十日付

七月初旬付上手札，料必收妥了，再过一先（星）期就看到报纸通告侨汇开始办理。今年比较去年能够寄多二十元，即一百七十元。我经向侨汇处办理手续付出，抵步照收，以应家用。你前信说及或回故乡一行，所见过本乡情况以及其他地方（情况），姨母生活和健康，我乡村旧日的房屋如何处置，来信略为报告。

我目前身体安好，勿念。

卓才、素梅收读

父　宝世　上言

1973　九月十日付

航空邮简

1973年9月，寄到广州家中。

令淡水有咸味，不能喝。坦洲镇水井不多，学校门前几十米处有一个，但出水量少得可怜。倘若用铁桶、木桶打水，都打不到水，当地人把旧橡胶篮球割去小半，做成特制的皮球水桶。这样就能连沙带水地刮到半桶。打上来之后要让沙子慢慢沉淀，然后净出水来。每天要花半个小时刮水，这是我当时的必修课。现在，坦洲自来水设备很好，打开龙头清水哗哗直流，当年艰辛，已成追忆。

所谓“柴米油盐”，柴在日常生活中是放在首位的，坦洲偏偏紧缺。它有山，新塘、龙塘、月环等大队是山区，但由于封山育林，加之交通不便，农民上山打柴多为自用，少量挑担到镇上来卖的价钱也比较高，因此居民主要靠国家配给的蜂窝煤生火，不够就加点甘蔗叶、树枝等凑合。我们当教师的，只能靠买点硬柴（干木柴）补充。后来硬柴价钱越来越高，难于承受，校长就领着我们几个年轻力壮的教师上山打柴。那山在南溪大队，离学校约三四公里，属于珠海县地头。用父亲的侨汇在香港买回来的凤凰牌26寸单车，本来不善载重，但这时也派上了用场。离开家乡农村20年，我又重温当年跟随母亲上山打柴的生活。我想，走出书斋，干点儿体力活，一方面可去掉一些

链接

一车多用的"26寸永久"

1962年，用父亲侨汇从香港买回来的中国出口26寸永久牌自行车质量很好，十多年来充分发挥了它的作用。无论从大学时代上学回家，参加工作之后从翠亨村返回广州，在坦洲、黄圃下乡调查、家访或是上山打柴，从中山到珠海去探望同学、购买咸鱼活虾，还是孩子们学习骑车，它都是很好的帮手。特别是与同事从中山翠亨村骑回广州，单程100多公里，中途经过5个渡口，要乘船过河，像自行车比赛那样快跑也需要7个小时，而我们有时竟是一天内来回。而在坦洲、黄圃，又经常用于下乡家访、联系工作，要走称为"和尚头"的凹凸不平、泥泞溜滑的围基路。正因为这样长途跋涉、运输，粗使粗用，磨坏过几个轮胎、几条掣线、车链，我已经记不清了。1979年，我临调回广州工作时，在黄圃镇做建筑的年轻朋友买不到单车，要求我转让给他。其时正值改革开放，我这部轻便"坐驾"又成了农民朋友创业致富的工具。一部自行车，也记录着时代和家庭的历史。

我家第一车

书生气，另一方面可改善生活，这的确是很有意义的。

父亲心系家乡，信中惦念着亲人和他亲手建成的房子。他知道我们暑假回过故乡，就要我把“所见过本乡情况以及其他地方（情况），姨母生活和健康，我乡村旧日的房屋如何处置，来信略为报告”。这种思乡情结和落叶归根情结是互相缠绕的。我详细汇报了有关情况和见闻。

在这次回乡中，姨母讲了附近农村一个姓甄的农民上山挖出大水晶的事，我也告诉了父亲，因为对于家乡的矿藏，他是一直关心着的。这位农民后来挖到了更多、更大的水晶，轰动一时。直到2004年，我才把故事完整地记录下来，写成散文《水晶梦》。

链接

水晶梦（摘录）

家乡山里有水晶，早已不是什么秘密。连绵山脉上最高那座山，地图上标为古兜山，我们的乡亲却习惯叫做“瓶身山”，它的样子的确像个大瓶子呢。小时候，每当我站在老屋的阳台上，面对着远处山腰瀑布“飞流直下三千尺”的美景，背诵着大诗人李白的《望庐山瀑布》，我就会想，如果李白有缘到台山来游览，他也许会把这首诗改成“日照瓶身生白烟，遥看瀑布挂前川”吧。之所以把“紫烟”改成“白烟”，是因为缭绕在瓶身山间的云雾是白色的。那时候，山上还没有截流建发电站，瀑布气势磅礴，不时有七色彩虹横贯，比李白所描写的“飞流直下三千尺”奇观有过之而无不及，完全切合“疑是银河落九天”的意境。

而最令人心驰神往的，是山上山下丰富的矿藏。古兜山脉除了水晶矿随处可见之外，钨矿也露出了地面，你只要懂一点儿常识，拿个筲箕或者铁镬到山溪去淘，说不定一天就能淘出个半斤几两来。你知道，钨可用于制造枪管，在抗日战争时期，我们家乡的钨矿还为打日本鬼子作出过贡献呢！而锡矿就更多了，解放后，国家的矿产部门就曾在我们家乡设厂开采过锡矿。呵，山里还有金矿，我爸爸在20世纪30年代从古巴回来探亲时曾经说过：“你不要以为金山（美国）才有金矿，我们这座瓶身山也有，只不过还未成熟，等它成熟了，我就回来掘金。”

父亲言之凿凿，据说还有地质工程师的话为证呢。

正因为这样，古兜山脉成了人们寻宝之地，寻宝传奇时有所闻。而在这些传奇中，最引人入胜，也最能给人以深刻哲理启迪的，又是水晶王甄伯的故事——他找到过四窝水晶矿！

（陈照平. 情牵五邑. 广州：岭南美术出版社，2006. 370）

梁玲珠医生古巴探亲　颜咏堂摄

2008年、2010年，梁玲珠医师（中）与丈夫颜咏堂教授两次从广州到古巴马坦萨斯市，探望四位同父异母（西裔）弟妹和他们的孩子。

40. 教育儿女长大自然有出路

“您近来几封信关于您个人前途未满理想愿望、常抱悲观。”“坚持忍耐，等候时机，教育儿女长大，自然有出路。”

父亲身体每况愈下，“精神上未免太差，执笔如负重担”。他说这是“年事太高”之故，当时我才30多岁，父亲已经76岁，相比之下，我觉得父亲的确老了。但现在我重读此信，却觉得更主要的问题，不是年龄，而是父亲精神上的苦闷和物质上的贫乏。

父亲“失业将近六年，所入不敷支出，所余不过一二千元。长期下去好容易用清”。而对于回国的事情，却越来越渺茫：“关于老侨一件，至月前未见半个人出口，对此非常失望。”鉴于古巴老侨财力已经耗尽，有的侨胞家属从香港寄去美金和飞机票，古巴方面却迟迟不让他们出境，“返国事情亦不容易，起码要候二三年，然后轮到”。华侨乘搭中国货船回国无望，旅游观光回国无望，连亲人出钱出机票援助回国也那么难，似乎每一条路都被堵死了，古巴政府的做法简直是不可理喻。缺衣少食，营养不能保证，身体衰老加快。眼看身边的老侨一个个故去，中华会馆里走动的人越来越少，父亲内心一定是压抑的，这对于健康自然非常不利。

以前我不懂事，而随着现在年纪渐长，社会逐渐开放，两性观念的不断更新，我才为父亲设身处地想想：他在古巴还有妻儿吗？

在19世纪契约华工时期，古巴的中国苦力是清一色的男性光棍族群。于是就有这样的趣闻：为了让解除契约束缚的华工继续安心在蔗园、糖厂卖力气，白人老板找来一批单身黑人妇女，用布袋罩住头部，

航空信

本信及信封由中国华侨博物馆收藏。

原件尺寸：信笺204mm×250mm，信封148mm×90mm。

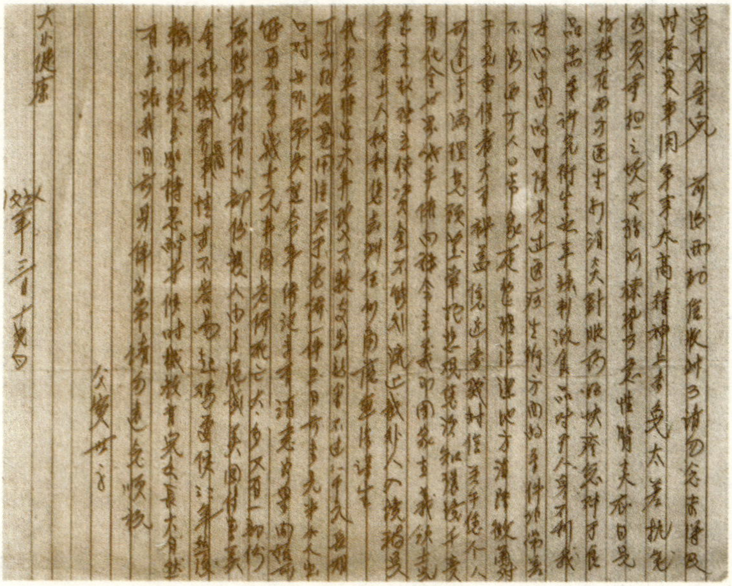

卓才吾儿：

前后两封信收到了，请勿念。未得及时答复，事因年事太高，精神上未免太差，执笔如负重担之故。

女孙阿炼染了急性肾炎症，日见好转。在西方医生打消炎针、服药，好快痊愈。对于食品需要讲究卫生，如辛辣刺激食品，对于人身不利。我在旧中国的时候见过医疗卫生方面的条件非常差，不如西方人日常家庭整理清洁地方，消除微菌，对于儿童保养大有裨益。

您近来几封信关于您个人前途未满理想愿望，常抱悲观。您须知环境千变万化，全世界几乎催（趋）向社会主义即国家主义，（要求）领土完整、主权独立，使资金不能外流，止截外人入境，被（避）免争夺土人权利，您去到任何角落无法谋生。

我失业将近六年，所入不敷支出，所余不过一二千元。长期下去好容易用清。关于老侨一件，至月前未见半个人出口，对此非常失望。

今年侨汇未有消息，如果开始，可能再加多几十元，事因老侨死亡太多，又有一部分无能寄付。有小部分亲人由香港或美国付来美金、飞机票，返国事情亦不容易，起码要候二三年，然后轮到。

总至（之）坚持忍耐，等候时机，教育儿女长大，自然有出路。

我目前身体如常，请勿远念。

顺祝

大小健康

父　宝世　字

一九七四年三月十二日

航空信封

1974年3月，寄到中山师范学校。

让华工选作妻子。这无疑是一出闹剧，但它客观上打破了不同肤色通婚的界线，促进了华人与古巴其他民族的融合。到20世纪，虽然有华人女子到古巴，但为数极少。长期与国内眷属分离的男人，终于耐不住孤独，纷纷与古巴白人、黑人或混血女性结婚、同居。我的古巴友人吕美枝（LUIS Mitzi）的爷爷吕番象，就是一例。

链接

吕美枝和她爷爷吕番象的故事

古巴华裔新会探亲记

路山

了却数十年的思念，克服重重困难，古巴华裔LUIS Mitzi（路易斯·米兹）女士终于回到爷爷吕番象的故乡江门市新会区大泽镇吕村东兴里探望亲人。

这是一次不同寻常的探亲，许多细节感人至深！

Mitzi是来广州开学术会议顺带探亲的。

Mitzi的爷爷名叫吕番象，1918年（18岁）到古巴中部的比亚克拉拉省一个偏远滨海小城西恩富戈斯（Cienfuegcs）谋生，十年后第二次回国时娶妻，生女；1932年第三次回乡，再添一女。返古巴后，知遇一位15岁的西班牙裔姑娘，同居，并生下二女。

同居女友突然离家出走，不知其因，也不知所踪——据说当年这样的事情在古巴时有发生。吕番象是街头摆摊的小贩，他卖蔬菜水果，赚点小钱养家糊口，不但要养活身边的两个可爱的混血女儿，还要依时依候寄钱回家乡新会给老婆和两个女儿。到了60多岁的时候，吕番象无业，也没有退休金，四个女儿像嗷嗷待哺的雁儿，吕番象只能靠以前一点小小积蓄养育她们。

后来，四女儿吕月宝结了婚，生下 LUIS Mitzi（LUIS，路易斯，即“吕”）。吕番象十分钟爱这个小孙女，他尽心尽力照顾她，给她讲好多中国和新会家乡的故事，在她幼小的心灵中播下了爱中华、爱家乡、爱亲人的种子。1975年，11岁的Mitzi失去了吕番象爷爷，懂事的她悲痛不已。她慢慢长大，得益于古巴政府的免费教育政策，由小学、中学到大学，从边远小城到首都，她成了哈瓦那某图书馆的管理和研究人员，华侨华人研究专家。随着年龄的增长，她越来越觉得中国

吕番象和他的两个混血女儿

爷爷是世界上最好最好的人；她想象，爷爷的新会故乡一定是世界上最美最美的地方……

到中国去！一个迫切的愿望在心中不断升腾。终于，2007年的一天，Mitzi得到一个信息：一个海外华人研究和文献收藏机构的大型国际学术会议将在广州暨南大学召开。她按会议要求提交《古巴西恩富戈斯的华人商业组织初探：1888—1909》的论文，报了名。2000美元的路费却没有着落。她每月的收入折算起来只有10多美元，日子过得并不宽裕。美国布朗大学族裔研究中心主任胡其瑜教授（华人）得知情况后马上伸出援手。会议组织者也为她一一排除出国的障碍。终于，经过36小时的长途飞行，在荷兰阿姆斯特丹、北京两次转机，日夜兼程来到了广州。

会议结束后，次日早上，Mitzi在胡其瑜教授、美国纽约城市大学的罗凯娣教授（白人，女）、美国纽约康涅狄格学院的韦德强教授（白人，男）和广州暨南大学黄卓才教授的陪同下，专程前往新会探亲。行车途中，黄教授灵机一动，送给Mitzi一个中国名字：美枝。

新会方面，吕番象后人早已做好准备。手机信号不断在空中飞翔。一个多小时后，吕家的小车在共和出口顺利接到了广州来的商务车。表兄弟等和不远千里而来的表姐紧紧拥抱在一起，场面十分动人。新会话、广州话、英语、西班牙语，所有的表情和动作，都表达着同一个意思：高兴，太高兴了！美、中四位教授的兴奋程度不亚于主人，胡教授忙于翻译，黄教授忙于摄影，罗教授和韦教授忙于录像……

两台小车沿着平坦的新修水泥公路向吕村方向前进。到了东兴里吕番象老家，先看故居，再看新屋。故居是一间低矮的小平房，空置着。为了纪念祖先，小阁楼上保存着吕番象从古巴带回来的金山箱，箱上写着“F·L”的字样，这是吕番象名字的简写啊，里面还装着他穿过的手织土布唐装衣裤和生活用品。吕氏兄弟告诉我们，这个金山箱是个传家宝，锁头非常坚固，日本侵略军入屋抢掠时没有办法把它打开。他们还出示了吕番象手写的三个寄往古巴的航空信封，那是爷爷怕家属不会写西班牙文地址而特意留下的。黄卓才教授的父亲也是古巴华侨，他把自己的著作《古巴华侨家书故事》送给吕家，并问吕氏兄弟有没有保存爷爷的信。“没有了，都烧掉了，真可惜！”

吕美枝在中国家乡

左一吕美枝，中戴帽者为胡其瑜教授，摄像者为韦德强教授。

不远处是吕家新屋，一座三层高的漂亮小洋楼气派十足。屋内布置简洁雅致，登上楼顶，四千多人的大村兴旺景象尽收眼底。在这里，沉浸在亲情和幸福中的美枝才想起带来的礼物。她给亲人送上爷爷生活过的城市的旅游指南、皮革制的古巴地图、特色餐巾，还有几张难得的《光华报》——古巴华侨社会历史最长、最具影响力的报纸。礼轻情义重，万里之外的加勒比亲人不忘中国的根，在场的人无不热泪盈眶！新会亲人给美枝的回礼，是崭新的人民币。开放改革让他们洗脚上田，吕番象孙辈办工厂、开公司，走上了致富路；重孙辈的年轻人一个个上了大学。面对一沓沓的百元大钞和一个个沉甸甸的“红包”，美枝婉言辞谢，家乡亲人则硬往她怀里塞。来客赞叹：“东兴里”，东方兴起哩，名副其实啊！

古巴亲人回乡的消息不胫而走，本村的侨属、外村的亲戚，还有看热闹的小孩和老人，把吕家挤得水泄不通。一个古巴老侨属带着儿子匆匆赶来，托美枝转告他古巴的哥哥，请他早点儿回来安度晚年。他说：“我们有钱，一切旅费我们负责，回来后的生活不用担心。”急切之情溢于言表……一直到了午后好久，大家才想起吃饭。

吕氏兄弟在会城一家豪华酒家宴客。饭后，又带美枝表姐回到会城的家，行拜祭祖先之礼，然后依依惜别。

那么，我父亲有没有女朋友呢？

美枝告诉我，她访问了好多大萨瓜人，得到一个信息：有。

这个古巴西裔女子叫Ninfa（妮花），情人关系，断续秘密往来，没有同居。他们的关系保持了20年。Ninfa在经济上得到黄宝世的帮助……

这个信息令我惊喜，愧疚的心得到了抚慰。可惜的是，这只是一个传闻，还没有任何证据。

收到这封信前几个月，1973年11月，我已经调往中山师范学校工作，妻子随调黄圃人民医院。为此，我们一家五口也搬到了黄圃镇。

这次调动并非我主动。当时我最希望的是返回广州，因为那毕竟是我读书长大的地方，有许多的牵挂，还要为孩子将来的学习环境着想。

"人怕出名猪怕壮"，当中山县教育局的调令下达到坦洲中学时，黄滚常校长这样感叹。"我们这间铺头仔留不住人才。"他很后悔让我出了名。

其实，人要出名，有时是在不经意间。公社文教办指定要我担任首期"赤脚教师"培训班的主讲教师和班主任。当时大沙田地区缺乏教师，而知青又正在苦寻出路，两者一拍即合，学员积极性很高。我根据他们的实际制订教学计划、自编教材，讲课很受欢迎。这批特殊学生大多数是来自广州市执信女子中学和中山纪念中学、石岐一中等名校的知青，他们多半是从具有高二或高三学历的知青中甄选出来的，文化知识基础好，学起来很容易上手。个别只有初中学历的则是知青中崭露头角者（例如后来当了广州一流名校南海执信中学校长的黄晓江等）。这样一批高素质的学员，只要教给他们一些备课、讲课的技巧，他们就可以胜任小学、初中教师的工作。果然，经过短期培训，这批学员成了各个大队小学的教学骨干，个别还被挑选到公社的中心小学、中学任教。"黄老师教得好"之类的议论自然不绝于耳，我的成绩也就很快传播开去。我常常骑着自行车，沿着围基泥泞小路到各个大队的小学去看望这批"赤脚教师"，听听课，为他们解答一些教学中碰到的问题。看到他们朝气蓬勃地把文化知识撒向大沙田，听到他们向学生和农民介绍说我是"老师的老师"，我觉得自己的确做了一件很有意义的工作。我之所以受到学员欢迎，其中最重要的一条是我与他们心心相通。因为，我也从大城市来，也热爱教师的工作，与他们有许多共同的经历和感受。

最令黄校长耿耿于怀的，是我的一堂公开课导致我和一名班长相继被调走。当时“教育革命”怪事多多，考试中交白卷的考生称“英雄”，电影上嘲笑农学院教授只会讲“马尾巴的功能”，借一个小学生的日记在全国掀起反“师道尊严”的运动……我当时担任语文科组长，在教学中坚持自己一向的做法——教书育人，向学生传授文化知识，教给他们读、讲、写的基本技能。校长安排我准备一堂公开课，说有外校教师来听。我设计了一堂作文讲评课，并且预先做好前期准备工作，带学生到农村去访问农民、干部和知青，然后让他们写作文。公开课上，我让学生介绍自己的文章，谈采访和写作的心得体会。我不时与学生交谈，加以提点、评论，课堂气氛轻松而活跃，听课的本校、外校老师深受感染。对这堂课大家一致给予肯定。特别是中山师范学校的领导和语文教师，更是给予很好的评价。

我想，提升了我们这间“铺头仔”的知名度，应当是我的一点贡献。谁知没过多久，黄校长就听到两个消息，一个是要把我调到中山

继往开来　希望所在

坦洲中学50周年校庆日，著者与在职教师（部分）合影。

师范，一个是把我当班主任这个班的班长调入中山粤剧团。对于我的被调，黄校长自然知道“祸”因，大叫“失策”；而对于班长的抽调，则是满头雾水。原来，早两个星期，我带学生下乡采访，在晒谷场休息时，班长在水泥地上打着漂亮的筋斗，被在场的中山县粤剧团相中，一口咬定这就是他们踏破铁鞋寻找的武打小生。当时中山师范不仅是全县的最高学府，在附近几个县也算老大；而中山粤剧团是县直属单位。上级要调人下级是不能不给的。黄校长明白过来之后，既高兴又后悔，唯有感叹“赔了夫人又折兵”。

回顾我在坦洲工作仅四年，但有幸参与创办高中部，为落后的大沙田教育的飞跃尽了心，为当地培养第一代高中生尽了力。更令我庆幸的是，这批学生走上工作岗位不久，就喜逢改革开放。于是，不少人大展拳脚，在家乡、在港澳、在海外得到很好的发展，有的当了镇长、局长、校长，有的成为香港和内地企业家，更多的是在平凡岗位上默默地为建设坦洲、改变沙田区的落后面貌作出了重大贡献。

坦洲的日子是美好的。用时下的流行语，就是“穷，而且快乐着”。“葡萄美酒夜光杯，欲饮琵琶马上催”，正当我还在栈恋坦洲时，要人单位和教育局却连发令牌，催得猴急了。

中山师范在黄圃镇，坦洲与其相隔七八十公里，学校没有任何交通工具可以将我送达。领导、同事、学生、家长、农民和知青朋友们热情为我送行，把我的行李搬到码头（当时全部家当就装进30多个纸皮箱），送上花尾渡“红星”轮——当年珠江上的一种载客机动木船。上午9点开航，下午6点才到石岐。而此时开往黄圃的花尾渡早已不见踪影。我们就只好在石岐住下来。那天正是1973年的农历八月十五，中秋之夜，我们一家大小在美丽的岐江边赏月，留下了难忘的一页。

黄圃镇当时是中山县的第三大镇。此镇声名在外，实际上也只有一条街，只不过比坦洲街长一些罢了。黄圃镇有一样东西格外出名，就是腊味。当年镇上没有著名的腊味店，但腊味制作技术却享誉广州，腊味师傅走遍全国。在腊味行业，说起黄圃师傅，没有人不知道。广州的“皇上皇”、“沧州”等名牌店，每到秋季腊味制作高峰期，都会雇用大量的黄圃师傅。改革开放为黄圃腊味的大发展提供了历史机遇，现在它已经成为中山市的一个特色产业。

链接

黄圃腊味

腊味飘香　著者摄

黄圃腊味的历史悠久，早在100多年前，黄圃人就发明了腊味制品。相传，清光绪十二年（1886年）冬季一天，黄圃一名叫王洪的卖粥档主，因天气奇冷，阴雨纷飞，准备好的猪肉、猪肝、粉肠等肉料因无人光顾而卖不出去。王洪只好用盐、糖、酱油等调味料把肉料腌起来。谁料连续多天阴雨不晴，肉料始终无人问津，王洪尝试把粉肠掰衣，将肉料切成粒塞进肠衣内，再用水草分截绑好，悬挂在屋檐下，经数天风干日晒，便制成了今日的腊肠。由于腊肠吃起来香而不腻，别有一番风味，王洪便如此炮制，把腊肠作为一门生意经营，设档出售，购者日众。聪明能干的黄圃人，依照腌制腊肠的方法，后来又制成了腊肉、腊鸭等腊制品，并且不断研究改进生产工艺，由全手工生产发展到半机械化生产或全机械化生产，由风干日晒发展到木炭烘房烘烤，再发展到太阳能干燥技术。改革开放以来，特别是20世纪90年代以来，黄圃镇党委政府为了促进腊味行业的发展，积极采取用地、用电、用水、税收等优惠措施，大力扶持腊味行业，使腊味行业得到迅猛发展。一些本来在四川、湖南等地开设腊味生产厂的本地人纷纷把厂子搬回黄圃。伴随着腊味行业，其他食品行业在黄圃也逐渐发展起来，稻米蔬果加工、干果饮料、水产品加工、包装印刷等行业也加入到黄圃食品产业的发展行列，使黄圃以腊味为代表的食品产业越做越大，成为门类较齐全、具有一定发展规模、初步形成产业链条的区域特色产业。

（百度网）

著者与中山师范的学生聚会留影

当时中山师范学校受命从在职民办教师中抽调优秀分子进行两年培训，然后授予中专文凭，并吸收为公办教师。生源除来自本县外，还有不少来自附近的番禺、顺德、珠海、斗门四个县。此外，学校还担负起各个公社巡回教学的任务，与广东师院（现华南师范大学）的老师一起，共同辅导初中教师。这是中山师范的鼎盛时期，教学层次高，师生中人才济济，虽然仍然处于“教育革命”的大环境中，社会上“读书无用论”甚嚣尘上，但在这里似乎是个例外。学员从教学实践中深知文化知识的重要性，教师上课认真，学员学习刻苦。校园处于小镇东郊，夏天蚊虫猖獗，学员要穿长袖衫，再加袖套和袜子，才能勉强抵挡住蚊子和“小咬”的侵袭。即使这样，大家还是坚持晚自修。前后两三届的学生，毕业后正逢改革开放，于是成就了一大批人才，如优秀教师、书画家、校长、局长、市长、市委书记等，这是后话。

中山师范的校址，原来是省属中山农业学校的所在地，拥有大片大片的农田和鱼塘。按照当时的政治导向，知识分子的思想属于资产阶级，所以大农场正好是他们改造思想的战场。实际上，大家心里明白，师生是最好的免费劳动力。锹泥、砍蔗、割禾、晒谷，一件件重活全靠师生承担。体力劳动成为检验师生政治表现的主要依据。而当时学校饭堂的伙食很差，每天的早餐几乎都是长了虫子的面饼，又缺油少肉，营养得不到保证。在我的记忆中，那几年的日子是相当艰苦的。

到中山师范工作，我最高兴的是居住环境的改善。校舍依山而建，山脚下是办公楼、礼堂、饭堂，山腰上是课室、学生宿舍。大部分的教工宿舍都在山下，唯有一座旧平房坐落在山腰上，与学生宿舍相邻，听说以前是校长住过的，现在成了我的家。这儿背靠尖峰青山，面临圃江绿水，风景优美，是非常幽静的山间别墅。虽然没有自来水，井水要从山脚下挑上来，每天要多次爬数十级上山石梯，但当时年轻，认为这是一种锻炼，倒没有觉得太苦。直到后来妻子挑水上山扭伤了腰，才感到这是一个问题，然后搬到山下的宿舍去。

孩子逐渐长大，收入却“雷打不动”，开支捉襟见肘。比如父亲信中提到的，女儿黄炼患了肾炎，我带她到石岐住了一个多星期，在县人民医院就诊；痊愈后又带她到广州，在广州市第一人民医院找到钟南山医生（后来在迎战“非典”中十分出名的钟南山院士）割除扁桃体。遇到这样一类事情，就更感阮囊羞涩。

有一次，我回到广州家中，无意中翻出母亲留下的一张20元、一张5元的美钞。那是传家宝啊，但当时深感困难重重，我还是狠心把其中的一张20美元卖掉了，只留下5美元那张作纪念。按当时汇率，卖得人民币39.39元，虽然比价低得有点儿离谱，但我还是忍痛兑换了。因为在当时，这笔钱无异于是久旱中的一瓢水，让我们又度过了一个难关。

父亲来信中说我“近来几封信关于您个人前途未满理想愿望，常抱悲观”。这是那一段时间我的思想的真实记录。我一向自视为乐观主义者，相信“车到山前必有路”。但那是一个“文革”余烟未熄的时代，知识分子还在忧国忧民的苦痛中煎熬，灰暗的现状迷雾重重，令人看不到出路。自从15岁到广州，读高中、上大学，经过大都市的熏陶，我就认定大城市是一个大舞台，我一定要在那里寻求发展。但是，生不逢时，毕业分配到了农村。十多年过去了，什么时候才能够打回广州去？我探索着、活动着，反复寻找，似乎都没有机会，有时就不免有点儿焦灼，有点儿悲观……

父亲勉励我："坚持忍耐，等候时机，教育儿女长大，自然有出路。"他已经不止一次说过这样的话了。

果然，四五年后，他的预言就应验了。1978年，暨南大学复办，母校即派人前来中山，要调我回中文系任教。1979年2月，调动成功。1980年，暨南大学创办医学院，素梅也有机会调回来，加入暨南大学医学院附属华侨医院开拓者的队伍。

20世纪80年代，改革开放，广东一马当先，我们一家各奔前程。我当了副教授、教研室主任、副系主任，素梅成为主管护理师、护士长。老大雅凡、老二黄炼先后完成了中学、大学的学业，出国留学，老三黄鹄也进入华南理工大学读书。

"山重水复疑无路，柳暗花明又一村。"生活的经验告诉我们，每当苦无前路的时候，机会也许已经在招手了！

洋教授到我家

1987年冬，加拿大著名生物学家爱尔兰教授来到我家，了解黄雅凡在暨大攻读硕士的情况，指导办理出国留学手续。

41. 古巴医疗、教育、技术发展迅速

"古巴自革命以来，如医疗、教育、技术几方面进展非常迅速……对于贫苦民众有了种种的方便。"

父亲写给儿媳妇的这封信，在回答她的询问时，热情赞扬了古巴革命后的建设成就，特别是医疗、教育、技术方面的突出建树。父亲对古巴社会的一些方面并不满意，甚至非常失望，但该肯定的，他还是给予肯定。他爱祖国，也爱古巴。他十分理解社会主义国家的特点，理解古巴和中国在探索社会发展历程中所遇到的困难，理解这个历史进程中所经受到的曲折和失败。即使个人承受的苦痛是那么多，付出的代价是那么大，他也大肚能容。

父亲不愧是个深明大义的人，不愧是有个气量的人。

2011年1月1日，古巴庆祝革命胜利52周年。回顾这段历程，应该说是有成就的。主要的成就是什么呢？古巴能够得到国内外比较一致认可的，还是表现在父亲37年前说过的"教育、医疗、技术"三个方面。免费教育、免费医疗，这两件连发达国家都不一定能做到的事情，在这个被美国长期封锁的穷国居然做到了。虽然做得有点儿力不从心，不尽如人意，但毕竟是已经坚持了50多年了，实在不容易！技术上，主要体现在生物医药科技方面，达到世界先进水平。下面文章摘要介绍的是2008年的情况。

航空信

1974年3月，与上信同寄。

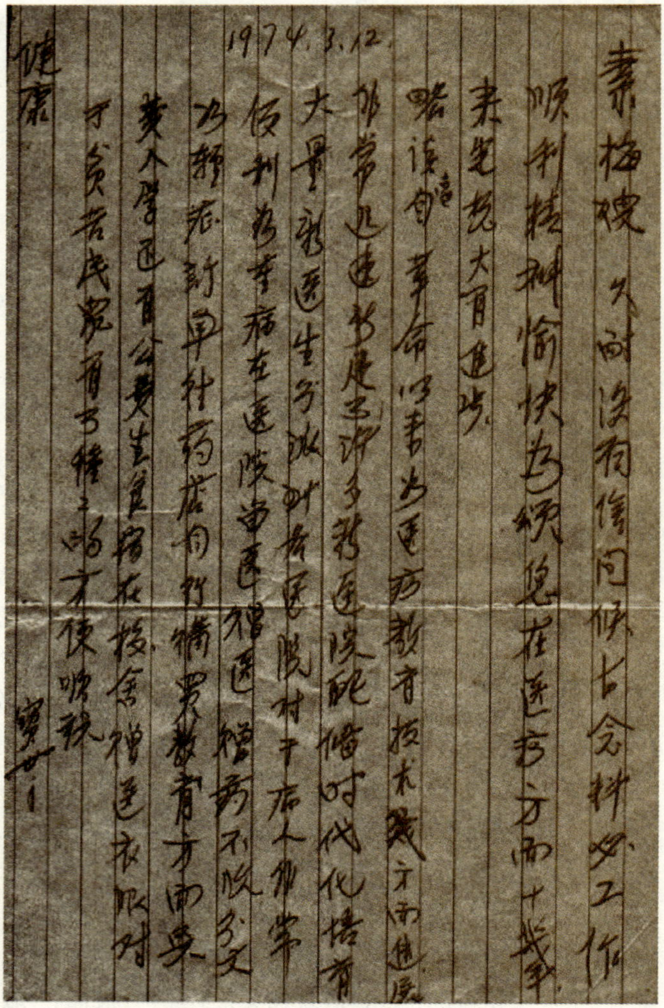
素梅嫂
久耐没有信问候，甚念。料必工作
顺利，精神愉快，为颂。您在医疗方面十几年
来定想大有进步。
略谈古巴革命以来，如医疗、教育、技术几方面进展
非常迅速，新建了许多新医院，配备时代化，培育
大量新医生，分派到各医院，对于病人非常
便利。如重病在医院留医，赠医赠药，不收分文；
如轻症，订单往药店自行购买。教育方面，
免费入学，还有公费生食宿在校舍，赠送衣服。对
于贫苦民众有了种种的方便。
健康
宝世
1974.3.12

素梅嫂[1]：

久耐没有信问候，甚念。料必工作顺利，精神愉快，为颂。您在医疗方面十几年来定想大有进步。

略谈古巴自革命以来，如医疗、教育、技术几方面进展非常迅速。新建了许多新医院，配备时代化，培育大量新医生，分派到各医院，对于病人非常便利。如重病在医院留医，赠医赠药，不收分文；如轻症，订单往药店自行购买。教育方面，免费入学，还有公费生食宿在校舍，赠送衣服。对于贫苦民众有了种种的方便。

顺祝

健康

宝世　字

① 台山人父母称呼儿子的妻子（媳妇）为“嫂”。长子、次子之妻依次称为“大嫂”、“二嫂”，余类推。

链接

古巴生物技术创新催生科技奇葩

哈瓦那Almejeiras兄弟医院 朱霖摄

古巴在生物技术领域已取得500多项具有自主知识产权的海外专利；古巴现有生物制品160多种，其中具有世界先进水平的有干扰素、生长素、PPG药物、B群脑膜炎双球菌疫苗和乙肝疫苗；已经研制出一种重组INTERLEUKINA-Z的抗癌药品；日前其第一支牲畜防虱疫苗在实验室研究中取得成功，这种疫苗的研制成功对畜牧业具有重要意义……

据悉，古巴已经有大约38种生物产品出口到包括英国和加拿大在内的近50个国家和地区；古巴生产的乙肝疫苗被世界卫生组织列入联合国采购名单；2006年，古巴生物药品出口增长23%。

除了出口生物产品外，古巴还向号称生物技术最先进的美国等国家转让生物技术。虽然美国与古巴长期以来没有经济往来，但2006年7月，美国却特批从古巴引进新型抗体药物尼妥珠单抗（Nimotuzumab），在美进行抗脑神经胶质瘤的临床研究。这说明在生物技术的某些方面，古巴要么比美国等发达国家更为先进，要么与美国等国家难分伯仲。

（《中国医药报》2008-07-10/李莫）

链接

古巴庆祝革命胜利52周年取得巨大成就

管彦忠

人民网2011年1月1日讯　据西班牙《起义报》今天报道，古巴今天庆祝革命胜利52周年取得的巨大成就，尽管美国对这个岛国实施经济、金融和贸易封锁。

古巴取得的成就中突出的是公民免费得到教育、医疗和运动，全世界承认古巴国家的伦理和国际团结，因为古巴的医生、教师和技术顾问在世界上完成不同的国际使命。现在有1200多名古巴医生在海地的40个医疗中心工作，向受到地震破坏和发生霍乱的海地人民提供援助。从10月份以来已经接诊3万多名霍乱病人，占海地全国霍乱病例的40%。

卡斯特罗在29日的思考文章中说，古巴努力支持人的健康从革命胜利时就已经开始，2011年将有8000名医学院学生在委内瑞拉毕业，他们是在古巴专家的合作下用他们的理论和实践培养出来的。今年世界卫生组织承认古巴在儿童领域取得的成就，古巴的新生儿死亡率为4.8‰。古巴不是一个富有的国家，但是它的儿童死亡率低于世界上大多数国家。世界卫生组织与古巴公共卫生部一起工作，传播古巴的经验，使其他国家受益。

美国对古巴的封锁已经半个世纪。据古巴政府的估计，到2009年12月美国封锁对古巴造成的直接经济损失已达到1181.54亿美元，如果以美国零售价格的通货膨胀为基础计算则达到2395.33亿美元，如与黄金价格的演变比较，这一数字则超过7000亿美元。尽管存在美国的封锁，古巴预计2011年国内生产总值将增长3.1%。古巴从40多年前已经成为镍的主要出口国之一，加上糖和烟草，成为重要的外汇收入来源。现在古巴每年接待200多万名旅游者，主要是德国人、加拿大人、意大利人、西班牙人和巴西人。

古巴开发先进的新技术，药品和疫苗的生产处在第三世界国家的前列，并根据互利的双边协议大量出口，与美洲大陆其他国家一起建立制药厂。

取得这些成就的基础是社会主义的社会经济结构和从儿童到青少年的综合教育，尽管受到美国封锁的限制，但是古巴人享有高效的教育机构和后勤支持。

（人民网）

链接文章中所说的“运动”似应指体育运动。古巴的体育成绩的确是不错的，女子排球世界一流。姑娘们健美的翘屁股好身材和超凡的弹跳力令人印象深刻。

还有一大成就，是当时情势下父亲不可能预见的，那就是旅游业的发展。古巴旅游业百年前就已享有盛名，很多美国人、加拿大、欧洲人都喜欢前来古巴旅游。20世纪90年代，古巴政府重新开放旅游以来，旅游业为古巴赚取的外汇收入已达300亿美元。目前，旅游业在古巴国内生产总值中的比重约为7%，古巴有6%的劳动人口从事旅游业，旅游业成了古巴经济增长的发动机。古巴旅游在安全、环保等方面都做得很好，受到国际行业组织和游客的好评。现在古巴旅游业的发展已不单纯依靠“出售阳光、海水与沙滩”的度假旅游，而正在朝着包括文化、医疗、教学等综合旅游的方向发展，前景看好。

古巴旅游业2010年接待外国游客250万人次，收入达22.21亿可兑换比索（约合24亿美元）。加拿大是古巴第一游客来源国，欧洲游客以英国、意大利、西班牙、德国、法国、俄罗斯居多。一些拉美国家如智利、秘鲁、巴西和委内瑞拉游客数量也明显增加。古巴旅游局长曾到中国说项，许诺政策优惠，希望有更多的中国人去古巴旅游，古巴驻中国大使馆也出版了中文版的《古巴旅游指南》。但因路途遥远，旅费较高，信息不足，现时去的人还少，特别是广东更没有什么大动静。广东人爱旅游，经济发达的珠江三角洲又是古巴华侨华人的家乡，客源丰富，古巴方面虽已引起重视，在广州设总领事馆，但功课还要多做。

父亲洞明世事，源于勤读报，肯动脑筋思考。具有中华总会馆机关报性质的中文报纸《光华报》，更是他的所爱。他随信夹寄的当天剪报——1974年3月12日的《光华报》。《下乡劳动高中生已复员》和《一批医学生赴各省服务》两条消息，均可回答儿媳妇的问题。

古巴海滨休闲旅游有吸引力　杰娜摄

值得注意的是，当时《光华报》已经有点儿老态。标题中“下乡”的“乡”字，“医学生”的“医”字，用了不同的字体、字号，说明排版用的铅字已经残缺不全了。《光华报》创办于1928年，到父亲剪报时过了46年。2008年，人们集会庆祝了它的八十大寿。现在，它真的垂垂老矣！这张海外华人社会历史最悠久、最有影响之一的报纸已经进入了它的暮年。由周报改为两到三周一期，到不定期，发行量也只有两三百份。印刷车间用的是20世纪20年代一台老掉牙的印刷机和残缺不全的铅字。有时候，版面上繁体字和简体字并存。低劣的纸张由古巴政府定期提供。年事已高的赵肇总编辑和蒋祖乐经理仍在坚守岗位，坚守中国人的事业，坚守传扬中华文化的理念，但年轻人谁愿意来接班？我估计，不出多少年《光华报》就会成为文物。

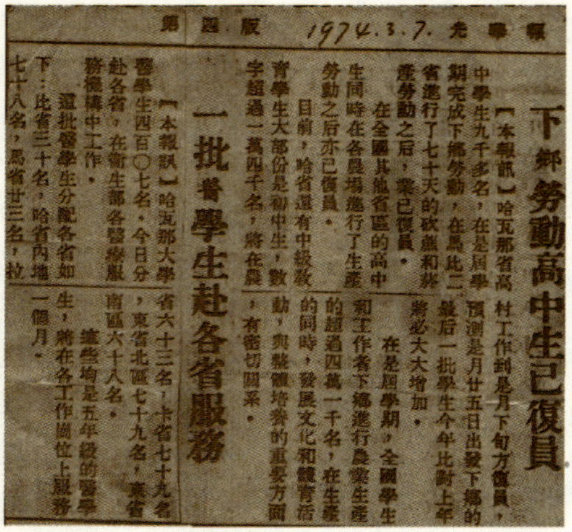

光華報 1974.3.7. 第四版

下鄉勞動高中生已復員

【本報訊】哈瓦那省高中學生九千多名，在是屆學期完成下鄉勞動，在馬比二省進行了七十天的砍蔗和恭產勞動之后，業已復員。

在全國其他省區的高中生同時在各農場進行了生產勞動之后亦已復員。

目前，哈省還有中級教育學生大部份是初中生，數字超過一萬四千名，將在農村工作到是月下旬方復員，預測是月廿五日出發下鄉的最后一批學生今年比對上年將必大大增加。

在是屆學期，全國學生和工作者下鄉進行農業生產的超過四萬一千名，在生產的同時，發展文化和體育活動，與發體培養的重要方面，有密切關系。

一批醫學生赴各省服務

【本報訊】哈瓦那大學醫學生四百〇七名，今日分赴各省，在衛生部各醫療服務機構中工作。

這批醫學生分配各省如下：比省三十名，哈省內地七十八名，馬省廿三名，拉省六十三名，卡省七十九名，東省北區七十九名，東省南區六十八名。

這些均是五年級的醫學生，將在各工作崗位上服務一個月。

黄宝世随信夹寄的剪报

《光华报》排版房　刘博智摄

《光华报》一直用铅字排版印刷。图为2009年72岁的排字工何秋兰在洗刷整理字粒。她是西裔女子，会讲台山话，演唱粤剧，识汉字不多，但能捡字排版，堪称奇迹。

链接

古巴白人花旦到我家

黄卓才

难于置信，两位白人花旦真的到我家来了。

刘博智就是那么牛。他要办的事，总是要办到。

开始听他说要把两个年近八旬、从未出过远门的古巴老太太带来香港、广州、开平，我真为他捏一把汗。现在，他真的带来了！

何秋兰16岁时戏装　刘博智供稿

这就是何秋兰，白皮肤，高鼻子，完全是白种人的长相，我在照片、录像上熟悉；这是黄美玉，初次见面。也是美人胚子，但皮肤黝黑，有点像非洲人。在餐桌旁，旅途劳顿已消，她俩都精神焕发，不太显老。

何秋兰未满一岁就被华侨方标收养。方标是广东开平富家子弟，因迷恋“大戏”粤剧被父母反对而于1923年出走古巴。他教秋兰讲台山话，又为她请来粤剧师傅董祥。董祥教秋兰读中文书、写汉字、唱功谱、做戏。八岁，秋兰就跟着师傅上台表演。她饰花旦，美玉扮丫环，因扮相唱功俱佳，很快走红中国城。方标继续以洗衣、洗碗、卖彩票为生，还组织了一个粤剧团。秋兰和美玉先后嫁人（分别是开平人、台山人），继续做戏。20世纪60年代起，古巴华人社会逐渐衰落，粤剧随之式微，她们只好改行。何秋兰改做酒店服务员，退休后在《光华报》报馆做排字工人。像所有吃大锅饭的古巴人一样，生活比较清苦。

何秋兰和黄美玉是好邻居，从年轻时起就是哈瓦那粤剧戏台上的搭档。几十年不做戏了，只是偶尔私下唱一唱，拜拜华光，做做粤剧梦。想不到前年偶遇美国华人摄影家刘博智教授，勾起了她们尘封的记忆和戏瘾；更想不到能得贵人资助，到中国来寻根——养父的根、夫君的根、大戏的根。

她们去了西关老城区的八和会馆。在广州这个粤剧老家，她们化了真正的粤剧妆，穿上了地道的戏服。八音齐鸣，锣鼓喧天，在花城“大戏”老行尊和发烧友面前，她们回到了少女时代。于是，兰花指、花旦步，“查笃撑”，手舞足蹈，放声高歌……

在我家，她们要寻的根，是亲情，是四邑美食。有朋自远方来，不亦乐乎！我太太给她们做了药材炖鸡、猪骨淮山薏米肇实薯仔汤，还有清蒸大海鲈、石牌欧记烧鹅、清水芦荀等。还请她们尝了澳洲的红酒、美国的朱古力、泰国的榴梿糖……她们胃口大开，连连竖起大拇指，用台山话说：“好吃！好吃！”她们怀旧，对久违的话梅情有独钟，吃了好几枚。临别，我们送了她们一罐最好的从化特产甜话梅。

著者与古巴粤剧名宿合影留念　德仔摄

这是2011年5月8日的事情。同来我家做客的，还有一位古巴留学生。他是华裔，名叫胡里奥·邓，广州老师给他起了个中文名字：邓思唐。

古巴名伶在黄卓才家作客　德仔摄

右三何秋兰，右二黄美玉，左三刘博智，左四邓思唐（胡斯奥·邓）。

12. 儿子来古接受父业……

"你的来信令我无法解决，此事上次经已谈论过一番，儿子来古接受父业，完全没有理由。古巴外侨毛（毫）无产业之可言，只给与退休金维持生活……"

父亲从收到我的信落笔，首先赞扬了素媚姨偷渡过香港的勇敢。

素媚姨即我的妻妹，广州人。因"文革"动乱，十四五岁只读了一年初中就要下乡做"知青"，到英德茶场去采茶。歌舞里的《采茶扑蝶》诗意又浪漫，这个茶场的知青生活却大相径庭。那里原是"广东省第三监狱"和劳改场，有永远干不完的重活。现在由知青接管，天蒙蒙亮就要出勤，劳累又单调，城里来的小姑娘吃不饱穿不暖，皮细肉嫩的手指肿了，爆裂出血了，这怎么受得了！1970年起，广州知青偷渡风起云涌，她也就加入了这个危险的行列。我不知道一个身体柔弱的少女怎么有九死一生的勇气，不知道她经过怎样的策划准备，不知道她从哪里出发经历过怎样的坎坷。突然有一天收到她从香港寄来的一封信，才知道她"平安到达"了，真是让我们大吃一惊！那是1974年夏天，我们在中山黄圃。

当时的偷渡风甚烈。重阳节广州十多万知青白云山登高祈福，许愿"督卒"顺风顺水，就是发生在1974年。广州知青偷渡，叫做"督卒"。这是借用象棋的术语，十分生动传神：卒子过河，只能向前不得回头。偷渡者也一样，无论是爬铁丝网，还是游水过去，一旦踏上偷渡这条路就不能转身向后。因为偷渡曾被视为"叛国投敌"（后改称"非法越境"），偷渡失败被抓回原单位或街道，就要大会批判，甚至被送去"劳教"，从此永无出头之日。成功偷渡到香港的人都无法

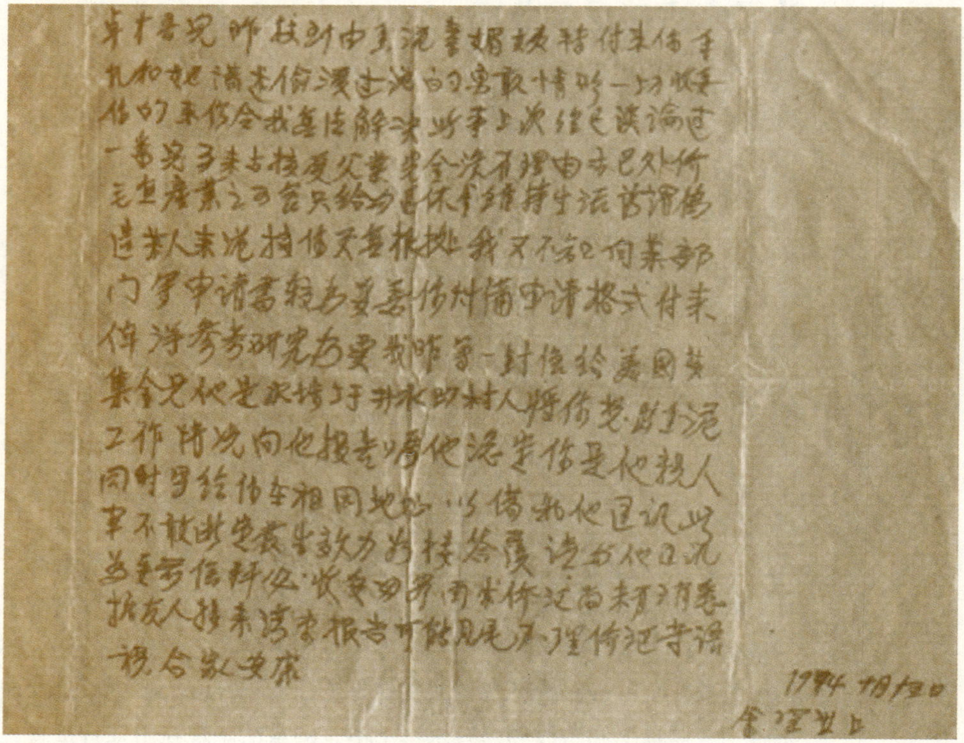

航空邮筒内页

1974年10月寄到中山县黄圃镇中山师范学校。

卓才吾儿：

昨接到由香港素媚姨转付来你手札，和她讲述偷渡过港的勇敢情形，一切收妥。

你的来信令我无法解决。此事上次经已谈论过一番，儿子来古接受父业，完全没有理由。古巴外侨毛（毫）无产业之可言，只给与退休金维持生活，所谓伪造某人来港接你更无根据。我又不知向某部门写申请书较为妥善。你草备申请格式付来，俾得参考研究为要。

我昨写一封信给美国黄集全兄。他是水埗（步）圩井水凹村人，将你想出香港工作情况向他报告，嘱他认定你是他亲人，同时写给你在祖国地址，以备和他通讯。此事不敢断定发生效力，如接答复，请与他通讯为要。

前信料必收妥，毋容再术（述）。侨汇尚未有消息，据友人接来湾京报告，可能月尾办理侨汇等语。

祝

合家安康

余　宝世　上

1974 十月十五日

今日香港

回来探亲（直到改革开放后才敢回来）。所以当时去偷渡的知青流行一句话："湿开了头，就一定要湿到脚。"不少人只好一而再、再而三地偷渡。有些人经过十次、八次失败，最后才"督卒"成功。有些不幸的则被开枪打死、狼狗咬死、海里浸死，尸首不见。所以，偷渡者为了博得一条改变命运的出路，都下定了把生命豁出去的决心。父亲信中称之为"勇敢"，的确不为过。

乱世出英雄。由偷渡者到成功人士的，大不乏人，我早期中山市的学生中就有几位。他们在港澳海外学了技术，赚了第一桶金，就回来投资办企业，给家乡建设捐款，为改革开放作出了贡献。他们是切切实实的爱国者。

父亲说"你的来信令我无法解决"。我去信说的是想到香港去工作的问题。我以为，父亲苦无回归之路，如果我能在香港工作，想办法去古巴，或者他回香港，说不定就有机会。当时我对古巴、对香港都了解不多。我的想法也许太天真了，现在看来属于"事急马行田"一类。

高中时代，舅母和表兄要我去香港读书，我不去。现在想去，却又去不了。当然可以申请，但在改革开放之前，如果没有十分特殊的理由或后门，申请是不会被批准的。

于是，我心生一"计"：到古巴去继承父亲产业，以此作为申请理由。

黄宝世的古巴友人　Mitzi提供

谁知，对这个理由，父亲亮了红灯："儿子来古接受父业，完全没有理由。古巴外侨毛（毫）无产业之可言，只给与退休金维持生活……"虽然如此，父亲还是给我想办法。他想到了身边好友黄集兰先生在美国的弟弟黄集全，让我跟他联系。

我看了信，知难而退。

但直到现在，我对"外侨毛（毫）无产业之可言"的古巴政策（法律？），仍然难以释怀。

"自从一九六八年所有大小商业收归国有，甚至瓜菜园（也被）没收。"古巴的"国有化"是多么彻底！据史料载：当年古巴个体经济几乎消失。手工业、服务业、零售业、餐饮业等都成了"国有部门"，抱着"铁饭碗"吃"大锅饭"的人越来越多。在国有企业工作的劳动者月平均工资折算起来只有大约20美元，过低的报酬影响了员工的积极性。"国有化"的结果是经济的贫困化和物资的贫乏化。

也许有人会说，这不是在学中国吗？中国的私营工商业"社会主义改造"，即"公私合营"运动不就是这样吗？不对！古巴的"国有化”，不管是公民还是外侨，都一分钱不给，只给安排薪酬低微的工作，或只够糊口的退休金。而中国，对外国人、外籍华人、华侨、台港澳投资者的投资和其他资产并没有实行国有化。在特殊情况下，根据社会公共利益的需要，对外国人、外籍华人、华侨、台港澳同胞投资企业实行征收时，依照法律程序进行并给予相应的补偿。

一般国家都会保护外侨利益。古巴政府的做法违反了国际惯例。

在古巴“国有化”运动中，华侨毕生的劳动成果全部被剥夺一空，经济损失巨大。1957年，台北海外文库出版社出版的宋锡人所著《古巴华侨史话》一书17—20页记载：“根据公元1947年古巴外侨登记局的统计，华侨总数28832人，其中妇女81人；到1952年为29000人，其间以台山、新会、开平、中山人为主干，而台山人又最多。”经营类别：“杂货零售1667家、蔬果720家、餐馆281家、洗衣馆591家、农庄20家”，五类“总计3259家；其他还有241家，包括医生、律师、汽车司机、糖厂工人、木匠、泥水匠、理发师、电影院业、时

一家被没收的华人店　梁玲珠供稿

广东南海九江梁照财先生在马坦萨斯市的这家杂货店，也在“国有化”运动中被古巴政府没收。

大萨瓜的唐人街区　刘博智摄

暮色苍茫，往昔生意红火的商店关门闭户。曾经繁华的街区，再也见不到华人的身影，不知街边那两位华裔老人在诉说着什么？

花、成衣匠、皮鞋匠等27种职业”。“华侨经营农、商的总财富，据估计合美金1000万元左右。”“其余尚有不少老侨，因为不会书写，不谙银行手续，而将数百元至数千元的现钞终日藏在身边的，总数无法计算在内。”

上述数据来自古巴官方，应当比较可靠。如此看来，在古巴革命后至“国有化”运动（1959—1968年）期间，古巴华侨3500家经营者损失的财富，为1000万美元以上。按照当今的黄金比价比20世纪60年代升40多倍计算，现值为4亿美元以上。①

① 1959—1968年，黄金每盎司35美元，2011年6月为1500美元，价升40多倍。

书 小孙写得优秀文章

"小孙雅凡写得优秀文章，并向我问候，我觉得无限快慰。""平姨想将财产许你接受，如法律许可，不防（妨）接受她的建议。""今年侨汇特别改变，不同往时分等级寄付。"

1974年冬，雅凡在黄圃镇东方红小学（"文革"后恢复旧名对圃小学）读四年级。我鼓励他给爷爷写信，他写了，告诉爷爷他怎样上学，课余怎样学下棋、练武术、学游泳、打乒乓球，爸爸、妈妈怎样做启蒙教练，怎样带他去看鸦片战争时期的大炮，又说等爷爷回来……一口气写了好几百字，而且相当流利。这封信得到爷爷的赞扬。

老师的培养和家庭的影响潜移默化，孩子们的作文都不错。雅凡的高考作文95分，现常在国际顶尖学术刊物发表文章；黄炼高中阶段写的作文《昙花赋》和《小草》分别获得北京《中学生》杂志社和广州市举办的全国性征文比赛一等奖。后来，她在芝加哥中文报纸当记者、主编，以快笔手著称。《昙花赋》入选多家出版社的得奖作文选，直到现在还在课堂、网络流传，湖北黄冈中学等中小学老师还拿来做训练例文或考试题。黄鹄的文章也能上报纸，还与我合作在香港出版供港澳学生使用的《现代中学普通话（预科）》教材。

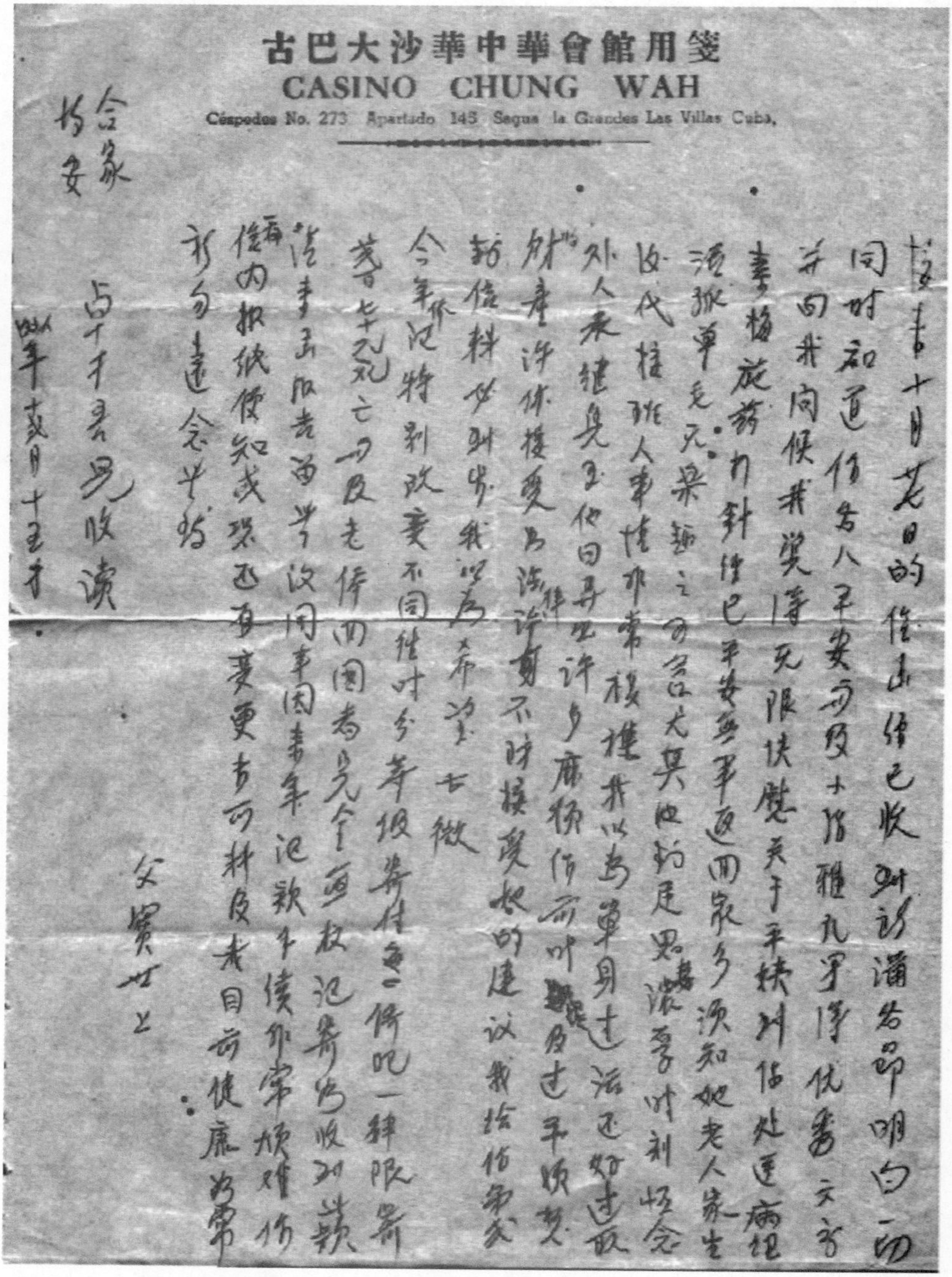
古巴大沙華中華會館用箋
CASINO CHUNG WAH
Céspedes No. 273 Apartado 145 Sagua la Grandes Las Villas Cuba,

航空信

航空信封

1974年12月，寄到中山师范学校。

本信和信封原件由中国华侨博物馆收藏。

原件尺寸：信封148mm×90mm，信笺200mm×275mm。

接来十月廿七日的信函，经已收到，所讲各节，明白一切。同时知道你各人平安，与（以）及小孙雅凡写得优秀文章，并向我问候，我觉得无限快慰。

关于平姨到你处医病，经素梅施药打针，经已平安无事返回家乡。须知她老人家生活孤单，毛（毫）无乐趣之可言。尤其她封建思想浓厚，时刻怀念后代接班人事情，非常复杂。我以为单身过活还好过取外人承继，免至他日弄出许多麻烦。你前时提及过平姨想将财产许你接受，如法律许可，不防（妨）接受她的建议。

我给你第二封信料必到步，我以为（回国）希望甚微。

今年侨汇特别改变，不同往时分等级寄付，每一侨胞一律限寄二百七十元。死亡与（以）及老侨回国者完全无权汇寄。如收到此款，请来函报告，留些后用。事因来年汇款手续非常烦难，你看信内报纸便知。或恐还有变更，未可料及。

我目前健康如常，祈勿远念。

顺祝

合家均安

卓才吾儿收读

父 宝世 上

一九七四年十二月十五号

链接

获奖作文之一

昙花赋

黄　炼

在众多的奇花秀卉中，我最喜爱的是昙花。

那是个灼热的夏夜。一片“看昙花啦！”的招呼声，把我从睡梦中惊醒。我急忙挤进人丛中去，一看：昙花开了！在海带状的绿叶拗口间，一枝娇嫩的花蕾正在微微颤动，筒裙似花托，拢不住丰腴的白玉般的花苞，渐渐地裂了开来；雪白的花瓣从花托中间轻轻地探了出来，一片、两片、三片……接着，成束成束的米黄色的花蕊徐徐绽出，中间一根柱状的白蕊高高翘起……美丽的昙花以惊人的速度奇迹般地怒放了，悄悄散发着清香。“真美啊！”站在我身边的邻居大姐姐赞叹着。她的话，使我深思，我情不自禁地吟诵起冰心的诗句：

成功的花
人们只惊慕她现时的明艳！
然而当初她的芽儿，
浸透了奋斗的泪泉，
洒透了牺牲的血雨。

听说，昙花的故乡在墨西哥的大沙漠。远古的年代里，那儿雨量充沛，气候温和。昙花和其他植物一样，都无忧无虑地生长着。后来，由于地球上气候的剧变，昙花故乡的雨水愈来愈少，最后竟成了干旱的沙漠。许多美丽的花都悲哀地、无可奈何地从地面上消失了；而昙花不但顽强地生存下来，并且深深地扎根在那不毛之地，成为召唤春天的勇士。它在同大自然的抗争中，也发展了自己。它那些能够大量贮藏水分的肥厚的肉质茎叶和它那能够防止水分蒸发、仿佛涂了蜡的表皮，不就是它顽强品格的明证吧？然而，又有谁知道它曾在抗争中洒下了多少“牺牲的血雨”，才开出这样奇异的花朵啊！

“昙花虽好，可惜只是‘一现’！”大姐姐感叹着，围观者也纷纷点头叹息。的确，昙花一会儿就凋谢了。望着它，不知怎的，我的眼前渐渐模糊起来，随后却似乎出现了一幅越来越清晰的图画：在浩瀚的沙漠中，一个又饥又渴的旅人倒在发烫的沙地上。深夜，一阵芳香把他从昏迷中唤醒。他睁开眼睛，却什么也没发现。他向香气袭来的地方执著地爬去。花香越来越浓，在不远的前方，月影下竟晃动着一溜儿白雪似的昙花！他激动地扑过去，小心地捧起这沙漠中的“雪”，贴在干裂的唇边，他虽然喉咙干燥得发不出声，心里却在说：“感谢你，昙花！是你给了我生的勇气。”昙花像完成了一项重大的使命，含着欣慰的笑，凋谢了。旅人把启迪过自己的花朵珍藏在怀里，又捣碎它的叶片敷在被沙子烫伤的皮肤上，向着远方的绿洲前进、前进……

昙花乍看很柔弱，殊不知，它柔弱的外表掩盖着多么坚韧的素质。它不但在奋斗中不断完善自我，并且给人以生命的滋润和意志的鼓励。昙花是绚丽的，但它只愿在夜深人静时悄悄开放，没有人前炫耀之意，更不会与花的姐妹们竞妍斗艳。它送出的缕缕清香，使辛勤劳作了一天的建设者，在酷热的夏夜睡得更香甜。但它从不居功，当人们一觉醒来，它早已躲得无影无踪，它虽是百花丛中的匆匆过客，却像流星一样，为了照亮夜空，迸发出全部的热和光！

到现在，我看昙花，虽仅此一次，而它的美好形象却在我心中留下了永久的记忆。每逢假日，我总爱去园子里给它浇水、培土、除草，盼着它再开……

雅凡兄弟回访母校

国际著名生物学家黄雅凡博士（中）、弟弟黄鹄（右一，广东省业余羽毛球协会会长）和家长三十多年后回到母校，感谢老师培育之恩。

父亲一直关心着姨母的生活，我们也尽力给予照顾。不久前，姨母身体不适，我们把她从家乡接来，让她在黄圃人民医院看病。经过一段时间的疗养，元气得以恢复。姨母一直把我看作儿子，但我毕竟离疏隔远，关照不便，所以她总是想收养儿女，以便老来身边有个照应。除了“养儿防老，积谷防饥”的实际需要之外，“承继衣钵、传宗接代”的封建思想也是有的。正如父信所说的，“时刻怀念后代接班人事情”，心绪“非常复杂”。但多次收养儿女都不成功，有的养了多年，长大后一走了之，再无回头，对她是沉重的打击。父亲认为“单身过活还好过取外人承继，免至他日弄出许多麻烦”。这一点，姨母已经深有体会。

姨母放弃收养孩子的打算，有意让我继承她的遗产。父亲说：“如法律许可，不防（妨）接受她的建议。”但我觉得不妥，因为自己不能尽到近前照顾老人的责任，所以建议她把房子卖掉，用这笔钱来养老，并且建议她就近物色一个干女儿，以便有个照应。姨母采纳了我的意见，大概在1976年左右，她把仁德堂二楼一层，半卖半送给邻居好友，得款3000元。有了钱，她依然省吃俭用，至1981年去世时，竟仍有银行存款1400多元。姨母身后留下遗嘱，说明一切财产由我继承。我觉得，姨母所认的干女儿晚年给她带来了安慰，这笔钱，我就让给了她。我所继承的是仁德堂一楼一层。但现在五十墟尚未兴旺，房子只有空置。

“今年侨汇特别改变，不同往时分等级寄付，每一侨胞一律限寄二百七十元。死亡与（以）及老侨回国者完全无权汇寄。如收到此款，请来函报告，留些后用。事因来年汇款手续非常烦难，你看信内报纸便知。或恐还有变更，未可料及。”汇款，是父亲家书中常见的内容。这一次寄来的钱特别多，这是因为古巴政府政策改变的缘故。这种“不分等级”的方法改变，隐含着许多不利因素。其一是“死亡与（以）及老侨回国者完全无权汇寄”，其二是预示着“来年汇款手续非常烦难”，所以父亲嘱咐我做好思想准备，“留些后用”。

信末，父亲说“我目前健康如常，祈勿远念”，但我从“留些后用”的话语中似乎有了一种不祥的预感，心中暗暗祝福父亲回来团圆，心想事成！

体育家风代代相传

侯德宁国际象棋比赛获奖

黄宝世的后裔都是体育爱好者，积极锻炼身体的家风代代传承。孙子黄雅凡学生时代是暨南大学乒乓球、羽毛球队队员，在芝加哥爱上足球，参加当地足球队的征战。现在，他在加拿大业余又是儿女学校羽毛球队的义务教练。孙女黄炼从小爱好游泳。小孙黄鹄是羽毛球运动员兼教练，广东省业余羽毛球联谊会会长，在广州市长杯等赛事中多次捧杯。重孙辈的侯德伦、黄杰森、黄杰娜喜欢国际象棋、足球、冰球、羽毛球，在美、加两地的赛事中屡获奖项，黄卉芯和小美的舞蹈也有出色表演。

黄炼在美国西雅图游泳馆

黄雅凡、黄杰森和他们的羽毛球队

黄杰娜女子足球获奖

黄杰森冰球捧杯

侯德伦带球攻门

黄鹄代表海珠区羽毛球队接过广州市长杯

奔跑中的小美

黄卉芯的舞姿

黄杰森和他的冰球教练及队友

十十. 侨汇与回国：家书贯彻始终的主题

"事因中古感情太差，去年迟到十月尾又经使馆交涉，然后宣布有了侨汇，还订出不利种种侨汇的条件，不外想断绝我们侨汇。""近来老侨回国的消息甚少，亦因中国货物来古不似往时多，如大米、电器配件、针线等几乎绝迹。"

这是父亲写给我的最后一封信，漏写发信时间，但邮戳日期清楚：1975年4月22日。

这封信所谈的两个主要问题：侨汇与回国，是父亲终身的心愿，也是他40多封家书一以贯之的主题。

侨汇，在战争、饥荒等经济困难时期被称为救命钱，不但能救家属的命，也可以救国家、民族的命。在改革开放、建设小康社会的阶段，它是一种巨大的助力。无论何时，无论对个人、对国家，侨汇都有十分重要的意义。

与当代新移民"落地开花"、"落地生根"的新观念不同，归国对于老一代华侨，特别是近代五邑、珠三角先侨，是从踏出家门和国门时就一直萦绕脑际的心事。在他们心目中，侨居国终究不是久留之地，不论有钱没钱，也不论年纪多大，他们最终都是要回国的，因为只有祖国才有他们渴望的家。故乡的"家"对他们来说，不仅是一个心理上的寄托，更是一个实实在在的追求；"落叶归根"对他们来说，不仅是一个传统观念，更是一个看得见摸得着的具体目标和行动。"中国文化中的'落叶归根'意识，更强化了他们的这种观念和行为。"[①]而五邑华侨，比之粤东潮汕、梅州和闽南等地的华侨，

① 梅伟强，张国雄. 五邑华侨华人史. 广州：广东高等教育出版社，2001. 464

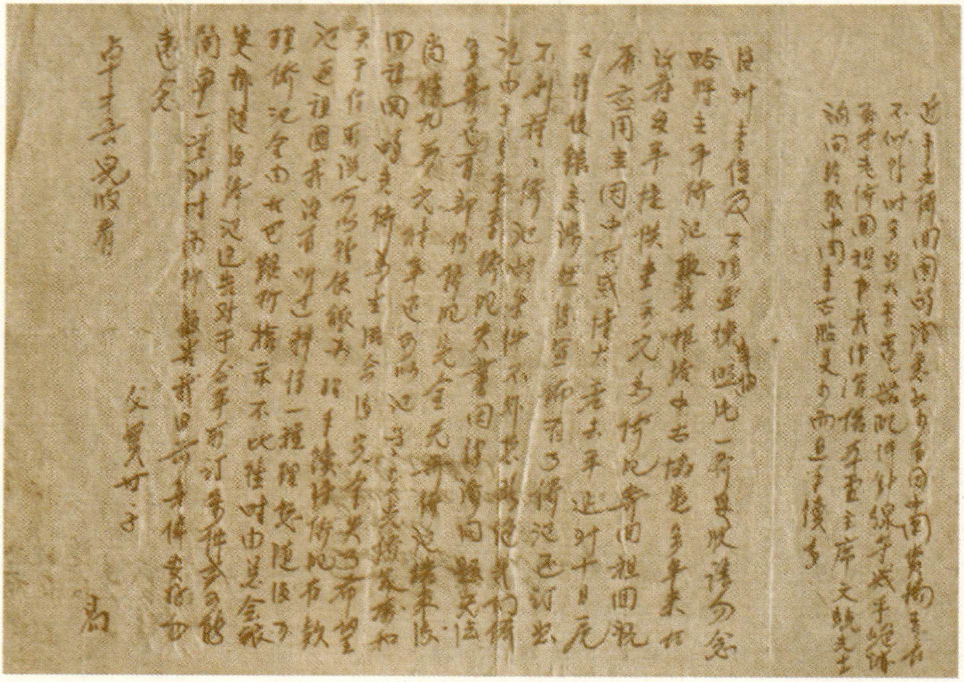

航空邮简内页

1975年4月，寄中山师范学校。

接到来信及女孙亚炼、素梅照片一齐妥收，请勿念。

略将去年侨汇报告：根据中古协定，多年来古政府每年提供一（十）万元为侨胞寄回祖国亲属应用，事因中古感情太差，去年迟到十月尾又经使馆交涉，然后宣布有了侨汇，还订出不利种种侨汇的条件，不外想断绝我们侨汇。由于多年来侨胞失业，因经济问题无法多寄，还有部分侨胞完全无寄，侨汇结束后尚余九万元。往年还可以汇些少（给）先侨家属和回祖国的老侨为生活，今后完全失了希望。

关于你所说可以往使馆办理手续，将侨胞存款汇返祖国。我没有听过，料系一种理想。随后办理侨汇全由古巴银行指示，不比往时由总会馆安排。随后侨汇通告，对于今年所订条件或可能简单一些，到时再行报告。

我目前身体安好，勿远念。

卓才吾儿收看

父 宝世 字

近来老侨回国的消息甚少，亦因中国货物来古不似往时多，如大米、电器配件、针线等几乎绝迹。关于老侨回祖（国）事，我经给信本堂主席文兢先生询问，据报中国来古船只少，而且手续多。

黄宝世与大萨瓜青年朋友

中立者为黄宝世，其义子兄弟在场。本照片约为1958年摄。2009年谭艳萍在尤西比奥家翻拍。

"与家乡的联系更为紧密，'根'的意识更为浓厚"①。

现在，海外华侨社会已经发生了很大变化。国务院侨办前主任陈玉杰在"2003年世界华侨华人社团联谊大会"上指出：进入新世纪，国际国内环境为华侨华人的生存发展提供了难得的历史机遇，海外华侨华人社会呈现出许多新的特点和发展趋势。广东省政协侨委主任吕伟雄也曾著文纵论海外侨情新变化，其一就是华人心态的变化。他认为由第一代的"落叶归根"到第二代的"落地生根"再到第三代的"脚到便是家"的"地球村"、"世界公民"的心态转变，是带有根本性的。明白了这一点，我们就可以理解"回国"为什么会是老侨共同的执著意念。

本信谈及侨汇，虽然中古协定已经规定古巴政府每年提供十万元（信中前一万后十万，似应为十万）华侨侨汇，但古巴政府没有主动执行协定，要经中国大使馆交涉，然后拨给。而同时又定出种种不利于侨汇的条件。父亲指出，其目的"不外想断绝我们侨汇"。古巴政府之所以这样做，首先是"事因中古感情太差"；其次，也有古巴经济不景气、外汇紧缺的因素。实际上，古巴老侨陆续去世，没有中国的新移民进来，华侨日见减少，他们的商店、餐馆等私人财产早已收归国有，最多只能靠每月40～60元的退休金或20元的救济金勒紧裤带过日子。在这种困境下，有能力继续寄钱回中国的华侨，更是

① 梅伟强，张国雄. 五邑华侨华人史. 广州：广东高等教育出版社，2001. 464

凤毛麟角。所以，十万元的侨汇拨款，竟然“尚余九万元”，多么令人痛惜的数字！

鉴于侨汇寄出越来越难，我也曾打听有什么办法可想。当时不知从什么渠道得到一个信息，说可以往使馆办理手续，将侨胞存款汇返祖国。我把这个信息告诉父亲，他说：“我没有听过，料系一种理想。”而且指出：“随后办理侨汇全由古巴银行指示，不比往时由总会馆安排。”

控制外汇流出，是所有封闭国家的自我保护措施，中国在20世纪下半叶的40多年中也是这样。古巴没有什么工业，当年除了用蔗糖、雪茄赚取外汇之外，拿不出更多值钱的东西可供出口。而在美国封锁、苏联控制的环境之下，也不可能有更多的生路。由于被封锁和自我封闭，丰富的旅游资源竟无用武之地。从干瘪的外汇储备中拨出十万元作华侨侨汇，这无异于从瘦削的大腿上割掉一块肉，古巴怎能不心疼呢！但是，请不要忘记，这块肉是靠华侨的血汗苦泪长出来的，而且绝不止这么多，所以，理所当然地应该归还给华侨。

父亲身为中华会馆主席，他考虑问题常常是“先天下之忧而忧”，时刻没有忘记那些苦难的侨胞，以及他们在祖国的家属；更没有忘记那些已经逝去，把最后一口气、最后一分钱留给了古巴的先侨。他在信中谈到：“由于多年来侨胞失业，因经济问题无法多寄，还有部分侨胞完全无寄……往年还可以汇些少（给）先侨家属和回祖国的老侨为生活，今后完全失了希望。”这些话，看似平淡道出，实际上字字是血，句句是泪，是发自肺腑的哭诉！是主持公义的呼声！

关于回国问题，父亲再次提到“近来老侨回国的消息甚少”，原因是中古关系疏远，古巴八成以上的贸易成了苏联的独家生意。虽然中古贸易还在进行，《中华人民共和国和古巴共和国一九七五年贸易议定书》还是照常签订。但“中国货物来古不似往时多”。市面上不见中国货，“如大米、电器配件、针线等几乎绝迹”。老侨免费乘搭中国外贸轮船回祖国的事情，也就没有希望了。父亲写信给中华总会馆文兢主席询问，当然也就没有什么实质性的答复了。

华侨是祖国的赤子，祖国是华侨的靠山。有了这座靠山，华侨无论在天涯还是海角，都不会成为孤儿。在“文革”动乱之前，我一直坚信父亲能够回来，梦中多次出现迎接父亲的情景。为了容易辨认，我在上衣的口袋插着家乡最多的番石榴叶子，父亲的西装口袋上插着红色的手绢，这是我们约定的暗号。一见面，父亲就迅跑过来，紧紧把我抱在怀里……

可惜，父亲和他同辈的先侨生不逢时，十年动乱还没有结束，祖国无暇兼顾急待回国的古巴老侨，无暇修复被恶化了的中古外交关系。记得“文革”前，印尼排华，祖国即派出光华轮，接回十万难侨。那是我读大学的时代，我还与同学、老师一起到广州黄埔港码头去迎接。2011年，利比亚骚乱，中国采取果断措施，中央统一指挥，海陆空一齐迅速出动，甚至动用战舰、军机，几天内撤回侨胞三万多人……

链接

中国撤侨往事

归来吧，归来哟，浪迹天涯的游子

曾从印尼撤侨近10万人

20世纪60年代初，印尼反华排华的状况不断升级，形势日趋紧张。1965年，印度尼西亚发生政变，当地华人受到大规模排挤。中国时任副总理兼外交部长的陈毅公开宣布准备从印尼接侨60万。到1967年10月30日中国同印尼断绝外交关系为止，我国共接回难侨9万多人。为了安置侨民，我国在云南、广东和广西等地专门成立了华人农场。从印尼如此大规模接侨是我国历史上前所未有的举措，也是震撼世界各国的重大行动，其声势之浩大、影响之深远，是空前的，甚至是绝后的。

除了20世纪60年代印尼发生的较大规模排华事件外，20世纪70年代在越南也出现了大规模排华事件，这些事件与当时两国政府的政策背景紧密相关，几乎是政治因素的延伸，而排华事件的主体也是所在国政府。这种情况在1998年，印尼民众由于对苏哈托政权不满，再次发生骚乱，进而殃及华侨华人的暴力事件，之后很少出现。

所罗门骚乱撤侨三百人

随着世界格局向多极化转变，中国综合国力不断提升，今后以政府为主导的、以政治因素为主的侵害侨胞合法权益事件虽有可能再次发生，但已不构成侵害侨胞合法权益事件的主体；取而代之的将是由于经济摩擦、竞争加剧或地区不稳定因素造成的突发冲突引发的部分普通民众针对华人的暴力事件。

2006年4月18日，所罗门群岛首都霍尼亚拉发生骚乱，波及当地华人的人身、财产安全，60多家华侨华人店铺被焚。因为中国政府与所罗门并未建交，后经多方努力，中方包机将侨胞分四批从所罗门群岛撤至巴布亚新几内亚，再由国内起飞的政府包机专程将310名侨胞撤回广东。

本次撤侨可以说是对中国政府的一个考验，最后证明政府确实有很好的应变措施。有记者称，中国政府在所罗门撤侨事件中的表现，展示的是一种新的外交自信。对于非本国国民的保护，因为都是华人，所以感觉有一种义务。中国政府不担心其他国家的非议，在外交做法上是重要的改变，让人有大国的感觉。

加大维护侨民权益力度

撤侨这个词，我们已经不是第一次看到，从新中国成立至今，中国政府已经数次采取“护侨”行动。撤侨，不是派几架飞机接些人回来这么简单的事，它其实是一个国家行为，它是在用行动向世界表明，中国“以人为本”的执政理念已延伸到生命财产受到威胁的海外华人身上；只要海外华人有难，祖国就会张开坚强的臂弯。

对各国内政，中国政府一向秉持不干涉和相互尊重的原则，但是对于侨居各国侨民的权益，中国政府始终给予高度关注。近些年来，为保证侨民人身和财产安全，中国政府动用各种外交资源，不断加大维护海外侨民权益的力度。在所罗门群岛骚乱、东帝汶局势动荡、黎以武装冲突、汤加大规模骚乱中，中国政府包机撤侨很好地验证了这一点。

（《三晋都市报》2011-03-01）

黄雅凡博士为中加合作干杯

2008年，黄雅凡博士（右三）随加拿大高级农业科学家代表团访华时与中国专家学者举杯庆祝中加合作愉快。

“归来吧，归来哟，浪迹天涯的游子！”如果父亲和他的同伴活在今天，就那么一千几百个人的问题，有何难哉！何须望眼欲穿，何须“完全失了希望”！

父亲在绝望中苦度余生，只有把希望寄托在后辈身上。

好在后辈都很争气。长孙黄雅凡经过艰苦努力攻克了一个个科研难关，以世界领先的生物技术研究成果为人类作出了重大贡献。

黄雅凡1985年毕业于暨南大学生物系，续攻硕士。1989年赴加拿大蒙物艾利森大学攻读分子生物学，于1991年获硕士学位。1995年获得加拿大王后大学生物系基因工程博士学位，随后到美国芝加哥伊利诺斯大学做博士后研究。1998年加盟加拿大植物生物工程公司，现任该公司总裁兼首席科学家。他的植物基因研究硕果累累。在世界生物学主要专业刊物上发表了一批高质量的论文，如 *Plant Journal*，*Plant Physiology*，*Plant Molecular Biology*，*Crop Science* 等。他和夫人万江欣博士为首的实验室获得了多项国际专利。加拿大、美国、英国、法国、中国等多家报刊对他的事迹进行了采访报道。其代表性研究成果之一，是运用基因工程技术使农作物抗旱、保收的研究获得重大突破并能应用于生产。黄雅凡博士先后应邀到美国国家科学院、中国科学院和北京大学、多伦多大学、母校暨南大学等处讲学，两次应加拿大农业部邀请参加加拿大高级科学家代表团访华。在华盛顿美国国家科学院院本部举行的全球植物基因研究高峰会议上，其学术报告题为“基因技术与作物的抗旱保收”。报告阐述了他主持研发的新一代抗旱基因的原理。该基因对植物需水起“开关”作用，如果植物受旱，可令植物关闭毛孔保存水分。这项研究现已在美国多个主要农业跨国公司进入试验田阶段，在世界各地进一步推广这个科研成果，使它直接运用到生产，从油籽到玉米、大豆、棉花、油菜、花草树木及其他饲料作物。此项技术的推广，将使全人类受益。他领导的实验室目前从事几项重要研究，包括对全球气候变暖的农业对策和生物燃料方面的研究等，也将会对现代农业科技发展产生重大影响。为此，美国芝加哥科学博物馆2010—2011年长时间展出其研究成果。

黄雅凡总裁在展品前留影

芝加哥科学技术博物馆展出黄雅凡和他公司的研究成果，展期一年。

15. 永远飞扬的余波

上信父亲说过汇款"留些后用"的话，我觉得是不祥之兆。果然，几个月之后，就传来了他的噩耗。

父亲走了，非常突然。

来信报告噩耗的，是父亲的好友，三位黄姓老侨兄弟，其中有一位是村人黄舜传，另一位黄集兰先生也是父亲以前来信介绍过的。

父亲的去世令我悲痛欲绝。特别是他至死未能实现回国的愿望，更令我惘然若失。我复信三位老侨，谢谢他们帮助料理家父的后事，并请他们尽可能寄些家父遗物，让我留作纪念。当时的信稿，我现在还保留着，行文如下：

舜传、集兰、达從诸兄及会馆各兄长：

顷接来信，惊闻吾父噩耗。悲痛异常，心如刀割。忆吾父离乡背井，飘零海外五十多年，劳碌艰辛，竟不能与儿孙面别，乃何等凄伤！想吾父兢兢业业，把一生精力献给古巴人民，同古巴兄弟结下深情厚谊，至老却遭种种阻挠，不能返回日夜思念的祖国，乃是何等悲愤！所慰者，得各兄长关怀照料，殊深感激。望将吾父生平及后事详情告知，并将骨灰及遗物付回，永志纪念。有劳各位……

信即时寄出，直到翌年元月才得答复。两信一去一回，相隔足足半年，可见当年通讯的艰难。

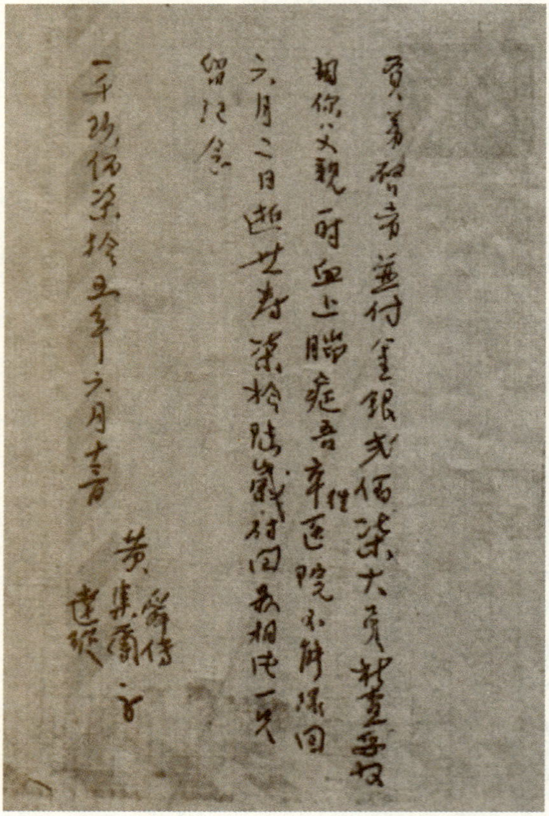

贤弟启者并付金银弍佰柒大员祈查妥收
因你父亲一时血上脑症吾车往医院不能挽回
六月二日逝世寿柒拾陆岁付回最相片一只
留纪念
一千玖佰柒拾五年六月十三
黄集兰 舜传 达従 字

讣耗

黄宝世遗照（1974）

航空邮简

1975年6月，寄中山县黄圃镇中山师范学校。

贤弟启者，并付金银二百七（十）大员（元），祈查妥收。因你父亲一时血上脑症，吾车往医院不能环（挽）回，六月二日逝世，寿七十六岁。付回最（近）照片一只（张），留纪念。

舜传
黄集兰　字
达從[1]
一千九百七十五年六月十三日

① 后信为“达璇”，见下页。疑为别人代写名字之故。

航空邮简

1976年1月，寄中山县黄圃镇中山师范学校。

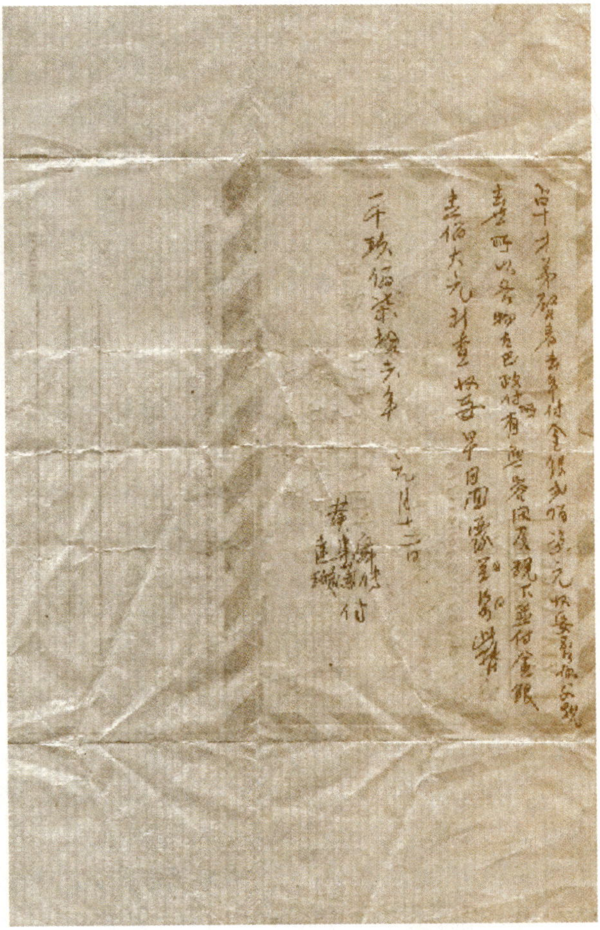

卓才弟：启者，去年付金银二百七元收妥否？你父亲去世，所以各物（归）古巴政府所有，无容问及。现下并付金银一百大元，祈查收妥，早日回复，至紧。此请。

一千九百七十六年 元月十二日

舜传
黄集兰 付
达璇

父兄回信中告诉我：“你父亲去世，所以各物（归）古巴政府所有，无容问及。”看来，遗产固然无望，就是想要一点儿日常生活的普通遗物，也不可能了。因为一切的一切已经尽归“古巴政府所有”，连“问及”都“不容”。

父亲遗产一无所有了，三位父兄却两次给我寄钱。这些钱哪里来？也许是来自好多位老侨的退休金或捐款。我知道，中华会馆有抚恤侨眷的优良传统，但是其时会馆恐怕也没有什么经费了。我想，只有“夹钱”（捐款）一途了。两笔汇款，都是无言的关爱，也是古巴老侨同舟共济精神的表现。

父亲去年（1974）信中说过："在古巴有小部分侨胞尚存留三五千元，但一逝世被政府发觉（就会）全数没收。古巴法律除父母子女外没有（其他）继承人"。父亲也许还没说清楚，既然古巴法律承认父母子女的继承权，那又怎么可以全数没收呢？虽然父母子女不在古巴国内，而在中国家乡，他们毕竟有继承人健在啊！不过在当时，甚至现在，提出这样的问题似乎不合时宜。但我相信，总有一天，历史将被重新审视，后人将会对当年的政策和做法进行冷静的反思。

关于骨灰，未得回复。后来我才知道，古巴没有火葬风俗。

我想起了古巴中华总会馆厅堂上高挂着的七言诗：

问祖索裔远中华，
转宗生根哈瓦那。
丽岛山水哺吾辈，
忠骨岂不献古巴！

这是古巴中华总会馆已故前任主席周一飞先生的作品，他与许多古巴华侨先辈一样，以自己的生命实践了自己的箴言。

父亲在古巴工作、生活半个世纪，不但为祖国、为古巴华侨、为家庭，也为侨居国古巴作出了重大贡献。情愿也好，不情愿也好，他终于在那里落地生根了，把忠骨献给古巴了。这首诗不也正是父亲一生经历和精神世界的写照吗？

饮水思源，我希望我家子孙后代能够记住黄宝世老祖宗的功绩，学习他勇闯天下、自强自立、勤劳节俭、爱国爱家、乐于助人、无私奉献的优秀品质。

父亲去世后，怎样保持与古巴的联系是我一直在考虑的问题。

1983年，为了办理广州母亲遗产继承手续，我致信大沙华中华会馆，请求开个证明。时任会馆主席的曾炳彝先生及时给我回了信，附有证明和有关照片，证明书上还有旁证人林安先生和黄舜传宗兄的落款。

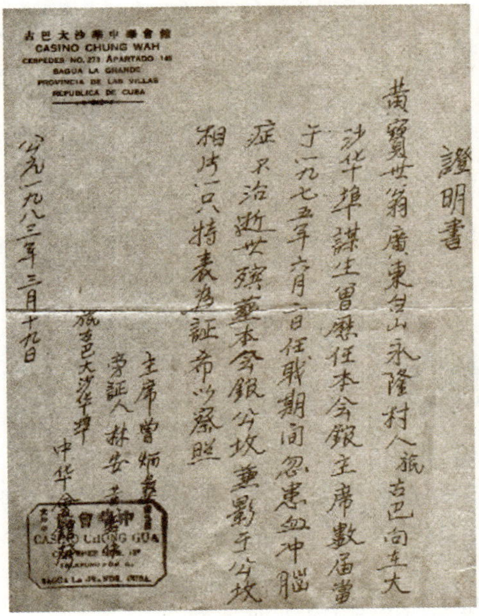

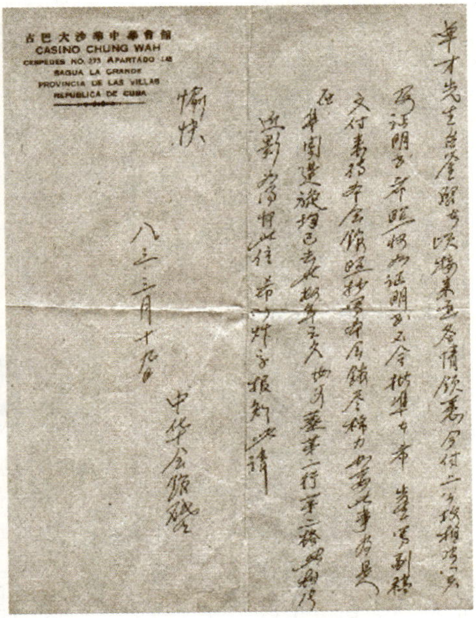

大沙华中华会馆回信与证明

大沙华中华会馆主席的回信中说到，1975年写信向我报告噩耗的黄集兰、黄达璇先生均已去世多年，令人无限感慨！

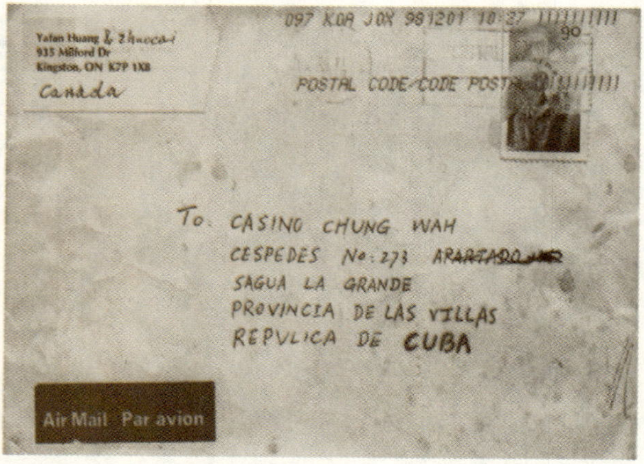

两度飞过加勒比海的鸿雁

这封信，我从加拿大金斯顿寄出，到了古巴大萨瓜，再回到广州我的手里。独特的经历，令它显得特别珍贵。

从1995年起，我和太太多次到加拿大、美国探亲，很想顺道到古巴去给父亲扫墓。我们详细了解了古巴旅游的情况，但由于条件尚未成熟，愿望未能实现。

1998年12月1日，我从加拿大金斯顿（Kingston）儿子家寄出了一封信，是写给大沙华中华会馆的，查询有关父亲的资料。

相隔一年多，这封信却由返广州探亲的古巴华侨关碧英大姐交回给我。她说，信件在会馆放了好久，无人收读。因为那里已经没有华侨打理会务，20世纪90年代起更没有华侨继任主席了。常在会馆玩耍的是一些混血儿，即华侨与古巴妇女生下的后代，他们不懂中文。

关大姐告诉我，20世纪60年代，她与丈夫由香港移民古巴，现在身边的老侨胞相继去世，她们一家已是当地硕果仅存的华侨了。她家离会馆很近，她有时会去走走，有一次发现这封信，就拆开看了。但她和丈夫中文都很差，无法给我复信。见信上有我的广州地址、电话，就带回来给我，口头回答我的查询。

在广州黄沙和天河，两次会面，关大姐还给我带来了一个我意想不到的信息:“你在古巴有两个弟弟!”

我非常惊讶。这毕竟是我曾经假设过、求证过但没有答案的问题啊!

关大姐说，这两个弟弟是我父亲和古巴女人生的。她掏出一张小纸条，上面用铅笔写着两人的中文和西班牙文名字，还有他们的住宅电话。她问我是否想与他们联系，我觉得可以试试。我知道，因为语言不通，会有很多困难。而且，其真实程度如何，她有没有搞错，还有待考证。

我立即把这个消息通报了在金斯顿、芝加哥和广州的儿女。我太太当时正在波士顿探望侄女凤慈，我也打了越洋电话。

过了几天，我即把自己的照片和名片当面交给关大姐，让她带去古巴。

奇怪的是，几年过去了，没有下文。后来，我与关大姐也失去了联系（后得知已去世）。于是，我们家族在古巴是否有后代也成了一个谜。

直到2009年，谜底才终于揭开。

2007年，侨居哈瓦那的新一代古巴华人移民、本书初版的热心读者陶炎先生开始帮我寻查。2009年，又有古巴的华裔华侨研究专家吕美枝（路易斯·米兹，LUIS Mitzi）女士加入，找到了我父亲的中华总会馆会员表。同年美籍华人教授刘博智先生和古巴海归谭艳萍小姐飞赴大萨瓜实地调查访问，其中刘教授去了两次。

结果是：“两个弟弟”是有的，但不是关大姐说的那两个，而是上文说过的Revulta（列沃达）一家，即父亲的义子、革命烈士依达贝尔托（塔蒂）一家。

我不懂西班牙文，英文也很差，高中、大学阶段学过的俄文都忘光了，“对外交流”颇感困难。

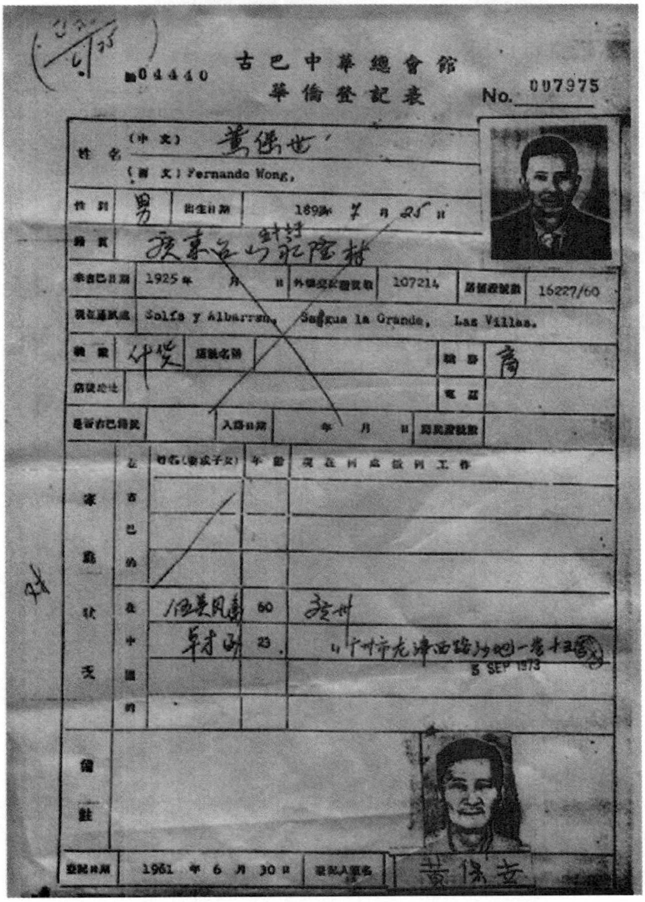

04440
古巴中華總會館
華僑登記表
No. 007975

姓名 (中文) 黄保世
(西文) Fernando Wong,

性別 男
出生日期 189_ 7 月 25 日

1925 年 月 日
107214
16227/60

Solfa y Albarran, Sagua la Grande, Las Villas.

5 SEP 1973

登記日期 1961 年 6 月 30 日
黄保世

黄保（宝）世的中华总会馆华侨登记表

这是在总书记周卓明先生帮助下从哈瓦那古巴中华总会馆从会员档案中扫描的表格，它不但证明黄宝世在古巴没有妻小，还可以说明不少问题，具有宝贵的文物价值。

母亲叶娅

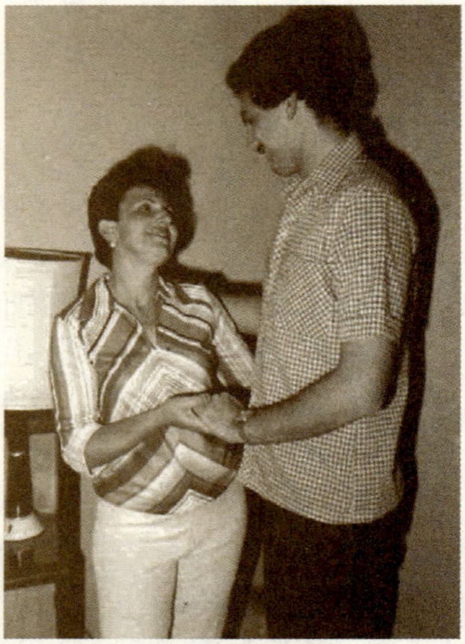

路易莎和她的儿子（1984，大沙华）Mitzi供

但得到国内外多位贵人相助，现在已经初步弄清楚，与我父亲成为挚友的塔蒂一家，是西班牙裔人，当年至少有母亲和孩子共六口人：母亲Yeya（叶娅）、长子塔蒂、二子Eusebio（尤西比奥）、大女Luisa（路易莎）、二女Nereida（尼丽依达）、幺女Mercedes（梅赛德斯）。其中除两个儿子曾在父亲的商店居住、工作过之外，女儿路易莎照顾了父亲的晚年。是她，在先父孤老无依的时候，细心照料，为他洗衣服，搞清洁……

2009年8月，刘教授和谭小姐在吕美枝女士的陪同下去到大萨瓜市时，病中的尤西比奥拿出了他们保留了几十年的我父亲的照片以及我九年前托关大姐带去的照片和名片，然后带病引领他们拜祭了烈士墓，又到家族墓地给我父亲扫墓。当我从传来的照片上看到那动人的场景时，甚为震撼，激动得热泪盈眶！

这是多么感人肺腑的友情、亲情！跨越加勒比海，跨越太平洋，跨越种族与血缘，跨越数十年的时光，千言万语汇合成一句话：情深义重！同时，从诸多的兄弟好友中，也反观平凡父亲的伟大人格，有着多么巨大的感召力！

啊！每当想起父亲的劳绩，想起他生活过、工作过的侨居地，还

拜祭黄宝世先生墓　刘博智摄

受著者的拜托，刘博智教授、谭艳萍小姐来到大萨瓜市列沃达家族墓地，与尤西比奥一起在黄宝世墓前虔诚地献上一束鲜花。

有健在的朋友、故去的老侨和古巴兄弟姐妹，我心里就有绵绵不尽的情思，我的心也就充满了美好的向往。我终有一天会到古巴去，继续寻访父亲和前辈华侨华人的足迹！我相信古巴华侨的事迹和他们的美德将会传扬下去，融入了古巴文化的中华民族优良传统将会不断发扬光大。父亲这些飞越加勒比海、飞越太平洋的家书，以及它那映照着历史华彩、闪耀着人格光辉的余波也会继续飞扬、飞扬，直到永远！

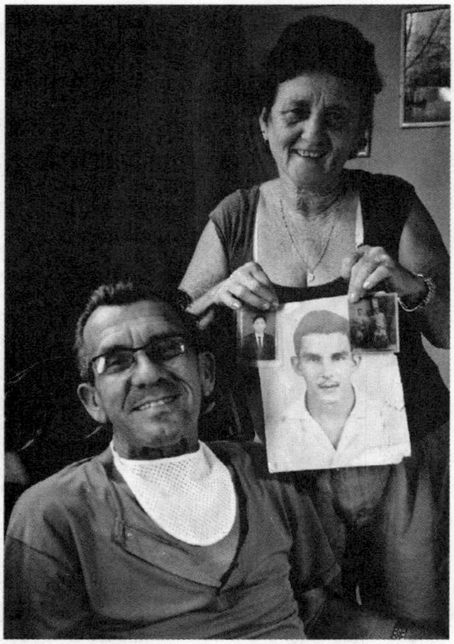

尤西比奥及其夫人

尤西比奥夫妇拿出家里珍藏的黄宝世和义子的照片以及著者的照片让刘博智教授拍照（2009）。

参考文献

1．徐世澄．古巴．北京：社会科学文献出版社，2003

2．肖枫，王志先．古巴社会主义．北京：人民出版社，2004

3．毛相麟．寡不敌众社会主义研究．北京：社会科学文献出版社，2005

4．庞炳庵．亲历古巴．北京：新华出版社，2000

5．［古］梅塞德斯·克雷斯波·德格拉．从苦力到主人翁．刘真理等译．北京：世界知识出版社，1997

6．［古］梅塞德斯·克雷斯波·比利亚特．华人在蔗糖之国——古巴．刘真理译．上海：复旦大学出版社，1998

7．黄仁夫．台山古今五百年．澳门：澳门出版社，2000

8．梅伟强，张国雄．五邑华侨华人史．广州：广东高等教育出版社，2001

9．龚伯洪．广府华侨华人史．广州：广东高等教育出版社，2003

10．黄卓才等．华侨华人大观．广州：暨南大学出版社，1990

11．新加坡APA出版有限公司．古巴．戴琳等译．北京：中国水利水电出版社，2004

12．［法］奥亚斯等．百地福旅游指南：古巴．何德刚译．北京：当代世界出版社，2001

13．古巴驻华使馆旅游代表处，中国旅游出版社．古巴旅游指南．北京：中国旅游出版社，2000

14．李松晨等．文革档案（上册）．北京：当代中国出版社，2004

15．陈明显．新中国五十年．北京：北京理工大学出版社，1999

16．王斯德等． 世界当代史．北京：高等教育出版社，2005

17．［美］特伦斯·M. 汉弗莱．美洲史．王笑东译．北京：民主与建设出版社，2004

18．何沁． 中华人民共和国史．北京：高等教育出版社，1997

19．宋锡人．古巴华侨史话．台北：海外文库出版社，1957

书末几点说明

关于本书的内容、体例及资料引录等问题，在《古巴华侨家书故事》后记里我曾作过几点说明。现在请让我再申述一遍，并作一些补充。

第一，我父亲黄宝世先生的家书，像所有真实家书一样，都是即兴之作，写得很随意。不但在书写格式上不太讲究，笔误和错漏字等现象也在所难免。他根本想不到我在时隔几十年后会拿来发表。为了便于读者阅读，我对这些书信进行了整理。首先，按内容分段，并加上标点符号，使它尽可能靠近现当代书信的格式；同时，补漏、改错或需要理顺语意的地方，我用括号表示。研究者请以原件或扫描件为准。

第二，父亲出洋数十年，台山乡音（属于广州方言体系）不改，又受到西班牙文和华侨社会中文语言习惯的影响，再加上时代与个性等因素，形成了自己的语言特点。所以，尽管原信中夹杂方言，有的字词和语句不那么规范，我也不作改动，但对于读者可能难以理解的词语或背景，我作了简单注释。

第三，父亲信中有时用“您”称呼我。父亲对儿子，本来用“你”就可以了，但也许是父亲为了表示对儿子的疼爱，特意用“您”。为尊重原作的语言风格，不作改动。

第四，在本书行文过程中，我引用他人的文字资料和观点，均已尽可能注明出处，并在书后附有参考文献。如有疏忽，敬请原谅。

第五，书中以图片说明和“链接”方式引录的资料，意在让读者多了解有关情况，或增加有关知识。其中有的是我的原创，有的是我根据多个资料综合而成，有的则是来源于书报刊或网站。属于后者的，我已尽量注明出处，如有遗漏，亦望包涵。

第六，本书的照片，大部分是我和我的朋友、家人拍摄的，但也有些资料图片和新闻图片来自报刊或网站。上述文字资料和图片，绝大部分由拍摄者、收藏者提供或征得了作者的同意，个别图片由于通信地址不详或联系未果等原因，未能征询作者及有关报刊、网站的意见，谨此致歉。这些作者或单位如需样书，请与著者联系。（电子邮箱：okm123@163.com）。

第七，书中的照片，除旧照片外，原件都是彩照。但本书采用双色印刷，故未能充分显示出原作的风采。特别是国际著名美籍华人摄影家刘博智教授和国内著名摄影家、中山市摄影家协会主席张展先生的作品，都被印成了黑白，特此敬请鉴谅！

黄卓才

2011年6月